SHIXUE SANLUN

诗学散论

魏耕原——著

陕西新华出版
陕西人民出版社

图书在版编目(CIP)数据

诗学散论/魏耕原著. —西安：陕西人民出版社，
2023.11
　　ISBN 978-7-224-14944-9

Ⅰ.①诗… Ⅱ.①魏… Ⅲ.①古典诗歌—诗歌研究—中国 Ⅳ.①I207.22

中国国家版本馆 CIP 数据核字(2023)第 089113 号

责任编辑：姜一慧
封面设计：蒲梦雅

诗学散论
SHIXUE SANLUN

作　　者	魏耕原
出版发行	陕西人民出版社
	（西安市北大街 147 号　邮编：710003）
印　　刷	广东虎彩云印刷有限公司
开　　本	787 毫米×1092 毫米　1/16
印　　张	25
插　　页	2
字　　数	330 千字
版　　次	2023 年 11 月第 1 版
印　　次	2023 年 11 月第 1 次印刷
书　　号	ISBN 978-7-224-14944-9
定　　价	69.00 元

如有印装质量问题，请与本社联系调换。电话：029-87205094

目 录

上编　诗学识小

一、古典诗词时间空间艺术美探寻　/ 003
1. 从审美空间的发见谈起　/ 003
2. 黄昏是诗词富有张力的孕育性审美时刻　/ 007
3. 空间变化与时间感触以及时空沾著的审美特性　/ 009

二、诗词的意象、系列题材与时空之关系　/ 013
1. 时间在意象中的情感价值　/ 013
2. 时空融合的意象是意境生命之树突出的枝条　/ 016
3. 系列题材中时空魅力的理性思考　/ 020

三、中国画的点染与宋词　/ 025
1. "点染"手法释义　/ 025
2. 以结构视角观照唐宋词的"点染"　/ 029
3. 句群、连点、叠染以及点染互带　/ 034
4. 小结　/ 038

四、南北朝乐府民歌　/ 040
1. 南朝乐府民歌的产生地与《乐府诗集》　/ 041
2. 南朝乐府民歌兴盛的原因　/ 041
3. 南朝乐府民歌的特点　/ 042
4. 南朝乐府民歌之一瞥　/ 045

5. 北朝乐府民歌的特征　／051
6. 北朝乐府民歌的简述　／052
7.《敕勒歌》与《木兰诗》　／056

五、李杜异中有同论　／061
1. 异中有同的别样观照　／061
2. 杜甫也很浪漫　／063
3. 题材、主题、表现方法的相同　／072

六、李杜异质同构论　／079
1. 思想与理想的异质同构　／080
2. 南北文化的交流与共构　／086
3. 表现形式与风格的异质同构　／093

七、杜诗与颜书审美风格的共性　／102
1. 杜诗与颜书共性的提出　／102
2. "集大成"的两座高峰　／107
3. 沉郁顿挫与雄厚博大　／115
4. 不经意的行书与经意的诗史之合奏　／122

八、一桩宋词公案的反思
　　——小晏词名句考辨　／132

九、孟郊诗的艺术特征及其形成原因　／142
1. 带刺的玫瑰：孟郊凄苦冷峭的诗风　／142
2. 如刀似割的刺激美追求　／147
3. 古朴平易而深厚的诗风　／152
4. 孟郊诗的影响及不足　／155

十、末世篇章有逸才
　　——论杜牧七绝的艺术特色　／160
1. 菱透浮萍绿锦池　／160
2. 常遣风雷笔下生　／164
3. 晓迎秋露一枝新　／166
4. 溪边残照雨纷纷　／170

目录

十一、晚唐行吟诗人崔涂论　/ 174
    1. 奔波一生的行吟诗人　/ 174
    2. 崔涂的羁旅诗透视　/ 178
    3. 穷年羁旅的副产品：咏史怀古与咏物以及僧人寺庙诗　/ 184

十二、晚唐小家翘楚马戴诗论　/ 190
    1. 清峭雅畅的五律　/ 190
    2. 对盛唐明朗阔远诗境的追求　/ 195
    3. 壮丽苍凉的边塞诗　/ 201
    4. 铮铮作响的七绝　/ 204

十三、从《丹青引》看杜诗的艺术个性　/ 207

十四、乱离时代的历史画卷
    ——《彭衙行》与《赠卫八处士》的比较　/ 215

十五、杜甫的宋玉情结
    ——以《咏怀古迹五首》其三为中心　/ 223

十六、"惊风密雨"中的悲歌
    ——柳宗元柳州登楼诗析艺与解疑　/ 228

十七、李商隐诗五题　/ 236
    1.《蝉》：牢骚人的诉说　/ 236
    2.《落花》：凋落的哀伤　/ 239
    3.《晚晴》：对"夕阳无限好"的关怀　/ 242
    4.《南朝》：时代的忧患　/ 244
    5.《筹笔驿》：对历史的遗憾　/ 246

十八、苏轼《卜算子》咏雁词的主旨
    ——兼与陆游同词牌《咏梅》比较　/ 250
    1. 苏词《卜算子·黄州定慧院寓居作》的主旨　/ 250
    2. 结构的散缓与精致粘接　/ 254
    3. 与陆游同词牌《咏梅》之比较　/ 256

十九、陈琳《饮马长城窟行》的作者从属　/ 258

二十、唐诗经典疑案与疑难考释　　/ 265

  1. "玄鬓影"与"白头吟"索解　　/ 265

  2. "且放白鹿青崖间，须行即骑访名山"　　/ 271

  3. "征蓬出汉塞，归雁入胡天"的"出"与"入"　　/ 273

  4. 高适《燕歌行》中的"李将军"究竟是谁　　/ 276

下编　诗词解诂

一、"窈窕"的本义与引申义、新义考释　　/ 281

二、"采荼薪樗"注疏质疑　　/ 293

三、也说"江枫"　　/ 295

四、诗词中"平"字辨识　　/ 298

五、唐诗俗语疑难词辨识　　/ 305

  1. 烂熳、烂漫　　/ 305

  2. 的的　　/ 307

  3. 点的　　/ 308

  4. 唯应　　/ 308

  5. 簇　　/ 309

  6. 趁　　/ 311

  7. 停灯　　/ 311

六、唐诗"连"字释义辨识　　/ 314

  1. "连"的常义"接连"，可引申"和……相连""和……一起""连同……都"等义　　/ 314

  2. "连"的另一常义"连续"，亦复延展出另外一个词义引申系统　　/ 319

七、唐诗经典公案疑点解读　　/ 322

  1. 杜诗"更"字解读　　/ 322

2."县小更无丁"句意分歧解读　/ 326
　　3. 自在娇莺恰恰啼　/ 329
　　4. 宛转蛾眉马前死　/ 332

八、唐诗宋词中"向道"释义　/ 336

九、杜诗词疑难语词辩证
　　——以《杜甫全集校注》为中心　/ 347
　　1. 虚词殊义误解　/ 347
　　2. 实词殊义误释　/ 352
　　3. 众说歧义之选择　/ 356

十、杜诗疑难词殊义商兑
　　——读《杜甫全集校注》札记　/ 361
　　1. 习见词殊义的误解　/ 361
　　2. 习见联绵词殊义之误解　/ 365

十一、杜诗疑难语词注释考辨　/ 369
　　　1. 亦　/ 369
　　　2. 省　/ 370

十二、唐诗注释应注意口语俗词　/ 373

十三、李白诗"日边"释义判词及由来　/ 382

后　记　/ 391

上编

诗学识小

一、古典诗词时间空间艺术美探寻

诗词以反映对现实生活的感受为宗旨,而现实中的万事万物,连同诗人自己在内无不处于一定时间和空间之中,时空作为物质存在的形态,必然对诗人的情感起着一定的感染作用。在现实生活某种特定的环境即空间中,在某种感人的时刻,简而言之,在彼时彼地,或此时此地,往往产生一种感情,像海浪冲击礁石一样,叩击心灵。尽管产生情感的内涵因人而异,其感情的强烈轻重不同,甚或忧乐有别,但它像石子投水,引起情感的涟漪则是一致的,也就是说这种情感带有一定的普遍性。古典诗词对这种情感的表达,以及对时空的处理和描写形成了自己独特的风貌和色彩。

1. 从审美空间的发现谈起

在时空观念中,空间是可感可触的,无论日月星辰、山川沟壑;悠悠寺钟,唧唧秋虫;乃至一片秋叶,一点流萤,都是可视可闻可触的。它不像时间那样抽象,是易于被人感知和了解的。

空间的充分展现,使其可视性达到最大程度,于古人莫过于登高临远。所登者愈高,所见者愈远。视线在广阔的空间里历览观望,俯仰低回,形成一种普遍审美观照心理,钱钟书先生对此有精到论述:"囊括古来众作，团词以蔽，不外乎登高望远，每足使有愁者添愁而无愁者生愁""而登陟之际，'无愁亦愁'，忧来无向，悲出无名，则何以哉？虽怀抱犹虚，魂梦无萦，然远志遥情已似乳壳中函，孚苞待解，应机枨触，微动几先，极目而望不可即，放眼而望未之见，仗境起心，于是惘惘不甘，忽忽若失"。李峤曰："若有求而不致，若有待而不至，于浪漫主义之'企慕'，可谓揣称工切矣。情差役使，瘏痒以求，或悬理想，或构幻想，或结妄想，佥以道阻且长，欲往莫至为因缘义谛。"①这里所说的登高远望所引起的理想、幻想、妄想，是不期然而然至的。这种由空间距离引起的情感，姑且名之曰"空间情感"。

如果由此继续探索，首先会考虑到一个最基本的原理：一切物体——包含"仗境起心"的"境"在内，固然存在于空间之中，但它同时也存在于时间之中。人们在实践中接触到的各种各样的物质现象，无不具有时间、空间熔铸一体的特性。一个物体的运动，在空间上是从南到北，与此相联系，在时间上则可能是从旦到暮。空间和时间在运动中互为条件，互相依赖，而二者都离不开运动。空间的伸张和时间的持续性，正是通过运动这条纽带而统一起来。因而，空间的无限性可使诗人"仗境起心"，时间的永恒性也使诗人"仗境起心"，产生一种由时间引起的情感，且称之为"时间情感"。它和空间情感一样，都有"情差思役"的功能。时间虽然视之不见，扣之不及，不像空间那样直观，有时得借助思维才能捉摸得到，但它同样对诗人具有吸引的特性。《诗经·王风·采葛》的"彼采葛兮，一日不见，如三秋兮"，就是由时间引起的情歌。《离骚》中的"汨余若将不及兮，恐年岁之不吾与。朝搴阰之木兰兮，夕揽洲之宿莽，日月忽其不淹兮，春与秋其代序；惟草木之摇落兮，恐美人之迟暮。"这种"老冉

---

① 《管锥篇·全上古三代文》卷一〇"伤高怀远"条，中华书局1979年版，第3册876—877页。"无愁亦愁"，指李商隐《楚吟》："楚天长短黄昏雨，宋玉无愁亦自愁。"

冉其将至兮"的情愫，也显然是带有浓厚时间色彩的。由于表达需要，于时空诗人有时着眼一方。但在绝大多数情况下则为一体，形成"时空情感"，那些不胜枚举的登临诗词，常常就和怀古联系在一起。仅就登临来看，一则登高临远本身就在一定的时间范围内；二则登临的应机怅触也往往在时间上想到先前或未来。如李商隐《楚吟》："山上离宫宫上楼，楼前宫畔暮江流。楚天长短黄昏雨，宋玉无愁亦自愁。"楚山、离宫、楚天、江、雨，固然是使宋玉自愁的空间意象，而"日暮""黄昏"，以及带有强烈历史时间的"楚"字连同空间意象"离宫"本身都是不可忽视的时间意象和带有明显时间感的空间意象。

诗歌，是大自然时空在诗人情绪中反映的产物。诗人的形象思维的过程也就是对自然时空认识和表现的过程，以时空为存在的基本形式的物质世界，对诗人的创作起着一定的制约作用。陆机《文赋》明确指出时空对作家的影响："遵四时以叹逝，瞻万物而思纷。悲落叶于劲秋，喜柔条于芳春。"① 萧子显也说："登高目极，临水送归，风动春朝，月明秋夜，早雁初莺，开花落叶，有来斯应，每不能已也，……须其自来，不以力构。"②"观古今于须臾，抚四海于一瞬""寂然凝虑，思接千载；悄然动容，视通万里"③。这时空的感触一经诗人认识体会，便进入创作过程，其构思也必然循着时空的轨道而驰骋。

这种时空情感的存在，还可以从诗歌本身特征中见到。诗人可以说："千里莺啼绿映红"，也可以说："春花秋月何时了，往事知多少。"前者尺幅千里，或许诗画一理，后者则为丹青所望尘莫及。时间对于绘画有强大的约束，而诗人却可以"穷睇眄于中天，极娱游于

---

① 陆机著、张少康集释《文赋集释》，人民文学出版社2005年版，第20页。
② 姚思廉《梁书·萧子显传》，中华书局1983年版，第2册512页。
③ 刘勰著、范文澜注《文心雕龙注·神思》，人民文学出版社1998年版，下册第493页。

暇日。天高地迥，觉宇宙之无穷；兴尽悲来，识盈虚之有数"。（王勃《滕王阁序》）在时空中毫无任何阻碍，置众生万物、大世界，亘亘长古、寒来暑往于笔端，这是诗、词的得天独厚处，这不仅为画家所阙如，它在时空表现上的跳跃性和伸缩性也是被其他艺术所企羡的。

　　时空观念，时空情感，对于诗人认识生活、抒写情感休戚相关，如陶渊明《饮酒》诗中："采菊东篱下，悠然见南山。山气日夕佳，飞鸟相与还。此中有真意，欲辨已忘言。"菊花、东篱、南山、山气、飞鸟，这些空间中的自然物象美，不是顷刻即逝，而是和"山气"一样，"日夕"俱佳的。又如陈子昂《登幽州台歌》："前不见古人，后不见来者。念天地之悠悠，独怆然而涕下。"诗人从天地之广阔，想到时间之长久，继而感念今之天地即昔之天地，未来之天地也即今之天地，纵目远眺，思前想后，不禁怅然。这里的"念"，不仅感知处于空间的天地的广袤，也感知到处于时间的久长；这个"悠悠"，不仅冠诸天地，而且包容时间的前后以至于千古。所以，诗论家对陈子昂这诗说："余于登高时，每有今古茫茫之感，古人先已言之。"[①] 不仅如此，甚至登高还会引起大哭："予每登浮屠，同游者往往及半而止。予必穷其巅。始则浩歌，继则大叫，叫之不已，乃大哭，哭毕觉胸中猛气始平，但不知所触究为何事，岂非少陵所谓'翻百忧'者耶？"[②] 不仅成人如此，少年亦能引发类似的情感。笔者少年时，每次到姑母家，她家坐落在关中平原的南塬上，每次都要站在塬边俯视关中大地。大地犹如棋盘，道路上的人犹如蚂蚁。总觉得世界如此之大，而忙在世上的人们总是这样的渺小，总感到感慨在心中一下子沸腾起来。以发抒情感为职责的诗人，又怎能不激动起来呢！

----

　　① 沈德潜《唐诗别裁集》，中华书局1981年版，第73页。
　　② 厉志《白华山人诗说》，《清诗话续编》，上海古籍出版社1983年版，第4册2277页。

2. 黄昏是诗词富有张力的孕育性审美时刻

诗歌不受时空限制，表现上有极大的自主性，但对于有表现价值的时刻进行选择，也同样具有明显的倾向性。"时间的每一片刻无不背上负重而腹中怀孕。在具体的人生经验里，各个片刻有不同的价值和意义。"① 那些每每在诗词中出现的夕阳远眺、日暮登临，就是经过诗人筛选而乐于入诗的时刻。它能使众多不同的情感包容其中，使情感的前因后果异常明显地聚集于一时。时空的选择恰当与否，常决定诗歌意境的高下，王国维在《人间词话》中说："《诗经·蒹葭》一篇最得风人深致。晏同叔之'昨夜西风凋碧树，独上高楼，望尽天涯路，'意颇近之。"这两篇都由空间距离之辽阔而增生欲求不遂之怨望，确实"意颇近之"。在此则前一处又说："太白纯以气象胜，'西风残照，汉家陵阙'！寥寥八字，遂关千古登临之口。"② 是什么原因使这位论词颇严的批评家如此激赏这八个字呢？我们试来分析，"西风残照"为所见所感，属于空间的，但"残照"又仿佛是向过去的历史告别，也向登临的这天告别；夕阳，使人回味历史、咀嚼生活；"陵阙"矗立于空间，于前冠之"汉家"，一下把思绪拉回到久远的年代。那斑驳的汉家陵阙上的一抹夕阳，使人想得更多更远。再加上"西风"的光临，自有若许黯然伤神的意味，这八字两句，的确把时空交织得异常契合微妙，具有巨大的艺术魅力。

一年之春夏秋冬，一日之晨昏昼夜，都对人的情绪有所感发。所谓"献岁发春，悦豫之情畅；滔滔孟夏，郁陶之心凝；天高气清，阴沉之志远；霰雪无垠，矜肃之虑深"（《文心雕龙·物色》）。即此之谓也。春秋特别富于感发作用，这已成为民族传统的心理，积淀的审美观照。李商隐的"夕阳无限好，只是近黄昏"，孟浩然的"愁因薄

---

① 钱钟书《旧文四篇·读〈拉奥孔〉》，上海古籍出版社1985年版，第41页。
② 以上两条，见王国维《人间词话》，人民文学出版社1982年版，第202、194页。

暮起，兴是清秋发"（《秋登兰山寄张五》），岑参的"千念集暮节，万籁悲萧辰"（《暮秋山行》），其所以引人思味，大多与此相关。从《诗经·王风·君子于役》的"鸡栖于埘，日之夕矣，羊牛下来；君子于役，如之何勿思？"经南北朝①到唐诗、宋词的日暮闺怨怀远之作，形成了一个以黄昏为表现时刻的情感潮流，因而清人许瑶光《雪门诗抄》说："鸡栖于桀下牛羊，饥渴萦怀对夕阳。已启唐人闺怨句，最难消遣是昏黄。"钱钟书说："盖死别生离，伤逝怀远，皆于黄昏时分，触绪纷来，所谓'最难消遣'。"②黄昏是凝贮情感的具有潜在力的感发时刻，富有情感表达的张力，形成古典诗词吟咏不绝的题材。黄昏时刻登高望远，容易使各种情思交织奔涌，盼望、失望、期望、怨望，触绪纷披，情怀沸腾。这是由时空构筑的情感府库，举凡望乡、思内、怀远、念友、感旧的人伦常情，还是有关身世家国的伤时、吊古、不遇、感怀都可容纳其中。杜牧说得好："百感中来不自由，角声孤起夕阳楼。"（《登池州九峰楼寄张祜》）黄昏这个包容性的时刻，感情的核心是个愁字；自然，愁有千名，各有不同，但其结果使人愁怀难解则是一致的，诗人怕这个触动隐忧的时刻，然而毕竟要倾吐心中的郁积，他们这样说：

休去倚危栏，斜阳正在，烟柳断肠处。

——辛弃疾《摸鱼儿》

空怀感，有斜阳处。却怕登楼。

——张炎《八声甘州》

---

① 如谢朓《宣城郡内登望》："借问下车日，匪直望舒园。寒城一以眺，平楚正苍然。"《冬日晚郡事隙》："苍翠望寒山，峥嵘瞰平陆，已惕慕归心，复伤千里目。"其他如《落日怅望》以及他的名篇《晚登三山还望京邑》。

② 钱钟书《管锥编》，中华书局1979年版，第101页。

3. 空间变化与时间感触以及时空沾著的审美特性

中国古典诗词主要是表达抒情主体的自我意识，作为物质存在的客体的时空，在诗人的篇什中，往往给予重新安排，不受其客观规律的局限。这种随心所欲的主观性，使古典诗词在时空的处理上具有很大的灵活性，呈现出多姿多态的艺术形式和审美特性。

先看空间描写。空间境界的大小、狭阔对于表达感情细腻委婉或豪放雄浑，具有一定的规范作用。境界愈大，愈宜于抒发恢宏不羁的情调，如豪放派词常是视通千里，容纳河山，时而天上，而又飘忽人间。而婉约派则相反，像温庭筠的词，就常把自己放在狭小的空间，以后的继承者，大都趋于这种审美空间。

由于情感的需要，有的诗人不着重描写自己所处的现实眼前空间，而是展现自己所理想幻想的空间。《离骚》就是把现实空间和幻想空间结合来写，而且以后者为主。李白的游仙诗，陆游的记梦诗，李贺诗中的种种神奇境界都是如此。李白的名篇《梦游天姥吟留别》，由梦境幻入仙境，境界愈转愈奇，愈幻愈真。诗人的飘逸只有在理想的造境中才更大放光彩，苦闷的灵魂只有在仙境中得到解脱。

诗词在描写同一时间出现的两种不同空间，其中的造境有时并非仙境，而是把实际上未见未闻的事物，说得如见其人、如闻其声，把自己意念中的瞬间悬想，置于眉睫之前，同样都是诗人感情和想象非常活跃的领域。例如《诗经·周南·卷耳》第二章："陟彼崔嵬，我马虺隤，我姑酌彼金罍，维以不永怀。"以及第三、四章，都是首章那个"采采卷耳"的思妇的悬想。《豳风·东山》次章"果臝之实，亦施于宇"。以及第三章"鹳鸣于垤，妇叹于室"等描写，都是那个在"零雨其濛"的归途中的征人的悬想。王维《九月九日忆山东兄弟》的"遥想兄弟登高处，遍插茱萸少一人"。白居易的《邯郸冬至夜想家》："邯郸驿里逢冬至，抱膝灯前影伴身。想得家中夜深坐，还应说着远行人。"都是《卷耳》《东山》悬想手法的继承。

古典诗词追求含蓄的艺术效果，经常采取不直接再现所要表现的对象，而只是间接地再现与这一对象有联系的其他方面，把丰富而又复杂的内容表达得含蓄而又明确。从时空角度看，表达想象中的空间上，并不直接刻画悬想境界，而是加以暗示或指示，留给读者以充分的想象余地。像范仲淹的《苏幕遮》："山映斜阳水接天，芳草无情，更在斜阳外。"欧阳修的《踏莎行》："楼高莫近危栏倚，平芜尽处是春山，行人更在春山外。"两个"外"字具有明确的指示性，斜阳、春山虽远在天涯，而思念中的家乡，行人所处的空间更为遥远。这是把"刘郎已恨蓬山远，蓬山又隔一万重"的情感，用一"外"字推宕开去，使之具有无限延伸的空间，使人得插上想象的翅膀，朝"外"字那边飞去。而王昌龄《长信秋词》其三则采取暗示手法表现想象空间：

奉帚平明金殿开。且将团扇共徘徊。
玉颜不及寒鸦色，犹带昭阳日影来。

诗人间接地借着从昭阳飞来的乌鸦翅膀上的一缕阳光，来暗示彼处新人承宠，衬托出此处的冷落失意来。昭阳的温暖，长信宫中的怨恨与冷落即在不言之中。有的诗在结构安排上，通篇绝大部分描写现实中一种境况，而在结尾处却用显豁的一二笔写现实或想象且与前相反的空间，意在形成一种对比，发人深思。如杜甫的《兵车行》结尾："君不见，青海头，古来白骨无人收，新鬼烦冤旧鬼哭，天阴雨湿声啾啾！"白居易的《轻肥》，以充分笔墨写达官们"尊罍溢九酝，水陆罗八珍。果擘洞庭橘，脍切天池鳞"，在描述了花天酒地的世界后，在结尾时却展现了人间的另一悲惨世界："是岁江南旱，衢州人食人。"这种挪移衔接的手法，使诗产生了强烈的对比效果。李白的

《越中览古》:"越王勾践破吴归,战士还家尽锦衣。宫女如花满春殿,只今惟有鹧鸪飞。"前三句把历史空间置于眼前,末句从历史欢乐的高潮一下跌入现实凄凉的深渊。杜、白把同一时间的不同空间联结在一起,李则把不同时间的同一空间拼接在一起,这是诗歌中的蒙太奇手法,情感倾注在空间的转换突接处,便得神圆气足。

再看时间描写。有的诗在时间上清晰叙写,井井有条,丝毫不乱,意在表达感情的层层变化或今昔不同,如陆游的《三月十七日夜醉中作》:"前年脍鲸东海上,白浪如山寄豪壮。去年射虎南山秋,夜归急雪满貂裘。今年摧颓最堪笑,华发苍颜羞自照。……"而周邦彦《玉楼春》(桃溪不作):"当时相候赤栏桥,今日独寻黄叶路",以当时惹眼的红色桥栏衬出青春的欢乐,对照今日黄叶铺地、踽踽而行的孤寂,从中显出情感变化的今昔不同。

与此相反,时间的模糊感也有其特殊的情感功能。当人们处于极度幸福之中,喜极之情会对自己的处境产生疑问之想,因而由空间牵连到时间,萌生出明知故问的心理,用之入诗,可以抒发特定环境中不同一般的大喜过望的情感。《诗经·唐风·绸缪》:"绸缪束薪,三星在天。今夕何夕?见此良人。子兮子兮,如此良人何!"即如此。还有杜甫的《赠卫八处士》"人生不相见,动如参与商。今夕复何夕,共此灯烛光。"苏轼的《念奴娇》(凭高眺远):"我醉拍手狂歌,举杯邀月,对影成三客。起舞徘徊风露下,今夕不知何夕!"都说的是一个难得的"良夕",表示异乎寻常的喜悦,在这里时间的观念愈模糊,情感的渗透愈强烈,模糊的时间传递出鲜明饱满的情思来。

空间和时间,在运动中互为条件、互相依赖,沾著交融彼此映发。诗人常用空间物体的移动,形象而含蓄地表达时间的长短。像嵇康《赠秀才入军诗》其十四:"目送归鸿,手挥五弦,俯仰自得,游心太玄。"这里"送"字表示目光在空间的转移,愈移愈远,也即"手挥"和"游心"的时间愈来愈长。李白《送孟浩然之广陵》的

"孤帆远影碧空尽,惟见长江天际流"。"孤帆"由近到远,由"远"而"尽",意味着时间的流速从诗人伫立远望的身旁悄悄流去,其中怅望之久,交情之深,无可依傍,无可挽留的情思全都含蕴于默默流逝的时间中。有时有的诗人并不借助空间物体的变化,也同样能显示出时间的进程。杜牧的《秋夕》:"天阶夜色凉如水,坐看牵牛织女星。"则使人物处在"坐"的静态之中,但也使人分明感到凉夜的时光在"坐"中默默逝去。

　　总之,时间与空间相互依存,自在融合,谁也离不开谁,犹如车厢与车轮一样,是辅车相依的。一旦脱离一方,另一方就很难独立存在。诗人对时空审美是有所选择的。如登高那样广阔的空间,像寂寥的日暮黄昏,诗人则情有独钟。而对早晨那样的时空,相对选择就特别少了。这也是王之涣"白日依山尽"那首小诗流传久远的原因。杜甫与高适、岑参、储光羲、薛据都同题共作了"登慈恩寺塔"诗,其余诗人都以写景为主,岑诗的"秋色从西来,苍然满关中",同样感发人心。但杜甫却从眼前景推想到盛唐将面临一场大变,把登高情怀与俯仰天地空间结合起来,特别是把空间与时局变化融合起来,秦山破碎,泾渭难求,皇州濛濛,这样就把时空的深广推到极致,而高出其余几家,更好显示登高"翻百忧"的阔大胸襟。而其余几家在时空的结合上,就远逊杜诗了。由此可见,时空结合的重要性与深广性。

（此文原载《人文杂志》1988 年第 5 期）

二、诗词的意象、系列题材与时空之关系

时空作为自存的包罗人生的物质形态,被先哲们认为:天广地大而生变化四时,人须与之顺应,"天行健,君子以自强不息"(《周易·乾卦》);或者是"吾生也有涯,而知也无涯。以有涯随无涯,殆已!"(《庄子·养生主》)儒道异见都基于"知量无穷""知时无止"的时空体认。哲人思辨的同时,诗人则发出"登昆仑兮四望,心飞扬兮浩荡"(《楚辞·九歌·河伯》),以及"日月忽其不淹兮……恐美人之迟暮"(《离骚》)的时空感喟,热烈地寻求人生真谛。诗人的主观感受赋予时空极大的可塑性和选择性,本文仅就时空与意象和系列题材的美感关系试做一番审思。

1. 时间在意象中的情感价值

诗词是情感的结晶,我们需先辨明时空在诗词中的情感功能。时空本来化合一体,因此还得做些类似化学家的分解工作,因为诗词中的诸多意象,犹如时空本身一样,都是时空的复合物,诸如在诗词中出现频率最多的春草、黄叶、斜阳、月亮等,它们既是空间的物象,各自又包含一定的时间特性。为了讨论的准确,这些带有时空二重性的意象暂且排除在外,留待下述。我们这里所说的时间,是指没有形

象功能而纯粹表述时间的，它们只能诉诸思维和情感，而不能置于眉睫之前。由于本身先天性的缺乏，所以它们在意象和意境的"象"与"境"上是无能为力的"意"才是时间的用武之地。换言之，抒情发感才是它的天职。因而可以说，时间只具有情感价值的作用。与之相较，空间则优越得多，不仅享有时间所具有的情感价值，而且具有时间所不备的得天独厚的观感价值，因为"在艺术里，感性的东西是经过心灵化了，而心灵的东西也借着感性显示出来"①。更明显地说："人把他的心灵的定性纳入自然物里"②，所以空间具有它本身和时间的二重功能。如此区分，并非意味着时间的功能无足轻重，或者说空间对于时间可以取而代之。究其实，在抒情作用上，二者具有同等重要的价值，不同的是，由于空间的双重功能性，在"意"和"境"两方面都有涉足，就必然决定其使用的频率要超过时间。但事物的差异性，不会是那么绝对一律，常常遇到空间的情感价值不是很突出很强烈时，就需要借助时间的帮助。陆游《临安春雨初霁》的"小楼一夜听春雨，深巷明朝卖杏花"，小楼、深巷、春雨，都是空间意象，前二者交代了"听雨"的环境，衬出身居京城的冷遇；后者和想象中的空间意象"杏花"虽带来江南早春气息，但其中对春天莅临的喜悦，以及由夜听春雨和明晨杏花的时间联系而触动韶光流逝的敏感，还有因此而招致的不眠之夜，在很大程度上都要依靠表示时间的"一夜"和"明朝"，以及二者的内在联系来表达。当然，整个意境的形成，是时空交互熔铸的，如同"春雨""杏花"本身就是时空交融的意象一样。

情感是诗词的血液。对于情感的贯注，诗词是不厌其浓、不厌其

---

① 黑格尔《美学》第一卷《全书序论·艺术美的概念》，商务印书馆1984年版，第49页。

② 黑格尔《美学》第一卷《艺术美的理念或理想》，商务印书馆1984年版，第326页。

多的。在表情作用上，时空的各自功能赋予了时间意象和空间意象的同等重要作用。这就决定了二者相互为用，互为补充的必然性。苏轼《浣溪沙》（旋抹红妆）："老幼扶携收麦社，乌鸢翔舞赛神村。道逢醉叟卧黄昏。"如果试把表时间的"黄昏"换作"桥边""路旁"等空间意象，则词的意味会顿然失色。同理，欧阳修《蝶恋花》（庭院深深）："雨横风狂三月暮，门掩黄昏、无计留春住"，其中的"黄昏"，也是更改不得的。

再从那些以时空共同构筑的意象看，也可以分辨出时间抒情性的长处，由它们形成的意境如同本身结构一样，时空都散发着各自的极致。这与那些纯空间物象比较起来更为明显。《文镜秘府论》南卷《集论》有段引文，记述有人曾诠较谢朓《和宋记室省中》的秀句，说是"行树澄远阴，云霞成异色"不若"落日飞鸟还，忧来不可及"之妙（"行树"，原作"竹树"），认为"夫夕望者，莫不熔想烟霞，炼情林岫，然后畅其情调，发以绮词，俯行树之远阴，瞰云霞之异色，中人以下，偶可得之"。而后者则"扪心罕属，而举目增思，结意惟人，而缘情寄鸟，落日低照，即随望断，暮禽还集，则忧共飞来"[①]。这是说前两句写夕望只是从烟霞、林岫的空间景物方面构思熔想，因而呈现的行树远阴，云霞异色，全从远眺中所得，纯写望中之望，缺乏情思，唯见空间物色，时间感则是淡薄的，而后者则以情绪为先，以物色留后，"缘情"所寄之"鸟"，不仅是举目所见，且是还巢的"暮禽"，匆匆飞动于落日低照、随即望断的暮霭之中，黄昏的时间感使那些处于旅途者的怀归之情，自然倾注在归巢飞鸟的点点黑影上。所以，"暮禽还集"，既是所见，也是所感。既是空间物色，也是时间意象。因而与之共飞具来之"忧"，则是时空合围的包逼侵袭。空间物色的可视性，时间意象的可感性，相互融注，相因相

[①] ［日］遍照金刚撰、卢盛江校考《文镜秘府论汇校汇考》，中华书局2006年版，第3册1555页。

生，互触共发，自然会产生扣心罕属的美学效果。此时举目必然"增思"，增思自然是"落日恐行人"（贾岛语）一类的感触。在这里时间的抒情性有着不可低估的作用。如再细辨，"落日"点明时间，"飞鸟还"更是时间形象化的复现，一经衔接，似乎瞬间中落日没山，暮鸟将逝，时间所引起"增思"的弹性愈为加强，时间抒情性的张力更为散发。

从诗词的表现手法看，时间有"点"的用途，空间有"染"的功能，这是由于各自使用率的多寡所决定的。以刘禹锡《石头城》为例：

> 山围故国周遭在，潮打空城寂寞回。
> 淮水东边旧时月，夜深还过女墙来。

故国、空城、女墙、淮水、月，以及山围周遭、潮打而回的诸多空间意象，都是对石头城的赋笔渲染。仅此，只呈现了古城之今日，只有在其中点缀以表时间的"故""旧时""夜深"，才把表述对象的绵远之昔和诗人的怅望之今联系起来，而加重空寂落寞之感，触发出物是人非吊古伤今的情怀来。这犹如国画中"烟云泉石、花鸟苔林、金铺锦帐、寓意则灵"①。这是说空间物象如能渗透主体情感则"灵"，诗词中空间意象点缀上时间色彩才能使意境生"灵"，也是同理。

2. 时空融合的意象是意境生命之树突出的枝条

如前所述，诗词中的时空关系正如客观世界的时空在运动中相依互存那样，而互为一体。二者融合即是"目既往还，心亦吐纳"情景交融的一个重要方面。时空愈是密而不分，意象的具情生色、意境的成功就愈有把握。谢榛的《四溟诗话》曾把三个中唐诗人构思措辞大

---

① 王夫之《姜斋诗话》，人民文学出版社 2006 年版，第 14 页。

体相同的诗句做了一个很有意义的比较，这对于说明这个问题颇有启发：

窗里人将老，门前树已秋。
——韦应物《淮上遇洛阳李主簿》

树初黄叶日，人欲白头时。
——白居易《途中感秋》

雨中黄叶树，灯下白头人。
——司空曙《喜外弟卢纶见宿》

谢氏说："三诗同一机杼，司空为优。善状目前之景，无限凄感，见于言外。"① 其结论颇具眼光，可惜推论是顿悟式的意会而言传无多。

依据时空结合原理，其中三昧，似更分晓。韦诗用了两个主谓结构的叙述句，以"老""秋"作谓语，又借助时态副词"将""已"，侧重强调"人""树"的时间概念。至于人"老"到什么程度，树逢"秋"成了什么样子，则无暇顾及。只局限于时间的交代，而缺乏空间意象的显现，因而境界不够鲜明。白诗略去了与人、树关系不大的"窗里""门前"，留出余地，融入"黄叶""白头"两个空间意象，高出韦诗一筹。不足的是，只把它们作为时间名词"日""时"的定语，冲淡了空间意象的可视性，还只是在时间的范围内转圈子。司空取替了"将""已""初""欲"这些时态副词，以及表时间的"老""秋""日""时"，而增加了表空间的方位名词"中""下"，这就是说，在时空比例上进行了增删调整。不惟如此，而且有余力再次腾出手增入"雨""灯"渲染"凄感"气氛的空间意象，形成"雨中黄叶树，灯下白头人"四个空间意象。乍看全是空间功能在起作用，实则不仅"灯下"明示空间所属的时段，而且"黄叶——树""白头——

---

① 谢榛《四溟诗话》，人民文学出版社2006年版，第12页。

人"本身就秉赋有比"秋""老"更为具体的时间范畴,时空在这四个意象中("雨中",于此即"秋雨中"义)交融得分不出彼此。雨,烘托黄叶树;灯,即夜晚,衬托白头人;而且风雨飘摇的黄叶树,又和夜色寂凉的孤灯之下的白头人再次构成对比和烘托,意境全出。这是用时空和人、树"两层夹写"映带生色,因而"气厚而力透"(俞陛云《诗境浅说》),从标志时空的"目前之景"所荡溢出的"无限凄感"自然呈现出"物色之动,心亦摇焉"(刘勰语)的审美感受。

如进而论之,王维《秋夜独坐》:"雨中山果落,灯下草虫鸣",虽然也写得静谧细致,但时间含义不够明显,而且动、植物物类相偶,相互的生发性,不及物、人相对,情感不隔,来得直接。司空身后,又有人弹起同调:

落叶他乡树,寒灯独夜人。

——马戴《灞上秋居》

随风秋树叶,对月老宫人。

——戎昱《秋望兴庆宫》

他们大概都认为在这个构思上,小诗人比大诗人有高明之处,因而都采取人与树的对比或对衬,而且都注意了时空的结合,各出意境。但"独夜人""老宫人"的"夜""老",作表时间修饰性定语,似把时间说明性地外加上去,而不像"白头人"那样融合进去;"他乡树""秋树叶"比起"黄叶树"来则更逊色。这样一经比较,就确实"司空为优"。嗣后卢肇的"秋尽更无黄叶树,夜阑惟对白头僧"(《题清远峡观音院》),还是顺着山空的调门,只是气力太露。剪掉了"雨中""灯下"的背景,加上"无""惟"的前后照应,原来类似蒙太奇手法的效果也就消失了。明人李晔《恬致堂诗话》说:"黄叶落叶,入诗最饶意象。"正如中晚唐诗喜用"斜阳"一样,"黄叶"对他们有着同样的吸引力。这和初唐的"淑气催黄鸟,晴光转绿蘋"(杜审言《和晋陵陆丞早春游望》),盛唐的"红豆生南国,春来发几枝"(王维《相思》),"海日生残夜,江春入旧年"(王湾《次北固山下》)的气象迥异。各个时代的诗人有着各自喜爱的特定时空结合的意象,"文变染乎世情,兴废系乎时序"(刘勰语),意象的取舍和社会现实,时代感情以及个人审美情趣,性格气质是分不开的。

据上文比较,可否得出这样的结论:时空融合无间是构筑富有诗意的意象的重要手段之一,它本身的构成即标志着情景的融合,契合于中国诗词学的传统审美情趣。这类意象不仅在同时代的诗篇中出现之多而引人注目,在诗词史上也自然形成绵远而永恒的积淀,我们从异域学者对《唐诗别裁集》《唐诗三百首》《佩文斋咏物诗选》的意象统计中,也可得到这样的启迪。袁枚《遣兴》说:"但肯寻诗便有诗,灵犀一点是吾师。夕阳芳草寻常物,解用都为绝妙词。"夕阳、芳草确实具有强烈的艺术生命力,它们在诗史上的出现是难以统计的,虽然历经使用,却光景常新。其所具的空间物色、时间特性,给人无限遐想。周邦彦《夜飞鹊》(河桥送人处):"兔葵燕麦,向残阳,影与人齐。"梁启超赞为"与柳屯田'晓风残月',可称为送别中的双绝,皆熔情入景也"①。秦观《满庭芳》(山抹微云):"斜阳外,寒鸦万点,流水绕孤村。"借用隋炀帝"寒鸦千万点,流水绕孤村",只增设了一个"斜阳外",便获得晁补之的激赏:"虽不识字人,亦知是天生的好言语。"②《楚辞·招隐士》:"王孙游兮不归,春草生兮萋萋"成为历世追模的范本。这里斜阳、芳草所昭示的一年之初、一日之终的时间启动若许的理性思味;柔和而即逝,溢目而滋生的空间色感引动丰多的情怀联想,显示了"墨气所射,四表无穷"(王夫之语)的艺术魅力,无疑是时间的情愫融入空间物象所扩散的

---

① 梁令娴《艺蘅馆词选》乙卷引"家大人"语,广东人民出版社1983年版,第80页。
② 胡仔《苕溪渔隐丛话后集》引晁补之语,人民文学出版社1984年版,第248页。

酵发作用所取得的美感效应。我们可以这样说，由时空融合的意象，乃是滋生在意境这棵生命之树上突出而显眼的枝条。

3. 系列题材中时空魅力的理性思考

中国古典诗词从产生到成熟，其发展轨迹，从形式上看，从四言、五言到七言长短句，从古体到近体，从小令到长调，前一种形式总是孕育着后一种形式，后一种形式是前者发展的结果，这种前后相因、递接式的状态呈现出以时间先后为限断的系列性发展趋向；从内容上看，也呈系列性特点。我国第一部诗歌总集《诗经》即按风、雅、颂系列编排，照先秦两汉人的观点，这些能唱的诗，其音乐性有着更为重要的意义。汉人刘向编辑《楚辞》，距离《诗经》时代未远，就按楚音系列来决定入选篇目。到了文学自觉的魏晋南北朝时期，系列的标准相应有了改变，《文选》对诗歌系列的划分和发轫期具有不同面貌，而以诗歌本身内容为标准，分为"补亡""述德""劝励"等22个系列，其分疆划界的依据比起《诗经》无疑是个进步。而后文人诗集，如以内容分类，即以《文选》为鹄的。

《文选》以系列式划分诗歌的不同题材，这给探讨诗歌本身的发展规律提供了方便，沾溉后人非浅。如果按照系列方式，从时空角度也可以把诗词化为不同系列。元人方回的《瀛奎律髓》把唐宋人律诗按类分为49个系列，卷首的"登览类"即属空间范畴。从先秦"登高能赋，方为大夫"的文化心理，中经阮籍登广陵怀古的"时无英雄，使竖子成名"的浩叹，给予登临怀古诗颇巨的影响，其原因在于把本来属于时间系列的怀古（咏史）诗，与登览结合起来。俯仰物色是视野的横向展开，怀古则是思绪的纵向开拓。或是发思古之幽情，或是叹人生之短暂，这是由空间向时间的极限发展的，此其一；其二是由视野所见之空间而思绪飞往视域所不及的空间。晏殊《蝶恋花》

（槛菊愁烟）的"独上高楼，望尽天涯路。欲寄彩笺兼尺素，山长水阔知何处"，这是朝空间的极限发展的。这两极所体现的情感倾向也有不同。前者近乎人生哲理的范畴，呈现出静态思维方式，在反馈人生或历史的咀嚼中体味人生存在的价值，寻求人作为短暂客体而处于绵绵时空之中的有限作用。其情感方式是内向的，静止的，回味式的。其情感色彩是哀叹的，其精神实质却是进取的、探求性的。在静态的思维中蕴含着动态的情感效果；而后者则是人生现实的欲望，以动态思维的方式，表现人作为于宙主体的要求。情感在企慕追求、渴望中跃跃欲动，其感情方式是外向的、呼唤性的，其情感分量是执着激切的。二者虽有区别，但其结果归宿则一致，都是可望而不可即、可求而不可遂，由企望而转入失望，而承担人作为时空的主体不可摆脱的苦恼负荷。在这里，动态的欲望换来了失望甚或绝望的静态情感效应。总览两者情感的发展变化，二律背反在发挥着它的规律作用，也正是这种具有美感散发性的作用，使得这个系列题材在表达情感上具有潜在的艺术张力。

和登览相近的还有黄昏系列题材，也呈现出向时空两极发展的趋势。其一是属于空间悦目欣赏的黄昏远眺而引发时间郁悒的惆怅。黄昏光线的亮度，随着太阳的沉没而不断改变：鲜明、柔和、微淡、髓味、漠漠、昏黑，由若干个光度层排成降幂型。截取其中任何三个相连续的光段则呈：A>B>C，就 A、B 和 B、C 的各自关系看，并俱由强而弱的起伏状态。审视其整个程序犹如位于一个正方形其中的一条对角线位置，显现由上往下延伸的起伏不止的波状线。波状线被视觉艺术家看作是富有流动感的线条，流动带来美感。① 黄昏处于光线的迅速变化中，而柔和、流动的变化宜于感官欣赏。抹上夕阳余晖的空间景物，浸润于流逝的薄暮时光，使意境凸现出时空交织的立体美，烘染出感情上多层次的变化。传为李白的《菩萨蛮》："平林漠漠烟

---

① ［英］威廉·荷加斯《美的分析·论线条》，人民美术出版社 2019 年版，第 72 页。

如织，寒山一带伤心碧。暝色入高楼，有人楼上愁。"或是崔颢《黄鹤楼》的"日暮乡关何处是？烟波江上使人愁"。都是基于夜幕迫临，"何处是归程"的空间怅望，而引发今日未归待得何时的潜在的时间情伤，触虑成端，沿情多绪，惆怅于郁悒伤怀的时间中。其二是基于薄暮溟溟地迁逝而苦味着这难以消遣的时刻所带来的伤感空间。李清照《声声慢》（寻寻觅觅）"守着窗儿，独自怎生得黑。梧桐更兼细雨，到黄昏、点点滴滴，这次第，怎一个愁字了得！"守着窗儿也好，听着细雨也好，没有一处适意的空间。以上两种倾向都来自薄暮生愁一个基因。传统的古典诗、词美学，向来是以怨愁作为阴柔的审美情调。于是"余霞散成绮"的黄昏被人愉悦地欣赏。视觉的欣享却带来感觉的忧伤，"所以我们欣赏落日，往往黯然伤神，仿佛是同生活告别，在'临别的时光'，依依不舍，回味一下白昼生活的一切欢愉、一切盛况"①。或者还可这样表述："生命中不是只有快乐，也不是只有痛苦，快乐和痛苦是相生相成的、互相衬托的。""快乐是一抹微云，痛苦是压城的乌云，这不同的云彩，在你生命的天边重叠着。"② 黄昏所感到的即将消逝的时光感，在观感中似乎愈来愈远。这时间的远距离和登览所见空间的远距离一样，触绪纷至，兴寄无端。殷红的夕阳处在倾斜变化的位置，摇摇欲坠的微动感，强烈地显示出的时间流失性，促使远眺者悟到人生的种种况味，因为时间是衡量运动的尺子。黄昏能够体现物态色感的变化，斜阳也能辐射出心态的微妙波动。

与由时间而转向空间的黄昏题材相反的是江、月系列题材，而是顺着由空间转向时间的轨道来安排情思。当然，如同夕阳有向时间发展一面，江、月本身也是空间万物之一。苏轼"但愿人长久，千里共

---

① [俄] 车尔尼雪夫斯基《美学论文选·美是生活》，人民文学出版社1957年版，第120页。

② 冰心《霞》，《人民日报》1987年2月15日。

婵娟"的遐想,借助明月飞驰于由此及彼千里之间。江水不绝,月光长新,永远流淌、运转,仰头可见,俯首在目,赋予了它浓郁的情采,决定了"窥意象而运斤"的诗人对它们由空间描写而转入时间的哲理咏叹。且不说张若虚孤篇振全唐的《春江花月夜》那样迷人执着的时间情思,和苏轼"大江东去,浪淘尽,千古风流人物"的高唱,岑参的"昔时流水至今流,万事皆逐东流去。此水东流无尽期,水声还似旧来时"(《敷水歌送窦渐入京》),江河流淌着过去时间的深沉负荷就很有代表性。从孔子"逝者如斯夫"的发现,与"仁者乐山,智者乐水"的体悟以来,江水就呈露哲理情采。其外在的感发性和内在哲理的契合性,召唤人对过去回顾和领悟,为诗人提供了丰富的创作机缘。

  在爱情系列题材中,无论是里巷歌谣的男女咏歌,还是精致绵邈的宋词婉约派的佳制,两情相悦而苦于分离,其间天各一方之辽阔,相互思念时间之长久,是具有共同特征。所谓"身无彩凤双飞翼"的苦恼,就是"鱼书欲寄何由达,水远山长处处同"(晏殊《寓意》)的情愫。这是有感于空间遥远。万树《踏莎行》"宝袜香存,彩笺音断,细将心事灯前算。三年有半为伊愁,人生能几三年半?"即是杜甫《月夜》"何时倚虚幌,双照泪痕干"的情怀,这是有感于时间漫长、绵邈。对这些共性毋庸赘言,值得留意的是,抒情主人公所处的空间,由先秦的阔大,中经六朝一变而为狭小,汉魏是这一变化的过渡时期。《诗经》中的情歌为数不少,而恋者热烈爽朗的歌喉很少在深闺庭院中浅吟低唱,那些桑间濮上之音,看到的是,在春水涣涣的岸边男女群聚的"市也婆娑"的轻歌曼舞,在草露未晞的原野的邂逅,或是丛林之中绽开情爱之花;幽期密约,则"静女其姝,俟我于城隅"(《邶风·静女》),或是"期我乎桑中,要我乎上宫"(《鄘风·桑中》),这些直率的诗,就像他们所依偎的大自然一样,颇为自由,拘束无多。这在古典诗词黄金时期的唐诗宋词中,几成吉光片羽。即是那成为后世滥觞的怀人念远之作，也是大路旁采采卷耳的思妇，或"泛彼柏舟，在彼中河"的怨女，虽和"丹凤城南秋夜长"的情思相近，却与"卢家少妇郁金堂，海燕双栖玳瑁梁"（沈佺期《古意》）的空间环境顿异，也和"梨花院落溶溶月，柳絮池塘淡淡风"（晏殊《寓意》）有别。《楚辞·湘夫人》"帝子降兮北渚，目眇眇兮愁予。袅袅兮秋风，洞庭波兮木叶下"。接步《秦风·蒹葭》"蒹葭苍苍，白露为霜，所谓伊人，在水一方"。汉魏有《古诗十九首》的"涉江采芙蓉，兰泽多芳草，采之欲遗谁？所思在远道"的发唱，也有对后世影响甚巨的曹丕《燕歌行》的"贱妾茕茕守空房，忧来思君不敢忘"的低唱，而成为后世闺怨诗的空间楷模。南朝即使民歌也有《子夜歌》的"日冥当户倚，惆怅底不亿"，永明体的典范："夕殿下珠帘，流萤飞复息。长夜缝罗衣，思君此何极"（谢朓《玉阶怨》）。六朝大都朝着这个倾向发展。唐人闺怨诗，或是"梨花满地不开门"（刘方平）的幽情，或是"冰簟银床梦不成"（温庭筠）的哀怨，还是偶尔"忽见陌头杨柳色"（王昌龄）的翠楼一瞥，都处于金堂玉屋、空庭小廊之中，空间的狭小趋向于整齐划一。至于宫怨诗自不待言，其主人翁则不能越雷池一步。到了《花间集》、宋词中的婉约词，都在致力精美细致的狭小空间，后来虽起了变化，但仍未出现质的飞跃。总之，从《诗经》到唐诗宋词乃至以后，文人爱情诗的空间主要倾向趋于缩小，情感趋向细腻含蓄，虽然其间不乏《蒹葭》式的篇什，而终究非其主流。刚健爽朗的民歌气息诚然消失，艺术上的追求却更为精心。

(此文原载《人文杂志》1991年第2期)

三、中国画的点染与宋词

诗画相通，众所习知。而作为诗之余的词，与画之关系，则人所罕言①。近代国画大师任伯年，每以词境作画，多种构图并题以姜夔"小红低唱我吹箫"，即为词画相融、统出一理的显例。词对画的汲纳，从词的成熟期宋代就已开始。

1. "点染"手法释义

"点染"一词早见于《颜氏家训·杂艺》："武烈太子偏能写真，坐上宾客，随宜点染，即成数人，以问童孺，皆知姓名矣。"此处所谓"点染"并非画法，而是当指随物赋形的绘画。言描摹人貌，数笔即画出人物风神，可一睹便识其人。晚唐郑损《星精石》"苍苔点染云生屣，老雨淋漓铁渍痕"，上句拟人手法，倒接近后来作画时的点染法。

---

① 早年有饶宗颐《词与画——论艺术的换位问题》一文，见《画𩕳——国画史论集》，（台北）时报文化出版企业有限公司1993年版；近年有陶文鹏《点染结合情景相生》一文，见《古典文学知识》2003年第6期；彭国忠《唐五代北宋绘画与词》一文，见《学术研究》2008年第11期。但这一领域问津者仍显少，词、画关系的研究依然呈现寂寞态势。且饶、彭二文主要从宏观着眼，少及细微；陶文尚有进一步挖掘的余地，且与我们的分析有不尽一致之处。本文选择这一角度再进行探讨，希望能于此领域有所补益。

点、染作为我国传统绘画中两种应用十分广泛的画法，二者常常配合使用，紧密相连。它们与勾勒、皴擦等技法一道，成为凸现国画基本特色的重要作画手段。"点染"与笔墨相关，"点"用笔，"染"用墨或颜色。宋郭熙、郭思父子所撰《林泉高致》云："以水墨再三而淋之谓之渲，……以笔端而注之谓之点。"① 此处"渲"即染意。清代松年《颐园论画》也说："皴、擦、钩、斫、丝、点六字，笔之能事也，藉色墨以助其气势精神；渲、染、烘、托四字，墨色之能事也，藉笔力以助其色泽丰韵。"② 是笔、墨即为点、染。分开来讲，"点"又有"点缀""点黛""点墨""点刷""点剔""点叶""点苔"等不同，可以"点苔"为代表。画论尚"山石点苔，水泉索线"之说，画家于此甚为著意。"点苔"，就是用毛笔作出直、横、圆、尖或破笔（笔毛散开，无一定形式）或如"介""个"等字的点子，表现山石、地坡、枝干上和树根旁的苔藓杂草，以及峰峦上的远树等。③ 明唐志契《绘事微言》说："画不点苔，则山石树木无山无生气。"④ 清代恽寿平《南田画跋》说："画有用苔者，有无苔者。苔为草痕石迹，或亦非石非草。却似有此一片，便应有此一点。譬之人有眼，通体皆虚。究竟通体皆虚，不独在眼，然而离眼不可。"唐岱《绘事发微》也说："盖点苔一法，为助山之苍茫，为显墨之精彩。"画论中也常见"一点好看""一点精神"诸类说法，这些都可移之以论所有点法。无论"点苔"还是"点黛""点叶"，作为点法的不同表现形式，它们在画中确有着突出的地位和作用：它可以使画面轻灵飞动，不显板滞，诚所谓"沿皴作画三千点，点到山头气韵来"（现代著名画家黄宾虹语）。画中的"点"，正像音乐中的强音符，会顿使乐曲欢快

---

① 于安澜《画论丛刊》，人民美术出版社1989年版，第27页。
② 于安澜《画论丛刊》，人民美术出版社1989年版，第603页。
③ 参考《中国美术大辞典》，上海辞书出版社2002年版。下文对"渲染"的解释亦参考此书。
④ 唐志契《绘事微言》，人民美术出版社2005年版，第25页。

活泼，情味百出。国画中"点"法不仅仅局限于"以笔端而注之"，它还有"策笔""渴笔""聚笔""劈笔""秃笔""破笔""润笔"等点法，都要根据作画的不同需要而加以选择运用；同样，"染"亦分"勾染""层染""渴染""湿染""皴染""渲染"等，可以"渲染"为代表。"渲染"即用水墨或颜色烘染物象，分出阴阳向背，增添画面的质感和立体感，以加强艺术效果的一种用墨技法。清沈宗骞《芥舟学画编》云："天下之物，不外形色而已。既以笔取形，自当以墨取色。故画之色，非谓丹铅青绛之谓，乃在浓淡明晦之间。能得其道，则情态于此见，远近于此分，精神于此发越，景物于此鲜妍。所谓气韵生动者，实赖用墨得法，令光彩晔然也。"[1] 画中景物的阴暗、浓淡、虚实、隐显、层次都赖墨与色渲染以成。恰当使用染法，方显山水苍润，画面厚重。

要之，"点染"法是我国绘画中运用笔墨的两种基本技法，"点"属笔法，一般为点缀景物，突出主体；"染"属墨法，一般为渲染色彩，烘托环境。清唐岱《绘事发微》说："古人之作画也，以笔之动而为阳，以墨之静而为阴；以笔取气为阳，以墨生彩为阴。……以笔墨之自然，合乎天地之自然。"故作画讲究笔墨相生，点染结合，如此则画中气韵自出。画史上，据传王维《江山雪霁图》的空中飞鸟，董源《潇湘图》山麓下与山顶的林木，均用点构成。若去掉这些点，则无气韵，或成童山。巨然《秋山问道图》错落分布于山顶的点，最见精神。至于米芾、米友仁的米家山水，画山纯用水墨横点，连点成片，即以点染，画面烟云变幻，生意无穷。点法至此，不仅成熟，且有新变。北宋点法大成，南宋山水几乎无画不点，马麟《台榭夜月图》画面的点更多得惊人。元代四大家的山水也无不精于用点，就是逸笔草草的倪瓒，看他的《虞山林壑图》，无论近景土坡、树叶，中景山石，都无不用点，即可知"点"在山水画中的重要。至于花鸟

---

[1] 于安澜《画论丛刊》，人民美术出版社1989年版，第329—330页。

画，据传五代黄居寀《晚荷郭索图》，染法已灼然可见。宋杨无咎《四梅图》就用了不少的点来画嫩苞，吴炳、叔儺等的《荷花图》更是点得历历分明，可见不少画家画荷都已用了点法。到了赵孟頫《莲塘图》则用大点。明代朱瞻基《莲蒲松阴图》的荷叶，也几乎全用点染构成。总之，无论山水画或花鸟画，都重使用点染法，且都有一个相同的审美特点，那就是因为"染"，画面景象融融；而有了"点"，又使景物精神而富有生机。所以说，绘画中点染手法的成功运用能取得极高的艺术成就，又使景物精神而富有生机。这在各种传统画法已经完全成熟的宋代①，确曾在画坛上大放异彩，并留下了许多名家、名画而为后世传颂不绝，备受称道。点染成了画道之大法，无画没有点染，以至于今。

词体文学发端于唐代，至宋代而臻极境，绘画的点染手法也不知不觉地渗入词中。点染与词的"交流"，可以说，至少在宋词与宋画双峰并立的时代，已进入"艺术对话"的自觉阶段。词中的点染，与画法同质相通。点即点明，或点明情思，或点明旨意；染，就是为所点对象进行的景物渲染、烘托等，以使其更突出、更鲜明。最早注意到用画的点染手法去观照词者，可能是清代文论家刘熙载，其《艺概·词曲概》云：

> 词有点、有染，柳耆卿《雨霖铃》云："多情自古伤离别，更那堪、冷落清秋节。今宵酒醒何处，杨柳岸、晓风残月。"上两句点出离别冷落，"今宵"两句乃就上两句意染之。点染之间，不得有他语相隔，隔则警句亦成死灰矣。②

所言"词有点、有染"，颇具通人眼光。但他对例句的分析未能尽善，

---

① "画法莫备于宋"，语出清王原祁《麓台题画稿》，《画论丛刊》卷上，第214页。
② 刘熙载《艺概》，上海古籍出版社1978年版，第119页。

"多情"两句位于过片，就上片"兰舟催发，执手相看泪眼"而言，应为"点"，整个上片则为染。而"今宵"两句，则前句为点，后句为染。似较妥帖。

词中的点染手法运用种类不一，形态纷杂，颇显繁富。如从结构角度考察，点染形态更为灵活多样。

2. 以结构视角观照唐宋词的"点染"

词最重视写景言情，诗可以文为诗、以议论为诗，而以文、以议论入词则不宜，所以词很少有不写景者。《艺概》也说到词的结构："词或前景后情，或前情后景，或情景齐到，相间相融，各有其妙。"又言："词之为物，色香味宜无所不具。"故无论属婉约还是豪放，词中均有景色在，似可说无景则没有词。至于情感，亦须贯注或提示于中，亦可言无景不情了。一般说来，写景需用渲染，言情当用点法提动或暗示。其中开片、过片、结片，常是施用点法的位置，读词者亦最需留意。

（1）篇首点。即在一首词的开篇处，起笔就点出词的旨意或所要抒发的情感，其余皆为此情怀进行渲染。似乎是待读者乍一醒目之余，复随词人之染开一面，再三品味，愈感会心。如南唐后主李煜的《浪淘沙》：

> 往事只堪哀。对景难排。秋风庭院藓侵阶。一任珠帘闲不卷，终日谁来。　　金锁已沉埋。壮气蒿莱。晚凉天净月华开。想得玉楼瑶殿影，空照秦淮！

起句"往事只堪哀""五字极凄婉，而来势妙，极突兀"[①]，点出伤旧

---

① 陈廷焯编选《词则·大雅集》，上海古籍出版社 1984 年版，卷一第 7 页。

之情，悲感无限，为词营造了浓浓的抒情气氛。此即点笔，全词也是围绕这一"点"进行渲染的。次句"对景难排"安置巧妙，看似无意，实是由点到染的自然过渡。正所谓"点染之间，不得有他语相隔"。那么，所对何景呢？词接下来便从"秋风""庭院"等物象写起，一片凄凉之境，全与词首点笔相应。"终日谁来"四字特显孤惨，尤为警醒。词的下片染法也很别致，"金锁"两句似故作壮语，却分明透着深沉的怀旧伤感情绪。末尾三句从寥远宁静的高空落笔，景虽转而凄情依然，言尽意留，余味悠远。这样，整首词经首句一"点"的带动作用，加之下文的集中渲染，而显得浑然一体。点染密合，笔势收放起落间很好地表达了伤怀之情。

（2）篇末点。词在进行了相当程度的铺染，充分蓄势，待到欲化未化之时，于末尾处适时点题，并结束全篇。如韦庄《菩萨蛮》：

人人尽说江南好，游人只合江南老。春水碧于天，画船听雨眠。　　垆边人似月，皓腕凝霜雪。未老莫还乡，还乡须断肠。

首两句是作者有意空处落笔，为下文的点题作铺垫，说它是"欲点故染"也无不可。然后，词宕开笔调，从"春水""画船"、垆边丽人等景象进行渲染，视角切换迅速，却不使人有纷乱迷眩之感，原因即在于首两句已为全词奠定抒情基调。那么，作者到底要说明什么呢？词末陡然一点，振起全篇："未老莫还乡，还乡须断肠。"终于道出词人目睹中原离乱，远思鼎沸之乡的悲哀心情。"还乡"只为表层语，真正警醒人处，却还在"莫还乡"之下掩藏着的那份乡痛。正如谭献《复堂词话》所说："怕断肠，肠已断矣。"

上例为常见的顺势点题的情况，词中的"篇末点"还有一种逆向思维式的点破题旨法，也很值得提出探讨。辛弃疾《破阵子》颇具代表性：

醉里挑灯看剑，梦回吹角连营。八百里分麾下炙，五十弦翻塞外声。沙场点秋兵。　　马作的卢飞快，弓如霹雳弦惊。了却君王天下事，赢得生前身后名。可怜白发生。

词从开篇到"赢得生前身后名"，一直是虚处着笔，全写想象中景象，寄寓着作者美好壮烈的理想。但词末一句"可怜白发生"，不仅点到实处，而且词意陡然下跌，一落千丈，与前文壮怀激烈的向往形成极鲜明的反差。正可谓"一点精神"，四两拨千斤。突发的逆向感慨，似乎一下子推到了前面所有从正面着墨的染笔。这样的点染手法，使词整体波澜起伏，惊警动人。

　　（3）过片点。过片即下片的开头，写法上一般要求既与前后文相联系，又要"换意"，出以新境。过片处点题，能够既使词显得紧凑、层次分明，又能前后各自展开、尽情渲染。如柳永《八声甘州》：

　　对潇潇暮雨洒江天，一番洗清秋。渐霜风凄紧，关河冷落，残照当楼。是处红衰翠减，苒苒物华休。惟有长江水，无语东流。　　不忍登高临远，望故乡渺邈，归思难收。叹年来踪迹，何事苦淹留。想佳人、妆楼颙望，误几回、天际识归舟。争知我、倚阑干处，正恁凝愁。

词上下两片，分明上景下情。上片写清秋雨后之江天，眼前正是一番澄碧中透着凄凉寂寞的秋景。从"霜风""关河""残照当楼"到"无语东流"的长江水，随着景象的转移，我们似乎已感觉到什么，但却无法言传。我们不禁疑想，这样凄寂变动的秋景中，词人又在哪里？为什么他眼中的景象会蒙着一层似浓又淡的伤感色彩？于是，下片一开头，便突现一个特写镜头：词人"登高临远"，怅望已久。惆怅源自"故乡渺邈，归思难收"。原来，所有这些景象都是作者于层楼之上凝眸远望所见。"不忍"三句点醒了全词，且多了一番曲折和情致。作者在过片处采用点笔，不仅顿收上片，同时又以思乡之旨启开下片，在感叹、想象中继续加深渲染。末尾以"想佳人"的想象再度渲染，回应"归思难收"的主题。这样全词的渲染都集中在过片的"点"上。

回过头来再看，我们发现，过片这一"点"意义非常，它不仅是上下两片的过渡，而且点出了情旨，更为重要的是，它带起了全篇之"染"，使词在意义、结构、语气等各方面浑然一体。那么这是否违背了"点染之间，不得有他语相隔"的原则呢？不，恰恰相反，它以点题的方法自然衔接，正好弥补了上景下情之间的隔阂。

（4）上、下片结片点。即词的上、下两片末尾分别点出题旨，上下两片均点、染交叉，读来使人方思还叹，欲止又前，一层更出一层新。如吕本中《采桑子》：

恨君不似江楼月，南北东西。南北东西，只有相随无别离。
恨君却似江楼月，暂满还亏。暂满还亏，待得团圆是几时。

这是一首颇具民歌特色、生动别致的小令。词写别情，上片主言"恨君不似江楼月"，下片主言"恨君却似江楼月"，缘何不似也恨，似也恨？词人分别于上下结片点明，不似则无法"只有相随无别离"，似则"待得团圆是几时"。全词呈染—点—染—点之局势，层次井然。又李清照《武陵春·春晚》也是上、下片皆为先染后点。上片"风住尘香花已尽，日晚倦梳头"和下片"闻说双溪春尚好，也拟泛轻舟"，是两种不同风格的染笔，与此相对应，词上、下片片末分别以"物是人非事事休，欲语泪先流"和"只恐双溪舴艋舟，载不动许多愁"作点。

（5）上片为染，下片为点。词的结构组成比较复杂，计有单片、上下两片和三片等，其中以上下两片的合成最为常见。正如同作画往往先染后点一样，词中亦多前染后点。上片染、下片点便是其中的一种。如辛弃疾《水龙吟》：

> 楚天千里清秋，水随天去秋无际。遥岑远目，献愁供恨，玉簪螺髻。落日楼头，断鸿声里，江南游子。把吴钩看了，栏杆拍遍，无人会，登临意。　休说鲈鱼堪脍。尽西风、季鹰归未？求田问舍，怕应羞见，刘郎才气。可惜流年，忧愁风雨，树犹如此！倩何人唤取，红巾翠袖，揾英雄泪。

整首词是典型的上景下情，而景中也寄寓着词人的感喟。其主旨由下片三个连续使用的典故加一句感叹点出，属"连点"式（见下文）。为更充分、浓重地抒怀，作者用整个上片进行渲染。从"楚天千里"的茫茫秋景中染起，以"江南游子"的种种目见心感层层铺叙，为下片点题营造了相应落寞的氛围。全词构成上片染、下片点的格局。

可见，词中的点染手法运用灵活，与词的结构、立意密切相关，相辅相成。适时的点题，使词意脉可寻，精神跃动。而作为对这一主旨的烘托渲染，也为了使词情的透闪更显灵动，染法的使用也让词显得摇曳多姿，情韵荡荡。从以上结构角度的考察看，词中点、染手法的搭配并无固定模式，或先点后染，或先染后点，抑或点染交叉，完全根据词情抒发的需要临机组合。这与绘画中点苔法的灵活使用如出一辙，清郑绩《梦幻居画学简明》说："苔固有宜点，有不宜点者。还有应点在未著色之先，有应点在已著色之后。"[①] 绘画之于文学，不正都是这样吗？异曲同工之妙存乎两种不同的艺术中。

[①] 于安澜《画论丛刊》，人民美术出版社1989年版，第567页。

3. 句群、连点、叠染以及点染互带

除以上按结构所分的这些点染类型之外，我们还可以从句群组成以及点染本身的技法中观察分析，大致有句群点、句群染、连点、叠染、以点带染、以染带点等手法。

（1）句群点和句群染。"句群"原本为现代汉语吸纳西方语言分析理论之一种，我们拿来观照宋词，颇能别开生面。不过，我们所说词中的"句群"，与现代汉语的句群概念有所不同。本文所谓"句群"，是特指词中一个最小且有独立意义的单位。它由几个单句构成，本身只有一种小境界和艺术上的小结构，而又融合于词中。句群的使用不仅使词显得有气势，无论写景、抒情还是议论，都能取得淋漓尽致的效果，而且也利于点染手法的灵活运用。词中的句群可以看作一个整体，它作为词的组成单位，可以是点，也可以是染。

慢词多句群，这在柳永、苏轼、李清照、辛弃疾等人的词作中大量存在。如李清照《永遇乐》（落日熔金）下片：

> 中州盛日，闺门多暇，记得偏重三五。铺翠冠儿，捻金雪柳，簇带争济楚。如今憔悴，风鬟霜鬓，怕见夜间出去。不如向、帘儿底下，听人笑语。

词以元宵灯节为题材，寄寓着作者深沉的盛衰之感和身世之悲，这种哀情全由词末"如今憔悴"五句构成的句群点出。下片前半部分是对往昔游乐的追忆，为铺染之笔。这样，下片前染后点，也正好构成昔乐与今悲的强烈对比，从而凸出了情旨。词中的句群有时候也作为染笔出现。如辛弃疾《摸鱼儿》（更能消几番风雨）一词中的"长门事，准拟佳期又误。蛾眉曾有人妒。千金纵买相如赋，脉脉此情谁

诉"，这是由五句构成独立意义的句群。用汉武时期失宠的陈皇后以千金请司马相如作《长门赋》的典故，为全词抒写"闲愁最苦"、壮志难酬的感情而进行烘染，这便是"句群染"。只是与写景渲染有别，此处以叙写典故为染。

值得注意的是，句群作为词的组成部分，于全篇而言，或属点笔，或属染笔；但若将它抽出来做独立审视，它本身却又带着点染，这是"句群点"与"句群染"的特别之处。如前文辛弃疾《水龙吟》（楚天千里清秋）一词中，"落日楼头"七句构成句群，"江南游子"作为主语被后置，凸出"落日楼头，断鸿声里"的阔远凄美的意境；继以"把吴钩看了，栏杆拍遍"的游子所为。这些都在为末尾"无人会，登临意"的点题而着力渲染。整个句群呈先染末点之势。无独有偶，其《摸鱼儿》"长门事"句群中的点笔也放在末尾"脉脉此情谁诉"。而李清照《永遇乐》"如今憔悴"这一句群中，开头即点明"憔悴"之旨，下文则对此进行渲染。

通过以上分析不难发现，当句群作为一个个体被独立出来后，其本身的点染似乎有一定规律可循，即："点"与"染"两部分之间，一般构成转折、条件、因果等关系，二者之间的过渡程度较重；而染笔内部各句之间则以并列、承接、递进等关系居多，意义上的联系程度较轻。

（2）连点。画法中，"连点"多见于山水、花鸟画，尤其在巨石凹凸处，或高山之顶，用连点法出之以一系列青苔，能顿使山、石倍显苍润。文学创作中的连点法与此相通。连点法的成功运用能使作品颇富灵动和生气，这在汉乐府民歌中即可找到例证，如《江南》一诗：

江南可采莲，莲叶何田田。鱼戏莲叶间。鱼戏莲叶东，鱼戏莲叶西，鱼戏莲叶南，鱼戏莲叶北。

开篇两句绘出一幅"江南采莲图","何田田"状莲叶之丰茂婷立。突然经"鱼戏莲叶间"轻轻一点，画面顿生灵气。诗接着用鱼戏于莲之或东，或西，或南，或北进行连续排点，情趣盎然，着实让人感觉活泼清新，生机无限。

词中连点法的使用也能取得很高的艺术效果。如辛弃疾《水龙吟》（楚天千里清秋）下片（见前文），共十一句，除末三句施以淡淡染笔之外，前八句连用了三个典故，一典为一"点"，连续出之，递进式诉说着作者的一片衷肠。"休说"两句事出《世说新语》，张季鹰即张翰①。作者在此反用其典，慨叹自己有家难归；"求田"三句用三国时刘备、陈登、许汜事②，作者以此表示鄙弃许汜之类蝇营狗苟的小人。以上五句两用典，暗示词人有志北伐，收复失地，不愿意像张翰、许汜那样贪图眼前安逸。但这个愿望能实现吗？于是自然引出第三处"点"笔："可惜"两句抒发了作者对于时光流逝，北伐无期，恢复中原的宿愿不能实现的深深忧愁。"树犹如此"句用桓温典故③，作者借此表达了眼看国事飘摇，而自己年事渐增，再若闲置，便恐无力为国效命疆场的愁苦心情。词以三个典故层递的方式连用点笔，语意渐深，含蓄中透着苍凉、沉重。

（3）叠染。这是画法中一种比较特别的染法，即在同一处用墨进行层层渲染，墨韵叠加，故显得十分温润。文学写作中这种叠染法的运用也可上溯到汉乐府中，如《上邪》一诗：

上邪！我欲与君相知，长命无绝衰。山无陵，江水为竭，冬雷震震，夏雨雪，天地合，乃敢与君绝。

---

① 见刘义庆著、刘孝标注、余嘉锡笺疏《世说新语笺疏·识鉴》，上海古籍出版社1993年版，第393页。

② 见《三国志·陈登传》，中华书局1982年版，第229—230页。

③ 见余嘉锡笺疏《世说新语笺疏·言语》，上海古籍出版社1993年版，第113页。

诗无非是要说明"我欲与君相知"之意,此为"点"。但为了凸显这个情意,诗人从"山无陵""江水为竭"等等一系列自然界不可能出现的现象重加烘染,一层复叠一层,不可不谓淋漓尽致。

词中这种叠染技法也得到了继承和发扬,如敦煌曲子词中有一首《菩萨蛮》,词云:

> 枕前发尽千般愿,要休且待青山烂,水面上秤锤浮,直待黄河彻底枯。
> 白日参辰现,北斗回南面,休即未能休,且待三更见日头。

词人也是为了表达与心爱的人长相厮守、永不别离之情,却正话反说,从"水面上秤锤浮""黄河彻底枯"等不会发生的事件进行一层又一层的重复渲染,以见其情之深、义之重。这在表达方式及抒情效果上与《上邪》一诗有异曲同工之妙。

(4)以点带染。有时候,词中的一部分既点明了主旨,同时它本身又是对这一主旨的渲染,点染合一,而以点为主。如苏轼《江城子·密州出猎》:

> 老夫聊发少年狂,左牵黄,右擎苍。锦帽貂裘,千骑卷平冈。为报倾城随太守,亲射虎,看孙郎。　酒酣胸胆尚开张,鬓微霜,又何妨?持节云中,何日遣冯唐?会挽雕弓如满月,西北望,射天狼。

末三句为点题之笔,可视为一"句群点"。但这三句与前文融合无间,语气、笔势接上而来,并同时以"雕弓""满月"的意象,和遥望西北、怒射天狼的意态进行渲染。在这个小结构内部,"西北望,射天狼"是点中之点,词旨全聚于此,而"会挽雕弓如满月"又可视为对这一壮举的烘托，仍属以点带染。

（5）以染带点。这种情况跟"以点带染"有着正相反对的意味。有些时候，词的主旨被隐含在某些看上去是渲染的部分中，这一部分虽不点明旨意，但在渲染的过程中，它却暗寓着情旨。如辛弃疾《丑奴儿》：

少年不识愁滋味，爱上层楼。爱上层楼，为赋新词强说愁。
而今识尽愁滋味，欲说还休。欲说还休，却道天凉好个秋。

此词末尾"欲说还休，却道天凉好个秋"极耐人寻味。看似与全篇造句并无二致，俱为染笔。但细加体会，这是一种"识尽愁滋味"后欲说却难以道明的境遇，那份愁苦已经深深嵌入其中。表面的染却深含情味，带以点题。

清龚贤《柴丈画说》云："浓树不染不润，然染正难，厚不得薄不得。厚有墨迹，薄与无染同。浓树内有点有加，有皴有染，有加带点，有染带皴，不可不细求也。"① 这与上述句群点、句群染以及以点带染、以染带点等多姿多彩的技法运用，又是何等的对应。词画一理，固其宜矣。

4. 小结

宋代各种绘画技法的全面成熟，对同时共生的词无疑产生了极具价值的借鉴作用。在此之前，唐代"画中有诗，诗中有画"的传统业已形成，至宋诗却以议论见长，于是"诗中有画"便不知不觉移位到宋词。若要说"词中有画"，并不见得就是奇谈怪论，至少画法移入词中，词中可见出画法。正缘于此，刘熙载断言"词有点、有染"。

---

① 俞剑华编著《中国古代画论类编》，人民美术出版社2005年版，第791页。

绘画中的点染手法被移植到词的创作和理论建树中,并以其纷繁多变的形态、高标独具的审美特色取得了突出成就,为我们展现了中华传统文化艺术不同门类之间互通、互习的巨大魅力。

(此文与李成林合作,原载《兰州大学学报》2009年第5期)

四、南北朝乐府民歌

　　如果从具有整理机构、收集"乐府"能唱的歌、颇具规模并且对后世具有深远影响的角度看,那么中国民歌在中古及此以前出现了三大高潮:一是《诗经》中的"十五国风",这些能唱的歌——也就是"周之乐府";第二高潮就是"汉乐府"。如果说"十五国风"是抒情的,那么汉乐府则为叙事;第三高潮大概就要算南北朝民歌。因为诗存数量比前两者都要多出不少,而且"十五国风"以四言为主,"汉乐府"则以杂言为主,而南北朝民歌则以五言为主。这样就呈现四言—杂言—五言的进展变化特色,同时也可以看出抒情—叙事—抒情以及叙事也呈现出渐进状态。由此看来,南北朝民歌虽没有"十五国风"与"汉乐府"那样的盛誉,然亦有自己特色,比前两者,也有自存的价值。

　　何谓南北朝,旧的史学家都把宋、齐、梁、陈称之为"南朝"。这个看法被现代史学家所接受,然而就其政体特征、地理位置、文化系统的一致性,东晋也应该列为"南朝"。因而文学史家与史学家对"南朝"的划分有差异,就是包括东晋与否。文学史家把东晋划入南朝,尤其是民歌,更应如此。所谓北朝,指西晋灭亡后,几种少数民族先后入主中原时期。

　　再看"乐府",简言之就是国家管理与创作音乐的机构,并且创作歌词与收集整理民歌。后来"乐府"由机构名称转化为诗体名称，即指能唱的歌。如宋词能唱，所以苏轼词称为《东坡乐府》；元曲能唱，贯云石的曲集称《酸斋乐府》；甚至把莎士比亚的戏剧，也称为"莎翁乐府"。而"乐府民歌"，即为能唱的民歌。

1. 南朝乐府民歌的产生地与《乐府诗集》

南北朝时期，亦如西汉与东汉，中央政府设置专门的乐府机构采集民歌，配乐歌唱。这些乐府诗有民间的，也有上层社会的诗歌。

南朝乐府民歌主要保存在通俗乐曲里，当时称"清商曲辞"，其中最重要的是吴声歌曲和西曲歌。后来北宋的郭茂倩把南北朝以及唐朝的乐府诗都收集在《乐府诗集》里，要读乐府诗，这是一部名声很大的总集，其中记载歌曲的分类、来源、乐声特点等。

吴声出现在江南吴地，以东晋与宋齐梁陈京都建业（今南京）一带为中心，而西曲滋生于长江中流和汉水流域。郭茂倩《乐府诗集》卷四七说：西曲歌出于荆、郢、樊、邓之间，而其声节送和（指唱法），与吴歌亦异，故因其方俗而谓之西曲云。

以上四地都属于湖北，分别是今日的江陵一带、钟祥市、襄樊一带，以及邓州市。南朝的政治、经济、文化布局为三点一线，以长江中下游为一线，以建业、扬州与江陵为三点，互为呼应，这几个地区的民歌自然就大量地被收集起来了。

2. 南朝乐府民歌兴盛的原因

对于"南朝"的界定如上所言，自东晋建立伊始至陈灭亡，先后绵延270年。在这段长时间内，北朝处于朝代更替频繁、战争连绵不断的状态中。相对而言，南朝比较稳定，"坐拥百越沃野之资，江汉山海之利，而莫肯以中原为意"①。再加上上层社会对乐曲的重视，民歌能得以收集。

其次，长江中下游一带山清水秀，水土柔和，生居于其地，感情开朗而细腻，情爱观念比较开放，而且民歌也成了发抒情感、寻求配偶的媒介，犹如今日之"流行歌曲"，张口而唱，不胫而走。在明媚秀美的环境中，自然发达兴盛。

再次，以上这几个地区经济发达，物资流动，物产丰富，而以大中小城市为中心的民歌，有些歌曲命名，若就西曲而言，就有《襄阳乐》《江陵乐》，以及《石城（今南京）乐》等。《南齐书》所谓"民间竞造新声杂曲"（见《王僧虔传》），实际上指的就是以城市为中心的"民间"。城市生活，本多声色。加上南朝本为声色聚集之所，崇好女乐。民间风情歌谣与言情小调，也就为上层社会所收容。另外，经济发达地区，贸易昌盛，商人沿长江上下，东西流动，所以"商妇情感"也就成了南朝民歌不可或缺的内容。

3. 南朝乐府民歌的特点

无论是吴声，还是西曲歌词，大多是篇幅短小的抒情诗。其中最流行的形式为五言四句，犹如唐诗中的五言绝句，此则称"古绝句"。据记载，东吴孙氏政权的末代皇帝孙皓，在西晋亡吴后，晋武帝司马炎想羞辱这个高级俘虏，开开心，就叫他一起喝酒，说南方人喜欢唱《尔汝歌》，你能唱来听听吗？孙皓很乖觉，举起酒杯唱了一首"降臣歌"：

昔与汝为邻，今欲汝为臣。上汝一杯酒，令汝万寿春。

---

① 萧涤非《汉魏六朝乐府文学史》，人民文学出版社2011年版，第191—192页。

歌唱得很"甜"——要设法献谀贡媚、阿谀奉承，不然要杀头的！从应口唱来可以看出，这种五言四句的小调歌谣在当时风行的程度。《尔汝歌》望文生义，大概是属于卿卿我我之类的情歌，孙皓即兴为奉承歌，为了保命，唱词很让晋武帝开心，也可见这类小调带有即兴式创作的特点。这类民间小调，也影响和吸引了很多诗人的模仿。山水诗的开宗祖师谢灵运，他是刘宋人，就有《东阳溪中赠答》模仿民歌。其一说：

可怜谁家妇，缘流洗素足。明月在云间，迢迢不可得。

这是男子的唱词，他喜欢河边洗足之女，然素不相识，就以唱歌表达求爱。那女子听了他的"求爱歌"后，也用歌回答：

可怜谁家郎，缘流乘素舸。但问情若为（怎么样），月就云中堕。

男把女比作温柔美丽之月，女把男比作云。末两句用比喻暗示，你如果喜欢我，那我们就交朋友吧。此诗男女"对歌"，彼此呼应，饶有情味。

这类五言风情小调，后来经过"永明体"诗人在声韵上推求，唐人讲究平仄的五言绝句，则缘流而生。而南方民歌，更是借水放歌，犹如凌波仙子，婀娜生姿，真是歌从水上而起，而有沁人心脾之魅力。

其次，南朝民歌在内容上属于爱情之歌，包括商妇、歌妓之歌，亦属此类。这些大量情歌，都与水域丰广有关系，每首诗都显得湿漉漉的，好像刚从"爱河"中捞出来一样。作者又多是女性，歌词温润多情，这真应了《红楼梦》里贾宝玉的名言：女儿都是水做的骨肉！

南方女性唱的情歌，也是通体透明，不遮不掩，率然而道，冲口而出，情感透明得发亮。

再次，风格上清丽自然，真率动人，确然如"清水出芙蓉，天然去雕饰"，新鲜明丽，摇曳动人。如《子夜四时歌·秋歌》："秋风入窗里，罗帐起飘扬。仰头看明月，寄情千里光。"就犹如潺潺小溪，悠然流泻，有了上句，下句就从中自然流出，自在运行；同时每句清澈见底，没有任何理解上的障碍。正如清代诗学家陈祚明所说："读《子夜歌》，以其言情之至，知其造响（指旋律节奏）之哀，爱则真爱，猜则真猜，怨则真怨，缠绵诘曲，并抒由衷之诚。"① 以情动人，以真动人，以自然动人，显示出鲜明的个性。

另外，借助字声谐音，彼此双关，则是南朝乐府民歌最为引人喜爱的修辞特征。凡此手法，则需要聪敏机智，灵机一动，妙语应口而出。这也是南方风俗，山清水秀养育所成睿智。加上锦心绣口，灵犀一点，嫣然动人。所谓"谐音双关"，是指利用不同字相近相同的声音，而涉及两种不同的事物，明说是花，而暗示的却是草。唱出来的是采莲，实际说的是"怜"（惜怜爱）——是"爱"，借劳作而言情爱。又是借水放歌，借花献佛手段，如《子夜歌》：

　　始欲识郎时，两心望如一。理丝入残机，何悟不成匹。

以"丝"谐"思"——相思，用布匹之"匹"谐配偶之"匹"。唐人刘禹锡的"东边日出西边雨，道是无晴却有晴"，李商隐的"春蚕到死丝方尽，蜡炬成灰泪始干"，前者像歇后语，指出"晴"的谜底就是"情"，后者以"丝"谐音"思"，是说我爱得死去活来，就像蚕只有到死才能不吐丝——只要活着，没有一刻不爱你，无不得益于南朝民歌之启迪。

---

① 陈祚明《采菽堂古诗选》，上海古籍出版社2008年版，第443页。

4. 南朝乐府民歌之一瞥

先看谐音双关之佳作，《子夜夏歌》说："青荷盖绿水，芙蓉葩红鲜。郎见欲采我，我心欲怀莲。"前两句好似实写莲花景观，看第三句可知前两句是比喻的"我"——容貌鲜丽。末句的"莲"谐音"怜"，即我怜爱之"郎"。另首同题说："我念欢的的，子行由豫情。雾露隐芙蓉，见莲不分明。""的的"是的确、真切的意思，"由豫"犹言犹豫。这两句是说：我的确非常想念你，你却犹豫拿不定主意，对我没有表示明朗的态度。这两句先言己后言对方，欲抑先扬，也就是自己先表态，然后才看对方的反应。第三局顶着第两句说：你对我的感情不置肯否，就像早晨大雾中的荷花，要看得明明白白，真不容易。末句"莲"谐"怜"，也就是第两句中的"子"，亦即今日之"你"。第三句属于隐喻，前两句彼此对比，后两句专说"你"——我真猜不透，你到底喜欢不喜欢"我"。这首诗写来如话，不，比说话要巧妙得多！把当面难以启齿的心里话，唱之于口，入之于耳，谁都会心领神会！如果那男子回应一首，就成了"对歌"了。

以"丝"谐"思"者，如《七日夜女歌》：

婉娈不终夕，一别周年期。桑蚕不作茧，昼夜长悬丝。

前两句为倒置句，是说分别经年，常常想念，每晚辗转反侧，往往彻夜不眠。就像养蚕而蚕儿长不大，成不了茧，抽不成丝，使人昼夜长想着何时成茧能抽出丝来。前两句是情感的酝酿与说明，后两句是一个比喻：我日夜想着你。"悬丝"谐音"悬思"，比喻与双关运用得也很巧妙。

以"油"谐"由"者，如《读曲歌》："歔欷暗中啼，斜日照帐里。无油何所苦,但使天明尔。"是说黄昏上灯时,灯盏中无油,没法点燃,只能在暗夜中感叹一想到你就想哭泣。第三句的"无由"就是"无油",这句是说无法相见何必这样苦苦折腾自己。末句安慰自己,只要熬到天亮——或许会见到你。此写心里话,逼真动人!过去的妇女,裁衣时要先"浆布",然后用棒槌在捶衣石捣软,她们在劳作中也伴着相思的情意。《青阳度》说:"碧玉捣衣砧,七宝金莲杵。高举徐徐下,轻捣只为汝。""砧"即捶衣石,"杵"即棒槌。其所以轻轻捣的原因,就是"只为你"——就是老想你,为你祈祷!这是用"捣"谐"祷",希望对方健康,常能见面。

  以上都是女性之歌,男性之歌也有,如《长松标》:"落落千丈松,昼夜对长风。岁暮霜雪时,寒苦与谁双。"作者明显是个伟岸的男儿,家境似也贫穷,故而找不到同甘共苦的女友。末句以植物之"双"谐音男女成双成对的"双"。至于商人之歌,如《襄阳乐》:"人言襄阳乐,乐作非侬处。乘星冒风流,还侬扬州去。"作者是从扬州去到襄阳做生意,时间一久,孤独想家,于是连夜乘船冒着风波,顺流而下,要回到他的扬州。这是以风波流水之"风流"谐音夫妇情爱之"风流"。纺线织布是女性之常课,她们也把情感织了进去。《作蚕丝》说:"素丝非常质,屈折成绮罗。敢辞机杼劳,但恐花色多。"末句以新织布料的"花色",谐音其他女孩之"花色",担心情人或丈夫被闲花野草所吸引。

  除了谐音双关,南朝乐府民歌还善于比喻,所用喻体多为可见之物,喻义明切而情意深刻。如《子夜歌》:

  侬作北辰星,千年无转移。欢行白日心,朝东暮还西。

"侬"为吴地人自称,犹如"我","北辰星"即北斗星,永远悬挂北方天空,不会移动,以之喻自己爱情专一,永无变化;"欢",男女用来称呼自己所爱者，"还"读作 xuán，义同"旋"，转动。后两句说：我所爱的男子的行为如同太阳，晨东暮西，比喻爱心转移，朝秦暮楚。喻体都是天上星星，以恒星的不变比喻自己，以行星的变动比喻东方。设喻非常恰切，喻体同出于天上，而且出于同类物体。南北宋之际的吕本中《采桑子》即受此种民歌之启发：

恨君不似江楼月，南北东西，南北东西，只有相随无别离。
恨君却似江楼月，暂满还亏，暂满还亏，待得团圆是几时。

而用同一物体喻"君"，而此物体却常处于变数，而非希望中的"相随"不离。比吕本中略早的李之仪《卜算子》也用同一事物比喻：

我住长江头，君住长江尾。日日思君不见君，共饮长江水。
此水几时休，此恨何时已。只愿君心似我心，定不负相思意。

前片等于北方人所说：我们同吃一口井的水，就是见不上面。下片说只要长江不停流，我想念他的怨恨也不停止，但愿两心如一，我不负你，你也不要辜负我的心思。民歌的意味都很浓厚，喻体选择不是日月，就是长江大河，如出一辙。

想象天真烂漫，而又奇特大胆，匪夷所思，也是南朝民歌一大艺术特征。这些地方，往往见出歌者爽朗泼辣的性格。如《那呵滩》："闻欢下扬州，相送江津湾。愿得篙橹折，交郎到头还。"舍不得郎走，却期盼船桨半道折断，转头能回来相聚，设想得非常离奇。她的丈夫大概是应官差的人，所以回答她说："篙折当更觅，橹折当更安。各自是官人，那得到头还。"这是旁观者的回答，如此现实生活中的小浪花，无论是听来还是读，都颇觉有趣。还有《莫愁乐》也想象得天真有趣："闻欢下扬州，相送楚山头。探手抱腰看，江水断不流。"

开船在即，眼看分手，她却伸手抱着郎腰，希望江水截断而断然不流，他们就能待在一起。

当时民歌也偶有七言，大约出现在巴蜀之地，《巴东三峡歌》就是："巴东三峡巫峡长，猿鸣三声泪沾裳。巴东三峡猿鸣悲，猿鸣三声泪沾衣。"长江流至三峡，水流湍急，两岸连山，不见日月。船经险地，"常有高猿长啸，属引凄异，空谷传响，哀转久绝"（郦道元《水经注·江水》）。于是船夫舟子就唱起了这首悲歌。自此"猿鸣三声"就成了表达悲哀的意向，对后世诗歌影响深远，杜甫《秋兴八首》其二就有"听猿实下三声泪，奉使虚随八月槎"，而触发了心中的悲痛。

最后我们来看南朝乐府民歌很长的一首，共32句，这就是著名的《西洲曲》。这首诗可以分作五段看：

忆梅下西洲，折梅寄江北。单衫杏子红，双鬓鸦雏色。

一男子看到梅花开放，不由得想起与情人在西洲梅树下的欢晤，今日梅花又开，而女友住在江北西洲附近，正好这时收到她寄来的梅花，因而想到她的穿着、家门，以及生活状况与心情。"单衫"两句明快俊美，想象中的人物呼之欲出，因为是想象所以异常简洁。这四句介绍了两个人物，故事便由此展开。那么她住在何处，远近如何呢？以下回答了这个问题：

西洲在何处？两桨桥头渡。日暮伯劳飞，风吹乌臼树。
树下即门前，门中露翠钿。开门郎不至，出门采红莲。

原来并不遥远，划桨划不了几下子，就到了一个桥头渡口。这时正是"人约黄昏后"之时，象征爱情的伯劳鸟飞来飞去，岸风吹得乌臼树叶子哗哗作响，她的家就在树下。一会儿从半开的门露出来一头首饰，开了门，没有看到她的男友，似乎伯劳鸟报错了好消息。就干脆去采莲，也好消散失望的心情：

采莲南塘秋，莲花过人头。低头弄莲子，莲子清如水。
置莲怀袖中，莲心彻底红。忆郎郎不至，仰首望飞鸿。

前六句都有一个"莲"字，我们已经知道"莲"谐音"怜"，是怜惜怜爱的意思。采莲原本是为了消解未见郎的忧愁，而一见"莲"却由"怜"而想起"郎"，不由自主地"置莲怀袖中"，而"莲心彻底红"也是一语双关，说明她非常的"忆郎"，然而"郎不至"。不由得又抬头仰望，看空中大雁是否带来情书一封，就是有句暖心的话，也会心满意足。然而：

鸿飞满西洲，望郎上青楼。楼高望不见，尽日栏杆头。
栏杆十二曲，垂手明如玉。卷帘天自高，海水摇空绿。

大雁虽然飞满西洲，但却没有只字带来，那就回家上楼，总可以望见男友，然而又失望了。那么就整天等他，栏杆十二处转折地方都倚遍了，还不见个人影。她还是不下楼，把手搭在栏木上，洁白如玉。站得没劲儿了，回到楼中卷帘坐望，只见天空静静的那样高远，俯视江水阵阵涟漪，白白地摇动望不尽的绿色，就像她思念的心潮起伏不定。以上为女子从春至夏至秋不停地思念。"折梅"显示早春，"单衫"当在春夏之交，"采红莲"应在六月，"南塘秋"该是早秋，"弄莲子"已到八月，"鸿飞"便是深秋景象①，而作者写得极为紧凑，就好像过了一天一样。她呆看着空荡荡的江水，思念不断，以上为男想女之词。

---

① 余冠英《汉魏六朝诗选》，人民文学出版社1979年版，第254页注1。

以下则是女友所唱：

　　海水梦悠悠，君愁我亦愁。南风知我意，吹梦到西洲。

"海水"接住上文，相思如梦，绵绵不断。"君"为女子所称的男友。前两句说，你思我，我亦在念想你。后两句说，甚至连做梦也在想你，老想着我们在西洲的会晤。我还想拂面之南风，最能了解我的心情，它会把我的梦想吹到西洲，带到你那里。

　　这首诗连绵不断，把漫长的思念好像聚集于一天，显得非常紧凑而无任何松散。在修辞上除了中间一连串用了多个"莲"字，以示谐音双关外，而且它本身是一种反复，绵绵不绝，以抒发不尽的思念之情。并且前后六处用了顶真，这些顶真五处用在四句与四句中间，使上下连绵不断，续续相生，一气流传，关键词"西洲"自首至尾，四处可见。另外，"开门"与"出门"，上下两句的反复，"君愁我亦愁"一句间的反复，都对发抒情感刻画心理活动起了重要作用。写人物，"单衫"两句是整体描写，而"门中露翠钿"则属于以偏概全的局部刻画。"日暮伯劳飞"三句，"莲花过人头""鸿飞满西洲""海水摇空绿"的景物描写穿插其中，对描写人物与刻画心理都起了重要的烘托作用。

　　前人谓此诗："续续相生，连跗接萼，摇曳无穷，情味愈出。"又说："似绝句数首，攒簇而成，乐府中又生一体，初唐张若虚、刘希夷七言古，发源于此。"① 这首诗确实像一串灿烂明珠，每颗珠子就是一首古绝句。我疑心原本就是几首绝句，是后人把它们串联在一起的。仔细推究，哪些是男唱，哪些是女唱，就有好几种说法，而每种分法都有些漏洞。如同上言，全诗好像写的一天，而景物又分出好几个季节，这些都可窥见它是拼合起来的，犹如《水浒》，把林冲、鲁

---

① 沈德潜《古诗源》，中华书局1977年版，第290页。

达、武松等人的故事组合起来一样。而这首诗分开是好诗,组合起来也是好诗,真是"诗的魔方",可拆可合,通体灵动,为无上妙品。

比沈德潜更早的陈祚明说,此诗"摇曳轻扬,六朝乐府之最艳者""言情之绝唱也"。"声情婉转,语语动人""盖缘情溢于中,不能自已。随目所接,随境所遇,无地无物非其感伤之怀,故语语相承,段段相绾,应心而出,触绪而歌,并极其缠绵,俱成哀怨。"又说:"段段绾合,具有变态。由树及门,由门望路,自然过渡。尤妙在'开门露翠钿'句,可画。借'翠'字生出'红莲''红'字,借过人头生出'低头'句。'莲子''莲心''青''红'二字相生不对,忽又漾下红莲,生出飞鸿。从飞鸿度登楼,从登楼见高天、海水,情自近而之远,自浅而之深,无可奈何而托之于梦,甚至梦借风吹,缥缈幻忽,无聊之思,如游丝随风,浮萍逐水。不独无地无物,尽属感伤;无时无刻暂蠲愁绪矣。太白尤于斯,每希规似,长干之曲竟作粉本,至如海水摇空绿,寄愁明月,随风夜郎,并相蹈袭。故知此诗诚唐人所心慕手追而究莫能逮者也。"① 如此分析,颇中肯綮,并指出对唐诗源源不断的影响,亦具灼见。

5. 北朝乐府民歌的特征

首先,北朝长期处于战乱的兵火之中,少得安宁。产生于动荡之中的民歌,自然会以尚武为趋向,不少来自军歌,即"横吹曲",自然多慷慨悲凉之歌,这和南方的缠绵婉转简直是属于两个世界。加上土地瘠薄,故多艰苦之词,生死存亡随时可见。故《企喻歌》说:"男儿可怜虫,出门怀死忧。尸丧狭谷中,白骨无人收!"

其次,题材比较多样,有战斗生活之叙写,有对宝刀战马之赞美,有世俗生活风俗之反映,写妇女也往往是马上之英雄。《李波小

---

① 陈祚明《采菽堂古诗选》,上海古籍出版社2008年版,第485页。

妹歌》说:"李波小妹字雍容,褰裙逐马如卷蓬。左射右射必叠双。妇女尚如此,男子安可逢?"这和南方情歌相比,真不可同日而语!至于男儿,《琅琊王歌》则说:"新买五尺刀,悬著中梁柱。一日三摩挲,剧于(胜过)十五女!"这只是平日中的一个生活细节,其世风自可概见。

再次,语言刚劲粗朴,豪迈雄壮,处处充斥阳刚之美,字里行间洋溢悲壮苍凉的精神。与南方民歌"女儿气"相较,北方则为"英雄气""男子气"。同样是冲口而出,却带肆心而发、满口而出的强悍精神。这些带有"冲击力"的民歌,具有张口见喉咙的真朴与劲爽。同样写婚姻,《紫骝马歌》却说:"烧火烧野田,野鸭飞上天。童男娶寡妇,壮女笑杀人。"这是战争铸造的畸形现象,粗犷而又辛辣,就是前两句的起兴,也是那么的粗犷爽朗,震撼人心!

总之,北方旷野的荒凉,简朴而艰苦的生活方式,刚强直爽的性格,使其民歌处处显示与南方不同的异样风采。南北文化的差异,正好为将来唐诗的发展带来互补互济、相辅相成的丰富多彩的营养。

6. 北朝乐府民歌的简述

首先看其中展现尚武精神之歌。《折杨柳歌》:"遥看孟津河,杨柳郁婆娑。我是虏家儿,不解汉儿歌。"这显然非汉人之歌。当时胡汉杂处,民族融合,在民歌上见出多姿多彩。另首则言:"健儿须快马,快马须健儿。跸跋黄尘下,然后别雄雌。"快马成了健儿的宠物,马上功夫是男子汉本领的必备条件。草原上一望无际之旷野奔驰,显然是战争之前的演习。《企喻歌》也同样如此:"男儿欲作健,结伴不须多。鹞子经天飞,群雀两向波。"马比飞鸟还快,奔驰者一往无前,英雄豪气冲击一切。《紫骝马歌》则另出手眼:"高高山头树,风吹叶落去。一去数千里,何当还故处?"这大概是游牧民族之歌,他们如同飞叶,在奔驰中生活。这里没有哀怨,只有理所当然的豪迈兴致。他们在歌声中歌颂英雄,《陇上歌》写了一位身材不高却很有英气的壮士:

> 陇上壮士有陈安,躯干虽小腹中宽,爱养将士同心肝。骊骢父马铁锻鞍,七尺大刀奋如湍,丈八蛇矛左右盘,十荡十决无当前。百骑俱出如云浮,追者千万骑悠悠。战始三交失蛇矛,十骑俱荡九骑留。弃我骊骢窜岩幽,天降大雨追者休,为我外援而悬头。西流之水东流河,一去不还奈子何!

陈安在围困中突围,因寡不敌众而战死。他平日善于安抚部下,"吉凶夷险与众共之,及死,陇上为之歌"《晋书·刘曜载记》。战士以歌声赞美了他们心目中的英雄。这是一首带有人物传记性质的"战歌",充满英雄无所畏惧的精神。

其次再看艰苦的羁旅之歌。北方多高山深沟,行走于荒冷幽寂之处,不免使人心寒。《陇头流水歌》把这种跋涉写得极为苍凉:

> 陇头流水,流离山下。念吾一身,飘然旷野。(其一)
> 朝发欣城,暮宿陇头。寒不能语,舌卷入喉。(其二)
> 陇头流水,鸣声呜咽。遥望秦川,心肝断绝。(其三)

读这样的诗,仿佛置身于高山大岭寒谷深壑之上,放眼望去山岭逶迤,沟壑纵横,只觉孑然一身,于天高地广之中,生发无限凄怆、无限孤独、无限悲凉!《秦川记》说:"陇西郡陇山,其上悬岩吐溜,于中岭泉渟,因名万石泉。泉溢,漫散而下,沟浍皆注,故北人升此而歌。"所歌即为此词。

其一,由凄切听觉而转入偌大的空旷之空间,只觉天地崇岭太大了，人太小了。犹如陈子昂《登幽州台歌》所言："前不见古人，后不见来者。念天地之悠悠，独怆然而涕下！"陈为军暇中登台观览，把怀古慨今联系起来，同样觉得天阔地远，孤独怆然。冰心在她的散文中曾说：海太大了，人太小了！则是闲时观海，空间大小悬殊的感慨，发抒对自然伟大的叹美，三者有共同之处，而差异更大。《陇头歌辞》的作者或是行经其地"升此而歌"过路人，或是劳役，或是羁旅，或是漂泊，一身孤独于旷野之飘然，构成强烈刺激的对比，高天厚地好像要把渺小至极的人压扁，遽有无藏身之处的惊悸。置身其间，而无此"念"——感到空旷、孤独、寂灭，大自然的可畏可怖，恐怕谁都不会无动于衷。加上凄厉流水声之"伴奏"，不伤心，不洒下泪，那才是咄咄怪事。

其二，极言其冷。没有写风，也没有说雪，只说在陇头住了一宿，只觉得"寒不能语"，朴拙极了，也奇险极了！冻得脸部僵硬，七窍都好像不是自己的，都"死"了不能活动，嘴唇成了冻石，动弹不得，还能说什么话。而含在嘴里的舌头，也不愿待在冷如冻石的口腔，恨不得缩进喉咙里。冷气袭人，刺激之酷烈就不消说了。这是行旅者酷冷难耐的痛苦。

其三，经过爬山攀岭，站身陇头，满耳呜咽之陇水，凄凉得能使人窒息，而远望平坦广阔的八百里秦川，平坦之径即在眼下，简直令人兴奋若狂，不，是"心肝断绝"，这种感情的分量使人难以承受——我们怎能活着还爬过了陇山！这是喜极生悲，还是悲中带喜，复杂情感涌腾，到了难以自控的程度！

以上三歌的悲痛带有壮烈味，但没有流泪，这正是北人与南人不同之处。而"猿鸣三声"与"陇水呜咽"合共成两大悲哀意象，永远震撼着后来的诗人与读者，真情实景，使人难以忘怀！

再次为关于婚姻风俗的歌。北人也有自己的爱情，今存歌词却也存乎不少，《地驱歌乐辞》说："驱羊入谷，白羊在前。老女不嫁，踏地唤天!"战争频仍,男子减少,"剩女"变成"老女",还没有嫁人,又怎能不焦急痛心,"踏地唤天"是绝望,还是怨天尤人,应当是二者都有。这真是"快人快语,泼辣无比"(萧涤非《汉魏六朝乐府文学史》)。另首则言:"侧侧力力,念君无极。枕郎左臂,随郎转侧。"说得不裸露,不遮不掩,言及此类事,都带有一点冲劲,毫无扭捏羞涩之志。《地驱歌乐辞》还有一首,只有两句:"月明光光星欲堕,欲来不来早语我!"前句起兴,属于暗示,是说星星都将要坠没,在这明月之夜,我等了将近一夜。次句发以期盼之词,想知道个究竟。这是属于"月上柳梢头"的幽冷之情歌。对于爽约,等待者不自悲伤,只怪他人,看来女子也有些刚烈劲。《折杨柳枝歌》反映了特有的婚俗:"门前一株枣,岁岁不知老。阿婆不嫁女,那得孙儿抱?""不嫁女"的原因,肯定是儿子战死,而赖女生存,只好一再推迟嫁女,也反映北地人的风俗。贵族的情歌,见于《慕容家自鲁企由谷歌》:"郎在十重楼,女在九重阁。郎非黄鹤子,那得云中雀?"鹤雀分别比喻男女,第三句属于假设否定命题,否定命题实际包含肯定命题,当属女对男之企盼来临,比喻带有浓厚民歌色彩。这和《西洲曲》的"南风知我意,吹梦到西洲"确有刚柔之别。而《捉搦歌》则成了人们共同的祝愿:"谁家女子能行步,反着夹禅后裙露。天生男女共一处,愿得两个成翁妪。"如此祝福,则是人心所同。她穿着是那样的破烂,裙不遮身,生活之艰难与婚姻不及时,则统统可知。《折杨柳歌》说:"腹中愁不乐,愿作郎马鞭。出入擐郎臂,蹀坐郎膝边。"这是女儿家痴情的幻想,她的幻想,可看出北人之爱情与爱马的尚武精神结合在一起,但婉转酷似南朝。而《幽州马客歌》也带有南朝浪漫的气息:"南山自言高,只与北山齐。女儿自言好(漂亮),故入郎君怀。"后两句置入南朝民歌,就不可辨别。

北魏宣武帝胡太后逼迫朝臣杨华私通,杨华怕时久及祸,率部投降梁朝。胡太后思念不已,作《杨白华歌辞》:"使宫人昼夜连臂蹋足歌之，声甚凄惋"（《梁书·杨华传》）。虽出贵妇之手，然具浓厚的民歌风采：

> 阳春二三月，杨柳齐作花。春风一夜入闺闼，杨花飘荡落南家。含情出户脚无力，拾得杨花泪沾臆。秋去春还双燕子，愿衔杨花入窠里。

把情人比作"杨花"，即谐音杨华，如此修辞，则和南方民歌如出一辙，亦可见出南北文化之交流。这正如北人自己所说："近代已来，文章华靡，逮于江左，弥复轻薄，洛阳后进，祖述未已。"[1] 这种"轻薄"影响所及，已进入宫廷。综上简述，不仅可见北朝民歌题材广泛，风格刚健，而且也可以看出，不局限于南方之五言四句，有五言，也有杂言，还有四言以及七言，另外还有长篇如《木兰诗》，则属于叙事杰作。

7.《敕勒歌》与《木兰诗》

无论《诗经》还是汉乐府，或者南北朝乐府民歌，绝少山水之歌。北朝亦复如是，但却有一首《敕勒歌》以写大草原著名："敕勒川，阴山下。天似穹庐，笼盖四野。天苍苍，野茫茫，风吹草低见牛羊。"据《乐府诗集》所引《乐府广题》说："其歌本鲜卑语，易为齐言。"可知这是汉译后的作品。"敕勒"为种族名，北齐时居朔州（今山西北境）。前两句指出歌咏的是内蒙古大草原，因草原广阔无际，仰视天空就像圆圆的蒙古包，"笼盖四野"之上。前四句只说了地理方位，地域之辽阔，简朴粗犷，并不见出色。然接以"天苍苍，野茫茫"，苍茫广远一眼望不到尽头的感觉一下子就出来了，气氛是

---

[1] 李延寿《北史·柳庆传》记述苏绰语，中华书局1983年版，第7册2283页。

何等饱满，情感之豪迈油然而起！这还只是单纯简朴的静景，一旦加上"风吹草低见牛羊"，全诗一下子全"活"了起来，作者和读者的感情都一下子"动"了起来。旷野上草之高、牛羊之丰多，全都展现出来，而且风静草高时，肯定看不到牛羊，当"风吹草低"才会有此发现，你能不惊讶吗？这里飘转出北方大草原特有的一种气势：雄强豪劲与壮迈苍凉。因草原之风是强悍的，蔡琰《悲愤诗》就说过："处所多霜雪，胡风春夏起。翩翩吹我衣，肃肃入我耳。"草原上无树木、建筑，没有任何遮蔽物，肃肃之风畅行无阻。我们曾至草原，那是夏天，相距三五米，讲话不大点声，就听不清楚。然而今之草原，草却低矮得很。而"风吹草低见牛羊"成了历史一道风景线。所以读这样的诗，更令人向往！

早在50多年前，在读中学时就读过《木兰诗》，至今尚能背诵。木兰故事久在民间流传，木兰庙分布不少地方，20世纪60年代还拍成电影。一首诗在一千年之后，还能家喻户晓、深入人心，其有如此绝大影响，简直是个奇迹。木兰是否果有其人，她是否姓花还是别的什么，可以不必追究。只要看了上文的《李波小妹歌》，就会觉得木兰就在北方民众之中。这首诗无论是叙事还是言情，都具有不同凡响的艺术震撼力，每读一次，让人回味不已！

诗先从织布时的叹息写起。木兰是女儿，织布是她的作业，而今"不闻机杼声，惟闻女叹息"，以下则用了民歌乐用的问答反复，写得非常朴素："问女何所思，问女何所忆。"此为问。答则曰："女亦无所思，女亦无所忆。"女大当嫁，"思"与"忆"均与此有关，然而对于木兰，这时尚非谈婚论嫁之时。因为："昨夜见军帖，可汗大点兵。军书十二卷，卷卷有爷名。"而且家里"阿爷无大儿，木兰无长兄。愿为市鞍马，从此替爷征"。老爸没有儿子，而且父老弟小，木兰却不动声色地担负一家之责，代父从军。她是北方女儿，看惯了刀枪与战马，对这一切并不陌生。她到东西南北各街买来了军人所应用的东西。这四句乍看很笨，用了铺排手法。我们知道《孔雀东南飞》与《陌上桑》都用了不少铺排，但那些铺排用语华彩而措辞讲究，而这里则朴素到不能再朴素。这些军用物资实际上也不用跑遍东南西北大街，作者以此民歌乐用手法，意在说明木兰从军做了充分准备。她上前线时：

> 旦辞爷娘去，暮宿黄河边。不闻爷娘唤女声，但闻黄河流水鸣溅溅。旦辞黄河去，暮至黑山头。不闻爷娘唤女声，但闻燕山胡骑鸣啾啾。

前后用了两组四句长短不齐的"句群"，写尽从军一路奔波。一旦离开家门，"爷娘唤女"的家庭温馨不复再现，只能听到黄河的激流声。再往前，就是"燕山胡骑鸣啾啾"，战马长鸣的肃杀之声，就是男儿汉至此，心神也要为之一惊！这两个长长的对偶，由家庭至黄河到燕山，具有极浓的抒情性。一个女儿家，离开父母呵护，而至黄河黑山的战场，她想到对家庭的留恋，连日奔波是不会让她多想，读者真要为她担心了：一到战场，她能对付得了那些凶狠的敌人？

> 万里赴戎机，关山度若飞。朔气传金柝，寒光照铁衣。将军百战死，壮士十年归。

"朔气"与"金柝"及"铁衣"，措辞精雅讲究，先前与现代的学者都认为出于六朝或唐代诗人之手笔。看来确实与上下文朴词素句有些异样，然文人这几句写得真是一笔带过，并非特意润色，却恰到好处。前两句言赴军，中两句描写战斗岁月，末两句为出生入死而终于归来。每两句一转，不停跳跃，十年一晃而过。或许偶然想到一个女儿家在军营生活起居有多少不便，至于动起刀枪，可和投梭织布绝非

一事,她又是怎样度过来的,而且结果又是这样的出色:

> 归来见天子,天子坐明堂。策勋十二转,赏赐百千强。可汗问所欲,木兰不用尚书郎,愿驰千里足,送儿还故乡。

不要做官,不用赏赐,只想一心"还故乡",这不正是朴素的"农民儿女意识",然而朴素得灿烂耀人眼目,显示了对和平安宁团圆的向往,因为这比什么都重要。木兰凯旋,这对她的一家是天大的欢喜:

> 爷娘闻女来,出郭相扶将。阿姊闻妹来,当户理红妆;小弟闻姊来,磨刀霍霍向猪羊。

每个人物都充满不尽的兴奋、激动、欢欣!年龄不同,方式、动作各异。这种"热烈欢迎"显示强烈的戏剧气氛,这正是民歌独具的风采。哪个女儿不爱美,不爱穿红挂绿,我们木兰也不例外:

> 开我东阁门,坐我西阁床。脱我战时袍,著我旧时裳。当窗理云鬓,对镜帖花黄。

前四句反复荡漾出一个"我",这真是还"我"女儿身,跳荡出了却国事与家事的欣悦。当还原出"云鬓""花黄"的木兰时,她的战友都惊呆了,不知所措:

> 出门看火伴,火伴皆惊忙。同行十二年,不知木兰是女郎。

这是呼啸战场的英雄吗?怎么变成了一个姑娘!他们惊讶、感慨,感叹得不知所措。对他们诧异的表情,木兰没有解释,大概以平淡的微笑予以回答，因为诗就以下面几句结束：

> 雄兔脚扑朔，雌兔眼迷离。双兔傍地走，安能辨我是雄雌？

其中的"我"，显示出这几句是对木兰的代述，然而亦是全诗的结尾。这几句说：当兔子待着之时，雄兔不停地跳动，或挠头挠脚，而雌兔眼睛迷离，总是静静地，雌雄的动静显得分明。而一旦飞奔起来，同样迅疾，就不会辨别出雄雌来。这几句带有"起兴"的性质与作用，暗示在战场上冲锋分不出男女，只有在原本平日生活中才会显出不同。本来《诗经》的起兴都用花开头，汉魏唐诗莫不如此，南北朝民歌也是如此，而这里却用"起兴"做了"谢幕词"。然其中却蕴含木兰的回答，起兴的物象却是家中养的兔子，这真又是"农民意象"，始终不离本色！

这首诗写出来的美，大略言之如上，而没有写出来的，也是美，比如木兰从军时一家人的送别；在前线的"朔气""寒光"如何战斗、站岗，又在"百战"中如何战斗；回家后又如何与家人话语，甚至木兰之胖瘦、身材之高低；等等，一概略去，而突出了的就是写出来的，而写出来的把没写出来的，都包含其中了。这种不写之艺术，也是高明之至呀！

上文言及出于后代诗人之手的六句，也真是简略得恰到好处。没有抢去民间歌手话筒，拿住不放，因为自知写得过多，似乎赶不上民歌的天然本色。此犹如户县农民画的大红大绿，虽有专业画家的协助，仍具天然之美。

最后值得一提的是，《史记·孝文本纪》记载了"缇萦救父"的故事，也很著名，而且经过司马迁大手笔的记述。而中华民族像如此的好儿女不知多少，《木兰诗》作者可能不止一人，这又如同《水浒》的成书形成过程一样，同样成为经典杰作！

五、李杜异中有同论

李白与杜甫是盛唐两座巍峨的高峰，也是中国诗史两颗耀眼的巨星。自中唐元稹李杜优劣论一出，自宋迄今，无论扬杜抑李，还是扬李抑杜，都是从李杜之区别着眼，这固然对于深入探讨思想人格与艺术个性有所助益，然而对他们的共同的一面却有所忽视。从实质看，前者就其区别是不成问题的问题，后者就其共性则属于棘手难以解决的问题。

1. 异中有同的别样观照

从学理看，李杜之不同千差万异，是容易感受到的，前人曾有不少感悟。李诗飘逸奔放如张旭大草飞扬激昂，杜诗沉郁厚重如颜真卿楷书博大雄浑；李诗举动无拘如庄子，杜诗叙事有序如《史记》；李如烈酒使人豪兴大发，杜似苦茶余味不尽；李如动车凌空奔驰所向无前，杜如泰山令人肃穆巍然挺拔；李如晨曦与夏日，光芒万丈，不可仰视；杜如夕辉与秋风，变化多样又风气凛冽；李如雷霆震发或如光风霁月，杜如日月经天或如凄风苦雨；李醉心道家而好动，杜沉润儒家而好静；李投入社会往往出人意料而带有纵横家的手段，杜坚守长安苦苦追求出于儒家不改初衷；李诗雄风突变却出以复古，杜诗创新见于诸体执意别成一家。读李诗犹如"千里江陵一日还"或如"飞流直下三千尺";读杜诗犹如"仰穿龙蛇窟,始出枝撑幽",或如"俯仰但一气,焉能辨皇州";李诗快而乐,杜诗慢而苦;李诗喜欢两句话说人一句,说得酣畅淋漓。杜诗追求一句话说人几句,说得曲折入情;"太白发句,谓之开门见山"①,子美结尾,自称"篇终结混茫";李诗主张"清水出芙蓉,天然去雕饰",杜诗认定"语不惊人死不休""晚节渐于律诗细";李白目空一切,"天生我材必有用",杜甫广收博取,"不薄今人爱古人";李白瞅准李璘却蹲了大狱,还被流放,杜甫疏救房琯而被疏远,还被斥放华州;李白不愿参加考试而受到玄宗召见,得到布衣最为隆重的礼遇,杜甫考试献赋多次,却次次落榜,受到冷遇;据说李白投水捞月,拥抱明月,快乐地离开人世,又传杜甫饥饿偶得白酒牛肉,饱餐一顿,而避免了饿死鬼的厄运;李白在世时名声大显,杜甫生时乞怜身后寂寥;李白骏马美姬"一生爱入名山游",几乎快活了一生,杜甫携家流离"漂泊西南天地间",艰难苦恨了大半辈子。总之,李杜区别在在处处,林林总总,说来并无难处,不说人人都会感受得到,比如一般人都会知道李白总是昂首挺胸,兴高采烈。杜甫老是忧愁苦思,涕泪滂沱。快乐与痛苦,大笑与伤心,愤世嫉俗与忧国忧民,于李杜所由分,楚河汉界,泾渭分明。而过去的浪漫主义与现实主义的区别,也是顺着异同论的思路而出现的区别。

如此思路由来已久,如严羽说:"少陵诗法如孙吴,太白诗法如李广。少陵如节制之师。"又言:"子美不能为太白之飘逸,太白不能为子美之沉郁。"②虽然出于"李杜二公,正不当优劣"的看法,但仍归于区别论。以后论李杜者,大都从区别差异与不同着眼。刘熙载说:

---

① 严羽著、郭绍虞校释《沧浪诗话校释》,人民文学出版社1983年版,第176页。
② 严羽著、郭绍虞校释《沧浪诗话校释》,人民文学出版社1983年版,第170、168页。

"论李杜诗者，谓太白志存复古，少陵独开生面；少陵思精，太白韵高。然真赏之士尤当观其合焉。"① 所谓"观其合"者，就是察其相同处，这是一个富有学术价值的命题。对于风格差异大的两个诗人，观其异者易，观其同者难。故论者多从前者而入，就其后者而罕有论焉。

李白一生活得快活而热闹，然材大而不能用，使他常常在快活中却笼罩着天大的寂寞，所以常常拿月亮做伴，说什么"我歌月徘徊，我舞影零乱"（《月下独酌》其一），实际上有无尽孤独与寂寞。所谓"欲上青天揽明月"，实际拥塞"举杯消愁愁更愁"的大愁。杜甫一生过得艰难苦闷，家事国事天下事，忧国忧民忧自己。在天宝升平时热闹的游春，他却是"此身饮罢无归处，独立苍茫自咏诗"，够孤独的。安史乱发后就更可怜了。《自京窜至凤翔喜达行在所》其一的"眼穿当落日，心死著寒灰"，这是死一般的寂寞！其二的"生还今日事，间道暂时人"，又是多么可怕的孤独！《秦州杂诗》其四的"万方同一概，吾道竟（一作"欲"）何之"，鼓角声响彻天下，不知取道何方，这真是叫人恐慌的孤独。在夔州山城的《登高》说"万里悲秋常作客，百年多病独登台"，就有七八种愁，想见诗人心灵在无尽的孤独与寂寞中抖擞。暮年的《登岳阳楼》的"亲朋无一字，老病有孤舟"，孤独在啮食着衰老的诗人。杜甫几乎孤独了一生，也寂寞了一生。李白看似快乐远多于愁苦，这是对以快乐表达痛苦方式的误解。不然他不会愁得"白发三千丈"。愁苦与孤独寂寞，虽然是诗人的专利，但盛唐诗人有谁愁得像李杜如此这般，带笑的孤独与带泪的愁苦，实质是共同的，这也是李杜的异中之同吧！

2. 杜甫也很浪漫

人们习惯把李白看作浪漫诗人，杜甫则为现实诗人。过去曾以浪

---

① 刘熙载《艺概·诗概》，上海古籍出版社1978年版，第60页。

漫主义与现实主义区分定位,以为李白是自屈原以后最伟大的浪漫主义诗人。现在"主义"的标签没有人去贴,而"浪漫"还没有褪色。尽管偶有论者予以否定,然当属一家之言。李白诗发源蹈厉于屈骚与庄子的奇思幻想,游仙诗成了最为神采飞扬的题材,他观察现实,发抒苦闷,畅言大志难逞,都从此道出发,特别是乐府歌行大篇,席地幕天,尚友神仙,神话传说与神话人物往往驱遣笔下。就是山水、送别、咏物、咏史、酬赠、行旅这些习见题材,也要升天御风,乘云腾霞,浩浩然凌空飞行。正所谓:"海上三山,方以为近,忽又是远。太白诗言在口头,想出天外,殆亦如是。"① 读李白诗有一种快感,这和他飞扬的浪漫风格是分不开的,所以我们不能说李白不浪漫。李白诗的浪漫人皆尽知,是不消说的。杜甫诗质实,他脚踏多灾多难的大地关注悲凉人世,他不愿脱弃所忧念的人世间,更不会有遨游天国的打算,忠厚诚挚的本性付之于诗则是写实的。所以才称"诗史"与"诗圣",这两顶荣徽都与浪漫无缘。然而他与李白是同气相求的至交,有时不免要同声相应。比如他的《承闻河北诸道节度入朝欢喜口号绝句十二首》,我们有理由说是受了李白《永王东巡歌十一首》的影响。一是都用七绝作军政大事的叙述与议论,前此还没有人用小诗处理如此重大的题材;二是用组诗连缀的方式,扩大了七绝的空间,适应了大题材的要求;三是还可以评说议论,发抒对时局的看法。在李白纯是赞颂,很可能属于军幕中奉命而作。另外,杜甫《喜闻盗贼蕃寇总退口号五首》,也当作如是观。

因而李白夸张奇幻的浪漫风格,对杜甫不能说没有任何影响。从另一方面看,杜诗原本也禀赋浪漫的特质,元稹所说的"上薄风骚"就指此而言。

早期的《渼陂行》是游览诗,虽极尽铺叙之能事,却有意想不到的奇诞:始游时"天地黯惨忽异色,波涛万顷堆琉璃""鼍作鲸吞不

---

① 刘熙载《艺概·诗概》,上海古籍出版社1978年版,第58页。

复知,恶风白浪何嗟及"。风浪恬息已至月夜,亦可乐游,忽又乌云密布:"此时骊龙亦吐珠,冯夷击鼓群龙趋。湘妃汉女出歌舞,金支翠旗光有无。咫尺但愁雷雨至,苍茫不晓神灵意。"所写不过一日之游,却说得天摇地动,云飞水立,变怪百出,景象迭变。尤其是"奇在骊龙一段,虚事忽作实景,写得仙灵杳渺,乍有乍无,笔端所至,真奇之又奇者也"①。对于此诗之奇,或谓"全得屈骚神境"(杨伦语),或谓近于"屈大夫《九歌》"(卢世㴶《杜诗胥钞余论》语),就是看到此诗神灵变幻的浪漫特色。

《送孔巢父谢病归游江东,兼呈李白》前大半为送别:"巢父掉头不肯住,东将入海随烟雾。诗卷长留天地间,钓竿欲拂珊瑚树。深山大泽龙蛇远,春寒野阴风景暮。蓬莱织女回云车,指点虚无是归路。自是君身有仙骨,世人那得知其故。"萧涤非说:"巢父此去,意在求仙访道,故诗中多缥缈恍惚语。有浓厚的浪漫主义色彩。但也可以看出杜甫早期所受屈原的影响。"②所归为江东,所以想到珊瑚树,想到蓬莱仙岛与织女云车。其人机敏多智,故以龙蛇远处山泽喻其托病高韬远遁。李白《西岳云台歌送丹丘子》以华山与黄河的气象峥嵘,糅进神话,送别道友,二者的手法就很接近。

李白诗常用神话传说以喻难以明言的政治大事,杜甫亦复如之。上及《渼陂行》乍晴乍雷,恍惚无定,就不无带有时局突变的政治预感。天宝十四载(755)十月所作《奉同郭给事汤东灵湫作》,即是对安禄山将要作乱的揭示,而出荒诞不经的传说以言之。此诗前赋为喻,先叙写玄宗每年十月必至华清池,其后则以汤泉为喻:"初闻龙用壮,擘石摧林丘。中夜窟宅改,移因风雨秋。倒悬瑶池影,屈注沧江流。味如甘露浆,挥弄滑且柔。翠旗澹偃蹇,云车纷少留。箫鼓荡四溟,异香泱漭浮。鲛人献微绡,曾祝沉豪牛。百祥奔盛明,古先莫

---

① 吴瞻泰《杜诗提要》,黄山书社2015年版,第97页。
② 萧涤非《杜甫诗选注》,人民文学出版社1979年版,第17页。

能俦。"先把汤泉写得灵奇异常，穷极笔力，目的在于引出以下几句："坡陀金虾蟆，出见盖有由。至尊顾之笑，王母不遣收。复归虚无底，化作长黄虬。"据说唐高宗患头痛风，宫人掘地置药炉，忽有虾蟆跃出，色如黄金，背有朱书"武"字，帝颇惊异，放之池苑。赵翼谓杜诗用此①。或谓用蛤蟆蚀月以讽喻。清人卢元昌说："虾蟆出，指禄山也；至尊笑，宠虾蟆也；王母不收，纵虾蟆也。虾蟆，即湫龙所变，始而擘石摧林，便有鼎沸中原之象，继而复归深渊，终成跋扈难制之形。考月中有金虾蟆，乃蚀月者，月为阴精，贵妃似之。禄山通宵禁中，是为虾蟆食月。玄宗以虾蟆忽之，竟为长虬难制，灵湫一篇真曲突之讽。"②如此说来，李白《古朗月行》："蟾蜍蚀圆影，大明夜已残。羿昔落九乌，天人清且安。阴精此沦惑，去去不足观。忧来其如何，凄怆摧心肝。"今人或谓"语境与此相似"③。还有《古风五十九首》其二的"蟾蜍薄太清，蚀此瑶台月。圆光亏中天，金魄遂沦没。"亦属此类。可见李杜在想象奇幻处，亦有相通之处。杜甫往往就某事而设想，李白纯凿空而道，用意与浪漫的手法则为一致。

杜甫在大篇歌行的中间或结尾，往往突发奇想，或者渲染突出中心，或者回应主题，或者揭示主题，均具有引人注目的光彩。如题画诗《奉先刘少府新画山水障歌》，看到屏障上的山水画，却说："得非悬圃裂，无乃潇湘翻。悄然坐我天姥下，耳边已似闻清猿。反思前夜风雨急，乃是蒲城鬼神入。元气淋漓障犹湿，真宰上诉天应泣。野亭春还杂花远，渔翁瞑踏孤舟立。沧浪水深青溟阔，欹岸侧岛秋毫末。不见湘妃鼓瑟时，至今斑竹临江活。"就把画景与神话中山水地名以及人物，奔走笔端，纵横出没，烟雾风雨，龟神湘灵，变幻莫

---

① 唐人陆勋《集异志》，见赵翼《瓯北诗话》，人民文学出版社1981年版，第27页。杨伦《杜诗镜铨》引钮秀所引《潇湘录》所记与此相同。

② 卢元昌《杜诗阐》卷三，见萧涤非等《杜甫全集校注》，人民文学出版社2014年版，第2册665页。

③ 黄征《杜甫心影录·灵湫记异》，中华书局2004年版，第37页。

测。句句跳跃飞腾，变化屈辞而出之己意。《兵车行》结尾忽然以"君不见"呼出："青海头，古来白骨无人收。新鬼烦冤旧鬼哭，天阴雨湿声啾啾！"这是由"边庭流血成海水"的现实，愤不可遏地撞击出遐想奇思，这种带有现实色彩的想象，亦距浪漫特征不远。《望岳》的"安得仙人九节杖，拄到玉女洗头盆"，则在幻想中注入了一定的象征意蕴。见于结尾者《洗兵马》的"安得壮士挽天河，净洗甲兵长不用"，以及人所皆知的"安得广厦千万间"，《戏题王宰画山水图歌》的"焉得并州快剪刀，翦取吴松半江水"，《石犀行》的"安得壮士提天纲，再平水土犀奔茫"，均属此类。杜甫的浪漫有时还出之幽然，《空囊》一开头就说："翠柏苦犹食，明霞高可餐。"餐霞食柏是神仙过的日子，前者也是荒灾饥年所食，这是自嘲也是自负，也是一种饥不可耐的幻想，在"吾道属艰难"时不能没有的想法。

　　安史之乱的爆发与多年漂泊流离，使杜甫的浪漫与幻想增加极大负荷与期望。杜甫在"一年四行役"最艰难的乾元二年（759）携家漂泊，夏七月弃华州司功参军奔秦州，十月往同谷，经凤凰山中见有石高耸，传说汉代有凤凰栖其上。因作有《凤凰台》诗借地名而迸发想象，说山上"恐有无母雏，饥寒日啾啾"。于是奇思坌涌：

>　　我能剖心出，饮啄慰孤愁。心以当竹实，炯然无外求。血以当醴泉，岂徒比清流。

凤为王者之瑞，凤鸣岐山而周文王以兴。所以接言："所重王者瑞，敢辞微命休。"希望"自天衔瑞图"，如此奇思妙想，就是为了"再光中兴业，一洗苍生忧"。这不仅是"己饥人饥"，也不仅是"苦其心志，劳其筋骨，饿其体肤，空乏其身"，而是进一步深入到以"吾庐独破受冻死亦足"的牺牲，换取"大庇天下寒士俱欢颜"的精神，亦即鲁迅先生所说"我以我血荐轩辕"的精神。杜甫在困苦的"大哉乾坤内，吾道长悠悠"（《发秦州》），本身就有"常恐死道路"（《赤谷》）的危机，却愿奉献自己的心与血，而能使大唐中兴，苍生再无忧愁。忧国忧民的"深衷正为此"。如此厚重悲烈的牺牲精神，正是借助浪漫的手法发抒。如此奇幻之思正是滋生血与泪浸渍的万方多难的厚土上。李白《古风五十九首》其四的"凤飞九千仞，五章备彩珍"一首，亦是借凤发抒希望："尚恐丹液迟，志愿不及申"，虽然志趣有别，然浪漫手法则是一致的。而像这样专咏凤凰以言志之作，于盛唐诸公之中是乏缺的，也说明李杜又是处处同声相应，琴瑟和鸣。

代宗广德元年（763）正月安史之乱总算告终，成都内乱却又开始。杜甫避难梓州，梓州刺史章彝送给他两把桃枝竹做的手杖，杜甫则以《桃竹杖引》作为回赠表示谢意。先以八句称美竹杖，然后借题发挥说："老夫复欲东南征，乘涛鼓枻白帝城。路幽必为鬼神夺，拔剑或与蛟龙争"。重为告曰：

> 杖兮，杖兮！尔之生也甚正直，慎勿见水踊跃学变化为龙。使我不得尔之扶持，灭迹于君山湖上之青峰。噫！风尘澒洞兮豺虎咬人，忽失双杖兮吾将曷从？

如此拟人的手法，真是匪夷所思！小小的手杖，竟翻出多少波浪，奇崛骇目，惊人心魄。安史乱起，武官得以重用，骄横不驯，反侧无常，动辄生乱。成都乱起不久，杜甫很为忧心。他在《冬狩行》里就语重心长地对章彝说过："飘然时危一老翁，十年厌见旌旗红。喜君士卒甚整肃，为我回辔擒西戎。草中狐兔尽何益？天子不在咸阳宫。朝廷虽无幽王祸，得不哀痛尘再蒙！呜呼！得不哀痛尘再蒙！"当时吐蕃寇陷长安，代宗奔陕。诏天下兵勤王，因程元震猜忌，诸镇皆疑惧不进。杜甫虽为流寓一老，大声疾呼，警示讽劝责望之意隐然言外。此诗又借竹杖规劝,"以踊跃为龙戒之,又以失双杖危之"(朱鹤龄语)。前对主人言,后对主人语。"重为告曰"当出于《楚辞》的"乱曰"。句式长短极为参差,语气更为迫切,感情愈加震荡,加上呼告的反复,独词句的感叹,末句的反诘,真是"调奇、法奇、语奇"(钟惺语),字字腾掷跳跃,变幻奇肆,即在杜集中亦为仅见。吴瞻泰说:"一杖耳,忽而蟠石苍波,忽而江妃水仙,忽而宾客叹息,忽而鬼神欲夺、蛟龙欲争,忽而踊跃化龙,忽而风尘豺虎,写得神奇变化,不可端倪。"① 这正是浪漫奇幻的手法所追求的效果,也和李白《日出入行》后截构思颇为相似:"羲和,羲和!汨没于荒淫之波?鲁阳何德,驻景挥戈;逆道违天,矫诬实多。吾将囊括大块,浩然与溟涬同科。"无论修辞,对话的方式,语气之拗折,浪漫奇宕的构思与手法,真是黄钟大鼓之声,可与李白幕天席地之奇幻相媲美!

浪漫手法,是需要青春般的热情鼓荡其间。杜甫暮年浪漫的热情仍然不减。作于大历二年(767)的《寄韩谏议注》便又是一首奇异的名作:

美人娟娟隔秋水,濯足洞庭望八荒。鸿飞冥冥日月白,青枫叶赤天雨霜。玉京群帝集北斗,或骑骐麟翳凤凰。芙蓉旌旗烟雾乐,影动倒景摇潇湘。星宫之君醉琼浆,羽人稀少不在旁。

诗分两截,此为前截,发端叙述只有两句。时在夔州,题为寄赠,叹其人不为朝廷所用。此十句全用屈辞字面,亦为美人香草手法,而其人所在之地亦为洞庭潇湘,故浑然一片《九歌》风味。"望八荒"者,言高蹈远遁,恐其长往而不返。"鸿飞"两句喻其人遁世而时属深秋,"玉京"两句喻长安群公围绕在皇帝周围,或骑麒麟而遮蔽了凤凰,喻京师宠臣声势煊赫其人受到猜忌排挤。"芙蓉"两句言旗上

---

① 吴瞻泰《杜诗提要》,黄山书社2015年版,第125页。

所饰芙蓉灿烂，奏乐于烟雾之中，光影摇动于潇湘江面，此当喻群臣朝见天子。"星宫"两句，唐汝询说："北斗之君乃酣饮琼浆，而傍无羽人之佐，将何以御之？盖是时安史未平，吐蕃叛乱，京师之地几至陆沉，皆因代宗昏庸，朝无良佐耳。此盖借仙以为喻也。"① 此言"安史未平"当指安史余部。"玉京"六句，辞面渺茫恍惚，缥缈铿锵，几与李白游仙诗无二，其源同出于《楚辞》。或谓"意致缥缈，得《九歌》之遗"（朱彝尊《杜诗评本》）。或谓"源出楚骚，气味大类谪仙（李白）"（浦起龙语）。由此可见，在盛诸大家名家中，只有杜甫的浪漫可以与李白比肩，特意宗法《九歌》的王维之《迎神》《送神》与《白鼋涡》《宋进马哀词》，虽在句腰或句尾用有"兮"字，纯为字面而乏兴寄，而与李杜寄托遥深则相距甚远。至于高岑与孟浩然、储光羲、王昌龄等，对《楚辞》效法的兴趣，连王维亦不及。反过来看，李杜以屈辞浪漫手法咏怀或别有寄托，就显出桴鼓相应般的密切了。

此诗前截以"美人娟娟隔秋水"始，后截以"美人胡为隔秋水"结，首尾呼应。中间再以"似闻""恐似"转折出"韩（国）张良"，前后映照，中心主旨极为鲜明。李白《长相思》发端为"长相思，在长安"，结尾为"长相思，摧心肝"，中间复用"美人如花隔云端"提缀分明，辉映前后。两诗结构极为相似，起结与起提示作用的关键句同样位于中间。这是不谋而合，还是存乎启发，千古之下虽难以情猜，然李杜布局之精心、结构之相同，却是可以肯定的。

综上可见，诚挚忠厚的杜甫，不仅具有李白所缺乏的幽然，而且也具有李白所擅长的浪漫的一面。李杜都本源于屈辞与神话，这也说明杜甫所说的"窃攀屈宋宜方驾"（《戏为六绝句》其五），并非虚言，而是自负语。杜甫与屈原执着的爱国精神都是相通的，对宋玉亦谓"风流儒雅是吾师"。宋风《风赋》雌雄之风的对比，即对"朱门

---

① 唐汝询《唐诗解》，河北大学出版社2001年版，第327页。

酒肉臭,路有冻死骨"也有一定的启导。屈原忧国,宋玉忧民,在杜甫的眼中屈宋是互补的。尤其是屈辞之忧国与浪漫手法及精彩绝艳的伟辞,对杜甫具有全方位的影响。吴瞻泰说:"子美之诗,驾乎三唐者,其旨本诸《离骚》,而其法同诸《左》《史》。不得其法之所在,则子美之诗多有不能释者,其旨亦因之而愈晦。三闾之作《骚》也,疾王听之不聪,悲一时之温蠖,故离忧郁结,常托于沅兰湘芷之间,以冀君之一悟。流连比兴,有《国风》之遗焉。少陵遭两朝板荡之余,播迁夔、蜀,卒无所见于时。故其诗沉郁顿挫,常自写其慷慨不平之气,以致情于君父。举凡山川跋涉,草木禽语,一喜一愕,咸寄于诗。盖先有物焉蓄于其中,而后肆焉。此作诗之本,所以有'窃攀屈宋宜方驾'之语也。"① 除了"致情君父"外,大致不差。还应当看到杜诗不仅仅"其旨本诸《离骚》",其法亦有本之于屈辞。《离骚》是带有叙事性的抒情诗,第二大部就由八个有联系的"故事"组成,其中叙事主要采用了"对话"构式,诸如女媭詈予、重华陈词、灵氛占卜、巫咸降神,均以对话形成,这种对话实际就是议论。我们看《北征》前与后两大段议论,前边"君诚中兴主""臣甫愤所切",正是对"对话"的一种提示。前人往往把此诗看作奏疏,犹如今日"探家报告"。不取《骚》之形而法其神,大而能化,正是"上薄屈宋"之所在。再如《离骚》三次求女一节渗透的"飞鸟故事",于拟人化中赋予寄托。杜甫则有悯黎元的《朱凤行》与上及《凤凰台》等诗。还有《义鹘行》《呀鹘行》《杜鹃行》等。同样带有故事性。特别是前者属于典型的"鸟故事",以五古叙事诗讲述了鹰子被蛇所食,健鹘助鹰父的故事,材料虽得自樵夫所传,而拟人化与善禽恶鸟之分与《离骚》不无关系。特别是《杜鹃行》,讲述了一个传说故事:蜀王杜宇禅位死去化为杜鹃,日夜泣啼,闻者凄恻。鲍照《拟行路难》其七曾取材于此,感慨晋宋禅让易代之变。此取法鲍诗,当

---

① 吴瞻泰《杜诗提要》,黄山书社2015年版,第3页。

指玄宗幸蜀禅位，返京后又被李辅国劫迁西内，凡所旧人骨肉一时并斥，因郁闷成疾而死，杜甫至蜀因感玄宗失位而作①。李白也有咏鸟诗，如《古风五十九首》之写大鹏，其四十就是一首"鸟故事"，其余如《野田黄雀行》《雉朝飞》《双飞离》《空城雀》等，与杜诗一样，均非咏物体段，而是各有寄托。这些飞鸟诗看去与《离骚》不相及，而在依据神话传说与拟人化上，包括叙事性质以及对话却息息相通，此正是杜诗与李白主体风格有相近相同处的原因。

其次，李杜富有奇幻浪漫者都见于歌行大篇，李白以乐府旧题为主，杜甫则"即事名篇"。李白亦有五古如《古风五十九首》其十九"西上莲花山"一首、《古朗云行》等。杜甫则有灵湫诗与《杜鹃》等。再次，李杜涉及浪漫之作，或寄托重大主题，或涉及时局不便明言者，故借恍惚奇幻的神话为喻体。总而言之，李白之浪漫不消说，杜诗也有浪漫的一面，有时还很浪漫，这大概也是李杜齐名的原因之一。

3. 题材、主题、表现方法的相同

李杜除了浪漫风格有相近相同的一面，而且在其他方面也有种种相同之处。先看题材、主题一致的地方。李白著名的《蜀道难》把送别、山水、神话、讽喻几种题材予以多种嫁接，而主题则是以蜀山之险警诫会发生割据之危害。它是通过议论来体现讽喻之中心："剑阁峥嵘而崔嵬，一夫当关，万夫莫开。所守或匪亲，化为狼与豺。朝避猛虎，夕避长蛇，磨牙吮血，杀人如麻"，这是揭示主题的一节。杜甫的《剑门》先以六句描绘山势险壮，然后接言：

一夫怒临关，百万未可傍。珠玉走中原，岷峨气凄怆。三皇

---

① 参见仇兆鳌《杜诗详注》所引洪迈、黄鹤、卢元昌及仇氏之说，中华书局1979年版，第2册838—839页。

五帝前，鸡犬各相放。后王尚柔远，职贡道已丧。至今英雄人，高视见霸王。并吞与割据，极力不相让。吾将罪真宰，意欲铲叠嶂。恐此复偶然，临风默惆怅。

此前十两句议论与李白《蜀道难》的讽喻都出之张载《剑阁铭》，所以"一夫怒临关，百万未可傍"与李白"一夫当关，万夫莫开"，用语就自然相近了。李白议论用了比喻，"所守或匪亲，化为狼与豺"云云，杜诗则直而言之。李白在蜀道之中专选剑阁来发论，又和其他题材混糅，显得"奇而又奇。然自骚人以还，鲜有此体调也"（殷璠《河岳英灵集》语）。李白未经蜀道，故借送友人游蜀，全凭想象把神话、山水、讽喻连缀起来，自然就跳宕腾转，显得奇幻。杜甫自陇流蜀身经其地，故而写得真切。不仅末两句"罪真宰"而"铲叠嶂"显得奇崛不同凡响，而且"'珠玉'句入得陡健，令人失惊，是一篇大波澜。'吾将罪真宰'两句，即'疏凿控三巴'意，反言以形其险壮，正与起处映合。'恐此''此'字顶'并吞''割据'来，言治乱之数，亦属偶然，又故为跌宕以结之也。摹写剑阁天险，忽怪到秦皇不应开凿蜀道，奇；怪真宰不应生此天险，更奇；盖以蜀中天府，珠玉所生，世治则修职贡，而诛求无已，即乘机窃发，如公孙述之流，恃险为乱，正深惜柔远之无术也。诗意全然不露，而诿罪于真宰，奇之又奇！"①。尽管李杜对剑阁所想与所见不同，然而在题材与主题上全然相同，而且在表现方法上同样都有"奇之又奇"的艺术效果，二者之相同可谓如声相应、如影相随。

李白诗以夸诞著名，在《庐山谣寄卢侍御虚舟》开篇即言："我本楚狂人，凤歌笑孔丘。"他不愿受儒家拘束，这确属裸露的自白，杜甫以儒家特别是孟子民本思想为立脚处，却也说："儒术于我何有哉？孔丘盗跖俱尘埃。"虽如题目《醉时歌》所表示，属于醉后愤激

---

① 吴瞻泰《杜诗提要》，黄山书社2015年版，第60页。

之狂言，但未尝没有几分敬而远之。李白《北风行》的："燕山雪花大如席，片片吹落轩辕台""黄河捧土尚可塞，北风雨雪恨难裁"，虽然夸诞，但不乏真实。《襄阳歌》的"遥看汉水鸭头绿，恰似葡萄初发醅。此江若变作春酒，垒曲便筑糟丘台"，便是十足的"酒仙"加"诗仙"的语言。雪花本无香味，李白却说"瑶台雪花数千点，片片吹落春风香"（《酬殷明佐见赠五云裘歌》），因加上了"春风"的"调料"，犹如他的名句"风吹柳花满店香"一样。《江夏赠韦南陵冰》说"我且为君槌碎黄鹤楼，君亦为吾倒却鹦鹉洲"。如此大言，惊心骇目的效果，则是作者所预期的。果然引发"一州笑我为狂客，少年往往来相讥"，他却说："黄鹤高楼已槌碎，黄鹤仙人无所依。黄鹤上天诉玉帝，却放黄鹤江南归。"还是狂后出狂，就像他擅长的喻后生喻一样。游洞庭却忽生奇想："划却君山好，平铺湘水流"，可以使洞庭多容纳湘水。而且"巴陵无限酒，醉杀洞庭秋"（《陪侍郎叔游洞庭醉后》）——湖水多了，还想全都变为饮之不尽的酒。夸张以致放诞是李白的天才，且又是那样的自然可爱，不会让人感觉在说胡话。

杜甫笃谨，对事物只做忠实的描写，不像李白把夸诞当作长技。但偶然放言，也够骇人的。如上及的"君将罪真宰，意欲铲叠嶂"，力之大而气之豪，且思之奇，均不亚于李白的"划君山"。在唐诗恐怕只有他俩有如此大言。在长安沦陷时有家而不能归，则言："无家对寒食，有泪如金波。斫却月中桂，清光应更多。"这种带着苦涩的夸诞和李白夸诞的快乐，用意不同，但构思一致。前人就把李白"划君山"和"斫月桂"合观："二公所以为诗人冠冕者，胸襟扩大故也。此皆自然流出，不假安排。"① 至于以壮士挽天河以洗天下甲兵，掷石笋于天外，提天纲使石犀逃奔，以剪刀剪取松江，包括"安得广厦千万间"在内，均属气豪语壮之类。夸张在杜甫非主体风格，然在

---

① 罗大经《鹤林玉露》卷三"诗人胸襟"条，中华书局1983年版，第171页。

高岑无此魄力，至于王孟等就不用说了。

　　杜诗好用数字入诗，对于大数如万里、百年之类更感兴趣，我们已有讨论，此处不赘①。高适好用千里、千年等，虽与之相近，但较单一②。也只有李白才能方之杜甫，诸如《蜀道难》的"尔来四万八千岁，不与秦塞通人烟"，《梦游天姥吟留别》的"天台四万八千丈，对此欲倒东南倾"，《襄阳歌》的"百年三万六千日，一日须倾三百杯"，《梁甫吟》的"广张三千六百钓，风期暗与文王亲""东下齐城七十二，指挥楚汉如旋蓬"，《将进酒》的"烹羊宰牛且为乐，会须一饮三百杯"，《答王十二寒夜独酌有怀》的"人生飘忽百年内，且须酣畅万古情"，《庐山谣寄卢侍御虚舟》的"黄云万里动风色，白波九道流雪山"，此为其著者。多位数大数则奔奏笔下，这些大数都凝聚积淀着文化意义。还喜用三千，诸如"飞流直下三千尺""桃花潭水深千尺""白发三千丈"等，均带有夸张色彩。或者为了追求节奏的轻快流畅，如《忆旧游寄谯郡元参军》的"相随迢迢访仙城，三十六曲水回萦。一溪初入千花明，万壑度尽松风声"，《宣城见杜鹃花》的"一叫一回肠一断，三月三日忆三巴"，前者四个数字见于三句，自然流走，运转风生，后者以数字为反复为对偶，就更如风行水上自然纹生。数字原本诗中小道，用多了就有"算博士"之讥。李白以此加强夸张与酣畅，杜甫则追求厚重与博大，自有其大用，故在盛唐诸公中显得出众而多彩。

　　在以文为诗上，李杜亦有相近处。人皆知杜甫以文为诗，则与议论有关。杜甫上承诗骚，中承陶渊明，对陈子昂亦为看重，议论形成一种传统。散文化的句式，口语词汇，大量的口语虚词，以及散文化

---

① 参见魏耕原《杜诗数词的多重意义》与《杜诗以数字构成的艺术世界》，分见《长安大学学报》2015年第4期、《西安文理学院学报》2015年第4期。

② 参见魏耕原《论高达夫体》，见所著《盛唐名家诗论》，中国社会科学出版社2015年版，第343—344页。

的结构，大量见于杜诗。诸如"皇帝二载秋，闰八月初吉，杜子将北征，苍茫问家室""暮投石壕村，有吏夜捉人""父老四五人，问我久远行"等，这些五古中的句子，就与散文没多大区别。七古如"南寻禹穴见李白，道甫问讯今如何""儒术于我何有哉？孔丘盗跖俱尘埃""将军魏武之子孙，于今为庶为清门"；五律如"白也诗无敌""四十明朝过""亲朋无一字，老病有孤舟"；七律如"无食无儿一妇人""不为穷困宁有此""独立缥缈之飞楼""杖藜叹世者谁子""白帝城中云出门，白帝城下雨翻盆"；绝句如："今春看又过，何日是归年""黄四娘家花满蹊，千朵万朵压枝低"。诸如此类，不胜枚举。像他的七绝《少年行》若和李白、王维等人相比，充其量是散文诗。《赴奉先咏怀》与《北征》很像今天的"回家见闻"，《八哀诗》就是八篇人物传记，《悲陈陶》《悲青坂》犹如"新闻报道"，《石壕吏》就像讲了一个让人感叹的故事，《丹青引》好似为人写回忆录。加上大块的议论，像《赴奉先咏怀》就被前人视为"心迹论"，以文为诗在杜甫应当是"拿手好戏"，不用多言。

李白诗的散文化倾向，主要见于长短不齐的句型。代表作《蜀道难》的发端便是典型的散文句，揭示主题的"一夫当关"八句，四、五言交错，亦与散文句无异。"上有六龙回日之高标，下有冲波逆折之回川"则为典型的赋体句；"其险也如此，嗟尔远道之人胡为乎来哉"，居然与散文句无异。特别是乐府诗与歌行体的散文化最为显见，诸如《上云乐》《日出入行》《独漉篇》《来日大难》，或为杂言，或为四言，但都和他流畅风格有别。著名的《远别离》起手"远别离，古有皇英之二女；乃在洞庭之南，潇湘之浦"，无论句式还是虚词都与散文句一般无二。中间的"我纵言之将何补？皇穹窃恐不照余之忠诚，雷凭凭兮欲吼怒，尧舜当之亦禅禹"，散文句加上骚体句，就不那么顺当。这些加强停顿感的散文句，主旨用来发抒抑塞焦躁的郁闷心情。《公无渡河》《鸣皋歌送岑徵君》《雪谗诗赠友人》等均为典型的"散文诗"。像《战城南》结尾的"乃知兵者是凶器,圣人不得已而用之",置之散文谁也不会看作诗句。另外,李白诗中夹杂着大量的格言,或四言、五言、六言、七言,甚至三言而不定,散文意味亦很浓,这在数量宏大的乐府诗里最为常见。《行路难》其三的"有耳莫洗颍川水,有口莫食首阳蕨",《野田黄花行》的"游莫逐炎洲翠,栖莫近吴宫燕",《箜篌谣》的"攀天莫攀龙,走山莫骑虎",《鞠歌行》的"玉不自言如桃李,鱼目笑之卞和耻",《沐浴子》的"沐芳莫弹冠,浴兰莫振衣"等,这些格言性的散文句均置于篇首,起兴全诗,散文化的意味就更浓了。总之李杜的散文化,与其他盛唐任何诗人相比,都显得别致而特殊,这既是其所以风格多样的原因之一,也是李杜异中相同的一面。

在修辞上,李白以"君不见""君不闻"的呼告著名,且常常直呼其名于诗中,并且第一人称极多,这些都是主观诗人的特征。没料想,杜诗的如此呼告用了32次,比李白还多了4次。直称己名也不亚于李白,至于第一人称也纷然见于其诗,我们在《杜诗模式特征论》①里有详细调查,此不备论。李白《古风十九首》第一篇以长达42句的长篇论诗,简直就是篇诗学批评史,这在盛唐诗人中很为罕见。至于零碎论诗者,在李白诗中亦为多见,诸如"蓬莱文章建安骨,中间小谢又清发""清水出芙蓉,天然去雕饰",以及反复对谢朓诗的推崇,则为人所熟知。杜甫更广而大之,不仅有著名的《戏为六绝句》涉及广阔,而且对历代重要诗人,以及当代诗人更有全面确切的评价,他对李白诗的评价洵为不刊之论。其他如孟浩然、王维、高适、岑参等都有涉及,带有文学批评的理论眼光,而且还有自评。另外,杜甫的题画诗,论书法诗也引人注目。李白也有《同族弟金城尉叔卿烛照山水壁画歌》《当涂赵炎少府粉图山水歌》等,特别是后者可与杜甫《奉先刘少府新画山水障歌》媲美。他还赞美过草圣张旭,淋漓尽致地描写"飘风骤雨"的

---

① 魏耕原《杜诗模式特征论》,《中国诗学》第23辑,人民文学出版社2017年版。

狂放精神，这就是被前人疑为伪作，今人普遍认为是李白的得意之作的《草书歌行》，就可以和杜的《饮中八仙歌》合观。

　　总而言之，李杜之异可谓天差地别，悬若霄壤，这是他们主体。然他们是同一时代最为杰出的诗人，又是最至交的诗友，相互激荡，相互影响自不待言。又因经历都有长期在野的相似之处，时代的赋予，眼光的阔大，游历之广，也有许多相同之处，所以也存乎许许多多异中有同的地方。儒道可以互补，可以随不同处境而转化，李杜也有互补与转化的一面。明乎此，对于大家之所以成为大家，更会有深入的理解。犹如琴瑟上两根主弦，往往也有合鸣，这才能展现盛唐诗风壮丽恢宏、多姿多彩的气象。

六、李杜异质同构论

对于盛唐的李杜，自中唐伊始，总是习惯于甄别区分他们的差异与不同，这种惯性思维至今在比较文学活跃的气氛下，仍然没有什么改变。他们活跃在同一时代，又受着同样的时代审美思潮的影响，应是时代琴弦上的和音鸣奏。固然有着极大的差异，然而他们都有宏阔的政治理想，在南北文化融合上都善于吸纳异地文化精神，以及在表现形式与风格上，都存在诸多异质同构的趋向。只有异中求同的探求，把握异与同的两面，才能对李杜研究会有更宏通的思考，而且对盛唐诗高峰具有更全面的把握。

在群星满天的盛唐时代，李白与杜甫是最为耀眼的两颗巨星。因思想、性格、诗风各异，他们的差别引起古今论者永不衰竭的兴趣[1]。然而他们共同经历了这个伟大时代由盛至衰的全过程，目睹了裂变引发的巨大变迁，时代的思潮与审美的共同倾向，必然在迥别的差异中渗透着时代氛围赋予的种种共性。唯其如此，他们才能异质同构，合力建构盛唐气象中最富有生机的一面。本着异中求同、同中求异的理念，才能对李杜双峰并峙而成为盛唐气象最经典的代表诗人的缘由，会有更深层的理性把握。同时对他们相异而不悖的谐调而和弦的旋

---

[1] 袁行霈《论李杜诗歌与意象》，《社会科学战线》1981年第4期。其余文章可参看邬国平《李杜诗歌比较评述》，《中国李白研究(1991)》，江苏古籍出版社1993年版。

律，共同高唱出诗歌黄金时代的强音，以及与盛唐气象之关系，才有更深切的理解。

1. 思想与理想的异质同构

在唐代诗人中，因风格或流派的相近、相同而并称者，有如沈宋、王孟、李杜、高岑、元白、韩孟、韦柳、温李等，论者谓"唯有李杜二人的并称，却完全是因为他们的诗风绝然相反而加以并列的。这其中的原因很耐人寻味。显然，他们的并称，不是因其同，而是因其异"①。这种看法不无道理，也可以看作长期以来的李杜不同论的代表性说法。在文学史上，因风格相同而并称的比比皆是，反之则极为罕见，而李杜"诗风绝然相反"正代表了盛唐两座不同的高峰相互映衬，相反相成，异源合流，互补共济，共同体现所处时代的光辉与暗淡。风格的异质，并不排斥精神的一致。正是他们在终极上的一致性，才形成了一种合力，焕发出时代的最强音。

李杜的异质同构，首先体现在思想与理想的差异与一致上。大唐贞观时期奠定以儒学为基础的政策，集诸儒撰定《五经正义》，高宗永徽二年复加考证增损，越二年颁布天下，每年明经依此考试。"自唐至宋，明经取士，皆遵此本，夫汉帝称制临决，尚未定为全书；博士分门授徒，亦非止一家数；以经学论，未有统一若此之大且久者。"② 自此以后儒学经南北朝的式微而定为一统，天下奉为圭臬。则天革命，以尼姑起家，又肆意推崇佛家，自称活佛转世，贵戚争营佛寺，士民又多了一层佛教的浸染。玄宗铲平太平公主集团，结束了女主专权长达四十多年的局面。开元二年，采纳宰相姚崇建议，减汰僧尼万余人，不能创建佛寺，又禁百官不得与僧尼、道士往还，以及

---

① 葛景春《李杜之变与唐代文化转型·序言》，大象出版社2009年版，第2页。
② 皮锡瑞《经学历史·经学统一时代》，中华书局1981年版，第198页。

禁止铸佛、写经。然自开元二十二年（734），李林甫逐渐专权，玄宗在位岁久，志得意满，渐肆奢欲，怠于政事，颇信神仙。越二年，张九龄遭李林甫谗毁而罢相，李林甫以礼部尚书兼任宰相，自此谏诤之路断绝。开元二十五年（737）初置玄学博士，以老庄之学取士。越三年，迎老子像置于兴庆宫。自此道家包括道教，似乎成为仅次于儒学的国教。从初唐至此，儒释道相互消长，渐成鼎足之势而轮流坐庄。

当玄宗先天元年（712）即位时，杜甫诞生，李白已11岁。当张九龄罢相之年，李白36岁，已成为早熟的大诗人，杜甫方步入诗坛。盛唐前期开放的时代，赋予了李白思想的斑驳，尚侠任气，好言王霸，具有鲜明的纵横家思想。中年以后道家思想占了上风，这对他作诗好幻想起了很大的酵母素作用。相比较而言，杜甫的思想则单纯得多，奉儒守官的家庭背景，不像商人家庭出身的李白与非儒家思想一拍即合，而是始终以儒家的思想奉为终极的准则。李杜思想有儒道之别，这也是诗仙与诗圣之所由分。成"仙"为道家的渴望，崇圣则为儒家不能割弃之情结。仙与圣都带有偶像性质。自魏晋以来，儒道兼综成为一种普遍的社会思潮。而盛唐又是一个开放而重功业的时代，儒道由唐玄宗操作成为进身之互补的阶梯，儒道的互补得到了官方的倡导和支持。儒道两种不同思想分别体现在当时最大的诗人身上，自然是此时代思潮中应有之义。早年以纵横家为趋向的李白，自然不屑于科场上辛苦奔逐，他以干谒为手段，欲通过布衣卿相的道路，"为帝王师""使寰区大定，海县清一"，然后功成身退。范蠡、张良是他选择的最佳榜样，而以管晏、诸葛、谢安自命。在诗中则不厌其烦地歌颂为人排难解纷的鲁仲连。开放的时代，给李白提供翰林供奉的机会，然而道家批判性的叛逆思想与道教崇尚自由的精神使他和正在滋生种种衰败的上层集团格格不入。安史之乱中，永王李璘率兵北上又和他的纵横家脾胃一拍即合，带着"誓欲清幽燕"的理想，兴高采烈地唱着"但用东山谢安石,为君谈笑静胡沙",希望兑现"功成追鲁连"的宿愿。未曾几何,李璘水军作鸟兽散,布衣卿相的幻梦一下子跌到阶下囚的深渊。无论是贪图奢欲的唐玄宗,还是盼望平息安史之乱的唐肃宗,都不需要李白这样的纵横家式的人物,虽然他们父子都是道教的虔诚信徒。

恪守儒家思想的杜甫,比李白晚生 11 年,错过了盛唐前期的大好机遇,赶上了李林甫执政的大伪斯兴的时代。一心走科举之路,然而李林甫"野无遗贤"的话,把所有像杜甫这样的人统统拒之门外,杜甫连做个盛唐的范进也没有机会。当李白 42 岁待诏翰林时为天宝元年(742),13 年后,44 岁的杜甫才做了右卫率府胄曹参军,是个掌管器仗的小官,比起李白的翰林就差得更远了。就这样还好景不长,安史之乱爆发,保管员做不成了,冒死奔到肃宗行在凤翔,由于他的赤诚,任为左拾遗,品位不高,但属近臣,可算是他仕途的顶点。然因房琯失去肃宗信任,杜甫又被视为同党,险些获罪。不足两月,怀着碍事儿多余的人的心理被迫探亲。不久长安恢复,又给他一个华州司功参军职务,说明朝廷对他始终失去了信任,从此他开始了后半生长期的流浪生涯,一直到病死在湖南耒阳县的一条小船上。

李杜思想的差异,明显体现在仕途追求所采取的不同道路上,显示儒家与纵横家迥异的人生奋进手段,但他们同样在安史之乱复杂的政局中遭到重大的挫败。如同肃宗不需要李璘的协从者李白,同样也拒绝了房琯的"朋党"杜甫;李白因此入狱而流放,杜甫由此疏远而外放。无论安史之乱之前的升平,或是此后的战乱,无论是四纪天子以至昏妄的玄宗,还是懦弱的肃宗,对他们只待以点缀升平的装饰位置。如李白任翰林期间,就有了《阳春歌》《春日行》《宫中行乐词八首》《清平调词三首》的颂美之作,这无疑是对天才的桎梏,也有《玉壶吟》所说的"君王虽爱蛾眉好,无奈宫中妒杀人"的苦闷。所以,他们的遭遇本质上是相同的。

不惟如此，他们的理想也没有过大的不同。李杜生逢盛唐，特别是李白感受朝气蓬勃时代气息更多，他们始终把建功立业作为人生的理想，胸怀拯世济物的愿望。他们都对诸葛亮怀有崇敬的仰慕之情。李白《读诸葛武侯传书怀……》说："武侯立岷蜀，壮志吞咸京""余亦草间人，颇怀拯物情。"杜甫亦有多次怀念的诗句，特别是入蜀以后，著名的《蜀相》《八阵图》《古柏行》《咏怀古迹》其五，对诸葛亮"鞠躬尽瘁，死而后已"的精神极为推崇。

杜甫早年曾经"窃比稷与契"，最大的理想是"致君尧舜上，再使风俗淳"。在表达政治怀抱，流露出明显的忠君观念，"葵藿倾太阳，物性固莫夺"的理念，似乎成了政治人格的定位。但他"穷年忧黎元，叹息肠内热"的忧国忧民精神更为感人。而且对玄宗、肃宗、代宗荒政、莠政的批判，实际上突破了儒家的君臣观念。功成身退是李白的终极期望，在《赠韦秘书子春》说过："苟无济代心，独善亦何益"，始终向往着如在《送赵云卿》所说的"如逢渭水猎，犹可帝王师"。在《留别王司马嵩》说："鲁连卖谈笑，岂是顾千金？陶朱虽相越，本有五湖心。余亦南阳子，时为梁甫吟。……愿一佐明主，功成还旧林"，或者如《还山留别金门知己》所说的"方希佐明主，长揖辞成功"，一直是萦绕心怀的鲁仲连式的情结，所以企羡"明月出海底，一朝开光辉"的英风亮彩。他也曾在《经乱离后，天恩流放夜郎……》中反思过"试涉霸王略，将期轩冕荣。时命乃大谬，弃之海上行"，在《门有车马客行》里也感慨过："叹我万里游，飘摇三十春。空谈霸王略，紫绶不挂身。"但他始终幻想着"长风破浪会有时，直挂云帆济沧海"，自信"天生我材必有用，千金散尽还复来"。入翰林时在《驾去温泉宫后赠杨山人》中说过："一朝君王垂拂拭，剖心输丹雪胸臆。忽蒙白日回景光，直上青云生羽翼。"被斥逐出京，他愤慨过，有过较前深刻醒悟，但也有更为浓郁的恋京情结，再返长安成了挥之不去的憧憬。两年多的翰林供奉，成了骄傲而辉煌的回忆，反复出现在他的诗中。每一念及，都要兴高采烈一番：

> 汉家天子驰驷马，赤车蜀道迎相如。天门九重谒圣人，龙颜一解四海春。彤庭左右呼万岁，拜贺明主收沉沦。翰林秉笔回英眄，麟阁峥嵘谁可见？承恩初入银台门，著书独在金銮殿。龙驹雕鞍白玉鞍，象床绮食黄金盘。当时笑我微贱者，却来请谒为交欢。（《赠从弟南平太守之遥》其一）

这种世俗性的不加丝毫控制的宣泄，比起年长他11岁的李颀遭人讥议的富贵曲《缓歌行》，对富贵权势的炫耀更为裸露，同时也显示盛唐人的开放无拘禁处。在《江夏赠韦南陵冰》中说："西忆故人不可见，东风吹梦到长安。……昔骑天子大宛马，今乘款段诸侯门。"《赠崔司户文昆季》说："布衣侍丹墀，密勿草丝纶。才微惠渥重，谗巧生缁磷。"《赠溧阳宋少府陟》："早怀经济策，特受龙颜顾。白玉栖青蝇，君臣忽行路。"《流夜郎赠辛判官》说："昔在长安醉花柳，五侯七贵同杯酒。气岸遥凌豪士前，风流肯落他人后！夫子红颜我少年，章台走马著金鞭。文章献纳麒麟殿，歌舞淹留玳瑁筵。"像这样恋旧的回忆，还在《还山留别金门知己》《送杨燕之东鲁》《朝下过卢郎中叙旧游》等诗中反复地渲染，所以怀念长安的恋京情结也成为他的一大主题。《陪族叔……游洞庭》其三言："记得长安还欲笑，不知何处是西天。"其他如：

> 长安如梦里，何日是归期？（《送陆判官往琵琶峡》）
> 遥望长安日，不见长安人。长安宫阙九天上，此地曾经为近臣。（《单父东楼秋夜送族弟沈之秦》）
> 总为浮云能蔽日，长安不见使人愁。（《登金陵凤凰台》）
> 回鞭指长安，西日落秦关。帝乡三千里，杳在碧云间。（《登

敬亭北二小山……》)

南风一扫胡尘静，西入长安到日边。(《永王东巡歌》其二)

峨眉山月还送君，风吹西到长安陌。长安大道横九天，峨眉山月照秦川。(《峨眉山月歌送蜀僧晏入中京》)

长安成了李白朝思暮想的地方，凝结为永远挥之不去的情结。这和杜甫《秋兴八首》所说的"回首可怜歌舞地，秦中自古帝王州""每依北头望京华"的感情并没有过大的区别。他们总想回到长安，能有机会建功立业，李白只是多了些世俗的观念。

"渔阳鼙鼓动地来"的安史之乱，是对盛唐后期每个诗人的重大考验。此次战乱对盛唐空前的繁荣与发展的破坏是难以估量的，这也是玄宗后期昏庸政治带来的必然恶果，也为中唐埋下了难以取缔的藩镇割据恶种，平息叛乱成为以后国家与民众的长期愿望。就盛唐诗歌而言，不论是对美好时代青春发展期的歌颂，或是对昂扬向上的理想的抒发，还是对英雄精神的赞美，也应包括对安史之乱带来的灾难与早日恢复全国统一的反映。盛唐五十多年，前一半是发展期，自开元二十四年（736）张九龄罢相为分水岭，开始走向腐败乃至战乱。当时李白、王维36岁，高适在35—37岁之间，储光羲31岁，杜甫只有25岁，岑参又比杜甫小3岁，王昌龄年最长，也只有39岁。这些诗人主要成就，除过杜甫，应在开天之际以后与安史之乱之前。对开天之际的政治腐败的揭露与抨击，尤以李杜与高适为最巨。但相比较而言，李白主要揭露上层统治集团的用人不当，是非颠倒，宦官势力的膨胀，才能得不到发挥的愤慨，特别是对安禄山叛逆预谋的觉察与忧虑。他的大篇歌行与乐府诗《蜀道难》《行路难三首》《将进酒》《梦游天姥吟留别》《北风行》与《古风五十九首》中的一些诗作，都是这方面的内容。《古风》其十五批判"珠玉买歌笑，糟糠养贤才"的政治局面。其二十四揭露"中贵多黄金，连云开甲宅。路逢斗鸡者，冠盖何辉赫"的腐败与昏乱。特别是《答王十二寒夜独酌有怀》全方面揭示权奸悍将的跋扈，对"骅骝拳跼不能食，蹇驴得志鸣春风"局势表示痛心。

就李杜相较而言，李白的浪漫天真与奔放激越，更适宜于表现盛唐前期的理想、青春活力与英雄精神，可以说李白的艺术精神主要属于前盛唐的。杜甫诗的第一高峰，是困守长安十年、起步于张九龄罢相后的第十个年头。他与对朝廷败政怒视的李白有别，以关注整个民众与社会为主，反映上层社会昏庸腐败。虽无李白那样尖锐，却更全面更深刻更细致，《兵车行》《丽人行》《自京赴奉先县咏怀五百字》无不展示深广愤切的场面。至于写于安史之乱中的"三吏三别"《哀江头》《北征》《羌村三首》等反映那灾难的深广慨切，更把杜甫推上了"诗史"与"诗圣"的高峰。李白的批判主要出自由纵横家转向道家对社会不平的讽刺精神，杜甫则持以儒家民胞物与仁者情怀，他是属于后盛唐的。然而，儒道在批判盛唐后期的腐败政治，呈现合流一致的去向。他们锋芒所指，实际上是一致的。如果没有玄宗后期的昏妄与李林甫、杨国忠腐败政治与安史之乱，清明时代的李杜的差异或许更大。正是社会的灾难使他们走向关注国家与人生的共同方向，无论是浪漫还是写实，表现自我或者民众，都需要投入到万方多难的现实中去。盛唐前期理想的一致性，而转化到关注社会的共同性。正是在这个广阔的层面看，李杜是同一时代琴弦的两种外在不同的旋律，其实质是共同的，而且随时代变迁，外在差异逐渐缩小，同构的一致性更加增多，这才使他们走上时代的高峰，成为盛唐气象中最耀眼的两颗巨星，闪动着与时代息息相通的光彩。

2. 南北文化的交流与共构

自东汉末年开始，南北长期陷入分裂状态，隋代虽然一度统一，但不久陷入战乱，前后长达近 400 年，长时期形成南北文化的不同。《隋书·文学传序》总结这期间文学不同好尚说："江左宫商发越，贵于清绮；河朔词义贞刚，重乎气质。气质则理盛其词，清绮则文过其意。理深者便于时用，文华者宜于歌咏，此其南北词人得失之大较也。若能掇彼清音，简兹累句，各去所短，合其两长，则文质彬彬，尽善尽美矣。"① 这是从贞观之治开创者的角度，以前所未有的胸襟对南北不同文学的融汇性总结，以取长去短的集大成眼光要开创出文质辉耀的局面。总体上此前南方文化优于北方，便于文学的发展。北方文化切于时用，然过于质朴。唐代统一后，初唐主体上是对南方文化融汇为主，中至四杰，乃至陈子昂才把建安文学的刚健付诸实践之中。以往论者对于初唐诗吸纳南朝江左诗歌的清绮之风予以过多的批评，实际上此为文学发展避免不了的发展进程。只是这个过程绵延过长，才有陈子昂矫枉过正的疾声呼吁。

正是在初唐近百年的努力下，盛唐诗歌才真正跨入了健康发展的道路。正如殷璠《河岳英灵集》所说的："贞观中，标格渐高。景云中，颇通远调。开元十五年后声律风骨始备矣。"② 从开元元年（713）至十八年，正是张说"三登左右丞相，三作中书令"时期，二十一年则是张九龄任中书令与宰相。盛唐气象正是由二张两相导引与组织发展起来，他们分别占籍河东（今山西永济）与韶州曲江（今广东韶关），他们的诗也有贞刚与清雅之别，然境界的阔达则是一致。张说的代表作《邺都引》明显具有建安慷慨悲凉之气，而"谪岳州后诗益凄婉，人谓得江山之助"（计有功语）。张九龄前期以描写南方山水为主，清淡幽远，其后期代表作《感遇十二首》，清雅深婉。他们各自试图汇合南北诗风，而二张本身也在客观上形成南北诗

---

① 魏徵等《隋书·文学传序》，中华书局 1982 年版，第 6 册 1730 页。
② 殷璠《河岳英灵集·叙》，见李珍华、傅璇琮《河岳英灵集研究》，中华书局 1992 年版，第 117 页。

风的互补。如果说张九龄"首创清淡之派"（胡应麟《诗薮》语），对盛唐田园山水诗人影响深远。那么，也可以说张说对边塞诗风亦有一定的开启。李杜、王维、高岑就是在二张所开启昂扬振作的诗风中成长起来的，发展为大诗人，共同体现了"既闲新声，复晓古体。文质取半，风骚两挟"（殷璠语）的恢宏格局。

地域文化具有顽强旺盛的生命力，往往潜移默化地渗透在诗人的血液中。然而，与不同的地域文化一经融合，也会碰撞新的火花。李白24岁以前主要生活在巴蜀，蚕丛及鱼凫的上古文化，以及三星堆文化的奇特而富有想象，积淀成巴蜀文化尚奇的特色，这在司马相如、扬雄、陈子昂等人身上都有一定的体现。李白早年师从纵横家赵蕤，崇尚游侠，也带有鲜明的尚奇色彩。25岁走出三峡沿长江南下漫游，返回到江夏，定居安陆，娶妻成家，荆楚文化与长江下游的江南文化，特别是南方文化的浪漫性与巴蜀文化的尚奇性一拍即合，为李白诗提供最重要的两种来源，而化合为同一种艺术创新力的能源。长江下游与金陵是李白漫游的另一中心，即江南文化所体现的江左风流，清澈秀亮的江南山水，给李白的艺术心田又播下了清丽纯真的种子。歌颂金陵和长江的南齐诗人谢朓，以抒发怀抱而遒劲见长的鲍照，又在巴蜀文学的代表司马相如，以及荆楚文学的屈原之后，在李白心中形成另外的两个偶像。这样，从长江上游、中游乃至下游，李白吸纳了南方文化的各种液汁，成为最经典南方文化全方位的代表诗人。

盛唐国势的强大、经济空前的繁荣，到处充溢理想精神与青春的气息。建功立业几乎是士人的共同愿望，聚集京华的各种科考，以及与之具有连带性的漫游成为时代风气。李白倜傥不羁的才气，不屑于屈身举子之中。纵横家的交游与诗人式的漫游则成为他生活的主要方式。特别是当时世界第一大都市长安，对他更具有非常的诱惑力。在大约三十而立的风华之年他来到京都长安，大唐帝国的宏伟气象，在这时开元后半期似乎达到了沸腾的顶点,建功立业的济世意识,使他浓郁的奇特而浪漫的司马相如赋体血液与屈原幻想的浪漫精神的结合,诞生了第一首长篇名诗《蜀道难》,虽然它还带有少年维特那样的烦恼,主题尚有费解,然宏伟的目光,开张的胸襟,深切的忧国意识,浪漫幻化、跳跃奔腾的艺术精神,博大热烈的情怀,第一次得到全新的多方面展现,初步体现了南北文化交融激荡的新面貌,与此前浓厚江南文化清新风貌的诗作有了明显的区别。所以被称为"奇之又奇。然自骚人以还,鲜有此调也"。(殷璠语)

早在安陆期间,李白畅游东鲁,黄河下游与齐鲁文化的厚重又给予新的印象,他嘲笑过呆板固执的腐儒对他的讥讽,而又加入风格不同的竹溪六逸的行列,于是东鲁任城(山东济宁)便成为他第三家乡,通过交游,终于在过了不惑的第二年又入长安,成为玄宗的座上宾,进入翰林做了供奉。李白这只大鹏不是翰林院里长期可以"供奉"起来的,漫游天下才是他的归宿。在东都洛阳与东鲁,他两次遇见北方诗人杜甫、高适,他们兴致淋漓的交流,在梁宋平原上秋风骏马的奔驰,更使李白深切感受到北方文化的博大、厚重、苍凉、沉雄。从太白山、华山到泰山,从关中平原到中原、齐鲁以及华北平原的幽燕大地,无不有李白展翅翱翔的雄姿。"燕山雪花大如席"和"白发三千丈,缘愁似个长",阳刚与阴柔共同喷发于他的笔下。李白"一生爱入名山游",南方的峨眉山、匡山、巫山、衡山、岘山、庐山、天门山、天姥山、天台山、敬亭山、黄山、九华山,以及焦山、木瓜山、黄鹤山、五松山、陵阳山,北方的华山、太白山、终南山、嵩山、颍阳山、鸣皋山、太行山、泰山、商山、龙门香山,南北大小名山无不留下李白"兴酣落笔摇五岳"的种种诗篇。南北文化在山的描写上,被李白连成一片。

江河湖泊,同样展现在李白笔下,长江、洞庭湖、黄河的描写成了李白最亮丽雄浑的风景线。写长江与洞庭湖的诗主要体现了李白清真纯净,展现了南方文化明亮清澈的审美风格。然而有趣的是大江大河的壮美,在长江诗只是偶尔一现,像《庐山谣寄卢侍御虚舟》的"登高壮观天地间,大江茫茫去不还。黄云万里动风色,白波九道流雪山",如此壮观长江却是不经见的。像《渡荆门送别》的"山随平野尽,江入大荒流",阔远苍茫中又是那么平静而具朗畅的气势,它和杜甫"星随平野阔,月涌大江流"在平阔中见出动态,又是何等相似。晚年的杜甫似乎和早年李白此诗要来个竞赛。翁方纲批注杜诗说的"无意相合,固不必谓为依傍"①,似乎就已看到李杜的"相合",然却无必强为辩解。李白《登金陵凤凰台》所见长江:"三山半落青天外,一水中分白鹭洲",壮浪之中更多了些静态。而最见其本色的,如《夜下征虏亭》的"山花如绣颊,江火似流萤",以江左齐梁的笔调显示清秀与明丽。《横江词六首》最具动态,其一言"一风三日吹倒山,白浪高于瓦官阁",其四的"海神来过恶风回,浪打天门石壁开。浙江八月何如此?涛山连山喷雪来",以及其六"月晕天风雾不开,海鲸东蹙百川回。惊波一起三山动,公无渡河归去来",确实有江摇山动、壮浪恣肆的太白本色,可和《庐山谣》媲美。以组诗形式与夸张手段,都是太白见长之处而能震动人心。但和他笔下的黄河的奔腾咆哮相较,后者震撼人心的艺术力量更为迸发:

> 黄河落天走东海,万里写入胸怀间。　　(《赠裴十四》)
> 我浮黄河去京阙,挂席欲进波连山。　　(《梁园吟》)
> 君不见黄河之水天上来,奔流到海不复回!(《将进酒》)
> 黄河西来决昆仑,咆哮万里触龙门。　　(《公无渡河》)

一泻万里的气势,轰鸣的巨响,如山起伏的波澜,从天而降直奔东海的汹涌而不复回的精神,全都涌入胸怀,跳荡在他的笔下。激荡的黄

---

① 赖贵三《翁方纲〈翁批杜诗〉稿本校释》,(台北)里仁书局2011年版,第491页。

河震撼了他，他也使黄河更为激荡。《西岳云台歌送丹丘子》激动地宣泄出心中的震荡："西岳峥嵘何壮哉！黄河如丝天际来。黄河万里触山动，盘涡毂转秦地雷。荣光休气纷五彩，千年一清圣人在。巨灵咆哮擘两山，洪波喷箭射东海。三峰却立如欲摧，翠崖丹谷高掌开。"动荡怒吼的黄河，更适合李白天风海雨的呼啸精神，与他的浪漫夸张不受拘羁性格，似乎跳荡同一脉搏！黄河使他如此激动，也使他精神飞扬，《游泰山》其六说："平明登日观，举手开云关。精神四飞扬，如出天地间。黄河从西来，窈窕入远山。凭崖揽八极，目尽长空闲。"无论"黄河如丝"，还是"窈窕入远山"，北方的高山大河使他精神飞扬八极，奔出于天地之外，不仅涌入胸怀之间。毫无疑问，长江与黄河都在李白笔下表现出分外神采，然相比之下，似乎可以肯定说，黄河奔泻无阻的动态，更适宜李白激扬四射的精神。一个南方文化全方位的代表诗人，却如此震撼于黄河，又使黄河更加震荡，这应是南北文化合流融合的最佳而生动的显现。

更为有趣的是，北方儒家文化哺育下的杜甫，理应成为黄河文化的经典代表，然而在他那么多的诗却很少听到黄河的喧豗、看到黄河的奔涌，而他对山河描绘的能力并不逊色于他的好友李白。杜集中只有《黄河二首》，而且这两首七绝均属于借题发挥，为吐蕃入寇而作，并没有直接写黄河本身。在杜甫众多的名作里，也未曾写过黄河的什么，这不能不是个蹊跷的谜！然而自入川以后，写了不少涉及大小江河的诗。特别是夔州的两年，写了大量的关于长江的诗。《白帝城最高楼》说："峡坼云霾龙虎卧，江清日抱鼋鼍游。扶桑西枝对断石，弱水东影随长流。"《夔州歌十绝句》其一："中巴之东巴东山，江水开辟流其间。"《白帝》："高江急峡雷霆斗，古木苍藤日月昏。"特别是《秋兴八首》几乎是把长江与长安合起来写出。其一云："玉露凋伤枫树林，巫山巫峡气萧森。江间波浪兼天涌，塞上风云接地阴。"其四："鱼龙寂寞秋江冷，故国平居有所思"，其六的"瞿塘峡口曲江头,万里风烟接素秋",其七的"关塞极天唯鸟道,江湖满地一渔翁"。特别是著名的《登高》,他的长江给我们留下夔州式的经典描写:

风急天高猿啸哀,渚清沙白鸟飞回。
无边落木萧萧下,不尽长江滚滚来。

看他的长江,就像观赏李可染的山水画与长江图,总是那样的厚重、博大、阴沉、雄浑,带有一种北方文化的浓郁气质!而李白长江又是那样的明亮、清澈、秀美,虽然也有奔涌与喧腾,然富有鲜明的南方文化的色彩,就像观赏金陵画派宋文治所画长江图,是那样的清朗、透明、湿润,而富有青春的活力!杜甫的长江诗几乎都是律诗,而李白大多是歌行体的长篇;李白是高朗的,杜甫则是沉厚的。李白高唱的是进行曲与奔放歌,挟带着天风海雨;杜甫的悲歌,是海涵地负,沉郁博大。是悲愤,而不是悲哀;是悲壮,而不是消沉,沉郁中总带有一种渴盼与希望!李白的黄河,基本都是富有开天之际的热望与昂扬,哪怕是安史之乱后所写,依然保持一种旺盛的奔放激荡的精神,所以是前盛唐的,可以看到盛唐之盛;杜甫的长江都是安史之乱后所写,所以是后盛唐的,可以看到盛唐之衰的负荷。这是时代变迁的错位,赋予了他们诗体、风格、表现方式的不同。但他们都在奔涌的江河中,倾注着自己强烈的感情与希望、生命与力量!都是矗立在本土文化基础上,敞开胸襟吸纳异地文化的新鲜活力!他们眼光同样不是那么狭小,而心胸又都是那么阔大!他们的江河都跳荡着时代的脉搏,合起来则体现盛唐时代由盛变衰的全程。所以,二者合观,才能构成完整的"盛唐气象"。盛唐气象不仅有繁花似锦,也有万方多难。就像一座巍峨的山峰,有阳面也有阴面,有顶峰也有山脚下的沟壑!有春天之葱蔚,也有秋天之肃穆!正是这个原因,李杜是不可以分割的，而是这个时代具有最高价值的整体。他们的风格与审美的选择是有区别的，属于异质，但是带有鲜明的合力性的同构。时代的急遽变迁，虽然生年仅11岁之差，却使他们展现盛唐前后的风采，然而，南北文化在升平与演变中的融合，都使他们呈现南北文化合而为一的共同性，而显示双峰并峙、二水合流的同一趋向！

3. 表现形式与风格的异质同构

盛唐诗的热烈澎湃，主要体现在气势跳荡不受拘束的歌行体上；盛唐诗飘逸自然，则见于高朗流畅神采飞扬的绝句上。最能体现盛唐诗的活力，正是这两种诗体。李白志在复古，杜甫意在创新，所以他们分别有以乐府诗和律诗各见其长的区别。李白说过"圣代复元古，垂衣贵清真""我志在删述，垂辉映千春""大雅思文王，颂声久崩沦"，正如李白的"删述"不是要作史，而是要作诗，故李白诗不是纯粹的复古，而是在复古中创新。亦如李白以屈、庄为心，亦有"希圣如有立，绝笔于获麟"的情结。他的乐府诗大多属乐府旧题，如《蜀道难》，南朝简文帝萧纲、刘孝威、阴铿，包括初唐张文琮的同题之作，多用五言古诗与五绝略写蜀道之艰阻，句数多至八句。而李白一变而为杂言歌行体大篇，把山水诗、政治诗、送别诗融为一体，还有荒老古怪的神话与赋体铺排张扬的描写，以及呼吁召唤送别的友人，与前此诸作，显出多么大的差异！他的《远别离》由南朝乐府《古别离》《生别离》《长别离》题目略变，属于古乐府"别离十九曲之一"（萧士赟语）。摆弃了前此儿女与友情的别离，而在刘宋吴迈远君臣之别的基础上别出心裁，以发"君失臣兮龙为鱼，权归臣兮鼠变虎"的天宝末年政局败坏的悲愤，以上古传说点缀，其辞闪幻惊骇。胡震亨《李诗通》谓以骚语比兴为体，"而韵调于汉铙歌诸曲，以成为一家语"。其他的《乌夜啼》《乌栖曲》《行路难》《梁甫吟》

《将进酒》《行行且游猎》《北风行》《公无渡河》《猛虎行》《战城南》《长相思》《阳春歌》《前有樽酒行》《上流田行》《夜坐吟》《日出入行》《胡无人》《结客少年场行》《古朗白行》《独不见》《白纻辞》等皆是。另外还有纯是五言的乐府旧题，如《白头吟》《子夜吴歌》《大堤曲》《关山月》《妾薄命》《少年行》《秦休女行》《白马篇》《玉阶怨》《鼓吹入朝曲》《东武吟》《相逢行》《渌水曲》《侠客行》《北上行》，属于汉魏以来常见题材，以妇女、游侠、边塞为主，内容多同古义。他还有自制题目的新乐府，如著名的《静夜思》《玉壶吟》《扶风豪士歌》《江上吟》等，似在乐府旧题的基础上衍生的，如谢朓等人有《江上曲》，刘琨等有《扶风歌》。纯属自制新题者，如《梁园吟》《玉壶吟》《临路行》。还有以××谣，或××歌或××吟，加入题头或题尾者的新题，如《白雪歌送刘十六归山》《鸣皋歌送岑徵君》《西岳云台歌送丹丘子》《梦游天姥吟留别》《当涂赵炎少府粉图山水歌》《万愤词投魏郎中》《峨眉山月歌送蜀僧晏入中京》《庐山谣寄卢侍御虚舟》等，以上就名篇而言。论者统计，初盛唐的乐府诗约450首，李白有149首，占其1/3。初盛唐旧题乐府诗约400首，李白有122首，占30%。李白的汉魏古题占他全部乐府诗的80%，其余20%中，尚有几首新题乐府诗，是从古题乐府派生出来[①]。由此可见，李白是在复古中追求创新，不仅见于恢复汉魏传统，也包括南朝乐府的活力，来充分发挥创造性，更主要的体现是把一些乐府诗转化为五、七言歌行体上。

李白最具代表性作品，应当是歌行诗、乐府诗与绝句。特别是由乐府诗推衍发展的七言歌行，最能见出奔放、激越、豪迈的浪漫精神。如《将进酒》，乐府古诗以饮酒放歌为言，刘宋何承天《将进酒篇》，昭明太子萧统同题亦无大异，古词除末句为七言，余皆三言，

[①] 葛晓音《论李白乐府的复与变》，《诗国高潮与盛唐文化》，北京大学出版社1998年出版，第162页。

何作只有三言，且仅四句，萧作如同五言四句的古绝。到了李白则以鲍照创调"君不见"发端，长句大篇，气势浩荡、恣肆，七言歌行的诗体，与情感的急遽变化相符。又以呼告性的三言置以首中尾，突出题目，欢乐中又带出"古来圣贤皆寂寞""与尔同消万古愁"，使主题更加深化。体制与《蜀道难》相近，而又与乐府古词的短小、呆板、单纯，大相径庭。《梁甫吟》汉之古词本为葬歌，陆机、沈约之作亦为生命短浅、时光飞逝的命意。陈之陆琼却描写歌舞，似为别调，且全都为五言短诗。李白则以乐府作歌行，成为44句的大篇。三言句施于首尾，余皆为七言。以吕尚、郦食其、剧孟之风云故事经纬前后，中间渲染以屈原上扣天庭式的描写，抒发"我欲攀龙见明主"而不得时用的郁愤。"当年颇似寻常人"与"世人见我轻鸿毛"的怀才不遇的暴发，情感淋漓，气势酣畅。磅礴震荡出的"白日不照吾精诚"的主题，与古词之生命迁逝的葬歌亦相距甚远。至于由乐府旧题衍生的，变化更大，如《襄阳歌》，似从晋宋乐府诗《襄阳童儿歌》与《襄阳乐》派生的，由歌颂山简好酒游乐与儿女之情，掺入了富贵不长而不如以酒为乐，发泄功业无成的沮丧，然气势奔放飘逸，境界纵放开阔，展现了他的人生一大主题。题目全为创新的乐府歌行，比他年长11岁的李颀，有《放歌行答从弟墨卿》《双笋歌送李回兼呈刘四》《听安万善吹觱篥歌》等，用来酬赠、送别与描写音乐，颇有影响。李白对乐府本来情有独钟，或亦受李颀启发，亦有新题之作，但变化更大且多为名作。如《梦游天姥吟留别》就把留别、山水、记梦、咏怀嫁接在一起。以《楚辞》式的离奇幻化式的山水渲染，更加突出"安能摧眉折腰事权贵，使我不得开心颜"的中心主题。《鸣皋歌送岑徵君》则把送别、山水、政治咏怀糅为一体，《楚辞》化的语言与散文的句式，加上结构动荡，变化莫测，与乐府和歌行体似都有一定的距离，全由二者的结合，又出之以创新的面貌。《西岳云台歌送丹丘子》《峨眉山月歌送蜀僧晏入中京》《庐山谣寄卢侍御虚舟》,亦是这种追求的体现。送别在其中有提缀性质,而山水描写与自我情志抒发倒成了主体。

李白的五言乐府歌行,多半是对南朝乐府的继承。他的《长干行》二首言商人妇的感情随时间的迁移而有变化,刘宋乐府诗《襄阳乐》是以五言古绝的连章体写商妇的爱情,崔颢同题之作则从此化出,而李白则把它与南朝乐府结合起来,又渗入汉乐府与北朝乐府叙事诗以年龄叙事的方式,风格有南朝乐府清新流丽,又有朴素明朗一面,融合了汉魏与南朝乐府的艺术表现。同题材的《江夏行》,则以五言为主,中间掺入七言四句民歌式的对比手法,都可看作对南朝乐府的学习。

总之,李白诗以乐府诗为主,既有恢复汉魏与南朝乐府传统的一面,亦有在综合传统中的创新,特别是在自制乐府上的全方面呈现崭新的面貌。由乐府诗转化为七言歌体是他最富有奔放飘逸的艺术生命力,而五言歌行与乐府诗则体现了清新自然的一面。李白对乐府诗的革新,总体上复多而变少,在复古中追求创新。在近体诗上,绝句则飘逸清新兼而有之,在盛唐气象的建构上,只有王昌龄与王维可与之鼎足而立。

杜甫属于集大成诗人,七律的建树,不仅是盛唐诗的高峰,而且是纵跨中晚唐,乃至以后的高峰。似乎与李白在诗体选择上分道扬镳,然而"诗史"与"诗圣"地位却主要奠基在与李白同样的歌行体与乐府诗上。杜甫这两类诗在诗题上全部创新,没有任何因袭,"即事名篇"或者"因事命题",全然为新题乐府。诸如《悲陈陶》《悲青坂》《哀江头》《哀王孙》《兵车行》《洗兵马》《塞芦子》《留花门》《彭衙行》以及著名的"三吏三别",开创了大量的记事与叙事性的"史诗",以最大的容量多方面地反映了安史之乱的社会巨变与万方多难,而成为独立高峰的"诗史"。如果说在继承汉魏乐府方面,李白专从"感于哀乐"出发,杜甫则锁定"缘事而发";如果说李白在复古中创新，杜甫则在别开生面中创新。李白全面继承汉魏六朝乐府成就，在由乐府转型到歌行体上发挥了独特的创造性，"但其声情、意象和韵致仍保持着汉魏齐梁乐府的特色。因此他的新题歌行也都酷似古乐府的风味"①。杜甫的新题乐府与歌行诗，则从汉乐府的叙事性分化出叙事与记事两端。汉乐府叙事的家庭矛盾、独幕剧式的片段、对话描写、细节刻画，杜甫则转化为与重大的社会背景的直接联系，或者大多数诗却是对安史之乱间错综复杂的现实事件的直接叙写，而且由汉乐府第三人称的全知叙述视角，转变为以第一人称限制视角为主。不仅把叙事置入那个天翻地覆的大环境中，扩大了乐府的规模和容量，增加了现实的广阔性与历史的厚重性，而且带有现场记者性的报道，耳闻目睹式的报告文学，更增加叙事的生动性与真切性。《兵车行》的"牵衣顿足拦道哭"细节描写，以及"去时里正与裹头，归来头白还成边"的简括叙述，可能受到汉乐府《东门行》"舍中儿母牵衣啼"以及《十五从军征》"十五从军征，八十始得归"的启发；还有战争带来的反常心态生男生女的好恶颠倒的议论，分明与建安乐府陈琳《饮马长城窟行》"生男慎莫举，生女哺用脯"有关。但骚动、纷乱的阔大的场面描写，哭声、马鸣声、车辆滚动声的种种喧杂声音与气氛，以及由此联想到战争必败、人必变鬼的鬼哭声，都好像出现在眼前。居中而突出的主题句"边庭流血成海水，武皇开边意未已"，其五言古体《自京赴奉先县咏怀五百字》在叙事中用议论插入揭示主题的"朱门酒肉臭，路有冻死骨"，都是全诗的核心。《丽人行》的游春与进餐两个场面描写，亦是对汉乐府长于铺叙的借鉴与运用，但却以衣着之豪丽反衬行迹奢侈，化美为丑；又把汉乐府起首比兴移于篇末，以杨花白萍、青鸟衔巾隐喻杨氏兄妹的乱伦，而发挥记事诗的讽刺性。《悲陈陶》《悲青板》都是对平叛战败

---

① 葛晓音《论杜甫的新题乐府》，见《诗国高潮与盛唐文化》，北京大学出版社1998年版，第207页。

重大事件的简洁记载，报告了"四万义军同日死"的惨败，提出了"忍待明年莫仓卒"的忠告，出之以最简短的"新闻报道"的形式，对重大事件的简洁叙写，目的在于传递信息与发抒建议，而不在于过程的叙述，这正是记事诗的功能。而与李白模拟汉乐府《战城南》的战争惨败场面描写，而不限于某一具体战争，是两条路子。但李诗末尾兵为凶器、不得已而用之，却与杜诗同样有建议的严肃与希望，性质则是一样的。"三吏三别"最切近汉乐府"缘事而发"的叙事特征，从渴盼平叛与战争带来的灾难的矛盾角度，展开了各种家庭的不幸，把汉乐府单个家庭的叙写，用组诗连缀成全社会的不幸。"三吏"夹带问答，有"我"之参予，迹近于汉乐府《东门行》；"三别"的人物独白则近于《十五从军征》，则无"我"出现，从汉乐府走出来，又在整体上突破，创新远远超出继承。至于《哀江头》《彭衙行》则纯属我闻我见我经历的写法，以第一人称的见闻经历为主，前者见出长安的慌乱破败，后者自叙性地反映出难民的流散的不幸，都是那个时代突然巨变引发种种灾难的最为逼真的叙写。《洗兵马》则带有综合报道与总结报告的双重性质，与就一事之简记或详叙以及重点场面刻画，均有不同。前有平叛诸将与助战之回纥，后有谋划诸相；上至肃宗政府，长安恢复的祥瑞臻至，下至田家春种与城南思妇，渴望早日安宁，喜悦、鼓舞、忧惧、指斥、警告交织。同样采用中心主题的揭示："安得壮志挽天河，净洗甲兵长不用"，与李白《战城南》的用意且安置在结尾，是相同的。

　　总之，杜甫把乐府叙事发展到歌行，又分化出记事体来，全面吸纳了汉乐府的体制与各种表现手法，有意识突破了此前的格局，再加上以长于议论揭示主题，使重大事件的本身更带有史诗的深刻与厚重。并且在体调、风味等方面苦心经营，形成整体变革性的创新，与李白复古性的创新，在形式风格上具有鲜明区别。但同时，我们应看到，在乐府诗的探索上，盛唐没有第三个诗人付出如此的努力，正是在这个意义上，李杜同样形成了异质同构的格局。他们分别从社会巨变与个人遭遇哀乐两个渠道，不仅共同体现了"感于哀乐"与"缘事而发"的精神，而且共同展现盛唐气象在不幸现实中所达到的高峰。如果李杜的乐府诗与歌行诗在盛唐中缺席，那么盛唐气象将会成为一种怎样的风貌呢？

在语言上李杜有很大差异，李诗往往两句说一个意思，唯其如此，才能兴致淋漓，气势始终保持酣畅；杜甫常常一句说几层意思，出于同样相反相成的道理，方能海涵地负，沉郁厚重，博大深刻。李白诗随着兴奋或愤慨感情不停歇地翻腾跳跃，以奔驰的方式倾泻感情，杜诗总是有条不紊地组织各种句式与章法布局。其实他们也有许多相同之处，最主要的是面对同一现实，虽然有为我与为民众之区别。

杜甫以文为诗与生活口语的运用，而为人熟知。李白诗也有同样的趋向。著名的《蜀道难》以"蜀道难，难于上青天"分别处于首中尾，由山川的险阻转入对政治人祸的忧虑，这正是以一般记游散文的骨架为格局。《梦游天姥吟留别》的记梦，由"我欲因之梦吴越，一夜飞度镜湖月"为起，后半再以"惟觉时之枕席，失向来之烟霞"为收，有始有终，亦正是记事的一般安排。此二诗在结构上都采用了散文布局的基本形式。长诗《答王十二寒夜独酌有怀》，亦像给友人的一篇复信。先言友人月夜怀念，而以权奸悍将当道，是非颠倒，志士不得一用，作为全诗的主线。全然是书信体方式的表抒。长诗如此，短诗亦有。《古风》其十九"西上莲花山"，由上至天上所见，再回到从山上俯视的现实，布局亦井然有序，实际上与记游没有什么两样。至于名诗《将进酒》写与朋友一次酒会，以劝酒再劝酒的两次提叙，省略了聚会的首尾的琐微，前后两大块的时间飞逝与人生不得意，都带有劝酒词性质，其结构依然是散文化的。

李白诗在语言上，对自然的口语，更具有明显的追求，诸如"乍向""遮莫""分张""似个""一种""耐可""卖眼""白地""醉杀""愁杀""恼杀人",都属于原汁原味的口语俗词。他的乐府诗常以三、五、七、九、十言的杂用形式,长短交错,很接近口语。除了以上涉及的名诗外,还有《夜坐吟》《战城南》《前有樽酒行》《长相思》《日出入行》《胡无人》《登高丘而望远海》《山人劝酒》《扶风豪士歌》《灞陵行送别》《鸣皋歌送岑徵君》《北风行》等,也体现了对口头语言的追求。这不仅是李诗显著的个人特色,也与杜甫如《茅屋为秋风所破歌》等诗有相同之处。大量的散文句式,赋体句式亦每见于李诗之中。如"上有……,下有……"的赋化句式,不仅见于名诗《蜀道难》,还有《长相思》"上有青冥之长天,下有渌水之波澜",《灞陵行送别》的"上有天花之古树,下有伤心之春草",《泾川送族弟錞》"上有琴高水,下有陵阳祠"。赋体偶对句,如《鸣皋歌送岑徵君》的"邈仙山之峻极兮,闻天籁之嘈嘈""水横洞以下渌,波小声而上闻。虎啸谷而生风,龙藏溪而吐云",《襄阳歌》的"泪亦不能为之堕,心亦不能为之哀"。李诗好转折跳跃,故转折连词每居于句首:《赠新平少年》"而我竟何为,寒苦坐相仍",《古风》其三十七"而我竟何辜?远身金殿旁",《赠刘都使》"而我谢明主,衔哀投夜郎",以上均用于前后分两截的下截开始。《赠秋浦柳少府》的"而我爱夫子,淹留未忍归",见于结尾的收束。以上见于单句句首,还有用于偶数句句首,《淮南卧病书怀寄蜀中赵徵君蕤》"故人不在此,而我谁与迈",亦见于结尾。《送岑徵君归鸣皋山》"奈何天地间,而作隐沦客"。至于全然的散文句,如《蜀道难》《远别离》乃径直用作开头。李白诗开头非常讲究,如同杜甫追求"篇终结混茫"一样。在结尾李白同样出之散文句,《战城南》不但以"乃知兵者是凶器,圣人不得已而用之"为结尾,而且中间还有"匈奴以杀戮为耕作"的典型散文句。《日出入行》结尾有"吾将囊括大块,浩然与溟涬同科",中间还有"人非元气,安得与之久徘徊?草不谢荣于春风，木不怒落于秋天"。《久别离》"东风兮东风，为我吹行云使西来"。《万愤词投魏郎中》四、六、七言句交错，整体像篇"蒙冤赋"。总之，李白诗在结构、句式、用词多方面，呈现散文句倾向，由于气势酣畅，语言奔放自然，使散文趋向淡化，使人觉得不突出罢了。其实他和杜甫的以文为诗，共同在探求创新方面，同样体现异质同构的特色。

七、杜诗与颜书审美风格的共性

诗与画之间的共同规律，自宋代提出后引起极大兴趣，尤其苏轼提出王维"诗中有画，画中有诗"①，以至今日学界引发绝大反响，使诗与画之关系，得到清楚的认识。然而同样由苏轼提出的书法与诗歌的共同性以后，截至今日呼应无多，尚处于天荒地老的朦胧状况，就颇值得关注。

1. 杜诗与颜书共性的提出

一个时代的文学与艺术，都是在同一审美思潮中出现，其间必然存在着相同的审美共性与规律。其中诗歌与绘画的共性，已经得到认同，尤其是以王维的诗与画作为经典的个案，二者之相通互同基本上获得普遍的共识。而诗歌与书法之关系，尚处于洪荒的原始阶段。实际上自文学与书法的诞生以来，二者之间审美共性大都息息相关。

《诗经》中庄重肃穆的《大雅》为西周早期之作，若与钟鼎彝器的铭文比较，可以有所领会。西周早期的《大盂鼎》铭文，"已趋圆

---

① 苏轼书画同律的说法，在盛唐诗论中就萌芽。殷璠：《河岳英灵集》卷上就说过："（王）维词秀调雅，意新理惬，在泉为珠，著壁成绘，一字一句皆出常境。"实即"诗中有画"的前导。

劲，转折的弧形比较柔和，笔画粗细变化不大悬殊，结字精严，大小整齐，行款更趋规范，既有行又有列"①。西周这种茂密凝重的书风形成，则与《大雅》中一系列周民族史诗章法整密，描写往往出以整齐有序而又千变万化的铺排，显然呈现出于同一审美范畴。大约出现在战国前期的《石鼓文》，雄强朴茂，浑厚自然，结体稳定而疏密相间，行列间距开阔均衡，气势厚重而不乏雄秀。十五国风的《秦风》在金刀铁马之声中，却有声情摇曳的《蒹葭》；《无衣》雄壮质朴，高尚气力，《车邻》《驷驖》《小戎》皆为车马田猎之事。二者无论在内容和风格上，都共同体现了秦人尚武精神。秦代李斯的"玉箸篆""画如铁石，字若飞动"（张怀瓘《书断》）；"犹夫千钧强弩，万石洪钟"（李嗣真《书后品》）；若再看李斯为秦始皇书写颂德刻石文字与上书禁《诗》《书》百家语者文字，犹如钢鞭，能抽打出一道道暴栗。二者强横的暴力又何等相似！

秦汉之际的项羽《垓下歌》，刘邦《大风歌》《鸿鹄歌》，朱虚侯刘章的《耕田歌》，以及汉武帝《瓠子歌》《秋风辞》《天马歌》，强悍中带有浓郁的抒情性，这又与秦汉之际古隶，特别是西汉前期厚重的大捺，以及大捺中带拖的长长末笔的抒情性又何等仿佛！汉隶的横画细而排列整齐，竖画短粗而坚实，布列方扁而燕尾飘逸，则又与汉赋铺张扬厉，多维度的四方扩展，字需同旁、词必同类的排列组合，以及每段或首或尾单笔散行的长句提动或收束，二者又合奏共同的旋律。钟繇与王羲之的楷、行书，如斜而反直的结构，似断而若连的用笔，则与陶诗的结构与句法处处都有着密切的相似，我们曾做过不避琐细而详备的讨论②。诗至南朝刘宋，既有意象密集的大谢山水诗，又有如饥鹰突出的鲍照的咏怀与乐府诗。而书法则宗法王献之，所谓"买王得羊，不失所望"，羊欣取资大令，"时多众贤，非无云尘之远。

---

① 汤大民《中国书法简史》，江苏古籍出版社2001年版，第36页。
② 魏耕原《陶诗与王羲之〈兰亭序〉艺术规律的共性》，《文史哲》2008年第6期。

若亲承妙旨，入于室者，唯独此公。亦犹颜回与夫子，有步骤之近。械若严霜之林，婉似流风之雪。惊禽走兽，络绎飞驰"①。这就和大谢诗"名章迥句，处处间起；丽典新声，络绎奔会"（钟嵘《诗品》），以及鲍照"发唱惊挺，操调险隐，雕藻淫艳，倾炫心魂"（《南齐书·文学传论》），在审美风格上就很有些接近。

书法至初唐，盛称欧、虞、褚、薛四家，虞、褚如软调，欧、薛似为硬调；硬调者如诗之有陈子昂、郭元震；软调者似诗家之沈佺期、宋之问。"文章四友"近于虞、褚，诗之"初唐四杰"则与欧阳询为近，而瘦笔刚健的薛稷，则与古朴劲直的王籍诗有相同处。到了盛唐，张旭的狂草之奔放怒张而与李白诗的激扬飘动为同一旋律；李邕行书"气体高异，所难尤在一点一画皆如抛砖落地"（刘熙载《艺概·书概》），则与高适、岑参超迈趣味相近。唐玄宗隶书尚肥，一时史惟则、韩择木、蔡有邻、李潮诸家隶书无论风格如何，均呈肥体或有肥笔。楷书颜真卿的宽博，徐浩的温厚，包括李邕行书，均以肥厚为美，犹如周昉的仕女、韩干的画马，均造型丰满，这种风气见之于唐诗，则形成高华丰美的"盛唐气象"。

关于同一时代的诗歌与书法之关系，严羽曾说过："坡、谷诸公之诗，如米元璋之字，虽笔力劲健，终有子路事夫子时气象。盛唐诸公之诗，如颜鲁公书，既笔力雄壮，又气象浑厚，其不同如此。"②这是就整体对唐宋之诗与书关系的感悟性宏观把握，从书法特征追观一代诗风，又从唐宋书法之差异比较唐宋诗之区别。以米芾书法的"笔力劲健"比拟苏轼与黄庭坚等北宋诗，不如他所说的"少陵诗法如孙、吴，太白诗法如李广。少陵如节制之师"③，来得切当。但他

---

① 张怀瓘《书断》中，见张彦远《法书要录》卷八，辽宁教育出版社1998年版，第139页。

② 严羽《答出继叔吴景仙书》，见郭绍虞校释《沧浪诗话校释》附录，人民文学出版社1983年版，第253页。

③ 严羽著、郭绍虞校释《沧浪诗话校释》，人民文学出版社1983年版，第170页。

看出颜书与盛唐诗共同特点的"浑厚",则显出理论家过人的眼力。最早把颜书与杜诗作比照观察的,还是出于看出王维诗与画的交融的苏轼。《东坡题跋》说:"颜鲁公雄秀独出,一变古法,如杜子美诗,格力天纵,奄有汉、魏、晋、宋以来风流,后之作者殆难复措手。"又言:"尝评鲁公书与杜子美诗相似,一出之后,前人皆废。"① 东坡诗书画兼擅,从"雄秀"与"集大成"角度比较出两家的共性,可谓别具只眼。后来又在杜、颜两家增之韩文与吴画,见出其间的共性:"诗至于杜子美,文至于韩退之,书至于颜鲁公,画至于吴道子,而古今之变,天下之能事毕矣。"② 清代书法家王文治说:"曾闻碧海掣鲸鱼,神力苍茫运太虚。间气古今三鼎足,杜诗韩笔与颜书。"近人马宗霍亦言:"唐初既胎晋为息,终属寄人篱下,未能自立。逮颜鲁公出,纳古法于新意之中,生新法于古意之外。陶铸万象,隐括众长,与少陵之诗、昌黎之文,皆同为能起八代之衰者。于是始卓然成为唐代之书。"③ 这里指出颜书能汲取古法,兼及"隐括众长",当指初唐四家,带有"集大成"性质,又能融会而出新意,方之以杜诗、韩文。后二者言"能起八代之衰"则无疑议,然谓颜书如此,则视东汉隶书,魏晋钟繇、二王为清秀姿媚的旧传统,而颜书在汲取此前的隶楷的"古法",而出之雄秀的新意,则成为一种更具有力量的新传统。50年前,李泽厚《美的历程》在《盛唐之音》一章中,专列《杜诗颜字韩文》一节,对这一文学艺术史带有总结比较性重大命题,首次予以讨论。认为李白与张旭、杜甫与颜真卿,他们的诗与书法,虽都属于盛唐,然是两种不同的美。前者"是对旧的社会规范和美学标准的冲突和突破,其艺术特征是内容溢出形式,不受形式的任何束

---

① 以上两条分别见《东坡题跋》"书唐氏六家书后"与"记潘延之评予书"条,上海远东出版社1996年版,第254、255、227页。
②《东坡题跋》卷五"书吴道子画后"条,上海远东出版社1996年版,第264页。
③ 马宗霍《书林藻鉴》,文物出版社2003年版,第77页。

缩局限，是一种还没有、无可效仿的天才抒发"；后者"恰恰是对新的艺术规范、美学标准的确定和建立，其特征是讲求形式，要求形式与内容的严格结合和统一，以树立可供学习和仿效的格式和范本。……它们（杜诗、颜字、韩文）几乎为千年的后期封建社会奠定了标准，树立了楷模，形成正统。他们对后代社会和艺术的密切关系和影响，比前者（李白、张旭）远为巨大。杜诗、颜字、韩文是影响深远、至今犹然的艺术规范"①。对于他们的共同特征，作者又说："把盛唐那种雄豪壮伟的气势情绪纳入规范，即严格地收纳凝练在一定形式、规格、律令中。从而，不再是可能而不可习，可至而不可学的天才美，而成为人人可学而至，可习而能的人工美了，但又保留了前者那种磅礴的气概和情势，只是加上了一种形式上的严密约束和严格规范。……这里则是与内容紧密联系在一起的规范。这种形式的规范要求恰好是思想、政治要求的艺术表现，它基本是在继六朝隋唐佛道相对优势之后，儒家又将重占上风再定一尊的预告。杜、颜、韩都是儒家思想的崇奉者或倡导者。"②

  作者从风格与形式的结合的规范上指出杜诗、颜法与韩文是有法可循的，思想都同出于儒家。故为后世"奠定了标准，树立了楷模，形成为正统"。至于三者在内容，特别是在形式上有哪些共性，共同的特征体现在哪些方面，则无暇顾及，亦非美学理论家兴趣与能力之所及。也就是说虽然指出三家出现共性的意义，却未说明共性存在何处，为何可以得出这一结论。然筚路蓝缕，而有"凿开鸿蒙，手洗日月"之景象。可是半个世纪都过去了，却未见有任何或浅或深的讨论，以上的谈论似乎成了"绝响"！认真一想，书法是抽象的，杜诗又是千变万化的，二者间的"对话"，统而论之者易言，确而析解者难言。要进一步深入其中，确属棘手之难题。再加上韩文来"凑热

---

① 李泽厚《美的历程》，天津社会科学出版社2002年版，第177页。
② 李泽厚《美的历程》，天津社会科学出版社2002年版，第180页。

闹",要把三者打成一片,搞成有板有眼的"交响乐",那就难乎其难。虽然近20年来流行多学科交叉研究,然终于无人置喙,其间的原因,也就不言而喻了。

2. "集大成"的两座高峰

为了把问题讨论清楚,暂且搁置韩文,专就杜诗与颜书比较。

由于颜真卿(709—785)比杜甫(712—770)晚去世15年,书法史一般置颜于中唐。书法史家一般把颜书分作三个时期①,作为中期的颜书成熟期,大约在杜甫去世之前后,颜书的鼎盛时期即晚期则全部进入了中唐。所以划入中唐也有一定的道理。今存颜书的最早成名之作是44岁的《千福寺多宝塔碑》。杜诗现存最早的诗是25岁时的《望岳》,但在天宝十四载(755)安史之乱前即44岁前存诗约135首,不到诗之总数1475首的十分之一。所以,杜诗与颜书主要作品都是出现在安史之乱以后。从一定意义上讲,大致都可算是大器晚成。文学史一般把杜甫划归盛唐,都认为他是由盛唐转入中唐的标志人物,也就是他为盛唐画了结束的句号。颜杜基本上都是在安史乱前形成了自己的风格,进一步发展则在此后。杜甫夔州诗属于变化期,即55—56岁。这时接近60岁的颜书也进入了成熟期。杜甫59岁去世,颜为72岁。所以,又因颜比杜年长3岁,书法史家也有把颜列入盛唐,似乎在从年龄与书艺进展二者兼看,均有更多的合理性。

---

① 颜书三期的分法各家不一,区别较大。金开诚《颜真卿的书法艺术》以50岁为前期,50—60岁为中期,60岁以后为后期。(见所著《书法艺术论集》,北京大学出版社2008年版,第53—54页)汤大民《中国书法简史》分作40—50岁、50—70岁、70—77岁(江苏古籍出版社2001年版,第201页)。王镛主编《中国书法简史》以44岁、51岁、77岁所作早中晚的代表年,而未言起始(高等教育出版社2006年版,第157页)。谢澄光《颜真卿书法艺术》分作34—44岁、46—54岁、56—77岁(华夏出版社2003年版,第14—15页)。

如果说中唐文学属于新变时期，不仅是唐代文学的分水岭，而且是中国文学的分水岭，那么，初盛唐特别是盛唐则是唐代文学艺术的鼎盛时期，也是唐代的集大成时期，对于中国文学艺术史亦然。初唐贞观时期经学以孔颖达奉诏集体撰作的《五经正义》为代表，不仅梳理调停两汉经学的脉理，而且全面总结融汇了魏晋南北朝经学的成果。自从"颁入国胄（即国子监），用以取士，天下奉为圭臬。唐至宋初数百年，士子皆谨守官书，莫敢异议矣。故论经学，为统一最久时代"①。究其原因为调和南、北之学，总揽集会，而成集大成之举，故能"统一最久"。在史书撰著上，初唐设立史馆，先后命史臣修成《梁》《陈》《北齐》《周》《隋》《晋》六部史书。还有李延寿秉承父志续接完成的《南史》与《北史》，合共八史，竟占"二十四史"的三分之一。虽然成就未及"前四史"，但对晋与南北朝的历史，以集体修撰的方式，以一代之力，基本上予以全面总结，亦称为史学上的"集大成"。在绘画方面，南朝至隋方呈现萌芽的山水画，到了初盛唐则成为与人物画并立的一大宗，出现了大小李将军、吴道子、王维、张璪等山水画大家，鞍马画家则有曹霸、韩干。书法初盛唐可谓盛代，初唐除过欧、虞、褚、薛楷书四家，草书则有孙过庭与初盛唐之际的贺知章，行书以唐太宗、陆柬之为宗领。盛唐更是大家林立，草书则把孙过庭、贺知章单字独草，一跃而为牵丝带线的"一笔书"的大草狂草，以草圣张旭最为著称。行书则有"书中仙手"李邕，楷书则有颜真卿、徐浩、苏灵芝，篆书则有自称"斯翁之后，直至小生"的李阳冰，还有隶书则以唐玄宗以及蔡、韩、李、史四家，还有出于无名氏之手的名碑《碧落碑》。真、草、隶、篆，书体齐全，尤其是颜楷旭草，突破旧法，树立新传统，对后世具有深远的影响。所谓"唐书尚法"，在盛唐最为突出，亦足称为"集大成"。

唐诗亦以盛唐与中唐著称，而盛唐声价尤高。就诗体看，中国古

---

① 皮锡瑞《经学历史》，中华书局1981年版，第207页。

诗的最后一种形式七律,在初唐中期含苞乍开,而前盛唐英华绽放,尚未盛开,至杜甫方才大展光彩,百花怒放。李杜之歌行龙腾虎跃,大放厥词,高岑的边塞歌行慷慨悲凉,王孟之山水田园以清新幽雅精心描绘大自然风光,李、王与王昌龄等七绝声情摇曳,杜甫的五古叙事诗记录了大唐由盛转衰的全过程,以史诗般的实录创出了划时代的意义。初唐成形的五律,至此成为最流行的诗体。这时诸体齐备,各种题材与风格如森林挺耸,千卉百花绽放蔚为诗的王国,可称为前此所无的集大成的时代。若就集大成看,最杰出的具有划时代意义代表者则是杜甫。

　　杜甫的"集大成"应当包含三重含义,一是当时所有诸体兼备。除此,还有五、七言排律,尤其是七言排律,为杜甫所独擅。所谓"铺陈始终,排比声韵,大或千言,次犹数百,辞气奋迈,而风调清深,属对律切而脱弃凡近"①,即指此类。二是全方面汲取了传统的各个方面,最早全面评价杜诗的元稹就明显指出这一重要特征:"至于子美,盖所谓上薄风骚,下该沈宋,古傍苏李,气夺曹刘,掩颜谢之孤高,杂徐庾之流丽,尽得古今之体势,而兼人人之所独专矣。使仲尼考锻其旨要,尚不知贵,其多乎哉!苟以为能所不能,无可无不可,则诗人以来,未有如子美者。"② 这是从"体势"和以诗可以表现一切,看出杜诗的"集大成"与创新性。顺此思路,北宋秦观又说韩愈之文"犹杜子美之于诗,实积众家之长,适其时而已"。又言:"昔苏武、李陵之诗,长于高妙;曹植、公幹之诗长于豪逸;陶潜、阮籍之诗,长于冲澹;谢灵运、鲍照之诗,长于峻洁;徐陵、庾信之诗,长于藻丽。于是杜子美者,穷高妙之格,极豪逸之气,包冲澹之趣,兼峻洁之姿,备藻丽之

---

① 元稹《唐检校工部员外郎杜君墓系铭并序》,《元稹集》卷五六,中华书局1982年版,第601页。

② 元稹《唐检校工部员外郎杜君墓系铭并序》,《元稹集》卷五六,中华书局1982年版,第601页。

态，而诸家之作所不及焉。然不集众家之长，杜诗亦不能独至于斯也，岂非适当其时故耶？……孔子之谓集大成。呜呼，杜氏、韩氏亦集诗之大成者欤！"① 此是从风格综合方面论其大成。以上两家名论可谓详备指出杜诗集前人"体势"与风格之大成。

然而只从继承性着眼，未言及创新性。就前者而言，诸如汉乐府民歌、蔡琰《悲愤诗》，张协《杂诗》、阴铿与何逊之新体诗，初唐四杰与陈子昂，以及前盛唐大小诗人如张说、李白、王维、孟浩然、高适、岑参等，还有《诗经》以下的议论与赋体文学铺排，无不与杜诗具有千丝万缕的联系。

其实，杜甫不仅是新旧传统的继承者，而且是突破者与创新者，杜诗诸体均与"盛唐诸公"高华流美的风格迥别，甚或被视为"别调"。其中尤以七律与七绝为突出，均对中唐与宋代以至同光体具有深远的影响。王安石曾就杜诗风格多样性曾有过描述："（李）白之诗歌豪放飘逸人固莫及，然其格止于此而已，不知变也。至于（杜）甫，则悲欢穷？，发敛抑扬，疾徐纵横，无施不可。故其诗有平淡简易者，有绮丽精确者，有严重威武若三军之帅者，有奋迅驰骤若泛驾之马者，有淡泊娴静若山谷隐士者，有风流蕴藉若贵介公子者。盖其诗绪密而思深，……此甫所以光掩前人，而后来无继也。"② 李白诗当然还有清新自然等方面，主体成就或许可以超过杜甫，但从风格的多样性来看，就不免有所逊色。杜甫的主体风格是博大深沉，顿挫苍凉，是后盛唐伟大诗人，李白则代表者前盛唐的最高成就。包括李白在内，也是杜甫有所汲取的，故盛唐的集大成者不是李白而是"适当其时"的杜甫。

---

① 秦观《韩愈论》，见周义敢等《秦观集编年校注》，人民文学出版社2001年版，下册第480页。

② 胡仔《苕溪渔隐丛话》前集卷六引陈正敏《遁斋闲览》所记王安石语，人民文学出版社1984年版，第37页。

再看颜书，颜书也是"适当其时"，是对于楷书的既要总结而又要创新的时代。中国书史有两个高峰，一是以二王为代表的东晋，一是以欧褚颜柳、张旭怀素为代表的唐代。唐代书法有三个光辉时期，一是初唐创新时期，二是盛唐的鼎盛时期，三是中唐发展变化时期。晚唐衰落无大家出现。就楷书而言，在颜之前有新旧两大传统，一是钟繇、王羲之与北朝魏碑的远传统，一是隋与初唐四家的近传统，对于这两大传统则兼收并蓄。钟楷王行带有隶书笔画，汉隶与北碑的隶书也常是颜书取法的对象，这也当是"真卿得右军之筋"（李煜语）的地方。苏轼曾说："鲁公平生写碑，唯《东方朔画赞》为清秀，字间栉比而不失清远。其后见逸少本，乃知鲁公字字临此书，虽大小相悬，而气韵良是。非自得于书，未易为此言也。"① 米芾《海岳书评》谓"真卿学褚遂良"，宋人董逌说：颜书"有先秦蝌蚪，籀隶之遗思焉"（《广川书跋》）。董其昌说："鲁公书《朱巨川诰》，古奥不测，是学蔡中郎石经，平视钟司徒，所谓当其用笔每透纸背。"又说："《八关斋记》有篆隶气，无贞观、显庆诸家轻绮之习。"② 吴德旋说："鲁公结字用河南法而加以纵逸。"③ 阮元说："鲁公书法从欧褚北派而来，非南朝二王派也。"《山左金石志》："北碑《高植墓志》，字体精整，锋芒犹新，为颜鲁公之祖。"④ 刘熙载说："鲁公书自魏晋及唐初诸家，皆归隐括。东坡诗有'颜公变法出新意'之句，其实变法得故意也。"又说："颜鲁公正书，或谓出于北碑《高植墓志》及穆子容所书《太公望表》，又谓其行书与《张猛龙碑》后行书数行相似，此皆近之。然鲁公之学古何尝不多通博贯哉。"又说："欧、虞、褚三

---

① 《东坡题跋》卷四"题颜公书画赞"条，上海远东出版社1996年版，第206页。
② 董其昌两条，见马宗霍《书林藻鉴》，文物出版社1984年版，第99、100页。
③ 吴德旋《初月楼论书随笔》，见《历代书法论文选》，上海书画出版社1979年版，第590页。
④ 阮元语与《山左金石志》两条，均见马宗霍《书林藻鉴》，文物出版社1984年版，第100页。

家之长，颜公以一手擅之。使欧见《郭家庙碑》，虞、褚见《宋广平碑》，必且抚心高蹈，如师襄之发叹师文也矣。"① 孙承泽说："鲁公以正书书清远道士诗及和诗，端劲中气韵冲夷，求之碑版中，微与《宋文贞碑》相类。鲁公所谓如印印泥，如锥画沙，于此求之，思过半矣。"又说："颜鲁公学书于张长史，言长史楷法精详，特为真正。此见书终以楷为重，鲁公楷书带汉人石经遗意，故袪尽虞、褚娟媚之习，此或长史口授法乎？"② 康有为说："鲁公专师穆子容行转气势，毫发毕肖，诚谪派也。"又说："后人推平原之书至矣，然平原得力处，世罕知之。吾尝爱《郙阁颂》体法茂密，汉末已渺。惟平原章法结体，独有遗意。又《裴将军诗》，雄强至矣，实乃以汉分入草，汉多殊形异态。"又说："鲁公书如《宋开府碑》之高浑绝俗，《八关斋》之气体雍容，昔人以为出《瘗鹤铭》者，诚为绝作。"又说："颜鲁公书出于《穆子容》《高植》，又原于《晖福寺》也。清臣浑劲，又出《圆照造像》，钩法尤可据。"③

  颜书的来源确实是很耐人探寻的公案。其实，每一个成名的书家的传统继承，都是一个谜，颇费猜详。尤其像颜真卿这样的书法大家，而且是诸体兼长的高手，无论笔法、结构、书体千变万化，而且一帖一貌，观察的角度不同，得出的结论自然各异，甚或相互之间存在矛盾，这正是书法大家风格多样的体现，这似乎比起诗人的上承源渊更为耐人寻味。所以，颜书来源的讨论，似乎是个永不休止的命题，现在仍有潜在的学术价值。

  今人蒋星煜认为："颜鲁公之书学除家庭传授之外，张长史之指

---

① 刘熙载三条，均见《艺概·书概》，上海古籍出版社1978年版，第158页。

② 孙承泽《庚子消夏记》卷七"颜真记清远道士诗及和韵"条，上海古籍出版社2011年版，第121—122页。

③ 以上康有为三条，均见《广艺舟双辑》，参见《历代书法论文选》，第817、797、821页。

导最为重要。"① 朱关田认为可以从魏晋以来的《颜谦妇刘氏墓志》《经石峪金刚经》《文殊般若经》等，找到与颜书某些风格相近似的地方。结构则"与褚氏一样，平正宽结，同出北齐，只是用笔一改褚氏之细挺，其浑厚圆劲，或出自《经石峪金刚经》《文殊般若经》以及隋代《曹植庙碑》《章仇禹生造像》"②。或谓北齐河清四年的《朱昙思等一百人造塔记》，"颇有几分颜真卿《多宝塔》的趣味，尤其是横画细，直画粗，对比强烈，笔画的起笔收笔，尤其是收笔处下按，结体方正宽博，也是同一作风"③。清人王澍曾从与篆籀关系说颜书"每作一字，必求与篆籀吻合，无敢或有出入，匪唯字体，用笔亦纯以之。虽其作草亦无不与篆籀相准。盖自斯喜来，得篆籀正法者，鲁公一人而已。"又谓《家庙碑》："如商周彝鼎，不可逼视。"④此即谓"援篆入楷"（马一浮语）时下论者进而指出西周厉王时期的《散氏盘铭》"纯以中锋裹毫而行，起笔藏锋。圆笔而富于立体感。结构或方正、或扁阔，或向右下欹斜，随意所之，美尽天然。在章法与气韵上，忽开忽合，忽张忽弛，粗放而含蓄，稚拙而厚重。尤其左右开张的气势，已开隶书的先河。其重心下移，左右环抱的意态已启颜体楷、行、草书的圆浑、厚重的风格。颜书的'篆籀气'和'锥画沙''印印泥''屋漏痕'等特点，无不可以从《散化盘》中溯其远源"⑤。又谓："颜书'纳古法于新意之中'的一大成果，就是将隶意纳入楷、行、草书之中而出以新意，形成崭新的独特风格。""以为西汉五凤二年《鲁孝王刻石》，东汉永平六年'开通褒斜道刻石'，《衡

---

① 蒋星煜《颜鲁公书学之源流》，武汉古籍书店1986年版，第11页。
② 朱关田《颜真卿书法艺术及其影响》，见《中国书法全集·颜真卿一》，荣宝斋出版社1993年版，第25卷第1页。
③ 徐利明《中国书法风格史》，河南美术出版社2009年版，第231页。
④ 王澍《虚舟题跋·唐颜真卿家庙碑》，见崔尔平《历代书法论文选续编》上海书画出版社1993年版，第655页。
⑤ 谢澄光《颜真卿书法艺术》，华夏出版社2004年版，第21—23页。

方碑》《郙阁颂》《张迁碑》,以及东晋义熙十年《好大王碑》,都可追寻到颜体雄强博大书风的根源。"① 并指出另一重要渊源,"就是南北朝至隋朝的碑刻,尤其是北朝的碑刻"。即前人已指出的《瘗鹤铭》《张猛龙碑》之碑阴,《太公吕望碑》《文殊般若经》《泰山经石峪金刚经》《曹植庙碑》等。特别指出:"颜真卿师承钟繇。虽然书法文献上少有记述,但在书法体势与风格脉络上,却是明显的。书法自魏晋、南北朝至隋唐,大体有'斜划紧结'和'平划宽结'二种体势,但二者决非截然分开,只是各有所重,而在演化中时而互有变异,时而互相融合。二王书法与北魏碑刻以'斜划紧结'为多;钟繇书法与北齐、北周刻石则'平划宽结'为多。至隋、唐由于国家的统一,多种体势、风格又逐步融合。至盛唐由褚遂良到颜真卿,'平划宽结'的体势已居于主流,可说是遥接钟繇楷书'存隶意'的体势与笔意。尤其颜真卿远承汉隶遗意,中取北齐、北周、北魏由隶转楷体势,近师褚遂良笔意,都是上溯钟繇'存隶体'与'平划宽结'的源头,并加以创新、发展,从而创出熔铸南北书风于一炉的'颜体'书法。"②

我们不厌其烦地梳理了古今之大致论述,当然这远非讨论颜书源流之全部,然足以看出颜书上承传统包罗万象的特点。可以说颜书,特别是颜楷矗立于唐代楷书之巅峰,正是由于"太山不让土壤,故能成其大;河海不择细流,故能成其深"。如果从吸纳百川以成大河的角度看,颜书确实是前无古人、后无来者。可谓集大成,而且在钟繇、初唐四家楷书基础上,创革出博大而雄厚浑朴的自家风格,并且楷、行、草、隶兼备,存世碑版遍天下,风格多样,诸如奇古、沉着、纡徐、佚荡、秀劲、天真烂漫,诡异飞动,萦纡郁思,顿挫浏漓,故能成为大家。

---

① 谢澄光《颜真卿书法艺术》,华夏出版社2004年版,第23页。
② 谢澄光《颜真卿书法艺术》,华夏出版社2004年版,第35—38页。

总而言之，无论从取法前规之广博，还是风格之多样，或是兼长众体，或是对后世影响之深远，杜诗颜书在"集大成"上，均可看作珠联璧合，是照耀后盛唐文学艺术穹空的一双巨星。既有盛唐前期博大昂扬的时代思潮之鼓荡，也载负着后盛唐战乱社会的不幸的负荷，所以是那样的厚重感人，激励百代！

3. 沉郁顿挫与雄厚博大

杜诗风格多样，主体风格则为沉郁顿挫。所谓沉郁，当指深沉博大，此就内容而言；所谓顿挫，就是表现手法抑扬起伏，具体见于句与句与段落之间张弛转折，还包括章法结构的动荡开合的变化。就内容的沉郁而言，杜诗题材重大，往往涉及国计民生的重大矛盾与事件。他在长安困守十年，此原本是天宝年间的升平时代，但他以"致君尧舜上，再使风俗淳"的抱负，以"穷年忧黎元，叹息肠内热"的情怀，洞悉到繁花似锦的升世所潜伏的政治危机。这种危机是由唐玄宗后期二十多年满足于开元之治世的治绩而贪图安逸逐渐酿成。先后重任李林甫、杨国忠为相，或贪权固位，排斥异己，或贪婪腐败，促成大乱。加上玄宗好大喜功，边将邀功，轻启边衅，无论边患骤增，还是赋税剧增，对外屡兴边役，对内数起大狱，内外矛盾交织。而且宠信边将，使安禄山共领河北三镇，势力坐大，野心膨胀，导致安史之乱爆发，从此大唐由盛转衰，进入了一蹶不振战乱连绵的时代。杜甫与颜真卿都经历了这场巨变，他们的沉郁顿挫与雄厚博大的诗风与书风，都是这个多事灾变时代的体现。

开元二十多年的盛世，国势大振，政治开明，给文学与艺术提供了前所未有理想空间，李白飘逸的诗歌，张旭狂放的大草，就是这英雄而理想时代的产物，包括李邕行书挺拔拗峭而气体高异，徐浩（703—782）楷书锋藏力出的"怒猊抉石，渴骥奔泉"，与之前并称的苏灵芝妥帖舒畅，都是前盛唐强盛自信而富有朝气的反映。颜真卿和杜甫早年都受到开元治世雄强风气的培育，以博大而雄强的风格走向各自的领域。

  颜书雄强浑厚，博大朴实。他的楷书主要体现在以下几个方面，一是用笔出以中锋，横画藏锋护尾，形成蚕头燕尾特征，笔画皆在一种阻涩中运行，锋在画内，风骨之力露出字外。加上竖画粗犷厚实，支撑感特别强硬；二是字的结构无论方扁或狭长，均平画宽结，外紧内阔，左右平衡，稳如泰山；特别带有左右两边的竖画，均形成向外的弧度，如强弩外向，不仅把稳定的正面示人整体感变成灵活而富有弹性与张力的动态，而且中宫或内在空间宽和，元气内充，气势磅礴，逼人眼目。字的整体动静结合，庄重肃穆之中流动饱和雄强的气势与风格。三是章法茂密，字距与行距缩小，外在空间无多，布局森整，然每字的字内空间充裕，互为补充。加上数千字的丰碑大碣，从头至尾，无有一笔松懈，整体气势雄强，震动人心，无论观帖瞻碑，无不肃然起敬，好像有一种无限的张力，不仅内在充实，而且四面溢出，扑人眉宇，鼓荡心魄。打个不恰当的比方，犹如唐代顺陵（武则天之母杨氏之墓）雕刻的石狮（图一），"用夸张的手法，把狮子前肢和足爪刻画得特别粗大坚实，把狮子胸脯的筋肉刻画得强壮突出。狮子张着血盆大口，观者好像能听到它发出的隆隆吼声。整个雕塑如同一座泰山，庄严、稳重、威风凛凛，力量四溢，……显示出狮子体内包含有无限的能量"①。除了咧嘴长吼象征初唐经过贞观之治的强盛威力，其余均给予盛唐艺术的极大启示，好像再往前走一步就迈进颜书的时代体积之博大、气势之恢宏、精神之雄浑，形成一个完整的生动庄严而富有力量的整体，纤细、秀弱甚至险劲，都在这里丧失了力量。在审美风格上这又与颜书真是血脉嫡传。

---

  ① 叶郎《美学历程》，北京大学出版社2009年版，第172页。

图一　唐顺陵石狮

　　杜诗同样厚重博大，往往平常的题材，在他手里就深入国家社会的本质，洞察到事物本质。加上执着的忧国忧民精神，政治诗人的敏感，往往也给人一种震撼的力量。《丽人行》本写春游，京华宫廷妇人的华贵，珠光宝气的服饰，矜持娇艳的风采，豪奢的饮食，骀荡的音乐，都写得笔酣墨饱，就像颜书那样精力弥漫；而结尾的"杨花雪落覆白苹，青鸟飞去衔红巾"，就像绵里藏针，充斥一种"锥画沙""印印泥""屋漏痕"的浑劲的力度，这种道德与豪华外表的对比，美与丑的颠覆同样具有震撼人心的力量。《与诸公登慈恩寺塔》原本是一次游览。升平年间的登临，本来以写景为主，同游诸公岑参、高适、储光羲莫不如此，描写的都是天高气爽俯仰间的秋景。杜甫看到的却是："秦山忽破碎，泾渭不可求。俯视但一气，焉能辨皇州？"是如此的苍茫悲凉，预感到大唐将要面临一种裂变。隐隐阵痛使他发出按捺不住的呼喊："回首叫虞舜，苍梧云正愁。惜哉瑶池饮，日晏昆仑丘。"以屈原式的"恐皇舆之败绩"的危机感,发现升平时代潜伏的迫在眉睫的社会矛盾。他在安史之乱前后探家两次,后又往返洛阳探望故里,却分别留下了《自京赴奉先县咏怀五百字》与《北征》,以及"三吏三别"与《洗兵马》,前两首却在平凡琐细的探家叙写中展开了尺幅千里的巨幅历史画面,前者描绘了上层集团的奢侈与给百姓带来的生活危机与灾难,这一对光照诗史的史诗,广阔博大,海涵地负,容纳了太平与战乱的社会、国家、苍生的世间万象。正如刘熙载所说:"杜甫诗高、大、深俱不可及。吐弃到人所不能吐弃,为高;涵茹到人所不能涵茹,为大;曲折到人所不能曲折,为深。"① 所谓"吐弃"在杜甫就是诉说人世间一切不幸与苦难,上至国家社会,下至苍生百姓。若从高、大、深三者观照颜书,亦有同样之感。就是《赴奉先咏怀》的"十口隔风雨,幼子饿已卒",也很容易让人想起颜书《乞米帖》所言:"拙于生事,举家食粥来已数月。今又罄竭只益忧煎,辄恃深情,故令投告。惠及少米,实济艰辛,仍恕干烦也。"他们都受饥饿的窘迫,都在安史之乱中遭受过兵灾的考验与漂泊流离的困苦。颜书求人的便条成为法帖,而杜甫求人借马的《徒步归行》说的"青袍朝士最困者,白头拾遗徒步归""妻子山中哭向天,须公枥上追风骠",可以感受到他们在战乱中同样艰难,在杜诗也是不可忘记的。

颜楷淳厚质朴的一面,尤其是晚年作于大历六年(771)63岁的《麻姑仙坛记》,结体大多方正,横平竖直,笔画不再特意出现粗细的对比,亦无特意突出粗重的长撇大捺,即使主笔亦加淡化。用笔提按不明显,透出以篆入楷意味。有些字结构左右平衡不加长短粗细变化,看似拙而朴实有余,相同字亦不加变化,如"不""麻""山"等字就不避拙稚。所以,李煜讥斥说:"颜书有楷法而无佳处,正如

---

① 刘熙载《艺概·诗概》,上海古籍出版社1978年版,第59页。

叉手并脚田舍汉。"① 当指此类质朴之作。即便与早年的《扶风夫子庙堂记残碑》《郭虚己碑》《多宝塔》相比，也显得"很土气"。然这正是颜书晚年变法的追求，摆脱丰腴厚重，笔笔中规中矩的框架，使僵硬变得朴拙，美恶不避，大胆创新，使颜风的风格显得多样化。与此相近的还有同年所书的《大唐中兴碑》与大历七年《八关斋会报德记》，以及大历十二年（777）的《李玄清碑》等。其实《麻姑仙坛记》也有奇拙处，一是形声字的上下或左右的结构变形，显得绰有余思，如"发""髻""耀""噫""傍""望"等；二是特意增减笔画，结构也同样显得别致，不同凡响。如"世""念""笑""更"等；或者二者兼备如"卑"。这又是拙中见奇之处，这在早期楷书中绝不会出现。

如同李后主讥讽颜书的朴拙一样，北宋初西昆体的代表人物杨亿不喜杜诗，谓杜甫为"村夫子"。杨亿七律体典丽华贵，宗法李商隐。讥杜为"村夫子"，就是说杜甫的七律"太土气"。实际李商隐七律正是取法杜甫，杨亿未免数典忘祖，偏嗜绮丽，拒绝质朴。杜甫七律在早年与任左拾遗时本有富丽高雅的一面，如《郑驸马宅宴洞中》《城西坡泛舟》《赠献纳使起居田舍人澄》《奉和贾至舍人早朝大明宫》《宣政殿退朝晚出左掖》《紫宸殿退朝口号》《题省中壁》，无不雍容高华，格律深老，犹如颜书早年的《多宝塔》，结法整密遒劲，劲媚多姿，点画皆有法度，"以浑劲吐风神，以姿媚含变化"②，他早年楷书有欧、褚格局，而"及七八十岁倒写散了，看去反觉古拙异常"③。杜诗与颜书走了相同的创变道路，他决心更张初、盛唐高华流美的七律，只不过是比颜书在年龄上先行了一步。在疏放华州所作

---

① 马宗霍《书林藻鉴》，文物出版社1984年版，第97页。
② 王澍《虚舟题跋》，见崔尔平《历代书法论文选续编》，上海书画出版社1993年版，第651页。
③ 梁巘《承晋斋积闻录》，上海书画出版社1984年版，第69页。

《早秋苦热堆案相仍》中两联说："常愁夜来皆是蝎，况乃秋后转多蝇。束带发狂欲大叫，簿书何急来相仍。"以七言歌行与七古的句式以及质朴粗犷的语言，付之律诗，是叙述也是议论，无论名词或虚词，都是此前七律所没有的，完全是一种瘦硬粗糙的陌生面孔，与盛唐李颀、王维、高适、岑参七律大相径庭，亦与初唐沈宋迥然有别。这是对七律大刀阔斧式的革新，昭示由华贵转向通俗与日常生活的叙写。入蜀以后，生活暂时安定，宁静闲适的景况物色便成了一时的主要题材。《江村》的"老妻画纸为棋局，稚子敲针作钓钩"，《进艇》的"昼引老妻乘小艇，晴看稚子浴清江"，这种田园生活的描写，很接近陶诗，原本属于五古的材料，而非峨冠博带般的七律所具有。还有《有客》《南邻》《客至》《宾至》《示獠奴阿段》等，把平日邻居客人的往来与日常琐事写入律诗，这是律诗的日常化，复用日常化的生活语言，或者雅俗兼容，完全是一种通俗亲切的新面貌，像《王十七侍御许携酒至草堂……》的"老夫卧稳朝慵起，白屋寒多暖始开。江鹳巧当幽径浴，邻鸡还过短墙来"，述情写景，就很有些乡间农夫的意味，质朴得不像七律，但风神语调却与七律无异。到了夔州以后不仅有全用白话所写的《又呈吴郎》，完全以说话的方式劝告对方，体贴入微，其中的"无食无儿一妇人"，把这样的大白话写进律诗，确实要有一种魄力。《见萤火》的"却绕井阑添个个，偶经花蕊弄辉辉"，上俗下雅，"个个"这样的量词重复，就是在通俗的古诗里也为罕见。《即事》的"一双白鱼不受钓，三寸黄甘犹自青"，这是自道生活的艰难，也就用了俗化的语言，甚至深入到数量词。《小寒食舟中作》的"春水船如天上坐，老年花似雾中看"，亦如老年人日常的絮语，这时已距去世不远。

杜甫自漂泊入川后，既有富丽苍凉的《秋兴八首》，以议论为诗的《诸将五首》，感慨深沉的《咏怀古迹五首》，又有以议论与白话入诗，使杜甫七律更加丰富多彩。犹如颜书晚年既有质朴拙稚的书体，亦有法度森整，精力充沛，风格清雄的《颜勤礼碑》，特别是《颜氏家庙碑》庄重笃实，而又锋棱透出，风华挺秀，精彩注射，风力遒厚，"挟泰山岩岩气象，加以俎豆肃穆之意，故其为书，庄严端悫，如商周彝鼎，不可逼视"①。这又和杜甫夔州的七律，特别是《秋兴八首》风采骨力何等相似。

最后，需要强调的是七律最主要特征是对偶，书法最重要的是用笔与结构，而"字之结构，绝似词家之对偶。……近体似真书，古词似篆籀"②。杜甫五、七律的对偶往往在一联中包容广大，气象万千。尤其是时空并融，海涵地负，沉雄博大，散发出了强烈的震撼。诸如《登高》首联意象聚集紧密，颔联"无边落木萧萧下，不尽长江滚滚来"，却意向疏朗苍凉，阔大的空间又融注时间的感慨，时空潜气内转；而"万里悲秋常作客，百年多病独登台"，两句写了七八事，而又时空分疆划界，泾渭分明。全诗合观无论前半写景后半言情，均呈疏密相间，这又和颜楷外密内疏的法度酷似。特别是中两联时空或交融，或对举，包容广大，气象恢宏。时空偶对几乎遍及诸体，尤其是长句七律对偶给人留下最为深刻的触发。诸如《登楼》的"锦江春色来天地，玉垒浮云变古今"，《宿府》的"永夜角声悲自语，中天月色好谁看"，《阁夜》的"五更鼓角声悲壮，三峡星河影动摇"，《白帝城最高楼》的"峡坼云霾龙虎卧，江清日抱鼋鼍游"，《白帝》的"高江急峡雷霆斗，翠木苍藤日月昏"，无不沉郁悲壮，苍凉雄劲。加上"百年""万里""乾坤""天地""日夜"等广远时空词汇的融入，浑厚深广，博大雄强的个性至为鲜明。尤其与颜书左右两竖弧形合抱，元气内充，精力弥满，撑天立地的雄强风采，几乎是并出一

---

① 王澍《虚舟题跋》，崔尔平《历代书法论文选续编》上海书画出版社1993年版，第655页。

② 赵宧光《寒山帚谈》，见华人德主编《历代笔记书论汇编》，江苏教育出版社2001年版，第262页。

辙。这是杜、颜诗书的家法，又是大唐由盛转衰极力需要振作的精神体现。"明若日月，坚若金石"颜之人格与书风，忧国忧民的诗圣杜甫的悲愤精神，代表着后盛唐两种最强的旋律，构成不期而合的震撼人心的合鸣！

4. 不经意的行书与经意的诗史之合奏

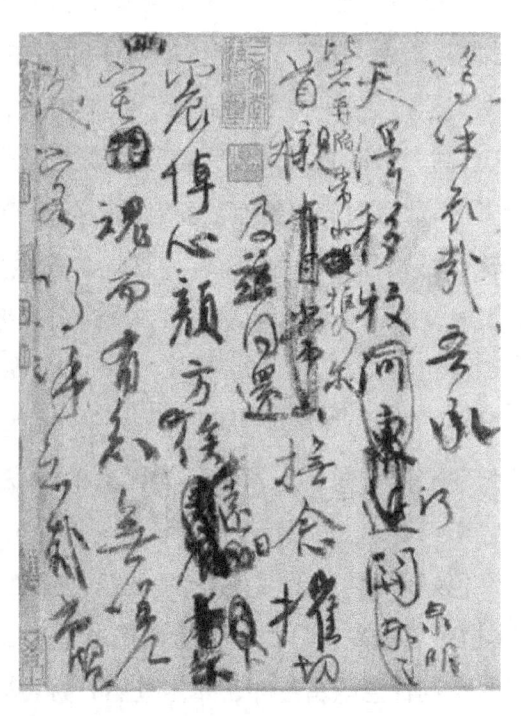

颜楷雄强博大让人肃然起敬，而行草书更具有真情个性倾泻的特别魅力。特别是被人称为"天下第二行书"的《祭侄文稿》，笔端悲愤倾泻，抵抗安史叛乱血与火的现实，颜氏一门的忠烈之气鼓荡其间。此与正襟危坐肃穆庄谨临之的碑版书丹迥别，而要发抒的是对英魂烈灵的沉痛哀悼。书者意不在书，无心讲究用笔布白，只是一气呵成胸中的愤慨与弥天的沉痛。其侄杲卿为常山太守，呼应伯父颜真

图二　颜真卿《祭侄稿》（末幅九行）

卿起兵，与其子泉明牵制叛军大量兵力，颜氏一门英勇抗敌。因潼关失陷，形势反覆，城破父子被俘，嗔目斥责安禄山，因被"节解之，比至气绝，大骂不息。是日杲卿幼子诞、侄诩及袁履谦（常山长史），皆被先截手足，何千年弟在傍，含血喷其面，因加割脔，路人见之流涕"。后来"得其行刑者，言杲卿被害时，先断一足，与履谦同坎瘗

之。及发瘗得尸，果无一足"①。颜真卿是当时河北诸州首发抗敌的领袖，身在血与火洗劫的险境。他在祭稿中说："惟尔挺生，夙标幼德，宗庙瑚琏，阶庭玉兰，每慰人心。方期戬谷，何图逆贼间衅，称兵犯顺。尔父竭诚，常山作郡，余时受命，亦在平原。仁兄爱我，俾尔传言，尔既归止，爰开土门。土门既开，凶威大蹙，贼臣不救，孤城围逼，父陷子死，巢倾卵覆。天不悔祸，谁为荼毒！念尔遘残，百身何赎！呜呼，哀哉！吾承天泽，移牧河关，泉明比者再陷常山。携尔首榇，及兹同还，抚念摧切，震悼心颜。方俟远日，卜尔幽宅，魂而有知，无嗟久客。呜呼，哀哉！尚飨。"祭文回顾与叛军生死斗搏，情感悲痛，笔下书迹涉哀则恸。前六行为祭文格式，情绪已有波动；中十一行如大江风起浪涌，怒涛不可遏止。末幅九行（图二），从"呜呼哀哉"开始，悲情恸至肺腑，前三字似断若连，一笔直下，犹如大河决开，不择地突奔，撞击怒吼、歌哭无端，特别是"吾承天泽"如急箭弦，疾驰而出，有急不待书之迫切。"承"字最后的左右大点、急捺，如血如泪，如歌如笑，拗折短促；"天泽"二字划然一变细画渴笔，痛不可耐，犹如大悲中的大泣，声音沙哑。倒数第三行的"震悼"又似放声大哭，"心颜"又如悲声呜咽。"方俟"二字稍加喘息，末了两行，情不及思，连连涂抹。"魂而有知，无嗟久客"，犹如撞头顿足。尤其是"无嗟"二字如仰天大悲，有如万箭穿心之至痛。末行则由行草突变为大草，"久客"尚辨，"呜呼"则仅具轮廓，最末"哀哉尚飨"，则完全浸泡在涌涌不断的泪水中。

回看前段十二行（图三），前八行，或行或草字字端正，用笔哀婉流利。自第八行末"每慰"至后四行，每行中总有峻拔右角，结体左斜，如第九行的"期""图""贼"，第十行的"尔"，第十二行"我""俾""传""尔"，好像心中怒涛时时卷起，独字单草一笔书增多，运笔似乎加快，尤其是接近后六行中部的"何图"与

---

① 刘昫《旧唐书》本传，中华书局1987年版，第15册4898页。

"尔父"，或连或离，正斜呈对角线分布。"尔父"笔画短促，笔笔有千钧之力。而"何图"的"何"似正而斜，"图"之右肩高耸而左斜，两字连带，倾注无限悲愤。

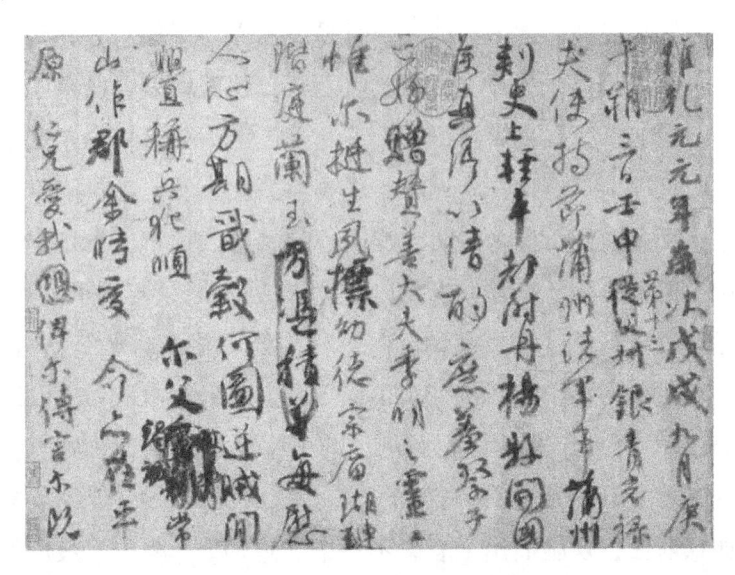

图三　颜真卿《祭侄稿》（前段十二行）

中段六行（图四），自前段末行的末了"尔既"开始，速度更加疾快。次行"大蹙"结体中心紧促，次字右倾，戈钩径直斜上，收笔省掉一钩，有压倒一切之势，也有情急万分之紧迫。第三行的"孤城"瘦劲，特别是"孤"之左旁急倾，右旁以横竖四点抗住，用笔八面出锋，结构险要。"围"字右肩高挺，方框中的"韦"细长，左右布白宽绰，危迫对比强烈。"逼"字上部紧凑挺立，走车底左右斜伸，短斜竖画起笔出锋向内，连接带出长捺酣畅淋漓。"父"字上宽下窄，上部两点紧靠，下端两画长伸，带有哭泣之状。"陷"几乎全用点构成，走向朝中心挤压，压成扁形，乍看拙稚，然有天塌地陷之大力。"子死"屈铁扭钢，中锋圆转，刚中带柔，哀婉至极。以下两行半全出之细画。"倾卵"笔锋刚断，收笔皆带出锋。"覆"字下部左疏右密，弧形斜竖与右"复"字撑住上部，中留斜弧形空白，犹如开阔裂

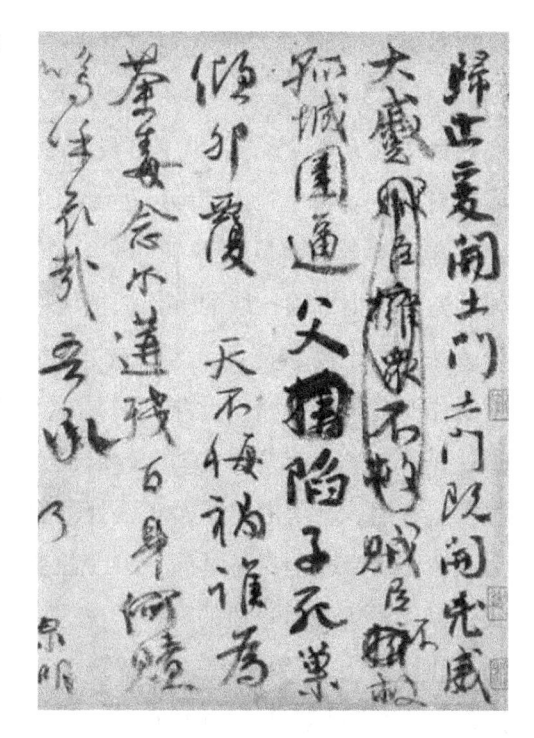

痕，带有强烈感情。"天不悔祸谁"全都向左倾侧，如大厦将倾。后三字左右结构拉开，中间长长一道布白连成一气，每字都有下坠感，大有天崩地裂之感。第五行的"荼毒"细线缠绕，末了一横枯笔长出。两字如痛肠婉转，又使人想到杲卿至死骂不绝口的惨烈。"念尔"前者笔画舒展，哀情深长；"尔"字扁促，似有悲不能书之态。"遘残"上字之左与下字之中下，留有大段空白，加上上字走车底先是两

图四　颜真卿《祭侄稿》（中段六行）

点拉开，呈断裂状，下点带出一横为捺，枯笔飞白。接着"残"字全由硬折构成，摧毁感极强。第六行的"呜呼哀哉"，首字右旁"呜"字向右倾斜似仰头痛哭状，左边硬折之斜行"W"状曲线似撕肝裂肺之大哭。牵丝带下斜折钩，硬折之状，似哽咽之连续；右旁"乎"字再牵丝带出的"哀"字，又似哭不成声之状。以上三字为"一笔书"。"哉"稍缓而长展，犹长号之哀音。"孤城围逼，父陷子死"是哭诉，而此"呜呼哀哉"则为痛声之哀号！是为全帖的最强音。

全帖23行334字，以情运文，复以情运书，思不及书之佳劣。情感由平缓而激动，由激动而至翻滚，由翻滚而奔泻，一气呵成，中无停歇，运笔字迹出于无心作书，心手两忘，不计字之工拙，只任感情地奔走，一切笔墨点画全然都是心情直接记录与再现。动人之处首先是悲不可遏的哀愤与情怀的倾诉，并不以单纯笔墨技巧取胜。书者

刚烈坚贞的个性与英愤之气洋溢于笔画字里行间。书者英风烈气，"明若日月，坚若金石"的耿亮精神，悲愤哀痛的情感扑人眉宇，动心骇目。宋人陈深说："纵笔浩放，一泻千里，时出遒劲，杂以流丽。或若篆籀，或若镌刻，其妙解处，殆出天造，岂非当公注思为文，而于字画无意于工而反极其工邪？"① 郁屈抑色，哀痛愤发。书法情感强烈如此，则又和杜诗的沉郁顿挫风格接近。

此稿书于肃宗乾元元年（758）九月，就在次年杜甫探望故里，以后往返洛阳与华州。此年三月围剿邺城大败，朝廷急于补充兵源，到处抓丁拉夫。叛军的洗劫，政府的逼迫，使大量家庭生离死别，流尽了血和泪。杜甫沿途所经正是处处哭声，家家分离，他以悲痛而矛盾心情记录当时的目睹耳闻，以"三吏三别"的组诗弥补了史书的缺失，也代民众发出悲愤的呼声。先是《新安吏》看到"肥男有母送，瘦男独伶俜"，听到的是一片哭声，甚至于"青山犹哭声"。诗人抚慰他们："莫自使眼枯，收汝泪纵横。眼枯即见骨，天地终无情。"劝导他们："送行勿泣血，仆射如父兄。"跟从郭子仪走上抗敌前线。诗人同情他们，也予以鼓励，情感还较冷静。次为《石壕吏》碰到了"有吏夜捉人"，老妇三子全上了前线，而且"二男新战死"，最后还是把她抓走，吏怒的喧嚣"夜久语声绝"，然而这家的儿媳还在"泣幽咽"，叙述至此，情绪渐至激动。最后是《潼关吏》感情还算平静，回顾"哀哉桃林战，百万化为鱼"，他先在《北征》就说过："潼关百万师，往者散何卒？遂令半秦民，残害为异物。"玄宗派宦官督促哥舒翰出战遂致惨败，导致长安失陷。诗末叮咛的"请嘱防关将：慎勿学哥舒！"实际上是对玄宗的批评。这是"三吏"。其中"眼枯见骨"等语，犹如颜书的枯笔。"肥男"与"瘦男"的对比，犹如颜书第十六行的"悔祸谁"左右结构拉开，造成一种张力，"百万化为

---

① 陈深跋语，见刘正成主编《中国书法鉴赏大辞典》，大地出版社1987年版，上册第543页。

鱼"两句,又如第十七行的"念尔遘残",内容与诗书形态都很接近。

"三吏"还较冷静,"三别"的心情就涌动起来。《新婚别》以新婚之妇诉说的方式,倾诉了"暮婚晨告别"的不幸。其中的"君今往死地,沉痛迫中肠"为至痛语,"人事多错迕,与君永相望",则又是抚慰语。如此生离犹如死别,如果联系颜书:"方俟远日,卜尔幽宅,魂而有知,无嗟久客",就都让人震颤,而有惊心动魄之悲痛。其次《垂老别》是写一位"子孙阵亡尽"的老人,投杖出门,介胄加身,不顾"老妻卧路啼",也不顾"孰知是死别",怀着"幸有牙齿存,所悲骨髓干"与"人生有离合,岂择衰老端"的壮烈悲愤,也上了前线。其原因便是:"万国尽征戍,烽火被冈峦。积尸草木腥,流血川原丹。"这既是此老之所以"弃绝蓬室居"的背景,也是整个"三吏三别"的背景,同时也是颜书祭文哀悼的背景。时代呻吟,大地流血,苍生在"塌然摧肺肝"。最后的《无家别》更是哭泣无声的文字。开头的"寂寞天宝后,园庐但蒿藜。我里百余家,世乱各东西。存者无消息,死者为尘泥"。这是那个时代流行的悲惨语。一个从邺城之役战败归来的战士,回家看到的是:"日瘦气惨凄,但对狐与狸,竖毛怒我啼,四邻何所有?"又一次被县吏"召令习鼓鞞"。人生到了无家可别的处境,真是"何以为烝黎"!这也是这六首诗的总结,也是老弱妇孺要说的话,这也是杜甫"目击成诗,遂下千年之泪"(王嗣奭语)的原因。就好像颜书中两次"呜呼哀哉"的俯仰长号。

颜书与杜诗共同反映安史之乱带来的巨大灾害。颜书直接倾诉叛军对亲人的摧残。作为河北都州联盟抗敌的首领颜真卿,经过血与火的烤炼,他祭悼亲侄亦如祭悼为抗敌死去的将士,"痛其忠义身残,哀思勃发,故萦纡郁怒,和血迸泪,不自意其笔之所至,而顿挫纵横，一泻千里，遂成千古绝调"①。杜甫精心独至地创制的这组诗同样展示了"和血迸泪"的现实，以沉郁顿挫海涵地负的广阔历史画卷，反映了千家万户的哭声，亦成为"千古绝调"。当时肃宗不设围邺大军统帅而造成惨败，又把战祸转嫁给成千上万的百姓，逼迫去赴兵役。平叛是时局与国家的希望，也是百姓的期望。老弱妇孺带着叛军与政府强加的双重灾难走上前线，显示出悲壮的爱国精神。颜书与杜诗事虽有别，感情的悲痛则是一致的。都属史诗一般的性质，都是长歌当哭的杰作。从对外抗敌与对内的人民苦难，都是安史叛乱引发和造成的，悲愤惨烈的爱国精神也是一致的。

安史之乱熄灭了，然其余党仍在河北诸镇，名属唐廷，实为割据，时或作乱。大历十年（775）八月安史旧部魏州节度使田承嗣遣其将卢子期寇磁州，十月唐军擒子期送长安斩之。十一月，田承嗣部将吴希光以瀛洲降②。这两次重大捷报使颜书留下了行草书字体最大的《刘中使帖》（图五），凡8行，41字。起手"近闻"沉实平缓，以下则急速，用笔刚断，多出钝锋，或长或短，雄放豪宕，锋利如刀似针，勇猛无前。至第三行上下字牵丝连带见多。第四行的"耳"字独占一行，先出之细笔缠绕，末画一笔粗而特长的大竖占去五六字的位置，奋笔直下，有撑天立地之豪气，狂放流畅的线条，使涌动的兴奋奔泻如注，且出之渴笔飞白，与左右之浓墨形成明显对比。而第三行的疾书又与之配合得相得益彰。帖的内容听说收复两地消息，而这一长竖正好自然把前后隔成两节。后幅四行用笔飞快，眉飞色舞，第三行细笔与前后粗笔相映，加强了行间的跳荡感。前后两次出现的"足慰"，前为大草变化不大，后为行草则变化异常激烈，都显示心情的振奋。此帖"神采艳发，龙蛇生动，睹之惊人"（米芾《书史》）对

---

① 王澍《竹云题跋》卷四"颜鲁公祭侄季明稿"条，见崔尔平《历代书法论文选续编》，上海书画出版社1993年版，第625页。

② 事见《资治通鉴》卷二二五，中华书局2007年版，第15册第7231、7233、7235页。

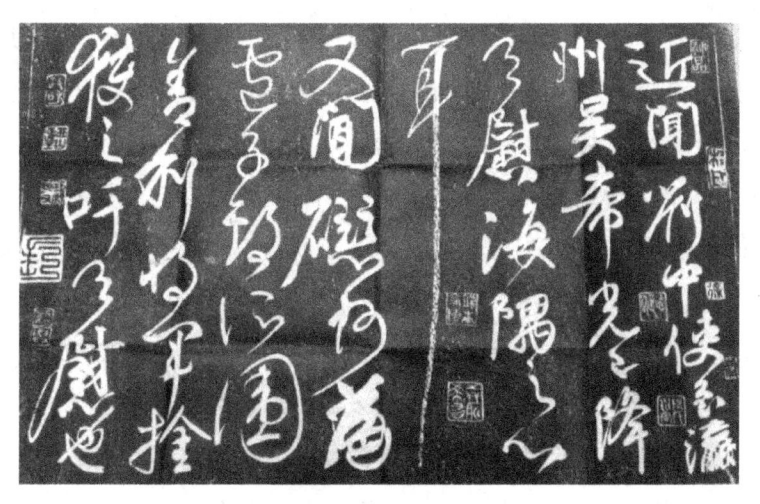

图五　颜真卿《刘中使帖》

于独占一行的"耳"字，论者说："不禁令人想起诗人杜甫在听说收复河南河北以后，伴随着放歌纵酒、欣喜欲狂的心情所唱出的名句：'即从巴峡穿巫峡，便下襄阳向洛阳。'"① 这一联想是自然而恰切的。其实不止这一竖，即使整帖也与杜甫《闻官军收河南河北》全诗极为相近。后者为杜甫"生平第一首快诗"，前者未尝不是颜公生平第一帖快书。帖首的"近闻"的凝重，则与"剑外忽传收蓟北"的重大号外，起调亦同。"足慰海隅之心"刚断果敢，又与"却看妻子愁何在"破愁为笑相似。后四行还与"白日放歌须纵酒，青春作伴好还乡"的狂歌式的手舞足蹈，均在灵心相通之间。特别是"耳"之长竖，把八行行书分作前后两截，就和律诗八句可分为两截，就更酷似了。

还有颜公三稿中的《争座位帖》，原稿已佚，今存石刻，凡600字。原为代宗广德二年（764）《与郭仆射书》的手稿。右仆射郭英义谄事握有重权的宦官鱼朝恩，在两次众僚集会上，指挥就坐特意安排坐于上位，"不顾班秩之高下，不论文武之左右，苟以取悦军容为

---

① 金开诚《颜真卿书法艺术概论》，《文物》1977年第10期。

心。曾不顾百僚之侧目，亦何异清昼攫金之士哉？"上年鱼朝恩为观军容使总领禁军，权宠无比。颜公指斥郭英乂，亦即打击宦官之嚣张跋扈。明人项穆说："行草如《争座》《祭侄帖》，又舒和遒劲，丰丽超动。"① 清人蒋衡说："颜公《论坐书》，意法兼到，所谓从心不逾矩。即论书法已直逼二王，况忠义大节明并日月。此书尤理正辞严，雷霆斧钺，凛然不可犯。其落笔则风驰雨骤，全以神行。"② 此帖奇伟秀朗，顿挫郁屈，如"熔金出冶，随地流走，元气浑然"（阮元语）。则与杜甫大篇歌行《洗兵马》，整丽中极抑扬顿挫之致，或如组诗大篇《诸将五首》，以议论为主，风格沉郁顿挫，都较相似。再则二者都与批评时政有关，贯穿磊落正大的人格精神。

　　颜书还有骇人心目的奇作——《裴将军诗》。如篆如隶，如篆如籀，忽真忽草，忽楷忽隶，运笔忽涩忽急，笔画忽粗忽细，字形忽大忽小，变化无端。末了的"麟"字末尾竖画直伸而下，下端与"台"字并列，有千钧之力。两字合观又稳如泰山，第三行"将军"两字纯为细笔似为整体，又各自独立，末了细斜竖相当左右行三个字的长短，肥瘦对比又极强烈。如果联系杜诗，则与《乾元中寓居同谷县作歌七首》相近。诗体非古诗非骚体，又似骚又似古诗，本身又属以"歌"标题的七言歌行，"不绍古响，然唐人亦无及此者"（王夫之语）。或谓"子美创体"而"自造机轴"（黄生《杜诗说》），方之颜书，此为近者一；二是此诗风格"豪宕奇崛，诗流少及之者"（朱熹语）；"出语粗放，其粗放处，正是自得也"（陆时雍《唐诗镜》），亦与颜书风格相近，而"粗放自得"则酷肖颜书此帖或粗或细的长竖画；三是七歌结句，长气浩然，寓有深意。如其一的"悲风为我从天

---

① 项穆《书法雅言·中和》，《历代书法论文选》上海书画出版社2007年版，第527页。

② 蒋衡《拙存堂题跋》，见刘正成主编《中国书法鉴赏大辞典》，大地出版社1987年版，上册第545页。

来",其四的"林猿为我啼清昼",其六的"溪壑为我回春姿",其七的"仰视皇天白日速",用意奇崛。而颜书每行亦耐人寻味,首行"军"字修长挺拔,而次行"六"字却扁小,第四行上两字"合猛"在隶楷之间,末字"将"则细线一笔草。第六行的"虎腾",上字为细长草书,下"腾"则方正笔画粗整。诸如此类,行行在变,每行末一字未有一行与上不加区别。第20—23行全为粗笔大楷,逼人眼目。杜诗与颜书的构思,几乎处处给人启发,引发联想,存乎贯通的规律。一诗一书在本人均属特体,且都有"散圣"的面貌神气。

总而言之,杜诗与颜书,存在相通处,讨论并未已罄。比如杜诗的顿挫与颜书的转折,就是很有趣味的个案比较。至于杜甫的执着,颜公的耿直;杜甫对丧乱的热切关注,颜公则率先高举抗敌大旗,诸如个性、人格也均有可参透处。

八、一桩宋词公案的反思

——小晏词名句考辨

晏几道《鹧鸪天》有一对华贵名句，曾引起过轰动，掀起了一桩意见纷纭的公案。其词云：

> 彩袖殷勤捧玉钟，当年拼却醉颜红。舞低杨柳楼头（一作"心"）月，歌尽桃花扇底（一作"影"）风。　　从别后，忆相逢，几回魂梦与君同。今宵剩把银釭照，犹恐相逢是梦中。

"舞低"两句，晁补之誉为"知此人必不生于三家村中也"（见赵令畤《侯鲭录》卷八）。沈际飞许以"不愧六朝宫掖体"（见胡仔《苕溪渔隐丛话》）。黄升《花庵词选》觉得"比白香山'笙歌归院落，灯火下楼台'更觉浓至"。近人陈匪石《宋词举》认定"与乃父之诗'梨花院落溶溶月，柳絮池塘淡淡风'同一名贵语"。薛砺若《宋词通论》还把这两句和李后主"凤箫吹断水云间，重按《霓裳》歌遍彻。……归时休放烛花红，待踏马蹄清夜月"相较，以为"不独辞彩同一工艳，而豪兴清赏宛然神似"[①]。

[①] 薛砺若《宋词通论》，上海书店1985年版，第82页。

这两句确实俊逸聪秀,"能动摇人心"(黄庭坚语),这是人人都容易感受到的。而次句殊为费解,故新中国成立以来的宋词注本,不满足于前人拈花微笑式的评赏,都给予详尽的诠释,但注家人言人殊,意见彼此相距甚远。分歧的焦点多集中在"扇底风"的"风"字上。正如沈祖棻所说"至于这个'风'字,不大好讲",而这个'风'字又关乎整句的内容——歌舞时段长短的确定,这正是此句的两个关键。为了求得问题的解决,有必要先回顾一下今人对此所付出的努力。

(1)"风"指自然界的风,两句写同一夜晚。胡云翼《宋词选》:这两句"描绘彻夜不停的狂歌艳舞。月亮本来是挂在柳梢上照彻楼中的,这里不说月亮低沉下去,而说'舞低',便指明是欢乐把夜晚消磨了。桃花扇,歌舞时用的扇子。这里不说歌扇挥舞不停,而说风尽,也就表现唱的回数太多了"[1]。胡选问世早而印量大,影响最巨。周笃文《宋词的花朵》、喻朝刚专文,均从上说,谓此句指唱到精疲力竭的时候。

(2)"风"指扇子扇出的风。林庚、冯沅君《中国历代诗歌选》:"'歌尽',唱到风停,极言唱得很久'桃花扇底风',歌者手持桃花色的扇子,挥扇生风。"[2] 似乎先指自然的风,后又指扇出的风,前后似有抵触。中国社科院文学所《唐宋词选》有"桃花扇:绘有桃花的歌扇,歌女的道具,歌唱时掩口轻挥。张先《师师令》:'不须回扇障清歌,唇一点,小于朱蕊'……以上两句描绘当年女伴彻夜歌舞狂欢的情景。上句用月亮由当空而西沉表明歌舞时间之久;下句夸张地说,由于不停地歌舞,扇子下已无凉风,好似风已被扇尽。"[3]

---

[1] 胡云翼《宋词选》,上海古籍出版社1982年版,第50页。

[2] 林庚、冯沅君《中国历代诗歌选》,人民文学出版社1979年版,下编第1册650页。

[3] 中国社会科学院文学研究所选注《唐宋词选》,人民文学出版社1997年版,第121页。

（3）"风"指歌唱的快速节拍。唐圭璋等《唐宋词选注》似觉察以上两说不妥，则另觅新解："这两句形容舞姿歌喉。上句描写舞腰愈弯愈低，使她感到挂到柳梢、照到楼中的月儿也在随着下沉。下句歌喉愈来愈高而急促，使她觉得在手中的桃花扇也跟不上那快速的节拍了。"①

（4）"风"指在空气中回荡的歌声音波。沈祖棻《宋词赏析》最先感到无论是自然的风，或是扇出来的风，都是不可能"歌尽"的，"所以，这个风字，并非真风，而只是指悠扬婉转的歌声在其中回荡的空气歌声发于扇底。总体来说，就是'歌尽桃花扇底风'。将风字这样用，晏几道是从温庭筠那里学来的，温的《菩萨蛮》'双鬓隔香红，玉钗头上风'，写美女簪花，花的芳香在头上扩散，也正与此词写美女唱歌，歌的旋律在扇底回荡相同"②。柏寒《二晏词选》从此说，张燕瑾等《唐宋词选析》也从此说："'桃花扇底风'里的花与风却是诗人妙手拈来，凑成的虚设之景，花是扇上所画的桃花，风乃扇底传出的袅袅歌声。"③

（5）"风"指在桃花树下扇子底下来的风。臧克家专释此两句的《名句别解》说："歌舞场所，我想象不在楼上，而是在楼下庭院中。……直跳到身旁柳梢头的月亮渐渐西沉了，兴犹未足，又在旁边的桃花树下，扇动着彩扇，把无声的情思酣畅淋漓地唱了出来。所说'扇底风'，也是来自桃花树间，从字句的对仗上看，'舞低杨柳'是对'歌尽桃花'的，这是实景'楼心月'是对'扇底风'的。……如果把'楼心'看作歌舞的场所，与情人们心胸广阔的精神世界对照之下，是否太狭窄了一点？更何况，在楼上如何看到楼下或楼外的杨

---

① 唐圭璋《唐宋词选注》，北京出版社1982年版，第164页。
② 沈祖棻《宋词赏析》，上海古籍出版社1980年版，第60页。
③ 张燕瑾《唐宋词选析》，天津人民出版社1985年版，第202页。

柳,知道月亮渐渐西沉了呢?……而风,当然是扇子底下来的。"①

(6)"风"指月落时息止的风。林冠夫《以相逢抒别恨》:"楼外杨柳梢头的夜月,因舞而落;桃花扇影间的微风,为歌声所息月落风定本是自然现象,无与人事,这里却巧妙地把酣歌畅舞与月落风定说成是因果的联系。这样从具体的形象中反映出当时的尽情歌舞,不知不觉间已到月沉风静,夜阑更深……在歌舞中不觉夜阑更残,似乎是指初见当晚的事。但是,诗词的艺术表现,形象性与概括性常常是融合为一的。因此'舞低'一联,也不妨看作是他们倾心之后,过了一段情投意合的日子。"②

(7)歌舞非指一时一事。俞平伯《唐宋词选释》:"'舞低''歌尽',极言其歌舞酣畅,亦不必是一桩事,一日之事。杨柳下连楼台是真景;桃花下连歌扇,是扇上画的,对偶中有错综。"③ 此说似不以"风"为难解,在时间的确定上很通达,可惜未引起人们的注意。

(8)歌舞的时间是在桃花盛开的日子。刘逸生《宋词小札》:"舞低杨柳楼心月——许多个夜晚,在轻歌曼舞的氛围中,他们彼此忘却了时间的流逝;直到楼外的杨柳树梢坠下了金色的晓月,才发觉天快亮了。"次句,"何尝不可以说,他们在桃花盛开的日子,她拿着扇子,清歌一曲,让桃花洒满了一地呢?反正,当年小晏和那位女郎就在歌声扇影之中,非常愉快地度过一段美好时光。"④

以上诸说对于"风"的含义,歌舞的地点,时间的长短,以及桃花扇的看法,可谓分歧间出:亦一桩小小公案引起若许烟波。吴世昌《评〈唐宋词选释〉》曾说,"歌尽一句注云:'桃花不连歌扇,是扇上画的。'按:'歌扇'乃扇上列歌曲名,与'画'无涉。歌女用扇,

---

① 臧克家《名句别解》,《文史知识》1988年第5期。
② 林冠夫《唐宋词鉴赏集》,人民文学出版社1983年版,第150—151页。
③ 俞平伯《唐宋词选释》,人民文学出版社1979年版,第89页。
④ 刘逸生《宋词小札》,广东人民出版社1981年版,第124页。

一面画图，一面即书曲牌名目，征歌者就目点唱，歌女依点依声，善歌或美色者客所欣赏，歌尽扇上曲名矣"①。前辈学者的认真，令人感慨。对此做何思考，我们暂且搁下。因为晏几道词"寓以诗人句法"（黄庭坚语），姑且先看看晏几道之前的诗人是如何描写歌舞的：

沈君攸《夜出妓》："低衫拂鬓影，举扇起歌声。"梁元帝萧绎《和林下咏妓应令》："歌清随涧响，舞影向池生。"阴铿《侯司空宅咏妓》："莺啼歌扇后，花落舞衫前。"李元操《酬萧侍中春园听妓》："红树摇歌扇，绿珠佩舞衣。"王绩《家妓》："早时歌扇薄，今日舞衫长。"李白《邯郸南亭观妓》："粉艳炼月色，舞衫拂花枝。"张谓《扬州雨中张十七宅观妓》："绝舞落金钿，掩笑频歌扇。"顾况《桃花曲》："魏帝宫中舞凤楼，隋家天子泛龙舟。君王夜醉春眠晚，不觉桃花逐水流。"王建《调笑令》其三："罗袖，罗袖，暗舞春风依旧，遥看歌舞玉楼。"刘禹锡《杨柳枝》其四："轻盈袅娜占年华，舞榭妆楼处处遮。"又《踏歌词》："桃溪柳陌好经过，灯下妆成月下歌。"白居易《杨柳枝》其五："若解多情苏小小，绿杨深处是苏家。"其六云："苏家小女旧知名，杨柳风前别有情。"

这些大多是从《文苑英华》舞类和音乐类中摘录出来的，而《文苑英华》当是小晏常用的"工具书"。以上诗句从句法结构看，都是一个模式：一句歌一句舞，这或许和张衡《舞赋》"抗修袖以翳面，展清声而长歌"多少有一定的联系。小晏"舞低"两句，正是顺此套路而来；从内容上看，这些描写则具有以下特征：一、歌舞本不分日夜，但在夜晚似乎别有风致，而且明月常来光临，故有"明月临歌扇""灯下妆成月下歌""粉艳炼月色"一类的句子；二、轻歌曼舞，欢歌快舞，狂歌醉舞，不管什么样的歌舞，盖征歌逐舞者，恐怕不分四季，但诗人们喜欢写春舞，诸如"莺啼歌扇""花落舞前""红树歌扇""舞衫拂花枝"；三、扇子不仅能"掩笑""遮面"，而且

---

① 吴世昌《罗音室学术论著》，中国文联出版公司1991年版，第601页。

是歌舞的道具，所谓"举扇"方才"起歌声"，因而可以径称"歌扇"，而频频出现，以上凡五见；四、杨柳喜欢围绕舞楼，所谓"舞榭妆楼处处遮""绿杨深处是苏家"。到歌舞之家，还要经过"桃蹊柳陌"——桃树也来赶趟儿。虽然未必全都真是这样，然而摇笔即现的婆娑之柳，可谓"杨柳风前别有情"——渗透着审美意识的感发力，诗人似乎无法躲开它，也不愿意躲开。

由此可见，晏几道"舞低杨柳楼头月，歌尽桃花扇底风"，把以上描写歌舞的四个特征都笼括收敛进去，真是"良辰美景，赏心乐事"四美俱全。反过来看，以上诸家却人人只描绘了其中的一二点。众美臻聚，面面俱到者则阙如。于是，我们可以说，晏词在前人表现技巧上飞跃了一步。正因为如此，这"名贵句"给人们留下了"工整、细致、美丽"的印象，它全面展示了"舞筵歌席那样一种典型环境"（沈祖棻语），其众美毕至的特性，不仅显示作者"精力尤胜"（周济语）的本领，而且不繁不腻，辉映着"聪俊"的风采。说是"字字娉娉袅袅如揽嫱、施之袂"（毛晋《小山词跋》）也好，以为"叔原如金陵王、谢子弟，秀气胜韵，得之天然，将不可学"（王灼《碧鸡漫志》卷二）也好，以为"可谓狎邪之大雅，豪士之鼓吹"（黄庭坚《小山词序》）也好，说是"深沉而又奔放，温柔而又直率"（程千帆、吴新雷《两宋文学史》），或看作"既工致，又韶秀，且饶雍容华贵之气"（陈匪石《宋词举》）也好，看来，都很吻合晏几道这位"翩翩的少年风度"（薛砺若语）。

晏词这两句，虽然"合情景之胜，以取径于风华者也。……能取眼前景物，随手位置，所制自成胜奇，善写杯酒间一时意中事"（杨湜《古今词话·词评》下卷）。尽管如晁补之所云"不蹈袭人语，风度闲雅，自是一家"（赵令畤《侯鲭录》卷八引），但总觉得在上举南朝、唐人的诗句里，有这"名贵句"的影子，无论如何，它给人有似曾相识的感觉，但我们却不能说他化用或暗用某家的哪一句，或许这关乎到他的另一种本领——"用了别人的诗，有时反而使读者觉得它比原诗更好——多半是因为他配置得当"①。小晏高明如此，所以有了王铚这样的比较评论："贺方回遍读唐人遗集，取其意以为诗词，然听得在善取唐人遗意也。不如晏叔原，尽见升平气象，所得者人情物态。叔原妙在得于妇人，方回妙在得词人遗意。"（《默记》卷下）小晏"舞低"两句雪泥鸿爪的综汇熔炼功夫，较之以"吾笔端驱使李商隐、温庭筠，常奔命不暇"（周密《浩然斋雅谈》卷下引贺铸语）为能事的贺铸，要高明得多。贺铸于唐人，很有些如影随形，故不免有"总拾人牙慧"（刘体仁《七颂堂词绎》）的讥诮；而小山有影无形，浑化无迹。如前所论，小山词借鉴先前诗人句法——两句分写歌舞。宋人对后者即有自觉的认识：《苕溪渔隐丛话》后集卷四〇引《复斋漫录》所归纳诗句，除前引萧绎、阴铿、李元操、王绩之句外，又有刘孝绰《看妓》："燕姬臻妙舞，郑女爱清歌。"北齐萧放《冬夜对妓》："歌还团扇后，舞出妓行前。"弘执恭《观妓》："合舞俱回雪，分歌共落尘。"陈人刘删《侯司空宅咏妓》："山边歌落日，池上舞前溪。"庾信《赵王看妓》："并歌时转黛，息舞暂分香。"卢思道《夜闻邻妓》："怨歌声易断，妙舞态难双。"释法宣《观妓》："舞袖风前举，歌声扇后娇。"刘希夷《春日闺人》："池月怜歌扇，山云爱舞衣。"杜甫亦取法，有《艳曲》之作："清江歌扇底，旷野舞衣前。"因而《漫录》又指出"古今诗人咏妇人者，多以歌舞为称"，其规律则以歌对舞、以歌扇对舞衣。洪迈《容斋随笔·三笔》卷一四"歌扇舞衣"条亦云："唐诗人好以歌扇、舞衣为对也。"小晏词既然"妙在得于妇人"，必然谙熟此法无疑。这样说来，以其"名贵句"自有来路，并非有损声价。被人写得烂熟的歌筵舞席，小晏却在陈陈相因的套路中别开生面，而具有家风格。这两句容纳了歌舞、歌扇、杨柳、桃花、明月、春风、高楼，以及酣歌醉舞的"舞低

---

① 吴世昌《小山词用成句及其他》，光明日报 1981 年 7 月 21 日。

月"——春夜在欢快中消逝;"歌尽风"——桃花春风的季节在歌舞声中流去;"彩袖殷勤"的红颜知己,"醉颜"醒心的作者自己,歌舞所飘荡的豪兴欢赏的氛围,这一切又配合得那么欢畅、柔雅、惬意!每个字眼都好像包含着时刻迸发的情采,贯注着旺盛蓬勃的青春生机,弥漫挥发出清壮顿挫而感发人心的效果,热烈的青春旋律超越了傅毅为首的那众多的《舞赋》以及上引诸家的诗句。它的"聪俊"给人烙刻下一见而不能忘的热烈美感。

如此秀心灵句,却留下一桩费解的公案!正如沈祖棻所说:"这个'风'字,不大好讲,它既不是吹来的自然界的春风,(若是吹来的,怎么会刚刚是在扇底,不在别处?)也不是这位姑娘用桃花扇扇来的风,(她在唱歌,扇风干什么?)而且,风也是不可能'歌尽'的。"① 同样的道理,风,无论是扇出来的风,还是桃花树下扇底来的风;无论是指歌曲的快速节拍,还是指空气中回荡的歌声音波,或指扇底传出的袅袅歌声,都不能作为"歌尽"的宾语,即使把歌唱地点从楼中转换到庭院,同样都是不能"歌尽"的。至于说"风"是指月落后而息止的风,而何以见得月一落而风就定呢?另外,把"歌尽扇上的曲名"和"歌尽桃花扇底风"等同起来,似乎也不容易让人接受。倘要说在桃花盛开的日子,持扇清歌,让桃花洒满了一地,也不能讲清"歌尽风"的道理。对这句的索解,诸家从不同角度切入,为读者提供了不少启示,而问题的本身还须进一步思考。

这两句合观,风就是风,确切地说,就是春风——不在"风"上做何别想。若把思索的焦点转向"桃花",那么这句词序就可改变成"歌尽扇底桃花风",理解就容易多了。自然界的风没有尽止——会止而复起,而桃花季节的风在春季却有个尽头——是会被"歌尽"的,就是说歌舞一直到桃花风消逝时才告结束。然而这和"舞低"句却不能确然成对。若调节出句为"舞低楼头杨柳月",则失去舞到深夜的

---

① 沈祖棻《宋词赏析》,上海古籍出版社1980年版,第60页。

时间效果，所以最佳的形式还是原有的这两句，并且依然还能保持句子调节后的意义，而且这两句互为补充：歌舞一直进行到春夜沉沉，而且这样的歌舞欢聚日复一日，直到桃花季节的尽头才告终出句表示一夜，对句则表明在一段时间日日如此两句合谓：在整个桃花季节，歌舞不休。这样对偶在意义上才更加工致。歌舞的时段有长有短，有点有面，有形象性，也有概括性。这和作者同一词牌的"年年陌上生秋草，日日楼中到夕阳"的结构同类。倘若两句都指一个夜晚，不仅犯忌了合掌，而且显示不出初遇时感情建立在一定时间的基础，上片的"殷勤"和"当年"必然损减所应具有的深长意味。所以俞平伯先生说"不必是一桩事，一日之事"。对句的时间内涵，和顾况的《桃花曲》"魏帝客人舞凤楼，……君王夜醉春眠晚，不觉桃花逐水流"，属于同一类型。

  如果把"杨柳楼头月"，看作"月亮本来是挂在柳梢上照彻楼头的"，词序则应改变"楼头杨柳月"，如前所言，似乎不稳。"楼头月"即楼顶月，表午夜："舞低楼头月"则表过了午夜；由"楼头月"到"杨柳月"则表几近天亮。月挂柳梢才能称为"杨柳月"——"柳梢上的月亮"，这和"楼头月"应属两个不同时间范畴。月当楼顶，楼内人未必能看到，而舞到月低，就未必不能看到，所以舞场就不一定非"在楼下庭院"不可。"桃花扇"不一定要看作画有桃花的扇子，或桃红色的扇子。"杨柳楼"应是相关的两物，指楼前有杨柳的楼。"桃花扇"也应视为两物，当指桃花季节和歌扇，桃花非实指，当然也不会"让桃花洒满了一地"。画有桃花的扇子很美，在桃花季节舞动的扇子也很美，如果还要看成是桃花时光画有桃花的扇子，那就是他自己的方便了。唐人薛能《杨柳枝》其十八"纤腰舞尽春杨柳"，或许对小晏"舞尽"句有直接的启发。总而言之，楼非名"杨柳"。同理，扇亦非一定名"桃花"。

  这两句句内意义呈交错，故也可看成：舞低楼头月直到月挂柳梢头，歌尽扇底春风直到桃花时光结束。倘若不走调，则又平添了一层绮错之美，这就成了一连串的"良辰美景，赏心乐事"，全都毕至咸集。前人笔下不能备办的，小晏则一一完成了，而且是那样的热烈、痛快、淋漓，所以也就"名贵"起来。前引晁补之论小晏此两句"不蹈袭人语，风度闲雅"，后来又被《复斋漫录》重复过，见胡仔《苕溪渔隐丛话》后集卷三三所引，而这两位评论家相同的话头，又被先前和时下的论者不时地援引，对此，我们就不能不打些折扣，当然小晏的"名贵语"是不会因此而掉价的。

九、孟郊诗的艺术特征及其形成原因

中唐孟郊,是文学史上颇有影响的著名诗人。他创作态度严肃刻苦,从一贫彻骨的困境中,摄取生活中的穷愁孤苦作为主要诗材,在艺术上通过冷峭的手法,注重刻画出寒入苦的意境,抒发了内心深处抑郁不平的激情怨绪。其诗大都是"有我之境"(王国维《人间词话》),个性鲜明,富有一定的感人力量。并且致力于构思的别致奇特,入险履深,惨淡经营。用瘦硬、古淡、平易的语言和白描手法,形成质朴深挚的诗风。这在当时是别开蹊径而富有创造性的探索和实践,本文拟就以上几点以及其诗风形成的原因试加论述。

1. 带刺的玫瑰:孟郊凄苦冷峭的诗风

古代诗论常用极少的字眼评价诗人作品的风格。在唐代诗人中,甚或在中国诗史上,能够较为全面、准确地囊括诗人的特色,而得后人首肯的,怕要算是"郊寒岛瘦"(苏轼《祭柳子玉文》)了。当然,大家之作,海涵地负、风格多样,绝非能包含其内;至于名家虽有种种特色,但如果与之以前的诗人没有迥然有别的面孔,虽则诗话家也用一二字标之,但终究没有给人心目中留下深刻的印象。

翻开孟郊诗集,仅就诗题看:征妇怨、古怨别、薄命妾、湘绒怨、贫女词、湘妃怨、楚怨、寒地百姓吟、吊国殇，这是写社会的；苦寒吟、寒江吟、饥雪吟、秋怀、春愁、峡哀、寒溪，这是写景的；写自己的有闲怨、杂怨、远愁曲、百忧、路病、独愁、伤时、自叹、离思、夜忧、惜苦、自惜、老恨、落第、叹命、悼幼子、悼亡……真有一股"寒"气扑面而来，怨、伤、愁、忧、叹蜂拥而至。流离颠沛、疾病折磨、落第打击、饥饿威胁、寒冷侵袭、穷迫困窘、失子痛苦、丧妻悲哀、时俗讥讽，在位者不容的诸种人生厄运，纷至沓来。到了五十岁，才勉强被任为唐士子所不齿的县尉。末了，在夏日的奔波中，暴疾而死。于是他把社会的疮痍、人生的疾苦，一股劲儿倾于诗中，因而"寒"成了他诗歌的基调和主旋律，这些诗绝少无病呻吟，而是从真性情流出的。他把自己"万俗皆走圆，一身犹学芳"（《上达奚舍人》）"孤僻寡和"（《旧唐书·孟郊传》）的性格熔铸于瘦硬的笔致中，把奇思苦想织入苦寒的风格之中，因而创造出了凄苦冷峭、僻寒孤峻的意境。这是他诗歌艺术最主要的特色。他的这种"寒"并不是安特莱夫式的令人恐怖的阴冷。他的诗凄苦而不低沉，僻寒却使人激奋，是呼号而非哀叹，是抗争而非悲鸣，腔子里自有一股愤懑不平之气流动，这正是今天值得我们重视之处。

他的《秋怀》十五首，是晚年的力作。其二给我们展现了这样一种情景：

> 秋月颜色冰，老客志气单。
> 冷露滴梦破，峭风梳骨寒。
> 席上印病文，肠中转愁盘。
> 疑怀无所凭，虚听多无端。
> 梧桐枯峥嵘，声响如哀弹。

面对朗朗秋月，却有"颜色冰"的感觉，这风烛残年还客居外地的游子"志气单"的心绪所致。"冰""单"这浸着寒峭味的字眼笼罩全篇。不说夜寒酷冷，时被冻醒，却说梦薄如纸。不直言难以入眠，却把窗外清冷的露声引进心扉，着一"滴"字，缀一"破"字，再加上写"峭风"用一"梳"字，而且度进骨里，这便形成一种抓心剔骨般的寒冷。不写久病卧床，身上布满席纹，却结撰出"病文"，而且说它印在席上。如此之冷病，百忧交驰，愁盘旋转，这样的支离病体如何支撑得了？"疑怀"扣住"单"字，"虚听"照应"滴"字，"声响"回应"峭风"。梧桐的枯枝在寒风中抖撒，嘶哑的声像为诗人弹起一首呜呜咽咽的悲伤曲子。诗人把老、病、贫、冷、忧、恨全都凝聚其中，以凄神寒骨的氛围，孤独冷僻的情怀，形成苦寒冷峭的意境，给人留下极为深刻的印象。

这样的诗确实够凄苦了！他不像李贺那样常常把人带到美丽奇特、琼花异草的神话境界中去观赏，从而借以讥刺恶浊不平的社会现实，而是径直用浸着浓烈的苦味的笔触把人推进凄神寒骨的境界中去生受。至于领略者享受后的情绪如何，他是不大关心的，所希望的只是要人为其境界所慑服。因为他自己是个悲而不欢的人。他希望人们理解他的痛苦以及认识这冷酷的现实。

他这种意境不只体现在自己困苦生活的描述上，而体现在反映社会动荡、人民遭受苦难的诗篇中。从反映生活中一个苦寒的角落，到反映一个充满惨不可睹、痛不可忍的广阔的社会现实，使这种独特的艺术风格，更具有震撼人心的力量。如《伤春》写道：

> 两河春草海水清，十年征战城郭腥。
> 乱兵杀儿将女去，二月三月花冥冥。
> 千里无人旋风起，莺啼燕语荒城里。
> 春色不拣墓傍枝，红颜皓色逐春去。
> ……

兵祸漫延，烧杀抢掠，尸骨满城，千里无人，鸟啼空城。这种动乱的荒凉景象，伤心惨目，渗透着诗人扼止不住的愤慨。取象阔大，用笔疏宕，一句一景，组合起来就成为一幅长卷动乱图。惨淡的景象中没有消极悲叹的情绪，一股抗争愤慨之气回旋于字里行间。

诗人为了把自己的情怀表达得充分、饱满，常常采用一题多写的组诗形式，从物象、心绪的不同角度去完成一个统一完整的意境创造。这类诗除了上面的《秋怀》十五首外，还有《寒溪》九首、《感怀》八首、《石淙》十首、《杏殇》九首、《吊卢殷》十首、《吊元鲁山》十首。特别是《峡哀》十首，倾尽了苦涩之才，诗中所写：

峡水：斋粉一闪间，春涛百丈雷。（之一）
　　　喷为腥雨涎，吹作黑井身。（之四）
山与峡石：上仄碎日月，下掣狂漰湱。（之三）
　　　　潜石齿相锁，沉魂招莫归。（之七）
峡中回响：峡听哀哭泉，峡吊鳏寡猿。（之五）
峡中草、树：峡春不可游，腥草生微微。（之七）
　　　　　树根锁枯棺，直骨亵亵悬。（之三）

如果诗人把这种"光怪闪众异"的形象作为写作目的，那真使人不寒而栗，"读而不欢"（严羽《沧浪诗话》）了。其实这些带有浓重感情色彩的景物刻画，倾注着诗人匪夷所思的深曲，这只要看他在描绘上面景象之后所抒发的哀感就可知道。

遇峡而想：沉哀日已深，衔诉将何求？（之二）
见山时思：破魂一两点，凝幽数百年。……
　　　　逐客零落肠，到此汤火煎。（之三）
闻声即念：斯谁士诸谢，奏此沉苦言。（之五）

最后感到：峡哀不可听，峡怨其奈何！（之十）

显而易见，他把幽深奥僻的山峡当作恶浊腐败的社会来刻画。山水草木的幽寒峥嵘、险峻百状，正是他满腹的"零落肠"怨怒情感的体现。正是借助着这些不寻常的一山一水，宣泄他"欲上千级阁，问天三四言""一寸地上语，高天何由闻"①的愤懑压抑的情感。如同盛唐王维喜爱幽雅静的自然美一样，诗人热爱大自然险峻惨刻的美。他想从凄寒的境界中，把在愁苦不平的现实生活中处处碰壁无法实现的愿望和要求、苦闷和呐喊反映出来，因而寻求与其压抑的精神和创伤的心灵相适应的物象，然后按照"物象任我裁"（《赠郑夫子》）的要求，使之更为典型突出，从而借助这些峥嵘的山水，吐露耿耿于怀的心中块垒。为了把情感表达得饱满有力，对描摹的对象，渲染到极臻凄苦的境界，以至于个别形象的刻画让人不可逼视。唯其如此，才能把胸中的愤激郁尽情吐之，于幽冷的气氛中透出冷峭的骨相来。因而这种"寒"的味道越浓，那种"矫激"（李肇《国史补》）的情调越显，张籍说他的诗"纯成发新文，独有金不声"（《赠别孟郊》），贾岛说："一吟动狂机，万疾辞顽躬"（《投孟郊诗》），也正是这个原因。

按照诗歌思想内容的需要和艺术情趣的爱好，诗人往往有自己反复描写的题材。如李白诗中的明月、大山，李贺笔下的巫山神女、洞庭湘君。同样，孟郊对无光的冬日、梳骨的峭风，以及冰雪、冷月，也有着特别的兴趣，这也是他苦寒风格形成的原因之一。

辉煌的盛唐已成为历史陈迹，产生"仰天大笑出门去，我辈岂是蓬蒿人"的社会土壤已不复存在。揭露、讥刺、抗争将是时代赋予中唐诗人的天职。尽管孟郊在诗歌创作上不是具有多方面才能的诗人，

---

①《上昭成阁不得于从侄僧悟空院叹嗟》，《孟东野诗集》，人民文学出版社1984年版，第173页。

就是在他取得成功的一面也不是那么完美无缺，但他却开拓了前代诗人没有涉足也无法涉足的完全不同的领域。他的这些带有凄苦冷峭意境的诗篇，犹如一枝带刺的玫瑰，摇曳挺立于中唐众卉纷披之中。

2. 如刀似割的刺激美追求

孟郊诗最为突出的特点是追求奇崛。

为了深刻表达这样一种情感，使之奇而不俗，他喜欢采用反跌法：先把本来就非常哀痛的事物，反说得平平淡淡，然后跌入一层，再写出令人更为惨痛的情怀，两厢比较，痛上加痛，就会使人痛不可堪。如"寒草根未死，愁人心已枯"（《吊房十五次卿少府》）。或是先否定一种事物，然后再以加一倍的决绝语气肯定另一种事物，欲擒故纵，使感情表达得有力饱满。如《寒地百姓吟》写劳动者在"无火炙地眠，半夜皆立号"的酷寒折磨下，不堪忍受，甚至于"寒者愿为蛾，烧死彼华膏"，可是速死的愿望也只能是幻想，"华膏隔仙罗，虚绕千万遭"，其结果"到头落地死，踏地为游遨"。穷苦百姓求生不得、求死不能的悲惨境况，一经反跌，更为强烈地表达出来了。又如"无子抄文字，老吟多飘零。有时吐向床，枕席不解听"。（《老恨》）衰年丧子，落寞飘零，唯有枕席相伴，明知"不解听"，却还要"有时吐向床"，结果得不到任何精神上的安慰，可见孤独到何等地步。

有些传统题材，经过奇特的构思，显出别致的新意来。如《闲怨》："妾恨比斑竹，下盘烦冤根。有笋未出土，中已含泪痕。"用"斑竹"表达哀怨，而舍弃了诗人们常用的湘妃的故事。诗人别出心裁，写竹根、竹笋，层层跌进，愈想愈奇，竹子简直是泪水泡大的，其间"妾恨"的多少就不言而喻了。赵翼的《瓯北诗话》称韩愈诗语思俱奇，认为"盘空硬语，须有精思结撰，若徒挦撦奇字，诘屈其词，务为不可读以骇人耳目，此非真警策也"①。韩愈之所以倾慕于孟郊，构思的奇警是很重要的因素。

  硬语盘空，骨骼外露，是孟郊诗语言上最为引人注目的特色，很能体现他在艺术上情趣奇崛的一面。所以他讲究锤炼字法，力避俗字、熟字、软字。在词句间争难斗险，务言人所不敢言，有意走一条与一般人的想法和写法不同的道路。把人们熟悉的事物，以迥然不同的面貌出之，那些用力的字眼，似乎要挽住人的心肝，震慑人的情绪，刺激人的魂魄。有时用一二惊人硕语，就把深刻惨淡的情思和客观事物熔铸在一起，使之如浮雕凸现，让人扪手可触。他努力调动形象思维的能动作用，给一些平淡的字眼注入了饱满的内涵，增加了分量，显示出很不一般的表现力。如"南山塞天地，日月石上生"（《游终南山》），他没有采取"连山到海隅""分野中峰变"（王维《终南山》）的正面描写，却把广大无边的天空与南山相比较，对比的结果，茫茫的太空，一下子被"塞"得严严实实，没有一丝空隙；那经天的日月，自然就要从这巨大的南山"石上生"了。一个"塞"字，真是"硬语盘空"，出人意表，表现了不同凡响的想象力，构思的奇警，使人不得不瞠乎其目。又如"峡棱劐日月，日月多摧辉"（《峡哀》之七），写山峰险峻高耸，刺入天空，遮天蔽日，却用一"劐"，化静为动，给人有刮目怵心的感觉。"楚山争蔽云，日月全无光"（《梦泽中行》），"争"字见出乱山的气势。"病骨可剸物，酸呻亦成文"（《秋怀》之四），"饿马骨亦耸，独驱出东门"（《湖州取解述情》），瘦骨何等嶙峋，让人时刻替他担心。"四际乱峰合，一脉千虑并"（《分水岭别夜示从弟寂》），"合""并"很有力，而且互相呼应，有一种博大的气势蕴于句中，使人自然联想起"群山万壑赴荆门"的名句来。后一句把无形的"千虑"写得似乎可观可触。"江篱伴我泣，海月投人惊"（《下第东南行》），只顾难过自己的伤心事，

---

① 赵翼《瓯北诗话》，人民文学出版社1981年版，第29页。

突然才觉察早就照在身上的月光,像什么沉重的东西猛然"投"在身上,而不由得心里一阵惊悸,把那种在长时间极度伤心的情况下,丧魂落魄、恍惚迷惘的心境,刻画得入人肌骨。"春芳役双眼,春色柔四支。杨柳织别愁,千条万条丝。"不写春芳如何的姹紫嫣红,不费笔墨,只用一"役"字就把万紫千红的盛春景物让人体味出来,似乎看到骨碌碌地东张西望的眼睛,被"役"得一点儿也不眨。真是拈重如轻,语约而意丰。后两句设想新奇,把情感中无形的"别愁",清楚具体地"织"了出来,借跟前景,道口头语,说心中事,极为自然,胜却许多折柳赠别的套语。其他如"山色挽心肝,将归尽日看"(《尧歌》之二),"晚馨送归客,数声落遥天"(《游终南龙池寺》),"白首忽然至,盛年如偷将"(《吊卢殷十首》之六),"古木摇霁色,高风动秋声"(《分水岭别夜示从弟》),其中的"挽""落""偷""摇"都是苦心经营的字眼,各臻其妙。"日窥万峰首,月见双泉心"(《陪侍御叔游城南山墅》),描绘了太阳刚爬上山顶,露出半边脸,和明月映泉,微风涟漪,似乎月在水中波动的难以言传的景观,被"窥""心"字揭示出来。其中的滋味,耐人咀嚼。由上可见,孟郊的硬语盘空,确实很见精思结撰的功夫,确实做到"平字见奇,常字见险,陈字见新,朴字见色"[①]。驱遣词句,在语言的形象性上增加词语的硬度,在词义的包容量上增加了语言的密度,在客观效果上增加了语言的力度。这些探索正是他"陈词备风骨"(《读张碧集》)的艺术主张的体现。

出奇制胜还体现在一些颇费推敲功夫的句法上。他遣句古拗峭折,有古拙遒劲的风格,力避凡俗、散缓。如前所见的"冷露滴梦破,峭风梳骨寒",让"梦"直接做"滴"的宾语。其他像"瘦坐形欲折"(《秋怀》十三),其实应是"形瘦坐欲折",句意句法都很特别。"商叶堕乾雨,秋衣卧单云"(《秋怀》之四),本应为"叶乾堕

[①] 沈德潜著、王宏林注《说诗晬语笺注》,人民文学出版社2013年版,第332页。

商雨，衣单卧秋云"。又如"上天下天水，出地入地舟"（《峡哀》之二），重叠四字，而句意反更显得丰满。白云倒映江中，犹如江水在蓝天上奔流。白帆高挂，时而涌上波峰，时而跌入波谷，远远望去好像从大地里出出进进。如许含意都纳入这"看似寻常最奇崛"的句式中。再如"故花辞新枝，新泪落故衣"（《春愁》）同样重叠了四字，却另是一番安排，颇引人玩味。

　　孟郊诗中的比兴、夸张、对比等手法运用，也很见其追求奇崛的苦心孤诣，往往穷尽物理人情。如"借车载家具，家具少于车"（《借车》），"怨恨驰我心，茫茫日何之"（《乱离》），贫困之甚，怨恨之多使人几乎发狂。"日月冻有棱，雪霜岂无影"（《石淙》之九），"踏地恐土痛，损彼芳树根"（《杏》）。天气的极度严寒，连日月都冻得变了形；心情摧伤极了，不由得呼天抢地、顿脚踩地，一抬脚似乎也把大地踩痛，可见哀痛之深，用力之大。"秋草瘦如发，贞芳缀疏金"（《秋怀》之七）、"冽冽霜杀春，枝枝疑纤刀"（《杏殇》之六）、"一尺月透户，仡栗如剑飞"（《秋怀》之三）都较有特色。有时还把几种手法熔为一炉，如《怨诗》：

　　　　试妾与君泪，两处滴池水。
　　　　看取芙蓉花，今年为谁死。

前两句采用夸张，眼泪滴满池水，已够夸大其词，但还要比一比，看谁的眼泪更多，能把花泡死淹死。后两句的夸张把前者包含在内，这是夸张中的夸张，而且寓对比于夸张之中，把痴情女子的相思之苦揭示得淋漓酣畅。有些用于说理之中，写得很有"理致"，如"君心匣中镜，一破不复全；妾心藕中丝，虽断犹牵连"（《去妇》），一个对比系着两个恰当顺留的比喻，省去了许多啰唆的议论。"黄河倒上天，众水有却来；人心不及水，一直去不回。"（《秋怀》十四）一经对比，把世道浇薄显露无遗。"曲木忌日影，谗人畏贤明"（《古意赠梁南补阙》），"富别愁在颜，贫别愁销骨"（《答韩愈李观别因献张徐州》），不仅说理透彻，且都寓议论于形象之中。再如"朝为双蒂花，莫为四散飞。花落还绕树，游子不顾期"（《杂怨》之二），前两句双双成喻又相互形成对比，第三句又一喻，又和下一句形成对比，四句三个比喻两个对比，而且层层深入，环环相扣。"老泣无涕洟，秋露为滴沥。去壮暂如剪，来衰纷似织。"（《秋怀》之一）欲哭无泪，冷露满目，犹如坠入冷苦不堪的深渊，不能自拔。"一身绕千山，远作行路人"（《自商行谒复州卢使君虔》），把对比纳于一句之中，"一身"之独与"千山"之多形成强烈对比，用"绕"字联系二者把前路遥遥展现出来。

孟郊诗状物抒情不做铺排描述和细致刻画，一般只是寥寥数语，描摹物象贴切入微。表达事理则刻切透辟，语深思奇；抒发情感，句出肺腑，肝胆俱露，意激情切，他运笔如刀，其诗犹如单色的版画木刻，虽然画面只是有力的几刀而线条稀疏粗硬，却能给人强烈的感受。如同李白"一生低首谢宣城"那样，韩愈极力推崇孟郊，认为其诗"刿目钵心，刃迎缕解。钩章句，掐招野。神施鬼设，间见层出"①。这主要是对他出奇入险的构思的倾慕。又指出他的诗是"横空盘硬语，妥帖力排奡。敷柔肆纡余，奋猛卷海潦"。这主要是对他语言的激赏，认为那些强弩大弓般的横空硬语，锻造得恰到好处，运用妥帖自如，没有紧张之病。同时又指出他的诗并不都是化不开移不动的硬语，而是以古淡平易之语以示纡余，造成回旋余地，张弛兼备，协调并用，于其间紧要处，再狂飙突起，怒涛翻卷，从而形成了奇险中见平易，古淡中显凝练的风格。韩愈为孟郊的莫逆之交，这些见解颇能道出孟诗的妙处，读孟诗，即可知其所言信然。

---

① 韩愈《贞曜先生墓志铭》，见刘真伦等《韩愈文集汇校笺注》，中华书局2013年版，第5册2047页。

3. 古朴平易而深厚的诗风

语言的古淡老拙、平易简练是孟郊诗的第三个特征。

他标榜质朴的诗风，以此作为创作的准绳，在《赠苏州韦郎中使君》中，对韦应物质朴清淡的风格非常仰慕，认为"尘埃徐庾词，金玉曹刘声。章句作雅正。江山益鲜明""顾惟菲薄质，亦愿将此并"，对于汉魏古诗推崇备至。在《送卢虔端公守复州》中更为明确地表示："正声逢知音，愿出大朴中。知音不韵俗，独力占古风。"因而他一生致力于五言古诗和乐府诗的创作，至于畅行当时的五、七言律诗，他给后人留下的极少。这与他面对"大雅难具陈，正声易漂沦"（《答姚怤见寄》）的现实，创造与流俗不同的冷峭意境一样，他用五古作为创作的主要形式，也是有意而为之，旨在矫正时弊。

语言质朴平易，在他的两卷乐府诗中显得很突出。这一类诗气完神固，佳篇较多，浑浑然一体，无句可择。如《古怨别》：

飒飒秋风生，愁人怨离别。
含情两相向，欲语气先咽。
心曲千万端，悲来却难说。
别后唯所思，天涯共明月。

明白如话，不着气力，却曲致达情，深刻细微。很容易使人想起柳永《雨霖铃》的"执手相看泪眼，竟无语凝噎。……多情自古伤离别，更那堪，冷落清秋节"的句子来。在《车遥遥》中，借离妇的口吻写道："路喜到江尽，江上又通舟""愿为驭者手，与郎回马头。"这比起《古怨别》来，更为纯净得与口语几乎无二。显然这是得益于民歌的结果。至于"良人昨日去，明月又不圆"（《征妇怨》）一类句子，平淡古拙，相去汉乐府则不远。

　　白描是他驱遣自如乐以常用的表现手法，也很能体现其质朴的语言特色。他措辞造语，镂剔藻饰，绝少用浓艳的字眼，也不用那些在他来说举重若轻的坚词硬句，而使用常语、淡语，还要尽量脱去熟意、俗意。也往往只是一两句，不管写景抒情，都注意从自我感觉写起，手法刻露切至，就像高明的速写家一样，稍加勾勒，形态毕现。如："吹霞弄日光不定，暖得曲身成直身"（《答友人赠炭》），冲淡得如清水一般的语言，却饶有诗意和异常鲜明的形象。"书去魂亦去，兀然空一身"（《归信吟》），把游子久客日夜思归、神不守舍的情态，再现得多么逼真！"半夜不成寐，灯尽又无月。独向阶前立，子规啼不歇"（《春夜忆萧子真》），尽量不用修饰性的定语，找不到一个形容词，却把孤寂的情怀、思友的深情表达得淋漓尽致。写景的如"风叶乱辞木，雪猿清叫山"（《送殷秀才南游》），"千山不隐响，一叶动亦闻"（《桐庐山中赠李明府》），"月沉乱峰西，寥落三四星"（《听琴》），"秋尽山尽出，日落人独归"（《送晓公归庭山》），都能表达出如闻其声、如见其形的清冷凉寂的境界。他描绘景物不常用大红大紫的暖色，而选用冷色或清淡的色调："黑草濯铁发，白苔浮冰钱"（《石淙》之四），"分明碧沙底，写出青天心"（《汝州南潭陪陆中丞公宴》）。

　　他的白描的特色还体现在用不使气力的口头语，把所要表达的感情抒发得透辟深刻，入思入骨。如"十日一理发，每梳飞旅尘"（《愤世》），"幽苦日日甚，老力步步微。常恐暂下床，至门不复归"（《秋怀》之十一），这样的白描确实有撞击人心的力量。又如"秋至老更贫，破屋无门扉。一片月落床，四壁风入衣"（《秋怀》之四），凄凉的气氛侵入肌肤，破屋顿成冰冷的世界。"远客夜衣薄，厌眠待鸡鸣。一床空月色，四壁秋蛩声"（《西斋养病夜怀多感因呈上从叔子云》），也有同样的效果。

孟郊诗议论、说理不少，其中一些语言浅白而启人深思。如"老人朝夕异，生死每日中"（《秋怀》之九）、"人间少平地，森耸山岳多""须知一尺水，日夜增高波"（《落第》）、"虽笑未必和，虽哭未必成。面结口头交，肚里生荆棘"（《择友》），都是富有情感的伤心悟道之语。尤其是那首传诵人口的《游子吟》：

　　慈母手中线，游子身上衣。
　　临行密密缝，意恐迟迟归。
　　谁言寸草心，报得三春晖！

风格平易近人，情感真挚感人。把人人心中所有的母子之情，仅仅抓住母亲手中的细线连接起来；再用常见的太阳比拟熟知的母爱，把永恒的天伦之乐托寓于永恒的自然物理之中，用春草依附于太阳，说明母爱深厚；末尾轻轻地一反诘，中间两迭词的使用，使诗味更显得隽永深长。写的伦理道德，而没有议论，反把道理说得很透彻！

我们说孟郊诗风格冷峭凄苦，并不意味着他是只能在僻奥处致力的偏才。他的才思是多方面的。虽然有些不同风貌的诗歌在他的集子中如天边的流星，转瞬即逝，没有形成一定的风格，但却也很耀眼，值得一提。在《送草书献上人归庐山》中，描写了狂僧草书"手中飞黑电，象外泻玄泉。万物随指顾，三光为回旋。聚书云霾霁，洗砚山晴鲜。忽怒画蛇虺，喷然生风烟。江人愿停笔，惊浪恐倾船。"想象丰富，妙喻奇譬，接连而至，很有些"大珠小珠落玉盘"的景象，并且写得笔酣墨饱、气势磅礴。这在孟郊瘦硬僻寒的诗中确实属于"荣华肖天秀""天葩吐奇芬"了。

有些也清新惹人，如小诗《春雨后》：

　　昨夜一霎雨，天意苏群物。
　　何物最先知，虚庭草争出。

生气流动，充满活力，格调爽劲，境界宜人。苏轼的"春江水暖鸭先知"的佳句也或许从此诗末两句得到启示。有的壮阔雄深："危峰紫霄外，古木浮云齐"（《鸦路溪行，呈陆中丞》），"太行横偃脊，百里芳崔巍"（《济源春》），有的清丽丰润："水竹色相洗，碧花动轩楹"（《旅次洛城东水亭》），"红雨花上滴，绿树柳际垂"（《同年春燕》）；有的温润丰腴："玉立无气力，春凝且裴徊"（《看花》），"醉红不自力，狂艳如索扶"（《邀人赏蔷薇》）；有的富有理趣："霜落叶声燥，景寒人语清"（《旅次洛城东水亭》），"寒草不藏径，灵峰知有人"（《寻裴处士》）。可见诗人在造境的多样化上也做了一定的努力，特别是《洛桥晚望》很显示他这方面的功力：

天津桥下冰初结，洛阳陌上人行绝。
榆柳萧疏楼阁闲，月明直见嵩山雪。

"冰初结"，常见之景。"人行绝"，渲染了一层寂静气氛。"萧疏""闲"，则为这种气氛融进了一种特有的情感，使人如临万籁俱静、幽森寂寒环境之中。四句四景，前三句层层渲染铺垫，末句奇峰突现，石破天惊，顿使全诗意境超远、冷峻峭拔。

4. 孟郊诗的影响及不足

诗人艺术趣味的确立和作品艺术特征的形成，虽然和艺术本身有一定联系，但归根到底决定于诗人所处的现实生活。我们知道，自贞观之治以后，辉煌的开元天宝盛世带来了国力强大、经济繁荣、文化兴盛的空前局面。生活在这个时期的诗人，尽管他们有各自不同的经历和遭遇，但胸襟的开阔、志向的豪迈、对前途的乐观、建功立业的向往则是相通的，他们的血液里无不跳动着时代的脉搏。意境开阔、气度恢宏的"盛唐气象",成为盛唐诗歌的时代特色,形成中国诗歌的高峰。安史之乱摧折了唐王朝的中枢神经,兵火、动乱和失望、沮丧,迅速在中唐土壤上滋生。随之而来的宦官势力的膨胀、朋党的剧烈争夺、藩镇的各自为政,犹如恶性肿瘤盘踞在走下坡路的中唐的政权心脏。这时有理想的诗人深感于时局的艰危,不满于"大历十才子"的"窃占青山白云,春风芳草以为己有"(皎然《诗式》)的熟软诗风。同时,作为盛唐精神财产的直接继承者,洪钟巨响的盛唐诗,却成了一种不幸的遗产,成为一种居高临下的"压力"在威胁他们。因而他们拿出全副力气,纷纷独辟蹊径,"独树一帜"而"不袭盛唐窠臼"(赵翼《瓯北诗话》)。这是社会和诗歌都在大变的时期,元白诗派用浅切的语言反映国计民生,韩孟诗派用奇崛的诗篇揭示社会的黑暗、倾诉自己的遭遇。在风格上前者"务言人所共欲言",后者"务言人所不敢言"二派分流,各自争鸣。其间刘、柳双峰峙立,各自成家。"它不像盛唐雄豪刚健,光芒耀眼,却更五颜六色,多彩多姿。各种风格、思想、情感、流派尽显神通,齐头并进。"① 托尔斯泰曾说过一句很深刻的话:"幸福的家庭是相同的,不幸的家庭各有各的不幸。"盛唐之音是"幸福家庭"所具有的共同特色,诗风各异正是中唐这个"不幸的家庭"所应有的风貌。

"文变染乎世情,兴废系于时序"(《文心雕龙·时序》)。孟郊接踵大历,不屑于用山水来慰拂自己忧伤的心灵,在艺术上也不愿唯开(元)天(宝)马首是瞻。从诗歌内容上走与"十才子"相反的道路,从形式上开拓盛唐所没有的境界,一眼觑定,吐奇警俗,自成一家。以沙涩的歌喉,带有芒刺的五古,震动诗坛,在当时负有一定的盛名,遂有"韩笔孟诗"之称,张籍称他"才名振京国",王建说他"但是洛阳城里客,家传一首杏殇诗"(《哭孟东野》),贾岛仰慕他"江南有高唱,海北初来通"(《投孟郊》),邵谒说"蚌死留夜

---

① 李泽厚《美的历程》,生活·读书·新知三联书店2018年版,第152页。

光,剑折留锋芒"(《览孟东野集》)。孟郊的诗在当时就传播很广:"身死声名在""诗随过海船",一直感染到以后的不少诗人。梅圣俞就是其中一个崇拜者,黄山谷也从中得益不浅。晚唐于濆《辛苦行》的"窗下抛梭女,手织身无衣",以及宋人张俞的"遍身罗绮者,非是养蚕人",都得力于孟郊《织妇词》"如何织纨素,自着蓝缕衣"。朱弁的"诗穷莫写愁如海,酒薄难将梦到家",可在孟郊《秋夕贫居述怀》"卧冷无远梦"、《再下第》"梦短不到家"中找到影子。罗与之的"东风满天地,贫家独无春",尤袤的"谁谓天地宽,一身无所依",都可追溯到孟郊的《长安羁旅行》《赠别崔纯亮》中。此外,宋代王令、李觏等气魄大的诗人,也喜欢在他的诗集里寻找强硬的武器。

　　孟郊那些哀叹穷愁潦倒,愤慨人情冷暖、世态炎凉,同情人民悲苦,抨击动乱不安的社会现实的诗篇,都是立足于现实生活的有感之作,是气寒而事伤的怨曲。孟郊在《送任齐二秀才自洞庭游宣城》诗序中说"文章之曲直,不由于心气。心气之悲乐,亦不由贤人。由于时故"。这段话和他的《读张碧集后》,充分表现了他的创作观。他强调时代影响对于诗人创作的重要意义,这无疑是具有进步意义的。他的诗风的形成,他的那些直抒胸臆、开口见喉咙的诗篇,其所以与温柔敦厚的传统诗教距离甚远,没有多少感情上的做作以及妨碍性情流露的许多忌讳,一个很重要的原因,就是有这样的理论作为指导。因此,他的艺术才能、敢于创新的精神,得到了充分发挥,使他成为一个个性鲜明的诗人。

　　从文学的发展角度看,判断一个诗人的功绩,应"根据他们比他们的前辈提供了多少新东西"。孟郊所以成为中唐诗人中之赫赫者,就在于他的诗歌反映了一定的时代风貌,呈现出"盛唐气象"所缺乏的"刻苦"音响,开拓了诗歌美学园地的疆域。因此辉煌的唐诗艺术宫殿,应给予他较为显眼的一席之地。

孟郊的绝大多数诗篇，对凄楚景况都用愤激的感情表达，并形成其基本特色。因此我们读他调子悲苦的诗，往往不会感到低沉、沮丧，倒会愤激而不平。孟郊在那个"恶诗皆得官，好诗空抱山"（《懊恼》）的社会中处处碰壁，在科场上屡次失败。他的"顾余昧时调，居止多疏慵"（《劝善吟》）的处世态度，与时俗格格不入。这反映在诗歌创作上，就是"思愁其心肠，而使自鸣其不幸"。疾苦愁忧如骨鲠在喉，不吐不快，发而为诗，就形成了这种冷峭的不平之音。这就是其诗虽寒而苦却具有激人心志的原因。我们充分估价了孟郊艺术上成功的一面，也应该指出其不足的一面，使之对今天的文学发展提供借鉴。孟郊一生困顿，数试不第，四十六岁方进士及第，五十岁才做了个"寒酸溧阳尉"。《唐才子传》说他"一贫彻骨，裘褐悬结，未尝俯眉，为可怜之色"①。不平之气伴其一生，成全了他的诗歌成就。但他生性孤僻寡和，早年多伤不遇，晚年漂沦薄宦，使他本来耿介少谐和的性格愈加孤僻，拘束了视野，未能更多注视广阔的社会现实，题材单一，多在自身兜圈子。艺术上也出现刻削太过的毛病，有时到了挖空心思的地步。因而过苦则涩，过奇则僻。他在用字上，用巨大的字眼描写与之不能相适应的事物，"腹肌心将崩"（《秋怀》十三）的"崩"字。句法上追求奇警到了令人不解的程度，如"噎塞春咽喉，蜂蝶事光辉"（《嵩少》），"悓如罔两说，似诉割切由"（《寒溪》之七）。有些构思不觉其佳而怪僻有余，如"少年如饿花，瞥见不复明"（《秋怀》之八），"蜜蜂为主各磨牙，咬尽林中万木花"（《济源寒食》之七），不顺情理，使人感觉疙疙瘩瘩的。"商山风雪壮"（《商州客舍》）的"壮"，显得并不那么妥帖。胡震亨的《唐音癸签》也指出，"孟诗用字之奇者，如《品松》：'抓拏指爪膶'，膶，均也。《寒溪》：'柧椤吃无力'，柧，棱木，即觚。椤即笼。言畏寒，觚笼蹇，吃无力。《峡哀》：'踔猱猿相过'，踔，足踢

---

① 辛文房《唐才子传》，辽宁教育出版社1998年版，第67页。

也。犬食曰猲，借以状猿之行。《冬日》：'冻马四蹄吃，陟卓难自收'，陟卓，崎岖独立之貌。又好用叠字，如'暵暵家道路'，暵暵，即晔晔。'抱山冷殗殗'，殗殗即竞竞。至'嵩少玉峻峻，伊雒碧华华''强强揽所凭'诸类，又自以意叠之，几成杜撰，总好奇过耳。孟佳处讵在是！"[1]。有些诗好创格，虽出奇而不能制胜，似有赘疣之嫌。如《秋怀》第十四首，诗不长，却连用了十个"古"字。《结爱》感情还比较真挚，只可惜嗜奇太过，只十句用了十个"结"字，使歌唱的自然音色变得失常，倒不如那些"分明雪文字，格外镜精神"（《自惜》）的本色语言来得明快提神。韩愈的《南山》诗一口气用了51个"或"字，他们其中必有一个是始作俑者。有些议论的诗句子过散，内容也不可取，如"君子耽古礼，如馋鱼吞钩"（《魏博田兴尚书听命不定非夫人之诗》），也有不少的诗缺乏理致，枯燥无味。

　　孟郊是韩孟诗派的滥觞者，在形成唐诗第二次高潮的众多诗人中，其诗很为后代诗人注目。对于其艺术特征的探讨，这将对中唐诗的研究有所裨益，也会对今天的文学创作提供一定的启示作用。

---

[1] 胡震亨《唐音癸签》，上海古籍出版社1981年版，第241页。

十、末世篇章有逸才

——论杜牧七绝的艺术特色

1. 菱透浮萍绿锦池

晚唐的杜牧诗，犹如日暮黄昏时亮丽的晚霞，在晚唐诗里绽放着异样的光彩。他和李商隐亦并称李杜，他们的七绝在晚唐诗中具有诱人的风采，他们的七绝都有不少的咏史名篇，而风格又有很大的区别。杜牧绝句绚烂亮丽，带有盛唐气象的余响，咏史绝句则好用翻案法，有自己独特的见解。为唐诗展现了最后一道亮丽的风景线。

杜牧对创作有明确的理论指导。他在《答庄充书》说："凡为文以意为主，气为辅，以辞彩章句为之兵卫，未有主强盛而辅不飘逸者，兵卫不华赫而庄整者。""是以意全胜者，辞愈朴而文愈高，意不胜者，辞愈华而文愈鄙。是意能遣词，辞不能成意，大抵为文之旨如此。"① 认为"意"是文章的核心，"气""辞彩""章句"都是为"意"服务的。所提出的"理"和"意"是一脉相通的。认为内容决定形式，形式应当为内容服务。因而他的诗文大都立意显豁，主题重

---

① 杜牧《答庄充书》，杜牧著、吴在庆注《杜牧集系年校注》，中华书局2013年版，第480页。

大,这在七绝这类小诗中也得到明显的体现。

　　杜牧是唐代七绝大家,善于在有限的篇幅创造出一个优美、别致、完整的意境。能选择典型事物或富有个性特征的景物,以极精练的启发性的语言,或勾勒出一幅鲜明的画面,或抒发一种深沉的感情,或捕捉生活中刹那间的意念和感觉,都能够含蓄委婉表现出来。无论是抒情、写景、感怀,都能够把主观感情和客观景物、事物片段的抒写和描绘结合,"景中有意,意中有景",形成一种令人陶醉的艺术境界。其中凝练而成的鲜明生动的艺术境界,给人留下深刻的印象。对生活的认识和理解,常熔铸在深曲蕴藉的情思中,把要揭示的"意"和"理",渗透在风华流美的艺术形式中,形成一种峭健、爽朗、俊伟、清丽的风格,在晚唐卑弱的诗风中,显得独具风貌,别开生面。

　　殷璠《河岳英灵集》称赞王维的山水诗"在泉为珠,著壁成绘"。杜牧写景的七绝也每每达到同样的艺术境界,而且具有另一番风味。比如《春晚题韦家亭子》:

　　　　拥鼻侵襟花草香,高台春去恨茫茫。
　　　　蔦红半落平池晚,曲渚飘成锦一张。

　　诗写一个暮春的傍晚,诗人登高赏春的情怀,把嗅觉、感觉、视觉都调动起来,描绘万花飘零的景象,抒发惜春感时的惆怅情绪。首句的"拥"和"侵"下得很有分量而又极富感情,把春将离去,但盛景不衰的景况通过花香袭人表达出来,连游人的衣襟都熏陶在阵阵香气之中。然而好景不长,三春难驻,一种春去恨来。茫茫无绪的愁情,比花香更为"侵"人。池岸上姹紫嫣红,花瓣风飘点点。落在平静的池面上,这是具体描绘"春去",充实了"恨茫茫"的内容。本来,花开花落是诗人常咏的主题,"一片花飞减却春,风飘万点正愁人"(杜甫《曲江二首》之一)。叹春惜春的诗篇举不胜举,但这首诗不落窠臼,描绘出一个引人注目惊讶幽美的境界："曲渚飘成锦一张"，晚风吹拂，把落在池面上红的、白的、紫的各色花瓣聚集一起，花团簇锦。站在高台望去，犹如一张五光十色的锦缎平展展地铺在水面上，这个浓墨重彩的意象具有造型艺术的美感。这时"春恨"似乎不知不觉消释了，眼前只有这诱人的美景，而且从中渗透出一种对生活的向往和憧憬，一股积极向上的热情在心底萌动，这就是诗人要立的"意"，在淡淡的春愁中抒发了一种豪爽的情调，透过画面，触动读者。

《山行》是杜牧的名作，究其实它不过是模山范水的风景诗，没有什么很深刻的立意。而"霜叶红于二月花"却传诵人口。经霜的枫叶殷红可爱，是人人都感受到的，描写也不怎样新奇，却富有魅力，原因在于枫叶虽红，却只在秋天呈现芳姿，谁也没有把它和春花联系起来，诗人敏感地给枫叶赋予了花的气质和比花还鲜艳的颜色，而且注入了春花所没有的性格特点。它没开放在艳阳三春，却披霜挺立在万木萧萧的寒秋，和春花一比较，就愈加显示出性格的独特，隐含凌凌乎出于其上之意。它的成功，不仅在鲜明生动，而更重要的是寓意深远，鲜红枫叶蕴含着丰富的内容，引起人们产生生活上和思想上的许多联想，进而寻求体味人生的价值。这种强烈的艺术感染力，有的往往超出作者原来的创作意图，主要是由于立意不仅鲜明，而且富有昂扬向上、积极进取的进步意义，摆脱了前人悲秋的主题，面貌一新，立意高远。如果只图貌摹形，而立意泛泛是不会收到如此效果的。此前刘禹锡《秋词》说过："自古逢秋悲寂寥，我言秋日胜春朝。"在《自江陵沿流道中》又说："沙村好处多逢寺，山叶红时觉胜春。"就用了清爽的秋天对春天的美好予以反拨。杜牧继承了这种秋胜于春的观念，他的"霜叶红于二月花"，把话说得明亮，更富于一种挑战精神。

唐人喜用律诗绝句咏物，追求不粘不离，寓有寄托。杜牧有两首别致的《蔷薇花》，使他获得杜紫薇的称号。其一曰：

> 朵朵精神叶叶柔，面晴香拂醉人头。
> 石家锦幛依然在，闲倚狂风夜不收。

原来纤弱的蔷薇在昨晚也有一场回首背立的斗争。不过在狂风中，蔷薇没有像荷花那样剑拔弩张，而是视有若无、泰然处之的"闲倚"，花朵仍然"不收"，大有"谈笑间，樯橹灰飞烟灭"的儒雅风度。这首诗把花、叶的神态，香色的浓烈，风雨中的搏斗，雨后的清丽，把它的"柔"和"精神"兼而有之地表现出来，读罢回味，则花香沁鼻，锦幛宛然。再一寻味"闲倚狂风"的神态对人更有激励之意。

杜牧长于驱遣七绝这种短小体裁，在寥寥数语中，创造出一种令人赏心悦目的境界，犹如雕塑家，在方寸之间，能雕刻出玲珑剔透的艺术品一样。他写景如画，虽然也有空寂的景况，但却没有王维山水诗中那样万念俱灭的禅味式的静穆。能在幽静之中，生气流动，使艺术心灵与自然物象互摄互映，景和意往往交相渗透得非常密切，而且注重"意"的凸现，具有强烈的撞击力和潜在的冲动力。它并非游离作品之外，或者附加在后面的尾巴，而是和所描绘的"境"融为一体，不可分割。就像他所描绘的"菱透浮萍添锦池"，春天池水上的浮萍犹如他七绝中的"境"，那透过浮萍而竞相争长的菱叶犹如这种小诗的"意"，菱叶总要"透"出，就像立意总那么触动人心。但如果仔细用目光去捕捉它，它和浮萍青绿的颜色配合得那么谐调，简直分不出彼此，你只好望"池"兴叹，认为这是一个美丽夺目的"绿锦池"。

另外，"意"的安排，往往体现在结句，这是结构上的特点。清人施补华《岘佣说诗》："七绝用意宜在第三句，第四句只作推宕，或作指点，则神韵自出。若用在第四句，便易尽矣。"[①] 此说不差，如李白的《黄鹤楼送孟浩然之广陵》第三句"孤帆远影碧空尽"，便是意之所在，末句"唯见长江天际流"便推宕一笔，取其含蓄不尽，用来补足，

---

① 施补华《岘佣说诗》，《清诗话》，上海古籍出版社1982年版，第991页。

充实上句。杜牧的绝句，总是把全诗的用意凝聚在尾句，而且常常写得精警，映带全首而显出光彩。这是杜牧独辟蹊径之处。杜牧为人俊迈不羁，写诗气迈思活。因而往往获得很高的艺术效果，如果来概括这种风格，胡应麟《诗薮》所说的"俊爽"是大致不差的。

2. 常遣风雷笔下生

杜牧七绝的第二个特色，就是长于运用议论的表现手法。

七绝容量所限，适于描写不太繁富的景物，而不宜表现复杂的矛盾和情绪，盛唐绝句大都如此。为了解决体裁和内容的矛盾，杜牧注重向前人学习。杜甫兼善众体，用议论写了《戏为六绝句》，开了绝句表现手法的法门。杜牧极为推崇杜诗，他把这种手法扩而大之，运用到讽喻政治、揭露现实、咏史等题材中去。特别是咏史绝句，在极短的篇幅中艺术地再现某些历史事件。借古讽今，寄托自己对政局的感慨和分析，带有浓厚的史论色彩，扩大了七绝的容量。用绝句咏史从刘禹锡发端，就其一点采用迂回曲折的手法，而很少直接正面记述咏叹，如《乌衣巷》"旧时王谢堂前燕，飞入寻常百姓家"。以燕子为媒介，把六朝兴亡变化暗示出来。杜牧往往则从正面当头写起，不绕圈子，不凭借他物。有时杂以记叙，有时全用议论。加上他见识非凡，议论风生，使这些绝句具有不同凡响的风格，如《赤壁》：

折戟沉沙铁未销，自将磨洗认前朝。
东风不与周郎便，铜雀春深锁二乔。

前两句是记叙，首句回忆六百年前的千帆争渡，金刀铁马，风云一时的赤壁大战，"铁未销"一转，回到现实。次句的"自将磨洗"承前而来，"磨洗"而"认"表现出庄重的神情，和对历史英雄人物业绩的向往。诗人轻轻拈出"东风"一词，从反面设想落笔，用假设语气说，如果东风不给周瑜方便，那么曹军会以泰山压卵之势击碎东吴，不仅周瑜从东吴的座上客会变成曹魏的阶下囚，他和主子的老婆也都会关闭在敌人的铜雀台上遭受凌辱。这两句议论，语带调侃，特别是"春深"和"便"具有明显的嘲弄意味。但这不过是字面的意思，也只能权当作诗人脸上外部表情来看；另一方面认为历史上的"东风"确给了周瑜的方便，换句话说周瑜遇到了孙权高度信任的良好机会，成就了千古功业，而自己虽然"自负经纬才略"却难得重用，这自然由对英雄的敬慕引起了心中的辛酸，也就是他早就表达的"请数系虏事，谁其为我听？""韬舌辱壮心，叫阍无助声。"(《感怀》)的愤慨，才是诗人真正的内心活动，也即这首诗主题的真谛所在。心里充满了痛楚，脸上却还堆满了笑容。这是一种苦恼人的笑。

这首诗前两句庄重之至，后两句又诙趣至极，就是由这种特殊感情统帅起来的。诗人不写东风如何与了周郎方便，却从反面落笔，设想吴败魏胜的结局，既然如此，就写吴国如何被消灭，却引出二乔来，似乎这你死我活的大战是为了争夺两个美人而已。用这种以小见大、以反写正的手法，把一场历史的风雷驱遣于笔下。上两句具有阳刚之美，下两句具有阴柔之美。美人衬托英雄，以柔克刚，通体皆活。另外上下两联感情上的矛盾，暗逗出无限的意味。发思古之幽情，正是为抒眼前之感慨，寓深刻复杂的用意，于轻松诙谐的笔墨之中，既透出用笔的锋利，英气逼人，又使人体味到其中沉郁的感情。一首小诗，如此天高地厚，这与诗人戛戛独造的表现手法是分不开的。

杜牧的咏史诗别具只眼，不同一般常论，有一种高屋建瓴的气势，他似乎不是回过头来看历史，而是鸟瞰历史，凌空而视，指点史事，意气轩昂。语言质朴而棱角分明，表现了诗人的坚毅、执着、刚直、倔强的性格。立意博大，有开拓人胸怀和思维的动力，因而往往使人"一见钟情"，传于人口。但也有人批评"好为议论""出奇立异"(《深云偶谈》)此论恐怕未当。吴旦生的《历代诗话》有几句话颇为中的:"俱用翻案法,跃入一层,正意益醒",至于各诗的"正意"是什么,却戛然而止,留给人们去体味意会。

他的《题乌江亭》也是一首翻案绝句:"胜败兵家事不期,包羞忍耻是男儿。江东子弟多才俊,卷土重来未可知。"这诗全用议论,不假物色,在唐人绝句属于一种别调。此诗不仅对项羽自杀别有看法,而且对衰败的时局也持以别样的眼光。李清照的《乌江》说:"生当作人杰,死亦为鬼雄。至今思项羽,不肯过江东。"就明显汲取杜牧的看法。赵翼说:"杜牧之作诗,恐流于平弱,故措词必拗峭,立意必奇僻,多作翻案语,无一平正者。"① 赵氏所举例,除了以上两诗外,还有《题商山四皓庙》:"南军不袒左边袖,四老安刘是灭刘。"《桃花夫人庙》:"细腰宫里露桃新,脉脉无言几度春?至竟息亡缘底事,可怜金谷坠楼人。"赵氏说:"以绿珠之死,形息夫人之不死,高下自见,而词语蕴藉,不显露讥讪,尤得风人之旨耳。"

诗人以散文中常见的议论入诗,去表现各种题材,扩大了七绝的容量和表现力。特别是那些咏史绝句,具有独特的创造性,对晚唐和宋代具有深刻的影响。皮日休、罗隐、王安石、苏东坡,都是这个"天外凤凰"的追随者。如果概括这类七绝的风格,"雄姿英发"是确当的评语(刘熙载《艺概》)。不过,还得补充一句,这和"俊爽"的风格是一致的。诗人崔融道推崇这些七绝和那些记政议兵的散文,他说:"紫薇才调复知兵,常遭风雷笔下生。"(《读杜紫薇集》),这样的称赞,杜牧是当之无愧的。

3. 晓迎秋露一枝新

表现手法的灵活性和风格的多样性是杜牧七绝的第三个特色。他

---

① 赵翼《瓯北诗话》,人民文学出版社1981年版,第163页。

擅长调动各种艺术手段,成功地写出了许多较出色的作品来。

首先是抓住人物特定环境下的具有代表性的动作,进行刻画,借此表达出一种深婉的情感,如《秋夕》:

银(一作"红")烛秋光冷画屏,轻罗小扇扑流萤。
瑶(一作"天")阶夜色凉如水,坐看牵牛织女星。

这里写了两个动作。秋天的黄昏,一个摆设讲究的家里,早早就点上了红烛,有个年轻的少女,在这寂静清冷的屋子,感到非常孤独和寂寞,突然发现飞动的萤火虫,她拿起轻巧的锦罗小扇轻盈地追了过去,扑来扑去,一直追到院子。玩困乏了,就索性坐在台阶上,抬头仰视,去看那天上的牛郎织女星,呆呆地望着,直到夜深天凉。这里的两个动作都具有刻画人物性格和内心的代表性,第一个动作体现了少女活泼好动、热爱生活的性格,表现了她充满青春的活力,也暗示了她所处环境冷落、生活的单调和百无聊赖的心绪;第二个动作是静态的,似乎使人看到她歪着头、托着腮帮,神情呆滞。满天明星,眼中只瞅着牛女,想着自己的心事。反映了封建社会贵族少女那种禁闭式的枯燥生活,给她们心上投下了冷凉的阴影,"扑""看"写了两种不同情态,揭示了人物的内心世界,透过人物动作,看到了人物心底的痛苦和希望,使形象更为丰满,而激发人们的同情和思索。因为诗中"瑶阶"一词,不少前人就把这诗看成是宫怨诗,这似乎与诗中的叙写不相吻合。

有时集中刻画一个动作,反映出人物的神采,借此使读者洞察人物的内心。《方响》是写一个歌女,实在熬不惯卖笑生涯,她满腹愁苦,却要强装笑脸,奉迎他人。这首诗末两句写"曲尽连敲三四下,恐惊珠泪落金盘"。是说有时当众实在忍不住眼泪,又恐怕惹出是非,哪怕曲子唱完了,还要把乐器故意连敲几下,转移别人视线,掩饰自己哭相。这是一瞬即逝非常细微的动作，不易被人察觉，诗人捕捉住，用它典型而深刻地反映了歌女的屈辱生活以及她的机灵和聪明。

其次是把写律诗的材料，凝结在绝句中。律诗篇幅是长绝句一倍，回旋余地较大，杜牧避易就难，写成了一首名作《将赴吴兴登乐游原》：

清时有味是无能，闲看孤云静爱憎。
欲把一麾江海去，乐游原上望昭陵。

本来时局乱糟糟成了一团，却说是"清时"，自己久怀用世之心却长时期做地方官，投闲置散满腹牢骚，却说"清时有味"，这对自己来说是反语，带有自嘲的口气。杜牧在晚唐多事之秋，不愿做个政治上的闲人，而且非常感慨"唯有凉州歌舞曲，流传天下乐闲人"的状况（《河湟》）。此诗首句，是正话反说，从时局讲，把混浊的政治说成"清时"，以褒代贬，语含讥刺"是无能"一折，国难当头之时这终究是一种无能的表现。次句煞有介事地说如何爱闲爱静，情感上又一折，而否定了"是无能"。这是说"清时"还是有"味"，应该乘运顺化。第三句写心里主意拿定了，感情似乎娴雅轻快，因为"江海"正是"闲"而"有味"的地方，末句"望昭陵"，一下子揭穿了内心的谜底。这和杜甫的"回首叫虞舜，苍梧云正愁"（《同诸公登慈恩寺塔》）用意相同。这一笔跌宕，把前面娴静轻松的心情一扫而光。这首诗把欲为而不能的心情，表达得山重水复，迂回曲折，使人似乎走进了苏州的园林，格局虽小，却檐转廊回，变化多端。

另外，比喻、对比、迭字等修辞手法也运用得巧妙生动。如"浮生恰似冰底水，日夜东流人不知"（《汴河阻冻》）。信手拈来眼前景物，说明了一个抽象而深刻的生活哲理。"日暮东风怨啼鸟，落花犹似坠楼人"（《金谷园》）。用过眼的落花，引起了对前人韵事的感叹，比喻生新。写石榴花则是"一朵佳人玉钗上，只疑烧却翠云鬟"（《山石榴》）。真写得火红火红的。《和严恽秀才落花》的"共惜流年留不得，且环流水醉流杯"。两句用了三个"流"字和一同音字"留"，不觉其复，只觉流年如水，一去不返。《宫人冢》"尽是离宫院中女，苑墙城外冢累累。少年入内教歌舞，不识君王到老时"。这是把时间浓缩起来，把少女和坟冢对比，写出了无数女子的共同悲惨遭遇。

杜牧不仅在表现手法上多样化，而且在风格上也丰富多彩。盛唐绝句讲究"兴象玲珑，句意深婉，无工可见，无迹可寻"①。或者"语近情遥，含吐不露为主。只眼前景，口头语，而有弦外音，味外味，使人神远"②。前人称杜牧绝句有盛唐遗响，《江南春》《清明》《寄扬州韩绰判官》等都是情韵蕴藉，可以比肩盛唐之作。

有的七绝一句一意，层次分明。如《越中》"石城花暖鹧鸪飞，征客春帆秋不归。犹自保郎心似石，绫梭夜夜织寒衣"。本来春天就非常思念丈夫，可是到了秋天还不见回来，就是他心硬还不回家，也要把自己对他的爱一丝一丝绵绵织进准备送给他的寒衣里。这首感情真挚感人，执着而又明快。语不连贯而意流通如行云流水，自然运行。有的深情幽怨，意旨微茫，如《宫词二首》之二："监宫引出暂开门，随例须朝不是恩。银钥却收金锁合，月明花落又黄昏。"这种拘禁封闭就和监狱的囚犯差不多了。有的出语天然，豪迈旷远，如《念昔游》之三："李白题诗水西寺，古木回岩楼阁风。半醒半醉游三日，红白花开山雨中。"有的清旷神怡，情思飘逸，如《沈下贤》："斯人清唱何人和？草径台芜不可寻。一夕小敷山下梦，水如环佩月如襟。"其余如《题齐安城楼》《杏园》《题池州贵池亭》《兰溪》都是具有不同风格的作品，有的意在言外，有的胸襟开张，有的思清神远，风格多样而生新。

---

① 胡应麟《诗薮》，上海古籍出版社1979年版，第114页。
② 沈德潜《说诗晬语》，人民文学出版社1979年版，第219页。

总之，杜牧七绝在表现手法和风格多样化上进行了可贵的探索和实践，比起先前的七绝大家做出了更大的努力。无论抒情、写景、感怀、咏史、题赠、送别、记事、写人、代札、揭露、讽刺都用七绝来表达，从这一点上来讲，是无人与他可比拟的。由于题材的不同，诗人善于采用相适应的表现手法去表现。因而形成了不同的风格，而且都达到了一定的艺术境界，用"绮而有质，艳而有骨，清而不薄，新而弗尖"[①]来评论，也不为夸大其词。

杜牧创作态度认真，晚年将自己的作品付之一炬，留者十分之二三。其诗现存四百多首，其中绝句二百多首，约占全诗一半。他这些五彩缤纷的小诗，在晚唐诗坛上，独具风神。这一束鲜花开放在纤巧有余、气度不足的晚唐诗风之中，犹如枯木上开放鲜花，披露迎霜，分外精神，具有"晓迎清露一枝新"的紫薇花的风姿，而令人神往。

4. 溪边残照雨纷纷

晚唐危机四伏的政治形势形成了一种时代的悲凉。哀叹、忧伤、绝望像瘟疫一样流行，杜牧的七绝自然也打上这时代的印记，时时透出一种感伤抑郁的情调。他的名作《泊秦淮》曾被沈德潜《唐诗别裁》推为唐代七绝的压卷之作，认为"气象虽殊，亦堪接武"盛唐绝句：

> 烟笼寒水月笼沙，夜泊秦淮近酒家。
> 商女不知亡国恨，隔江犹唱后庭花。

开首就有一股凄清寂寞的情调，通过两个"笼"字把人严严实实笼住

[①] 杨慎《升庵诗话》卷九"庾信诗"条，见《历代诗话续编》，中华书局1983年版，第815页。

了。秦淮河水和岸边的沙滩一片烟雾茫茫，冷森森的月光照射在粼粼波光的秦淮河上，映出了片片幽光，江畔的白沙也犹如白雪一片，诗人心里充满了无限的惆怅抑郁，怕听见喧闹声，在一家酒店对岸的河边僻静处停泊下来。从对岸酒家传来若断若续的歌女的低唱声，仔细一听，正是南朝陈后主的靡靡之音《玉树后庭花》，在这国势非常时期，歌女还唱这亡国之音，因而用"不知""犹"去指责歌女，末两句实际上以实入虚，那些坐在酒楼的达官贵人、公子王孙，正是谴责的对象，指斥他们毫无心肝，国家衰亡之日，还陶醉于亡国之音。至于商女不过卖唱度日，被人所使。诗人借题发挥，把无限的怨愤巧妙寓于诗中，给予极为深刻的表露，同时这流露出来的哀伤凄凉的情调，使人感受到晚唐的时代气氛，联想到江河日下的命运，商女的歌声也正是大唐帝国的一曲挽歌，这是对时局的悲叹。在怀古诗里，这种情绪表达得更为显露，如《登乐游原》：

长空淡淡孤鸟没，万古销沉向此中。
看取汉家何事业，五陵无树起秋风。

长空淡淡，世事茫茫。一只鸟儿飞到天边，渐渐看不见了，古往今来的人世正如同这鸟儿一样，消失在这浩大的宇宙之中。你看那汉家过去是何等的强盛，可是现在汉家的五陵残破得连一棵树也没有，秋风把陵墓的尘土一团一团卷起。有树且悲，况无树乎！诗人用加一倍的手法，把看破人生的消极悲观的情怀表露出来，这是极度失意情绪，可以说这不仅是他的感伤，也是整个时代的心理。事业何等辉煌的汉朝尚且如此，眼前的政局将如何设想呢，这是诗人所担心的问题，虽然在诗里没有说出来。

晚唐时代的感伤对杜牧的作品有一定的影响，但杜牧毕竟是一个有理想、有进取心的人，他的这些作品，虽然感伤却不衰颓，慨叹却不沮丧。大都立意深刻，较多地选取重大的社会题材，再加上他的艺术才华。往往写得一往情深，含思幽婉，因而具有一定的艺术价值，形成了他的七绝的艺术特色的另一个侧面。

"欲寄相思千里月，溪边残照雨纷纷。"（《寄内》）杜牧一生向往着"弦歌教燕赵，阑芷浴河湟"的国家统一局面，希望"腥膻一扫洒，凶狠皆披攘"（《郡斋独酌》），迅速削平藩镇，从而走向国富民强。虽然终生壮志未酬，晚年渐趋消极，但理想始终没有放弃。即使千里明月无法凭借，不与方便，但"溪边残照雨纷纷"的夕阳返照，余霞尚有，还有些明媚的景象，这就是杜牧歌声给我们的印象。

盛唐重在意与境浑，追求含蓄，往往有含不尽之意见于言外的效果，大都旨在通过抒发一种感情而反映生活，而且这种感情常常表达得浑厚而朦胧，如蓝田日暖、良玉生烟，"可望而不可置于眉睫之前"[1]，倘要从形迹上去把握，一握手间已变了本相；杜牧则重在立意，而且取意贵高，通常把自己对生活的感受和体会，或对某些事物的认识与见解，用抒情的手段表达出来，思想感情每每表达得爽快明朗，清晰深刻，而且常有精警之句，任人把握而意味却无尽。王世贞《艺苑卮言》说"七言绝句，盛唐主气，气完而意不尽工。中晚唐主意，意工而气不甚完，然各有至者，未可以时代优劣也"[2]。这是精当而又公允的见解。其次，盛唐一般重在意境的渲染、气氛的烘托，而不注重于事物或情绪的细致描写和刻画。杜牧则较多地采用对事物具体描绘而构成鲜明境界，来进行气氛的渲染烘托。因而比盛唐绝句富有形象感，富有更多的画意；再次，盛唐绝句大家大都专于一长，如李白长于写景，王昌龄专于抒情，表现手法也都比较单纯，因而清

---

[1] 司空图著，祖保泉、陶礼天注《司空表圣诗文集笺校》，安徽大学出版社2002年版，第215页。

[2] 王世贞《艺苑卮言》，见《历代诗话续编》，中华书局1983年版，中册第1007页。

人黄子云的《野鸿诗的》说:"龙标、供奉擅场一时,美则美矣。微有窠臼,其余亦互有甲乙。总之,未能脱调,往往旨在第三句意欲取新,作一势喝起,末或顺流而下,或回波倒卷,初诵时殊觉醒目,三遍后便同嚼蜡。"① 其言虽激,却不无道理。杜牧吸取了盛中唐的创作经验,无论抒情、写景、议论,无体不备,而且都达到了一定的艺术高度,内容的广度、深度都有所发展。表现手法也灵活多样,不拘一格。或以小见大,或以实入虚,或抓住事物瞬间动态极力刻画,有时正面不写写反面,本面不写写对面,花样生新,确如他所说的"苦心为诗,本求高绝,不务奇丽,不涉习俗,不今不古,处于中间"(《献诗启》),形成了自己独特的风格。

艺术上的探索与成功,赢得了人们对杜牧的重视。杨慎《升庵诗话》指出:"唐人七绝擅场则王江宁,骖乘则李彰明,偏美则刘中山,遗响则杜樊川。"② 王安石称赞杜牧的诗文说:"末世篇章有逸才",他的七绝尤其富有代表性。

(此文原载《唐都学刊》1991 年第 3 期)

---

① 黄子云《野鸿诗的》,见《清诗话》,上海古籍出版社 1982 年版,第 851 页。
② 胡震亨《唐音癸签》卷十,上海古籍出版社 1981 年版,第 100 页。

十一、晚唐行吟诗人崔涂论

如果说盛、中唐诗人以大家、名家彪炳诗史，那么初唐基本以群体出现。晚唐除了小李杜、温庭筠、皮陆、韩偓、许浑、韦庄，则以数量比前三期更多的三流诗人表示自己的存在。其中尤以占籍江南为多。他们存诗大多一或二卷，行吟诗人崔涂就是其中颇为值得注意的一位。

1. 奔波一生的行吟诗人

广为流行的蘅塘退士孙洙《唐诗三百首》入选作者77人，其中即有崔涂的两首，过去的诗论家常把这两首与王维、杜甫相近的诗句比较。然而现在大小唐代文学史却没有他的一席之地。唐人著述里没有关于他的任何资料，宋人说他字礼山，见于《新唐书·艺文志》别集类著录。明人胡震亨《唐音戊籖》卷六七始云"江南人"，王安石《唐百家诗选》记光启四年（888）进士。《唐才子传》说："亦穷年羁旅，壮岁上巴蜀，老大游陇山。"吴在庆校笺，据其诗谓约生于大中四年（850），黄巢于广明元年（880）腊月入据长安，僖宗于中和元年（881）避乱蜀中，其年秋以后崔涂入蜀应举，留滞三年。中和四年（884）黄巢遇害，僖宗次年初返京。至光启四年，已39岁。至于仕历与卒年，均无法考知，观其诗，似乎未沾一禄，未见入仕踪迹，或因唐末晚季战乱相寻、烽火频仍，后半生碌碌无为，仍然奔波于江湖羁旅之中。综其一生足迹所至，秦陇、中原、巴蜀、湘鄂，以及盘桓往返于长安洛阳两京。所以《唐才子传》说"家寄江南，每多离怨之作"，一生似乎都在奔波羁旅。

其原因就是把追求功名事业，作为人生第一要义。他在《秋夕送友人归吴》中即说："世路须求达，还家亦未安"，表示"莫羡扁舟兴，功成去不难"。《秋夕与友人话别》亦言："浮名如纵得，沧海亦终归，却是风尘里，如何便息机"，无论功名，还是浮名，志在必得，否则不会停止风尘奔波，不放过任何机会。如此志向在《问卜》表示得最为明显："承家望一名，几欲问君平。自小非无志，何年即有成，岂能长失路，争忍学归耕。不拟逢昭代，悠悠过此生。"此比盛唐开天之际的孟浩然"端居耻圣明"的劲头有过之而无不及，可惜他生不逢时，无奈生于江河日下的多事之秋的唐季，处处碰壁，老大不遇。《言怀》说到半生不遇的困惑迷惘："干时虽苦节，趋世且无机。及觉知音少，翻疑所业非"；然又表示："青云如不到，白首亦难归。所以沧江上，年年别钓机"，虽然明知"长安远于日，摇首独徘徊"（《春日登吴门》），反正铁了心，大有矢志不回之雄心。看到友人及第，便从迷惑中涌起不息的热潮："孤吟望至公，已老半生中。不有同人达，兼疑此道穷。只应才自薄，岂是命难通。尚激抟溟势，期君借北风。"（《喜友人及第》）他不信命，当然也不信"才自薄"，他希望友人，也希望自己能如大鹏勃起，扶摇直上，借及第之"北风"，做一番"抟溟势"的大事业。看来要在"长安名利路，役役古由今"（《灞上》），弄波不止了。每年秋便上道应试，梦中总充斥希望："看看秋色晚，又是出门时。白发生非早，青云去自迟。梦唯怀上国，跡不到他歧。以此坚吾道，还无愧已知"（《秋晚书怀》），他的"吾道"即在"上国"长安，这是梦寐以求，坚定不移的。出于这种心理,想到耕钓旧交都做了县令,不由得滋发羡慕甚或嫉妒:"鳞鬣摧残志未休,壮心翻是此身雠""如何只是三年别,君著朱衣我白头"(《途中感怀寄青城李明府》)。对于倾慕的贾岛,在《过长江贾岛主簿旧厅》也说:"身从谪宦方沾禄,才被槌埋更有声",表达未获一仕的由衷羡慕和热望。他的终极理想与唐代士人无二——"达即匡邦退即耕",而心态总是平和的——"是非何足扰平生""未曾心因宠辱惊"(《夏日书怀寄道友》)。大约作于晚年从长安返归的途中的《泛楚江》说:"九重城外家书远,百里洲前客棹还。金印碧幢如见问,一生安稳是长闲。"不无一事无成的忏悔,似乎发现"此生多是厌羁离"是一种悲剧,温和执着的秉性则漠化了失意的悲哀罢了。

  陪伴他终生羁离的就是诗歌,一来是应试文战不可缺少的利器,二来也是他这样的"职业诗人"的日课。他曾自负而又不无遗憾地说过"半生吟欲过,一命达何能"(《春晚怀进士韦澹》),诗是及第的手段,对他也是一种事业。他秉承中唐苦吟风气,也亦此自许:"朝吟复暮吟,只此望知音。举世轻孤立,何人念苦心"(《苦吟》)。他有彻夜吟咏的记述:"旅程算愁远,江月坐吟残"(《秋夕送友人归吴》),"听残池上雨,吟尽枕前灯"(《入蜀赴举秋夜与先生话别》),也记录了漂泊中的行吟。《江行晚望》说:"孤舟三楚去,万里独行吟",江南与长安对他是往返不尽的旅程,不少诗就诞生在不歇止的"行吟"中。《秋夕与友人同会》曾言:"章句积微功,星霜二十空。僻应如我少,吟喜得君同。月上僧归后,诗成客梦中",他以比命达者之诗不差自负,因为下过做梦也在吟诗的苦功。所谓"十年惟悟吟诗句"(《夏日书怀寄道友》),以及《春日郊居酬友人见贻》:"荒斋原上掩,不出动经旬。忽觉草木变,始知天地春。方期五字达,未厌一箪贫。丽句劳相勉,余非乐钓纶"的表白,说明把五律看得至关重要,五律本来就即是应试五言五韵试贴诗的准备。因而"吟"字屡见于他的诗中:

秋风吹故城，城下独吟行。(《夕次洛阳道中》)
把君诗一吟，万里见君心。(《读方干诗因怀别业》)
暗萤侵语歇，疏磬入吟清。(《秋夜与上人别》)
独吟人不问，清冷自鸣鸣。(《过洛阳故城》)
孤吟望至公，已老半生中。(《喜友人及第》)
久客厌岐路，出门吟且悲。(《秋日犍为道中》)
数吟人不遇，千古月空明。(《牛渚夜泊》)
所思(一作吟)今不见，乡国正天涯。(《江上怀翠微寺空上人》)
耕钓旧交吟好忆，雪霜危栈去堪愁。(《途中感怀寄青城李明府》)
怅望春襟郁未开，重吟鹦鹉益堪哀。(《鹦鹉洲即事》)

如此多的"吟"字，凡见 20 次，平均五首诗即用一次。早年奔波，求得一第，包括赴蜀亦是为了赶考；壮年过后则希求一仕，他的一生都处于奔波往返之中，吸引他汲汲奔走的是试场，考试的次数肯定不下于考了 10 次的罗隐。即使中第的壮年以后，依然寻求一仕的机会，所谓"华发犹漂泊，沧州又别离"(《秋夕与友人话别》)，以行吟诗人称之，对他来说，再合适不过了。这和为求仕长年奔波在外的殷尧藩相似，看重作诗则又近于朱庆余，苦吟则近于刘得仁，体现晚唐诗人小家相同的命运。

崔涂存诗 102 首，五律多至 73 首，占 71% 以上。七律 13 首，五、七绝分别是 3 首与 13 首。全为近体，本是显示了晚唐诗的一种风气，因所处时代即律诗的世界，也是对诗艺审美的追求。如同全是律诗或以五律为主的马戴、许浑、杜荀鹤、李昌符、唐彦谦、秦韬玉、崔道融、郑谷等人。宇文所安《晚唐诗》通论诗艺只有两章："五言律诗"与"诗歌巧匠"，即使后者也讨论了不少五律。晚唐小诗人大多专工一两体，如雍陶长于七言律绝，李涉长于七古与绝句，鲍溶与施肩吾、曹邺、聂夷中则致力于乐府诗。专精于七律则有刘沧、赵嘏，用力于五言古体则有刘驾、于濆。兼工众体的只有上文提及的李商隐、杜牧等几位大家、名家。三流小家则专力于一二体。崔涂诗全为近体，也代表了当时的小家诗体选择的趋向。

2. 崔涂的羁旅诗透视

崔涂诗内容不广，对蒿目时艰的战祸连年，只在诗中一两笔简括叙述，直面惨淡现实的只有《过洛阳故城》《己亥岁杂事》。主要围绕一己之经历，浅吟低唱。就题材分，有羁旅行役、送别酬赠、咏史怀古、僧人寺庙与咏物诗五类。这五类基本以羁旅行役为中心，也亦此写得最为出色。《唐诗三百首》所选的《除夜有怀》与《孤雁》最有声价，而屡进入今人的唐诗选本。两首均为五律，分别为羁旅与咏物的代表作。前者云：

> 迢递三巴路，羁危万里身。乱山残雪夜，孤烛异乡人（《全唐诗》作"春"，此从《文苑英华》）。渐与骨肉远，转与僮仆亲。那堪正漂泊，明日岁华新。

唐人除夕或守岁诗，在明人张之象所编《唐诗类编》收录就已有54首，虽非全部，然基本大备。以辞旧迎新，或时光流逝，或思念家人，或感慨身世为主。其中以高适《除夜作》与白居易《邯郸冬至夜思家》为优。前者云："旅馆寒灯独不眠，客心何事转凄然。故乡今夜思千里，愁鬓明朝又一年。"后者云："邯郸驿里逢冬至，抱膝灯前影伴身。想得家中夜深坐，还应说着远行人。"二诗都写于驿馆，机杼亦为相近，每为古今选家看重。王维名句"遥知兄弟登高处，遍插茱萸少一人"，似对白诗有所启迪。崔涂此作可谓除夕诗的翘楚，诗题《全唐诗》作《巴山道中除夜书怀》，亦见于《孟浩然集》，题作《岁除夜有怀》，然宋蜀刻孟集不载。《古今岁时杂咏》《文苑英华》等作崔诗，当从。看"渐与"句，此为入蜀赴举途中所作。前四句言行远与孤独，"羁危"当为创词，谓山行之艰难。杜诗"蜀山万点尖"可抵"危"字一注。四句都是加倍写法，首联对偶，跌宕出"路"与"身"之对比。次联加倍尤甚，分承前两句，突出"夜"与"人"的烘托。"孤"字不仅言"烛""身"亦包含在内，且是全诗的"关键词"，浸透上下，所以此句显得"犹浑厚"（明人周珽语）。前四句叙写，后四句言情。"渐与""转于"虚字回翔，两句前因后果构成流水对。此两句原本脱胎王维《宿郑州》的"他乡绝俦侣，孤客亲僮仆"，最早指出其间关系的杨慎以为"王语浑含胜崔"①，谢榛《四溟诗话》卷二亦谓王诗"简而妙"，沈德潜《唐诗别裁集》卷一二亦云："'孤客亲僮仆'，何许简贵，衍作十字，便不及前人。"施补华《岘佣说诗》说王"语极沉至。……衍作两句，便觉味浅"。与此相反者，王世贞《艺苑卮言》卷四说："王语虽极简切，入选尚未；崔语虽觉支离，近体差可。"② 是说从全篇看，王为古诗，算不上精品；崔为五律，可以入选。无论肯否，崔并非把一句衍为两句，"骨肉远"与"绝俦侣"实际同属一个问题。王诗全为实词，故显得简切沉至；崔诗增加四个虚词，一气斡旋，有若口谈，显得自然流动，旅况委曲，如见肺腑。虚词于此血脉流通，发挥了极好的抒情作用。尾联"正漂泊"既收束全诗，至于明日又要漂泊了，其感慨又在言外。而且"明日"之"岁华新"，不仅回首点明"除夜"，倒映全篇，觉一篇无非除夜，又平添了多少"每逢佳节倍思亲"的情味。

如此结法，又与戴叔伦诗相近。其《除夜宿石头驿》云："旅馆

---

① 杨慎《升庵诗话》卷九"崔涂王维诗"条，见《历代诗话续编》，中华书局1982年版，中册第820页。

② 王世贞《艺苑卮言》卷四，见《历代诗话续编》，中华书局1982年版，下册第1020页。

谁相问,寒灯独可亲。一年将尽夜,万里未归人。寥落悲前事,支离笑此身。愁颜与衰鬓,明日又逢春",全诗言孤寂落寞之情,仅有"寒灯"点缀,显得疏略了些。崔与戴两诗之颔联意相近,《四溟诗话》引梁公实曰:崔诗两句"观此羁旅萧条,寄意言表。全章老健,乃晚唐之出类者",而戴诗"此联悲感久客,宁忍诵之!惜通篇不免敷衍之病"①。贺裳《载酒园诗话又编》"崔涂"条:"读之如凉雨凄风飒然而至,此所谓真诗,正不以晚唐概之。"又谓戴诗"已自惨然",而崔诗"尤觉刻肌砭骨"②。崔其所以"真"者,即在于能在这类专以言情的题材中善于出景,写得宛在目前,情景凄飒。这种偏正结构的主语句,用于律诗的偶句中,又有相映挥发的比照衬托作用,使人与物、事与情融成一体。或如高步瀛《唐宋诗举要》指出的,可与马戴《灞上秋居》的"落叶他乡树,寒灯独夜人"的名句媲美。而来鹏(一作来鹄)《鄂渚除夜书怀》尾联"自嗟落魄无成事,明日春风又一年"点题,或许对崔诗也起一定的作用。总之,崔诗的"入蜀孤行""除夜孤景""逆旅孤情""天涯孤感",布局井然,叙述、描写、言情、议论浑然一体。崔涂长期羁旅奔波,深味其中孤寂冷凉,故言情议论竦动人意,写景状怀,意味深远。同类题材中,此诗即可见出"矫翻于林樾间而翛然欲举者"的风姿!

他的另首被选入的名作《孤雁》其二云:"几行归去(一作塞)尽,片影(一作念尔)独何之。暮雨相呼失,寒塘独下迟。渚云低暗度,关月冷遥(一作相)随。未必逢矰缴,孤飞自可疑。"起结的"独""孤"包裹全诗,每句无非孤飞独翔。起不作意而传出仰望关注之意。中四句写孤鸣独飞的彷徨疑虑与凄凉索寞,孤雁的声形态势与心理的凄惶疑恐俱见,迷茫流落之惊"呼",无依忧怯之"迟"

---

① 谢榛《四溟诗话》,人民文学出版社2006年版,第73页。
② 贺裳《载酒园诗话又编》,见《清诗话续编》,上海古籍出版社1983年版,第388页。

态,尤为感人。失群之因与迟疑仓皇之神俱含其中。其中"寒塘"句,"不言孤而是孤,不言雁而是雁,此为句外传神";结末两句,"曲折深至,语切境真,寓情无限"(俱为纪昀语)。作者穷年奔走,又遭晚唐末季多事之秋,旅中艰难苦恨备尝,家寄万里江南,南北驰走,故多离怨之作,此诗未必有心自况,然孤雁的凄凉未必不凝聚着他自己奔走关山荒野的栖惶艰辛。所以南来北往的大雁屡见于诗中,诸如"不堪来去雁,迢递思离群"(《湖外送友人游边》),"并闻燕塞雁,独立楚人村"(《湘中秋怀迁客》),"静少人同到,晴逢雁正来"(《春日登吴门》),"暮雨潮生早,春寒雁到迟"(《江上怀翠微寺空上人》),"里巷半空兵过后,水云初冷雁来时"(《途中秋晚送友人归江南》),无论春秋,还是南北,正如《和进士张曙闻雁见寄》所言:"断行哀响递相催,争趁高秋作恨媒",这些大雁无不牵挂他一缕缕情思。晚年奔走的杜甫也有同名的五律《孤雁》,前四句说:"孤雁不饮啄,飞鸣声念群。谁怜一片影,相失万重云",推崇宗法杜甫的黄庭坚说读老杜此诗,"然后知崔涂诗之无奈"(范温《潜溪诗眼》,《苕溪渔隐丛话》前集卷九引),另一特爱杜诗的方回,在《瀛奎律髓》卷二七说,崔之"暮雨"两句"亦有味,而不及老杜之万钧力也"。宋明清诗论,在唐诗名句中往往作纵向或横行比较,如是大家与小家,小家肯定要吃亏。杜此诗亦不失为佳作,但意念句子过多,未免粘着,较崔之名作,实则逊色不少。小家与此可谓寸有所长,大家未免尺有所短。然从另一方面看,以杜甫、王维、戴叔伦较量崔涂,正说明崔诗代表作具有惹人眼目的魅力。

抒写羁旅离怨,对于崔涂是最本色的体现,其精力所聚亦在于此。《夕次洛阳城》的"流年川暗度,往事月空明",《江行晚望》的"十年来复去,不觉二毛生",《苦吟》的"他乡无旧识,落日羡归禽",《蜀城春》的"在处有芳草,满城无故人",《南山旅社与故人别》的"那堪试回首,烽火是长安",《江上旅泊》的"欲问东归路,遥知隔渺茫"，《灞上》的"水侵秦甸阔，草接汉陵深"，《和进士张曙闻雁见寄》的"试向富春江畔过，故园犹合有池台"，《陇上逢江南故人》的"三声戍角边城暮，万里乡心塞草春"，都是奔走两京，往迫南北的记录，"写景状怀，往往宣陶肺腑"（《唐才子传》语）。如其中"在处"两句，以及"渐与骨肉远"一联，可谓委曲形容旅况。此谓知言。它如《夕次洛阳道中》《江行晚望》《过洛阳故城》《牛渚夜泊》《江上旅泊》《远望》等，均为此类题材，还有不少送别、山水、怀古咏史、题僧寺诗无不与此相关。其中《秋日犍为道中》颇值得注意："久客厌岐路，出门吟且悲。平生未到处，落日独行时。芳草不长绿，故人无重期。那堪更南渡，乡国已天涯。"此诗作于赴蜀途中，不刻画景物，专以抒写旅怀的孤独寂寞，把情感渗透每句中，不在句式上雕琢，然却如秀才拉家常，平易而动人。或者掺入景句，但仍以言情抒怀为主。如《申州道中》："风紧日凄凄，乡心向此迷。水分平楚阔，山接故关低。客路缘烽火，人家厌鼓鼙。那堪独驰马，江树穆陵西。"在凄风中奔驰之状如见，沿路烽火与战鼓声，忐忑不安之心情亦宛然可想。还用绝句予以记录，如《泛楚江》《巫山旅别》。后者云："五千里路三年客，十二峰前一望秋。无限别魂招不得，夕阳西下水东流。"久客惆怅，黯然伤神的"别魂"离绪，弥漫于夕阳余晖于东流的江水中。七律《春夕旅怀》每被选家看好：

水流花谢两无情，送尽东风过楚城。胡蝶梦中家万里，子规枝上月三更。故园书动经年别（一作"绝"），华发春唯满镜生。自是不归归便得，五湖烟景有谁争。

秀语丽词的颔联引起过去许多论者的损斥，陆时雍《唐诗镜》卷五三谓为雕饰性的"面目语，要渠何用"。毛奇龄《唐七律选》卷三说："亦脍炙人口之句，但终近俗调。"是说浓妆艳抹得俗气。清人田同之

《西圃诗说》更具代表性：唐人此类秀句，"人争传之。然一览便尽，初看整秀，熟视无神气，以其字露也。"是说仅呈露外在的整饬秀美，而内乏情感，乍看还好，久观无味。此说实不尽然，其中蕴含许多曲折，倾注不少无可奈何的念家情怀。"胡蝶梦"借庄生梦蝶字面点明"春夕"做梦，此句言梦中"栩栩然"飞回家中，"蘧蘧然"醒来却孑身一人，家在万里。对句言梦醒惊疑，冷月三更，子规悲啼"不如归去""不如归去"，满怀凄楚①，不知诉给谁说！金圣叹《选批唐诗》说："三（句），是家却不是家，却是梦；却又不是梦，却是床上客；四，是月，却不是月，却是鹃；却又不是鹃，却是一夜泪。"如此许多曲折，并非凿空。故而又断言："自来写旅怀，更无有苦于此者也。"② 空间的遥远与时光的冷凄，用偶对碰出凄冷的幽光。两句顺序对得整饬，而且结构错综："子规啼"近承"家万里""胡蝶梦"遥应"月三更"③。所以并非"一览便尽"，只要不是囫囵吞枣的话。这在崔涂不过偶一为之，汰尽华藻，求取情实，浅淡精洁，有如口谈，才是他的本色。此首尾联，以及"正逢摇落仍须别，不待登临已合悲"（《途中秋晚送友人归江南》），"并闻寒雨多因夜，不得乡

---

① 子规夜啼与一般鸟鸣不同，其叫声凄凉。梁实秋说他在四川"黎明时，窗外一片鸟啭，……那一片声音是清脆的，是嘹亮的，有的一声长叫，包括六七个音阶，有的只是一个声音，圆润而不觉单调，有时是独奏，有时是合唱，简直是一派和谐的交响乐。不知有多少个春天的早晨，这样的鸟声把我从梦境唤起。等到旭日高升，市声鼎沸，鸟就沉默了，不知到哪里去了。一直等到夜晚，才又听到杜鹃叫，由远叫到近，由近叫到远，一声急似一声，竟是凄绝的哀乐。客夜闻此，说不出的酸楚！"见其《雅舍小品·鸟》，解放军文艺出版社2001年版，第93页。杜鹃一名子规，因叫声凄惨，夜鸣达旦，能动人归思。传说蜀中望帝杜宇亡而化为杜鹃，故蜀地杜鹃更为有名。李白《宣城见杜鹃花》说："蜀国曾闻子规鸟，宣城还见杜鹃花。一叫一回肠一断，三春三月忆三巴。"见杜鹃花而想到杜鹃鸟。这些对理解崔涂诗听子规夜间鸣叫，而动归思，都有帮助。

② 《金圣叹评点唐诗六百首》，浙江古籍出版社1997年版，第431页。

③ 说见陈增杰《唐人律诗笺注集评》，浙江古籍出版社2004年版，第1075页。

书又到秋"(《途中感怀寄青城李明府》),"峰转暂无当户影,雉飞时有隔林声"(《夏日书怀寄道友》),七律本宜装饰,然绝去铅华,这些律句仍以清淡本色见长。总之,崔涂生当唐之末季,于烽火之际漂泊求达,终其一生未沾一禄,望心不息,饱尝颠沛漂梗之苦,其间孤寂冷凄,一付之诗,故每多羁旅离怨之作,艰难苦恨尽在其中,名篇佳句意味俱远。且专力于此,自为本色。所谓"作者于此敛衽"(《唐才子传》语),就此而论,则言之不虚,也反映了晚唐士子的种种不幸,显示出那个时代的衰败,不会绽放出兴奋昂扬的光华。

3. 穷年羁旅的副产品:咏史怀古与咏物以及僧人寺庙诗

终生奔波、穷年羁旅的崔涂,《唐才子传》说他"壮岁上巴蜀,老大游陇山",而且家寄江南,往返南北,一生所到之地,除频往两京,且曾至金陵、武昌、湘中、巴蜀、犍为、吴门、牛渚、夷陵、汉江、申州;所到山有巫山、巴山、青城山、天彭山、庐山、商山、嵩山;所访古迹有昭君宅、陶渊明宅、屈原庙、赤壁、二妃庙、骊山绣岭宫;所谒寺庙有东林寺、绝岛山寺、兴善寺、鹤林寺、净众寺。足迹虽不如盛中唐诗人广泛,然留下了不少诗篇,其中怀古咏史有15首,与僧人交往题寺诗17首,咏物诗11首。这些均与羁旅行役有关,占其诗总数41%,而且其中不乏佳制。

《唐才子传》谓其诗"深造理窟,端能竦动人意",是说善于揭示事物与日常生活的真谛,醒动提神,启人深思。也主要见于以上三类诗中,其中尤以咏史怀古见长。《鹦鹉洲即事》即为前人所看重:

怅望春襟郁未开,重吟鹦鹉益堪哀。曹瞒尚不能容物,黄祖何曾解爱才。幽岛暖闻燕雁去,晓江晴觉蜀波来。何人正得风涛便,一点轻帆万里回。

前半即洲事发慨，后半言春眺之景，自家抑郁亦隐跃其中。前人每以颔联不骂黄祖，直骂曹公，为祢衡一生定论。明人周珽说："乾坤大矣，岂少祢生之才！如黄祖者固多，为曹瞒者亦不少。思及于此，负巨（才）者得不触景而兴哀也！"又说："崔涂在当时，屡被谗毁，故因为鹦鹉洲，托祢生以自况，见上无有容之君子，下多忌刻之小人。"（见《唐诗选脉会通评林》）所谓谗毁、忌刻未见于诗中，然老大方才及第，终生未能入仕，心中能无慨乎！"郁未开"之情遇才人遇害能不"益堪哀"乎！末言借顺风之便轻帆万里，反衬才士不为人所容，亦与发端的"襟郁未开"而"益堪哀"回应。颈联的燕雁逐暖而去，晴江蜀波而来，自然界的去来变化，于此亦与人事的顺逆消息相关。景句起到由议论到感慨的过渡作用，颔联道出才士不遇因在上者"不能容物""爱才"，可谓"深造理窟"，确能"竦动人意"，颔联确实后无人继之。

《过昭君故宅》也表达了与众不同的看法："以色静胡尘，名还异众嫔。免劳征战力，无愧绮罗身。骨竟埋青冢，魂应怨画人"，肯定了昭君和番"静胡尘""免劳征战"的巨大作用。而且"无愧绮罗身"，确发人惊听，能言人所不能言。从她本人讲，又有许多不幸，而又不失人情意味。《屈原庙》亦全用议论，指出当时："庙古碑无字，洲晴蕙有香。独醒人尚笑，谁与奠椒浆"，则令人深思，显示对晚唐时代的观念的不满。《读留侯传》说："覆楚雠韩势有余，男儿遭遇更难知。偶成汉室千年业，只读圯桥一卷书。翻把壮心轻尺组，却烦商皓正皇储。若能终始匡天子，何必（末五字缺）"，对张良的伸缩不测，以两种有别眼光剖析评判。末尾的"何必"，想见缺失的五字将又是与上句不同之见识。《续纪汉武》批评汉武帝求仙的痴迷："分明三鸟下储胥，一觉钧天梦不如。争那白头方士到，茂陵红叶已萧疏。""分明"言其执着，"一觉"言其懊悔，然直死亡尚未彻底觉醒。这在晚唐好几个皇帝服丹药而亡，不无讽谏的现实意义。《东晋》

其一，针对当时"五陵豪侠笑为儒，将为儒生只读书"，提出反驳与批评："看取不成投笔后，谢安功业复何如。"此诗应是有为而发，同样具有现实性。其二云："秦国金陵王气全，一龙正道始东迁。兴亡竟不关人事，虚倚长淮五百年"，指出金陵政权的五百年，其中特别是东晋，不思北伐，无所作为，恐怕也隐含对晚唐衰微不振的批评。特别是《读段太尉碑》对段秀实忠烈予以热烈赞扬："愤激计潜成，临危岂顾生。只空持一笏，便欲碎长鲸。国已酬徽烈，家犹耸义声。不知青史上，谁可计功名。"此诗继承了杜甫《八哀诗》的写实精神，歌颂段秀实持笏奋击朱泚的英烈事迹，豪气凛然，显示维护国家统一反对分裂的政治立场。因距其时不远，应有激励人心的作用，也见出他对时局的关注。《过陶徵君隐居》主要以"轩冕一铢轻"，肯定其人格的魅力"不随陵谷变"的永恒力量。《过长江贾岛主簿旧厅》谓其人虽谪宦主簿，然"才被槌埋更有声"，认为"长江一曲年年水，应为先生万古青"，体现了晚唐诗人对贾岛普遍崇敬的心理。《过洛阳故城》有感于历史的变迁："三十世皇都，萧条是霸图。片墙看破尽，遗迹渐应无。野径通荒苑，高槐映远衢"，倾圮荒芜的写实景象，就原本第二皇都过去的辉煌，属于对当代史的记录，为我们留下了晚唐残破的实录。《过绣岭宫》与此诗题材相近："古殿春残绿野阴，上皇曾此驻泥金。三城帐属升平梦，一曲铃关怅望心。苑路暗迷香辇绝，缭垣秋断草烟深。前朝旧物东流在，犹为年年下翠岑"，回顾前朝升平，犹如隔世，大有吊古伤今之慨。《赤壁怀古》对此大战胜负不言，而归于军阀割据："汉室山河鼎势分，勤王谁肯顾元勋。不知征伐由天子，唯许英雄共使君"，对曹操的否定，实际的锋芒指向唐末的藩镇割据。后半的否定亦属同一用意："江上战余陵是谷，渡头春在草连云。分明胜败无寻处，空听渔歌到夕曛。"此诗称得上独"造理窟"，别出一格。清人陆次云《五朝诗善鸣集》说："礼山（崔涂之字）怀古诗都落第二层义，然亦不可废。"大概即指此与

《过昭君故宅》《读留侯传》这类与众不同的史识而言，实则正可弥足珍贵。

至于咏物诗，更能显出"深造理窟，端能竦动人意"的特色。他的《残花》似乎隐喻时代没落的气息："迟迟傍晓阴，昨夜色犹深。毕竟终须落，堪悲古与今。明年何处见，尽日此时心。蜂蝶无情极，残香更不寻"，此与盛唐描写牡丹盛开不同，亦与中唐所写秋菊傲放不同，明明面对"色犹深"的鲜花，却就必然残败发论。面对鲜花，却说谁也不言的"毕竟终须落"与"明年何处见"超前的丧气话。他未必存心有所寓意，然未必不是大唐帝国即将衰亡的一种感觉或象征。蜂蝶不寻残香，则与"汉室河山鼎势分，勤王谁肯顾元勋"，似乎也可看作同义语①。漂泊人遇到时局衰微，没落感当是题中应有之义。崔涂性格平和，然多次落第，老大及第却未能一仕，心中自有若许不平。咏物诗便是宣泄的适宜形式。《涧松》说："寸寸凌霜长劲条，路人犹笑未干霄。南园桃李虽堪羡，争奈春残又寂寥"，其中寓意与讽刺则不言而喻。《题净众寺古松》的"天暝岂分苍翠色，岁寒应识栋梁材"，亦同一寓意。《幽兰》同样发抒不平之鸣："幽植众宁知，芬芳只暗持。自无君子佩，未是国香衰。白露沾长早，春风到每迟。不知当路草，芬馥欲何为！"幽兰只能"暗持"芬芳，反而不如"当路草"，则与涧松与桃李的对比相近。《泉》："远辞岩窦泻潺潺，静拂云根别故山。可惜寒声留不得，旋添波浪向人间"，亦为"深造理窟"之作，耐人寻味。

盛中唐的与僧人交往诗，以称美清静无为为主。题寺庙诗，以写景为主，末了都要赞美佛教几句。崔涂有几首，却反其道而行之。《晚次修路僧》："平尽不平处，尚嫌功未深。应难将世路，便得称师心。"似乎给修路僧提了一个难题，世间尽是不平路，谁能修得平？

---

① 崔涂生年大约为唐宣宗大中四年（850），此距唐亡仅54年。作此诗最长在唐亡前也只有20多年。

《秋宿天彭僧舍》："难将尘界事，话向雪山僧。力善知谁许，归耕又未能。此怀平不得，挑尽草堂灯。"作为汲汲入世者，显然表明了与僧人没有多少共同语言，寺院僧舍仅作观光或借宿之所。《秋夜僧舍闻猿》："哀猿听未休，禅景夜方幽。暂得同僧静，那能免客愁。"同僧人在一起，只能"暂静""客愁"仍然排遣不去，他和僧人理念上存在着一定距离，从未开过盛中唐诗人惯用的"空头支票"，将来皈依佛门，或者向往佛法一类的表示。他所说的"修心未到僧"则是一句实话。

反映民生疾苦，于崔涂诗中极少，关注时局虽有一定的反映，但大多在羁旅诗中附带一二笔，属于简括式的印象，或带有间接性。如《秋夕与友人话别》的"况值干戈隔，相逢未可期"，《秋夜兴上人别》的"南国初闻雁，中原未息兵"，《南山旅社与故人别》的"那堪试回首，烽火是长安"，《途中秋晚送友人归江南》的"里巷半空兵过后"，都是因送别而言及。上文已言的《过洛阳故城》与《过绣岭宫》干预到现实。而反映时局大事的只有一首，《己亥岁杂事》说："正闻青犊起葭萌，又报黄巾犯汉营。岂是将皆无上略，直疑天自弃苍生。瓜沙旧戍犹传檄，吴楚新春已废耕。见说圣君能仄席，不知谁是请长缨。"己亥为唐僖宗乾符六年（879），黄巢义军失利转战南方，引起南方局势紧张。他本是江南人，故有感慨，而有此作。而言及民生疾苦，亦仅一首。《南涧耕叟》云："年年南涧滨，力尽志犹存。雨雪朝耕苦，桑麻岁计贫。战添丁壮役，老忆太平春。见说经荒后，田园半属人。"平淡的叙写，显得简括，但对他来说，已属不易。崔涂的政治理想是"达即匡邦退即耕"（《夏日书怀寄道友》），或者说是"得路直为霖济物"（《云》），在《寄舅》中说过："致君期折槛，举职在埋轮。须信尧庭草，犹能指佞人"，可见他具有一定的抱负，惜乎一生未达而不得路，只在寻找机会的奔波中碌碌一生，这也是晚唐诗人一般不可回避的悲剧命运，崔涂其人其诗，也不过是晚唐众多小家诗人的一个缩影。

他的诗除了喜用"吟"外，还常用"老"字。如"雨暗江花老"（《湖外送人游边》），"更嫌庭树老，疑是世间秋"（《题嵩阳隐者》），"别来秦树老，归去海门秋"（《送僧归天竺》），"谷树云埋老"（《宿庐山绝顶山舍》），以及《湘中弦》的"烟愁雨细云冥冥，杜兰香老三湘清"，这些似乎都烙上了辛苦奔求者心理苍凉的印记。还有"独"字、"孤"字，如"孤云无定踪，忽到又相逢"（《长安逢江南僧》），"孤舟三楚去，万里独吟行"（《江行晚望》），"举世轻孤立"（《苦吟》），"乱山残雪夜，孤烛异乡人"（《巴山道中除夜书怀》），"四方多事日，高岳独游时"（《送道士于千龄游南岳》），"独吟人不问，清冷自呜呜"（《过洛阳故城》），"并闻燕塞雁，独立楚人村"（《湘中秋怀迁客》），"与世渐无缘，身心独了然"（《东林愿禅师院》），"湘浦离应晚，边城去已孤"（《孤雁》其一），名句"寒塘独下迟"（《孤雁》其二），"平生未到处，落日独行时"（《秋日犍为道中》），"有时还独醉，何处掩衡扉"（《樵者》），"平芜连海尽，独树隐云深"（《远望》），"云外关山闻独去，渡头风雨见初来"（《和进士张曙闻雁见寄》），"那堪独驰马，江树穆陵西"（《申州道中》），这不仅是他孤独奔波的心理反应，也是作为行吟诗人的"关键词"。

十二、晚唐小家翘楚马戴诗论

自严羽《沧浪诗话》"马戴在晚唐诸人之上"之语一出,引起明清诗论家纷然热论。从20世纪90年代伊始,就其诗中人名、地名考、边塞诗、山水诗、五律、接受史、与盛唐或贾岛诗之关系,以及入"清雅派"之缘由,从不同角度展开多方面研究。然整体论其诗艺者无多①,尚须进一步加以讨论。

1. 清峭雅畅的五律

马戴诗收入《全唐诗》为两卷,凡173首,除去与他人互见确非其诗的八首②,加上今人补遗一首,共166首。五律多至110首,占其诗总数66%。五绝10首,七绝11首,五言排律15首,七律6首,以上合共152首,就是说他的诗绝大部分是近体诗。晚唐是律诗世界,其总数超过初、盛、中三唐。只有小李杜、温庭筠、皮陆等大家、名家,诸体均备。而林立之小家,绝大部分以近体为主,包括韩

---

① 考人名、地名者四篇,论边塞诗者五篇,其余均各一篇。整体论其诗者仅两篇。社科院《唐代文学史》虽予以一席之地,也仅不足千字。

② 《全唐诗》卷五五五题下注一作他人者九首,佟培基《全唐诗重出误收考》又另指出九首。其中《宿裴氏豀居怀厉玄先辈》属元稹的可能系较大。《全唐诗》注明的一作秦系六首,亦非马戴之作。

偓、韦庄亦在所难免。只有为数不多的诗人，或专乐府，或专五言古诗。马戴以近体五律为主的现象，也反映了晚唐小家的主流面貌。

姚合《寄马戴》谓其诗"清峭比应希"，薛能《送马戴书记之太原》则谓"诗雅负雄名"，基本概括了他的五律特点。马戴五律多且见好者均在其中，主要以描绘清静幽寂的景色见长，间或透出激壮清劲之气。常常把景物置于远眺的视野之中，善于把平远中的景物从整体上予以把握，并描绘出微妙的变化，但不求冲融缥缈意绪的散发，而是把略带感慨的情感注入物象。因而不及盛唐诗丰润高华，也缺乏激昂高亢的情怀，以及强烈激动的感人爆发力。所以注重取法从谢朓以至王维以眺望平远景物的写法，作为观照与审美的方式。故诗题中多有这样的题目：《秋郊夕望》《鹳雀楼晴望》《陇上独望》《边城独望》《晚眺有怀》《白鹿原晚望》，还有不带"望"字的同类诗题，如《落照》《经咸阳北原》《邯郸驿楼作》《远水》等。其中《落日怅望》是此类诗中名篇，也是他的代表作：

　　孤云与归鸟，千里片时间。念我一何滞，辞家久未还。微阳下乔木，远色隐秋山。临水不敢照，恐惊平昔颜。

诗题径直依取谢朓诗同题，然打破小谢诗前景后情的两分结构，也打破初盛唐以来，中两联写景，与首尾叙述言情的基本布局。把情与景交错组成跳跃式结构，缩小了景与情的"对话空间"，增强了情与景的碰撞与感发，也加速了联与联间的流动感。而且全诗四联全由无停顿不独立的连锁性"十字句"铸就，此亦马诗一大法门，从而形成自然流动的语言风格与艺术个性，前六句均从"落日怅望"中生出，一企足凝望之人呼之欲出。特别是发端两句一气飘来，归思的怅惘喷薄而出。在盛唐五古之中也常见到这种句式，如王昌龄的"飞雨祠上来，霭然关中暮"，李白的"秋风吹我心，西挂咸阳树"，岑参的

"秋色从西来，苍然满关中"①，前后呼应急促，连缀紧密，间不容发。然经马戴一旦置之五律的发端，触发的情感便扑面而来。前人曾言："凡五七律，最争起处。凡起处最宜经营，贵用陡峭之笔，洒然而来，突然涌出，若天外奇峰，壁立千仞，则入手势便紧健，气自雄壮，格自高，意自奇，不但取调之响也。起笔得势，入手即不同人，以下迎刃而解矣。如陈思王之'惊风飘白日，忽然归西山'，……"②以下所举即有马戴此两句，谓为"高格响调"。颈联把夕阳余晖一旦落下暮色便笼罩远山的微妙变化，非常简洁地烘染出来，显示出从整体把握景观的才能。末尾的"惊恐"心理，亦与前融为一体。它如《秋郊夕望》的"余霞媚秋汉，迥月濯沧波。蔓草将萎绝，流年其奈何"，前两句句腰动词的打锻，后两句句式的变化，亦为精心。《邯郸驿楼作》的"云烧天中赤，山当日落秋"，同样显示了对秋夕晚霞的喜爱与整体简洁描写的本领。

马戴对清幽静寂的景观气氛，有特别细心的观察，营造出色的景物与人物处境的对比偶句，加上听觉对细微声响的捕捉，合构成一个整体氛围与完整的意境。另一名作《灞上秋居》就显出如此才华：

灞原风雨定，晚见雁行频。落叶他乡树，寒灯独夜人。空园白露滴，孤壁野僧邻。寄卧郊扉久，何门致此身。

他热爱秋夕的霞光秋色，也对秋夜的凉寂具有特别的感受。颔联树与人相对，犹如两个分切镜头，组合成具有独立意义的境界，气氛的寂凉与心理的落寞悄然融化，播散强烈的情感力量，是那样撞击人心！

---

① 三诗题目分别是《郑县宿陶太公馆中赠冯六元二》《金乡送韦八之西京》《与高适薛据同登慈恩寺浮图》。

② 朱庭珍《筱园诗话》卷四，郭绍虞《清诗话续编》，上海古籍出版社1983年版，第4册2397页。

落叶的微声似乎被"独夜人"有所察觉，这从"白露滴"之声可闻见出，所以声音成了这一名联的潜移暗转的内在联系。"他乡"的地域悬隔，而"独夜"亦由"他乡"生出。秋"寒"时令暗示此年又将"致身"无门与落寞。这种两层加倍的写法，论者以为直接模拟司空曙《喜外弟卢纶见宿》的"雨中黄叶书，灯下白头人"。马戴把视觉颜色的对比转化为听觉内在联系。这种剪接性对偶，王维《秋夜独坐》的"雨中山果落，灯下草虫鸣"，已发其端；韦应物《淮上遇洛阳李主簿》"窗里人将老，门前树已秋"，白居易《途中感秋》"树初黄叶日，人欲白头时"，句法与立意又为司空曙所本。谢榛谓韦、白、司空"三诗同一机杼，司空为优，善壮目前之景，无限凄感，见乎言表"①。司空以色彩相对突出"目前之景"，马诗以微声暗转不露痕迹，亦具匠心。此诗前六句纯出以景，而亦传出人物由室外——到室内——再到室外的徘徊。善于捕捉听觉的细微声响，不仅见于颔联，而且颈联"空园白露滴"的声音，显出园多么"空"，即非常的静，王维诗即喜以"空山"表静山。而此"空园"即是叶落疏寒之园，又是夜静之园，这种因果句式也上承王维。"滴"的用法又受到孟浩然的启发②，屡见于马戴的诗中：

野风吹蕙带，骤雨滴兰桡。（《楚江怀古》其三）
鸟下山含暝，蝉鸣露滴空。（《山行偶作》）
露滴青枫树，山空明月天。（《巴江夜猿》）
玉座人难到，铜台雨滴平。（《雀台怨》）

---

① 谢榛《四溟诗话》卷一，人民文学书版社2006年版，第12页。又参见本书上编第13页《诗词的意象、系列题材与时空之关系》。

② 如孟浩然《宿天台桐柏观》的"鹤唳清露垂"，《岱坐呈山南诸隐》的"竹露闲夜滴，松风清昼吹"，《夏日南亭怀辛大》的"荷风送香气，竹露滴清响"，《初出关旅亭夜坐……》的"烛至萤光灭，荷枯雨滴闻"，以及有名的佚句"微云淡河汉，疏雨滴梧桐"。"垂"字重而哑，"滴"字轻而亮，故后者多用。

孤坐石床寒,盥手水滴泉。(《霁后寄白阁僧》)
河汉秋深夜,杉梧露滴时。(《宿无可上人房》)
风悲汉苑秋,雨滴秦城暮。(《寄贾岛》)
露滴阴虫苦,秋声远客悲。(《幽上留别令狐侍郎》)

甚至在应考的《府试水始冰》中,也特意驱遣于笔下:"乳窦悬残滴,湘流减恨声"。无论白天还是夜晚,无论是怀古还是留别,或者行旅寄宿,乃至酬赠,一一施之诗中,以特有的兴致描写秋夜的寂静,昭示出他对题材与幽静审美趣味的双层选择。

马戴诗的清峭,主要体现在对景物动态的描摹上,以及对阔远大景变化的烘染上,包括动词的选择与开头的经营。《江行留别》写江边秋色的"云侵帆影尽,风逼雁行斜。迫照开岚翠,寒潮荡浦沙",前两句小景动词与形容词搭配精到,动词"侵"与"逼"、形容词"斜",都属紧峭字。后两句大景,特别是"迫照"句,绚丽耀眼,精彩亮丽,习见的"开"字播散出健峭而亮丽的风采,而与对句"荡"的冲击性配合得锱铢相称。《客行》属于同一题材,却呈现别样风光:"乱钟嘶马急,残日半帆红。却羡渔樵侣,闲歌落照中",前两句声音急切与色彩红与暗的对比,传递出行路人紧峭的心理,又和后两句消闲形成对比,而反衬得前两句更为紧峭。《汧上劝旧友》写西北秋景:"斗酒故人同,长歌起北风。斜阳高垒闭,秋角暮山空。雁叫寒流上,萤飞薄雾中。坐来生白发,况复久从戎。"中四句一句一景,与所写南方清峭景物不同,苍凉冷峭,空旷索漠中笼罩一种紧峭的气氛,使心弦绷得紧紧的。回看南方之景,却别是一番清峭。《夜下湘中》的"露洗寒山遍,波摇楚月空。密林飞暗狖,广泽发鸣鸿",同样是一句一景,每个句子无不清幽峭劲,不仅干净利落,且组成一个统一清峭境况。而《宿翠微寺》的"积翠含微月,遥泉韵细风",《送僧归金山寺》的"夕阳依岸尽,清磬隔潮闻",《同庄秀才宿镇星观》的"湿光微泛草,石翠澹摇峰",《江亭赠别》的"衰柳风难定,寒涛雪不分",或清幽,或清劲,或清雅,但都或多或少带有清峭或清切的意味,都围绕着他的审美趋向的中心。

2. 对盛唐明朗阔远诗境的追求

自从严羽"马戴在晚唐诸人之上"判语一出,对马戴的评价热潮便不停升级。首先是辛文房《唐才子传》随声附和:"戴诗壮丽,居晚唐诸公之上,优游不迫,沉著痛快,两不相伤,佳作也。"① 马戴诗"壮丽"间或有之,然"舒缓"与"沉著"均距其诗甚远②。以盛唐标尺推重马戴自杨慎始,他在《升庵诗话》中说:"马戴、李益不坠盛唐风格,不可以晚唐目之。"③ 钟惺、谭元春《唐诗归》亦言:"晚唐诗有极妙而与盛唐远者,有不必妙而气脉神韵与盛唐近者。'不必妙'三字甚难到,亦难言,妙不足拟之矣。惟马戴犹存此意,然皆近体耳。"④ 此后赞同者不少。贺贻孙《诗筏》:"中唐如韦应物、柳子厚诸人有绝类盛唐者;晚唐如马戴诸人,亦有不愧盛唐者。然韦、柳佳处在古诗,而马戴不过五七言律。"⑤ 叶矫然则直谓:"晚唐之马戴,盛唐之摩诘也。"⑥ 翁方纲《石洲诗话》卷二说得最为明朗:"马

---

① 辛文房《唐才子传》,辽宁教育出版社1998年版,第94页。
② 傅璇琮主编《唐才子传校笺》,梁超然《马戴传笺证》说,"《沧浪诗话·诗辨》云:'诗之品……其大概有二:曰优游不迫,曰沉著痛快。'辛氏用严羽诗论评戴诗,颇不切实际"。中华书局2002年版,第3册340页。
③ 杨慎《升庵诗话》卷一一"晚唐两诗派"条,《历代诗话续编》,中华书局1983年版,中册第851页。
④ 钟惺、谭元春《唐诗归》卷三四,见吴文治主编《明诗话全编》,江苏古籍出版社1997年版,第7册7355页。
⑤ 贺贻孙《诗筏》,见《清诗话续编》,上海古籍出版社1983年版,第143页。
⑥ 叶矫然《龙性唐诗话初集》,见《清诗话续编》,上海古籍出版社1983年版,第2册951页。

戴五律，又在许丁卯之上，此直可与盛唐诸贤侪伍，不当以晚唐论矣。"① 就这样马戴便从在"晚唐诸人之上"上升为"可与盛唐诸贤侪伍"。明清诗论的热衷仅从马戴几联佳句出发，便得出"盛唐式"的定位。方法论未免有见木不见林的局限，忙于从晚唐中拉出而得出可入盛唐的结论，亦只是一种感觉印象，而印象来源又是那么的稀薄。至于严羽"晚唐诸人"范围又有何指，今日看来只能限于三流小家，而绝不能包括小李杜、皮陆、温庭筠诸大家、名家。潘德舆《养一斋诗话》说："晚唐于诗非胜境，不可一味钻仰，亦不得一概抹杀。"② 他只认为马戴"孤云"与"猿啼"两联，仅在晚唐"五言之上"，而抬入盛唐未免"一味钻仰"，然而也未摆脱从几联诗里"钻仰"的角度，但结论还较持平。从整体风格着眼者无多，除了辛氏的"壮丽"，高棅把马戴与刘沧、李频、李群玉以五律见长者并列，在《唐诗品汇·自叙》说他们"尚能黾勉气格，将迈时流，此晚唐变态之极而遗风遗韵犹有存者焉"③，还是比较有尺寸的。许学夷似乎是从整体观照的唯一者，他在《诗源辩体》卷三一里把马戴诗分作六类：一是"声气亦类盛唐，惜结句多弱"，二是"亦似大历"，三是"体虽阔大，而声韵俊朗，语意精切，自是晚唐高调"，四是"便是晚唐"，五是"语出贾岛"，六是"格类于武陵"。在"晚唐高调"类里，是从边塞诗着眼，他所说的"声气类盛唐"者，指《送人游蜀》《鹳雀楼晴望》《陇上独望》，前两者写景峭拔或阔远，后者即言边塞④，便比清人专从写景诗立论显得高明。

如前所言，马戴五律对黄昏暮色变化持有特别的审美情趣，除了描绘夕阳下落引起的光色变化，对晚霞落日的明丽亦情有独钟。《落

---

① 翁方纲《石洲诗话》卷二，人民文学出版社1998年版，第72页。
② 潘德舆《养一斋诗话》卷四，中华书局2010年版，第70页。
③ 高棅《唐诗品汇·自叙》，上海古籍出版社1982年版，第9页。
④ 许学夷《诗源辩体》卷三一，人民文学出版社1997年版，第294页。

照》展现出一幅朗丽阔远的图画：

> 照曜天山外，飞鸦几共过。微红拂秋汉，片白透长波。影促寒汀薄，光残古木多。金霞与云气，散漫复相和。

发调高远，起首的"照曜"给全诗烘染了一层明亮光彩。夕阳的"微红"拂上了"秋汉"——染红了半边天，滔滔江河闪动耀眼的片片亮光，汀薄、古木都在光彩迅变的"影促"中显得清晰异常。金色的晚霞与多彩的云色，缓缓舒卷，柔和交错。颈联出句的"寒"应照颔联出句的"秋""光残"即夕阳的余晖，故此诗全无秋日傍晚之萧瑟，反而明丽阔远。红、白、金的亮丽色彩，不仅展示出描绘霞色水光的能力，也显示对美好景物的关注，以及对生活的热爱。像这样的"秋夕颂"，同样建立在"霜叶红于二月花"的审美观念上，对传统悲秋意识带有鲜明的反拨与逆向思维。

与此相同的还有《远水》，再次显示对阔远的物色天光亮丽明朗的热爱："荡漾空沙际，虚明入远天。秋光照不极，鸟影去无边。势引长云断，波轻片雪连。汀洲杳难到，万古覆苍烟。"① 远天倒映在"虚明"的水中，远水随着"鸟影"秋光一直伸向天边。波光粼粼如雪片相连，通向遥远的汀洲，苍烟弥漫又引发无限感慨。景象辽阔，色彩明亮，水光天色交错，秋日辉光映照，远去的飞鸟与渺茫的苍烟，催人遥思遐想。他喜爱秋天的明爽亮丽，反复见于诗中。它如

---

① 此诗两属，一见张籍集，论者谓张籍《舟行寄李湖州》尾联"赖诵汀洲句，时时慰远人"，与此诗尾联均用《九歌·湘夫人》"搴汀洲兮杜若，将以遗兮远者"，以为似属张作。所谓"汀洲句"非张作，而是指李湖州诗，张只是吟诵其诗以抚慰思念李之情怀。而此诗在马戴集排在《楚江怀古三首》之后，其一结尾的"云中君不降，竟夕自悲秋"，即用《九歌·云中君》，故"汀洲"一词，并非张之专属。而且马戴《赠别江客》即有"汀洲延夕照，枫叶坠寒波"，《浙江夜宿》的"落帆人更起，露草满汀洲"，故此诗当为马作。

《送客南游》的"苇干云梦色,橘熟洞庭香。疏雨残虹影,回云背鸟行",《将别寄友人》的"霜风红叶寺,夜雨白蘋洲",都给人留下一定的印象。

《楚江怀古》其一为他赢得了极大的声誉:"露气寒光集,微阳下楚丘。猿啼洞庭树,人在木兰舟。广泽生明月,苍山夹乱流。云中君不见,竟夕自悲秋。"此借怀古描写洞庭之秋,结穴之"悲秋"点明用意,对秋夕晚景始终持以旺盛而敏感的审美兴致。全诗处于一种流走的状态中,"微阳下楚丘"的简洁描写,使笔者想起在陕北府谷的黄河滩上,看到夕阳从东岸山崖上徐徐下落至半山腰时,那被暮色遮蔽山崖的下半的苍凉,还有崖腰上端被夕阳余晖捺上的橘红色的艳丽,崖畔上下强烈的鲜明对比,光彩丰富微妙的悄然迅速而不易察觉的变化,简直难以用语言来形容,引人惊叹!而马戴诗简之又简,却焕发起我们相同的观感。与他的"微阳下乔木,远色隐秋山"相较,似达到同样的艺术效果,以凝练留下光色的想象空间,而从句式看等于重复地再现。颈联的阔远大镜头,再次见出对整体把握的描绘能力。月光与水色的变幻不定,暮山与急流夹持曲折,两句前后的明暗对比,都清晰展现出来。这确实是他的才能。用极简洁的语言,表现复杂多样的景物以及彼此间的交错曲折的关系,使我们不能不对他刮目相看。

颔联"猿啼"两句引发了明清诗论家轰动性的好评:说是"属兴清越,比物以意"(《唐才子传》语),或谓"虽柳吴兴无以过也"(《升庵诗话》语),或谓此联与《送人游蜀》的"虹霓侵栈道,风雨杂江声""每读此语,便真若身游楚、蜀"(贺裳《载酒园诗话》语),或谓此诗"不似晚唐人诗"(吴乔《围炉诗话》语),或者把此诗中两联,与王维、杜甫、孟浩然、韦应物丰润浑厚的名句相比,以为"岂复有人代之哉"(叶矫然《龙性堂诗话》语),或谓"可以照耀古今""可与日星河岳同垂不朽"(王寿昌《小清华园诗谈》语),

或谓为"五言之上也。……风力郁盘"(潘德舆《养一斋诗话》语),或谓为"五言三昧"(瞿镛《铁琴铜剑楼藏书志·会唱进士集》引明皇甫子浚语)。一个小诗人的一联诗居然享有好评如潮的盛誉,并且把他提升到盛唐领域,甚至与盛中唐大家、名家名句并列,以为并不逊色。这种罕见现象,似乎只有前盛唐王湾的"海日生残夜,江春入旧年"方可比并。它像镶嵌在这首五律中的明珠,熠熠生辉。

原本两个凝固性的主谓句,一句物一句人,看似互不相干,但由于补语"洞庭树"与宾语"木兰舟"都是富有诗意的意象,而"猿啼"的感发,使"人在木兰舟"的静态叙述"听"了起来,达到"物色之动,心亦摇焉"(刘勰语)的凝练含蓄的交融效果,而"情往似赠,兴来如答"(刘勰语)的心理波动尽在不言之中。上文所言流动的"十字句"与此凝固静止的偶句,是马戴锻造五律中两联的常用句法。前面言及的"落叶他乡树,寒灯独夜人",即属此类。如《春思》的"啼春独思鸟,望远佳人心",《夕次淮口》的"夜久游子息,月明歧路闲",《送顾非熊下第归江南》的"草际楚田雁,舟中吴苑人",《夕发邠宁寄从弟》的"日落月未上,鸟栖人独行",《宿翠微寺》的"鸟归云壑静,僧语石楼空",《邯郸驿楼作》的"蝉鸣河外树,人在驿西楼",均为人与物相对,达到了一定的艺术效果。其原因就在于汲取了盛中唐诗人锻造组织偶对的艺术经验,深得盛唐浑厚含蓄的个中三昧,并具有自家清拔雅畅的风格。

月亮的明朗清润,也屡见于爱好明亮的马戴诗中。他有30多首诗都写到月亮,这也是被认为带有盛唐色调的原因之一。《中秋月》开端即发抒这种诗学审美爱好:"阴魄出海上,望之增苦吟",月亮常触发他的诗情,使他摄取于诗中。后半写道:"皓气笼诸夏,清光射万岑。悠然天地内,皎洁一般心",皓气清光唤起他极大的兴趣。《中秋夜坐有怀》:"秋光动河汉,耿耿曙难分。堕露垂丛药,残星间薄云。心悬赤城峤,志向紫阳君。雁过海风起,萧萧时独闻。"耿耿月光引人遐想神仙境界与人物，露垂雁鸣见出夜晚的寂静。虽然立意与写景并不出色，却显示了对明亮澄澈境界的喜爱。它如《巴江夜猿》描绘山峡之月："秋声巫峡断，夜影楚云连。露滴青枫树，山空明月天"，《早发故园》写晨月："曙钟寒出岳，残月迥凝霜。风柳条多折，沙云气尽黄"，《浙江夜宿》写秋月："积阴开片月，爽气集高秋"，《寄崇德里居作》写长城之月："风微汉宫漏，月迥秦城砧"，《题青龙寺镜公房》写寺院月："窗迥孤山入，灯残片月来"，《赠别空公》写山月："微径久无人，后夜中峰月"，《岐阳逢曲阳故人话旧》写边塞之月："鸡鸣观月落，雁度朔风吹"，诸如此类，月亮频频见于诗中。马戴足迹甚广，北至边塞，南涉潇湘，东游江浙，西临巴蜀，所到之处，月亮始终跟随着他。他笔下的月亮，虽无李白那样的浪漫与一往深情，也没有王昌龄那样的苍凉厚重，亦缺乏王维那样的澄澈清莹，但他纪实性的描写，静观冥想地"苦吟"，无不显示了对光明境界的向往与热爱。明月给他的诗投射了种种的亮色，似乎淡化晚唐时代晦暗沉闷的气息，增强了一定的活力与信念，以及对未来的向往。

马戴诗其所以"能黾勉气格，将迈时流"，而具有盛唐的流风余韵，还与特别注意经营发端起调分不开的。他的发端追求营造艺术气氛，或急促遒劲振动全诗，或开篇出景引动下文，或情注景中感兴俱发，或两层跌进感慨不已，或回环往复而一往情深，手法多样，确实能高出晚唐小家之上。前人曾言："戴诗多工起句，如'北风吹别思，落日渡关河''处处松阴满，樵开一径通''孤云与归鸟，千里片时间'，皆为警绝。"① 又如《送从叔赴南海幕》"洞庭秋色起，哀狖更难闻"，《宿崔邵池阳别墅》"杨柳色已改，郊原日复低"，《旅次寄贾岛……》"相思边草长，回望水连空"，均为两番跌入，情思按捺不住；《下第再过崔邵池阳居》"岂无故乡路，路远未成归"，《早发故

---

① 马星翼《东泉诗话》卷一，见郭绍虞《沧浪诗话校释》，人民文学出版社1983年版，第162页。

山作》"云门夹峭石，石路荫长松"，《夕发邠宁寄从弟》"半酣走马别，别后锁边城"，均以顶真勾连，或转折或一气直下；《巴江夜猿》"日饮巴江水，还啼巴岸边"，《过野叟居》"野人闲种树，树老野人前"，《经咸阳北原》"秦山曾共转，秦云自舒卷"，反复回环，一气舒卷；《夜下湘中》"洞庭人夜别，孤棹下湖中"，《送僧归金山寺》"金陵山色里，蝉急向秋分"，《新秋雨霁宿王处士东郊》"夕阳逢一雨，夜木洗清阴"，利用"十字句"两句相连，中无间隙，遒劲清爽。《汧上劝旧友》"斗酒故人同，长歌起北风"，《夕次淮口》"天涯秋光尽，木末群鸟还"，一句叙述，一句描写，犹如绘画中的兼工带写。以及前文已及的代表作发端，均体现多种多样的手法。这些开头清越、感发、雅畅、遒劲、苍凉、清爽，风格不一，手法也较多样，为其诗增色不少。尤其是没有衰疲不振之弊，其中也蕴含对盛唐诗的继承与效法。

3. 壮丽苍凉的边塞诗

边塞诗在盛唐跨上高峰以后，中唐之初的李益、卢纶等人尚沾溉盛唐气象的流风余韵，至贞元元和以后日见其少。晚唐个别诗人也不过偶尔一二首。国运衰软似乎使诗人振作不起精神，缺乏引吭高歌的气度，不再有多少热情投入边塞题材。然而马戴居然有25首，占其诗总数的15%，而且取材多样，这似乎是罕见现象。马戴大约在文宗大和初为太原掌书记，又曾入幕于陇州，又到过邯郸、并州、易水、雁门、夏州、云中、桑干等地，多次至边塞之地，抒写耳闻目睹则是题中应有之义。这些诗的壮丽悲凉风格，即使置之于盛唐，似乎也没有多大逊色，明清论者普遍忽略了这一点。他擅长的五律固然值得看重，但若作合观，更能发现超出时代的趋向。

首先，他的边塞诗有比较深刻的内容。反对开边扩土，一味崇尚武功。如《塞下曲》其二说："却想羲轩氏，无人尚武功。"《赠淮南将》对边将赏罚不公发不平之鸣："何事淮南将，功高业未成"，以及"自怜心有作，独立望专征"，希望有独当一面的机会。《邯郸驿楼作》的"近郊经战后，处处骨成丘"，留下了战争残酷惨象。特别是五古《征妇叹》可与边塞诗合观，揭露了战争所带来的无穷灾难：

> 稚子在我抱，送君登远道。稚子今已行，念君上边城。蓬根既无定，蓬子焉用生？但见请防胡，不闻言罢兵。及老能得归，少者还长征。

她的丈夫两次赴边，这次是否能活着回来，谁能知道！即使及老得归，她的儿子肯定还要再上前线。因为年年"但见请防胡"，从来却"不闻言罢兵"，这给几代人带来生死未卜数不清的灾难，全由兵祸连年造成。此诗显然继承了杜甫"三吏三别"的直面现实的批判精神，反复回环与比兴手法，以及质朴简洁的语言都逼近杜诗。贺裳认为此诗"最有讽谕，从不见选者"，认为所表达的"哀伤惨恻，殊胜平日溪山云月之作"[①]。所言甚是。无论反映现实的深刻与艺术表现的精练，都达到了一定的高度。

其次，马戴的边塞诗题材多样，诸如对战争的叙写，边地酷寒风光的描绘，对边将的刻画，以及日常间前线的送别留赠，均有涉及。艺术上也达到一定的高度。《关山曲》其一描写战争紧张："金甲耀兜鍪，黄云拂紫骝。叛羌旗下戮，陷壁夜中收。霜霰戎衣月，关河碛气秋。箭疮殊未合，更遣击兰州。"风格壮丽遒劲，高昂奋发。结尾传出连续作战的紧张气氛，而且凝练有余味，逼似盛唐强音。其二则繁弦急管充斥一触即发的战争气氛："火发龙山北，中宵易左贤。勒

[①] 贺裳《载酒园诗话又编》，见郭绍虞《清诗话续编》，上海古籍出版社1983年版，第1册379页。

兵临汉水，惊雁散胡天。木落河防急，军孤受敌偏。犹闻汉皇怒，按剑待开边。"在边塞诗的结尾，他往往独辟蹊径，稍带讽谕，拓展主题的广度与深度。《塞下曲》描写战争的艰苦，使人有亲历目睹之感。其一云："旌旗倒北风，霜霰逐南鸿。夜救龙城急，朝焚虏帐空。骨销金镞在，鬓改玉关中"，其二的"风折旗杆曲，沙埋树杪平。黄云飞旦夕，偏奏苦寒声"，描写逼真，刻画生动，皆盛唐边塞诗人未经道语。《赠淮南将》的"度碛黄云起，防秋白发生""塞色侵旗动，寒光锁甲明"，浑厚疏阔的叙写与锤炼动词的切当，兼见并出。

　　他还把长于摄取黄昏远方物色的平远视角，施于边塞诗中。《陇上独望》："斜日挂边树，萧萧独望间。阴云藏汉垒，飞火照胡山。陇首行人绝，河源夕鸟还。谁为立勋者，可惜宝刀闲。"这种远阔全景，充斥苍凉悲壮而不乏昂扬的气氛与情调。《边城独望》亦采用同样的手法，亦为慷慨感人。《送武陵王将军》与《边将》则刻画边塞人物，为将军写照，叙写得虎虎而有生气。后者曰："玉樽酒频倾，论功笑李陵。红韂跑骏马，金镞掣秋鹰。塞迥连天雪，河深彻底冰。谁言提一剑，勤苦事中兴。"前半以浓墨重彩刻画宴饮与驰猎两个片段，后半以冰雪的酷冷衬托为边事的奋斗精神。特别值得一提的是结穴的"事中兴"，马戴身处中晚唐之际，还保持着中唐志士再度振兴大唐的锐志，所以他的边塞诗出之以壮丽悲凉的风采，抖擞出一片精神。正是这种追求和愿望，使他的边塞之作以及写景之什往往臻于盛唐昂扬亮丽之境。

　　在前线的送别酬赠诗中，其中激昂悲凉的精神亦为感人。《雪中送青州薛评事》即为突出的一首："腊景不可犯，从戎难自由。怜君急王事，走马赴边州。岳雪明日观，海云冒营丘。惭无斗酒泻，敢望御重裘。"对从戎者无所畏惧的精神充满敬意，歌颂他们"急王事"的英勇献身行为。他还用三首七绝来写边塞，在 11 首七绝中占到三分之一还多，而且首首出彩，内容亦为多样。《赠友人边游回》说：

> 游子新从绝塞回，自言曾上李陵台。
> 尊前语尽北风起，秋色萧条胡雁来。①

谈话的内容很简略，然而"李陵台"却带来绝塞的无限酸辛与悲凉。从"尊前语尽"中想见他们班荆而坐的畅叙，说不尽的出生入死与艰难万险，全然融化在秋色萧条的北风与胡雁的悲鸣中。还使人想起《汉书》中李陵与苏武话别的悲凉，以及江淹《别赋》"班荆兮赠恨，唯尊酒兮叙悲"那样的情景。此诗一气旋转，气格甚高，置之盛唐边塞诗佳制之中，亦可见好。《射雕骑》描写一位蕃将，题材特别："蕃面将军著鼠裘，酣歌冲雪在边州。猎过黑山犹走马，寒雕射落不回头。"鼠裘酣歌，雪地驰猎，越山过岭，箭起雕落，却飞驰不顾，矫健豪迈的形象，刻画得颇为生动。《出塞词》叙写了一次夜袭："金带连环束战袍，马头冲雪度临洮。卷旗夜劫单于帐，乱斫胡儿缺宝刀。"雪夜疾驰与战斗场面的描写都很生动，与岑参《献封大夫破播仙凯歌六章》其五"万箭千刀一夜杀，平明流血浸空城"颇为相近，然比岑诗少了些直露与过浓的血腥味。

如果单从边塞诗看，马戴的边塞诗比盛唐多了些苍凉，少了些乐观精神，然而壮丽、豪迈、悲壮、激昂的精神与风格，差异并不甚大，厚重高昂而悲壮苍凉的审美趋向也为一致。仅此一端，把他看作"可与盛唐诸贤侪伍"，并非有抬高之弊或方凿圆枘之嫌。而且题材多样，本身也为盛唐边塞诗空白处，做出了补充。无论如何，在晚唐小家诗人中特为颖出，兴致气格超迈时人，洵为晚唐之翘楚。

4. 铮铮作响的七绝

马戴绝句20首，而以七绝为尤。其中七绝边塞诗风格突出鲜明，

---

① 此诗《全唐诗》一作薛能诗，薛只有边塞诗两三首，格调卑弱，与此不类。

已如上述。除此尚有山水、怀古、送别、寄赠、咏物，题材亦复广泛。《易水怀古》属于其中精品：

> 荆卿西去不复还，易水东流无尽期。落日萧条蓟城北，黄沙白草任风吹。

如同他的边塞绝句那样，一气旋转，全以气胜，悲壮苍凉的意绪流转始终。"人去水流，壮士之恨在；沙黄草白，侠烈之声微"（唐汝询语）。然从另一角度看，未必没有陶渊明"其人虽已殁，千载有余情"的含意。以叙述怀古，用描写言今，作为枢纽的第三句，兼备叙述与描写，提供典型而有历史积淀的空间，末了的沙飞草动，浓郁的苍凉亦随风掀起，怀古思今之心潮思绪充斥于黄沙白草之中。所谓"雅有古调"（杨慎语），可从尚气与质朴中看；而且雅有深致，起承转合之流动，又极其自然畅达。

咏物诗《高司马移竹》则别出一格："丛居堂下幸君移，翠掩灯窗露叶垂。莫羡孤生在山者，无人看著拂云枝。"同样赞美竹子的"拂云枝"，却以居于堂下任"人看"为得意，而否定"孤生在山者"，则从逆向做反面文章，也显示了作者以入世之姿实现人生价值的观念。《山中作》推出一片幽境："屐齿无泥竹策轻，莓苔梯滑夜难行。独开石室松门里，月照前山空水声。"前三句似乎做了一个漫长的准备，结尾方才推出一个月明山静的澄澈景观。喧闹的水声使山空别有一番静趣。"空"者，静也，使山间显得愈加空明。如此"n比1"的结构，亦别具匠心。他的绝句无多，不仅题材广泛，而且做得精心，运思立意，能摒弃平庸。犹如风中铃铎，铮铮作响。前人看重他的五律，却忽视了这种小诗。

总之，五律之写景，边塞诗之开拓，七绝之别致，三点一位，使马戴足够耸立于晚唐小家之中。由于他注意了对盛中唐诗的继承，再加上处于中晚唐之际的特殊时期，毕竟使他与晚唐诗有了一定的区别，而能居于晚唐小家之上。另外，无论何种题材，还是五律或七绝，多能颇用心思，基本上经营出自家的艺术个性。达到了写景之幽静清峭，边塞诗的壮丽与苍凉，七绝结构之变化多样，总体形成清峭雅畅而不乏高朗苍凉之音。至于五七古的乏缺，更无大篇巨制，则是晚唐小家之通病，于马戴亦不可或免。

十三、从《丹青引》看杜诗的艺术个性

杜甫的《丹青引》沉郁顿挫，雄深厚重，属于七言大篇的杰作。选材与题材的处理、表现之手段、结构之方法等，都体现了杜诗的艺术风格与审美个性。

风格的沉郁顿挫总与杜诗联系在一起，此诗也不例外。沉郁是指内容的深沉广博，海涵地负；顿挫是指情感的起伏抑扬，仪态万千。《丹青引》是赠送给画家的诗歌，本是作者与画家的个人交往，可以写成为画家立传的人物诗，也可以歌咏画家的绘画技能，或者写成一般的赠寄诗，正如题下自注"赠曹将军霸"那样。所以浦起龙《读杜心解》说："读此诗，莫忘却'赠曹将军霸'五字，犹《入奏行》之'赠窦侍御'，《桃竹杖引》之'赠章留后'也。通篇感慨淋漓，都从此五字出，自来注家只作题画，不知诗意却是感遇也，但其盛其衰总从画上见，故曰《丹青引》。"① 浦氏的眼光确实高出一筹，然此诗不仅如此，还通过一个画家在不同时代的知遇与不幸，把大唐社会由兴盛到衰落的巨大变迁和作者与画家以及无数人的命运紧紧联系在一起。由一个非政治圈中的小人物，牵动了时代的巨变，不只是停留在人物一己的感遇上，所以才能"通篇感慨淋漓"，具有感人至深的艺术效果。

---

① 浦起龙《读杜心解》，中华书局1981年版，第290页。

据张彦远的《历代名画记》可知，曹霸在开元中得名，天宝时为玄宗所看重，诏画御马及功臣，官至左武卫将军。安史之乱后，流落蜀中。《宣和画谱》著录画马名迹14件。诗中所说的"开元之中常引见，承恩数上南熏殿"，以及画功臣与御马却都放在开元年间，一来为了行文之方便，二来开元时代是大唐兴盛时代，以便与安史之乱后引发的巨变形成对比。蔡梦弼《草堂诗笺》说："霸，玄宗末年得罪，削籍为庶人。"这对曹霸本人来说是件大事，但从后来进入安史之乱来看，便微乎甚微，故诗中用"于今为庶为清门"一笔带过。此诗大约作于代宗广德二年（764），安史之乱平息虽已两年，然而大唐自此一蹶不振，百病丛生，社会尚处于乱后衰败中，杜甫仍然"漂泊西南天际间"。此前在同谷他就遇到过从长安逃来的"山中儒生旧相识"，曾经"但话宿昔伤怀抱"。后来又在夔州与长沙，先后遇到流浪中公孙大娘之弟子与大音乐家李龟年，都留下了名作。这次遇到"同是天涯沦落人"的曹霸，又引起了极大的感慨，他从曹霸身上不能说没有看到自己。此后不久作的《莫相疑行》就说过："集贤学士如堵墙，观我落笔中书堂。往时文彩动人主，此日饥寒在路旁。"这和曹霸的经历就非常相似，所以能引起强烈的共鸣。此诗称赞曹霸"将军画善盖有神"，他也曾说过"读书破万卷，下笔盖有神"，直到晚年还自负"彩笔昔曾干气象"，在艺术上也有相同之处。曹霸在天宝开元年间盛名一代，不仅有过"至今含笑催赐宝"的荣宠，杜甫还在《韦讽录事宅观曹将军画马图》又说："国初已来画鞍马，神妙独数江都王。将军得名三十载，人间又见真乘黄。曾貌先帝照夜白，龙池十日飞霹雳。内府殷红马脑碗，婕妤传诏才人索。碗赐将军拜舞归，轻纨细绮相追飞。贵戚权门得笔迹，始觉屏障生光辉。"可见曹霸的画上至宫廷下到贵戚权门具有轰动性的艺术魅力，他简直是京华长安灿烂的画星。而且他又是多面手，兼长人物写生，南薰殿凌烟阁功臣图就请他再次敷色涂彩。以他的声名地位，请他画像，则"必逢佳士亦写真",只有名士、高士、有身份的"佳士",才能一拂绢素。"亦"字非"也"之谓,而是"才"的意思,①"才写真"又是多么的矜持!然而辉煌的经历与大唐的鼎盛俱往矣。此诗凡40句,每八句一层,凡分五层,最后一层前两句"将军善画盖有神,必逢佳士亦写真",前句对前四层以画为能事,画功臣、画马、名手韩干所不及做一总收束,后句为佳士写真作为补叙且引发下文。以下为全诗主题部分:

即今漂泊干戈际,屡貌寻常行路人。途穷反遭俗眼白,世上未有如公贫。但看古来盛名下,终日坎壈缠其身。

由过去的辉煌一下跌入贫穷坎坷的现在,由皇帝看重的京都画坛高手沦落为偏僻一隅的马路画家,由过去"轻纨细绮相追飞"重金求画而不得的大师,变为"屡貌寻常行路人"的乞丐般的画匠,由昔日的矜持而今看尽世人的"俗眼白",由贵戚权门的追捧而至穷困潦倒,这和杜甫的遭遇又是何等相似,所以浦起龙把此诗看作感遇诗。浦氏又说:"其前只铺排奉诏所作者,正与此处'屡貌寻常'相照应,见今昔异时,喧寂顿判,此则赠曹感遇本旨也。结联又推开作解譬语,而寄慨转深。"所言甚是,然而"喧寂顿判"非仅士之遇与不遇所能包括,而对于"削籍为庶人"只是一笔带过。而近日的困顿,在杜甫看来是最大的不幸,就在于"即今漂泊干戈际",即安史之乱所带来的祸乱是最根本的原因,给国家与所有人带来的灾难难以数计,曹霸与作者的漂泊,无不缘此连续多年的空前的浩劫。此诗正是把一个著名画家置于如此大背景下才感人至深。

正如同是写画马的《韦讽录事宅观曹将军画马图》末尾所言:"自从献宝朝河宗,无复射蛟江水中。君不见金粟堆前松柏里,龙媒去尽鸟呼风。"由马之盛衰而归结到国家之盛衰。再如《茅屋为秋风所破歌》

---

① 魏耕原《杜诗语词考释商略》,《兰州大学学报》2001年第3期。

由一己之屋漏而想到"自经丧乱少睡眠",又想到"安得广厦千万间,大庇天下寒士俱欢颜"。《题壁上韦偃画马歌》则由马想到:"时危安得真致此,与人同生亦同死!"所以,"杜诗咏一物,必及时事,故能淋漓顿挫。今人不过就事填写,宜其兴致索然耳。"(清·张晋《杜诗注解》)《丹青引》正是把人物遭遇值于安史之乱"干戈际"的大背景上展开,形成了天翻地覆的大顿挫大起伏大抑扬,感慨淋漓,沉郁厚重。由一人的遭遇联想到社会的动荡兴衰,复由社会的兴衰引发盛名而坎坷的历史规律。后来在夔州所作的《观公孙大娘舞剑器行》,就是借观看一次舞蹈,"感时抚事"而想到整个国家的命运,想到"风尘澒洞昏王室",可以说和《丹青引》属于珠联璧合的姊妹篇,这正是杜诗沉郁博大之处。

杜诗在叙事与写人时,往往以逼真生动的场面铺叙,突出事件或人物的特征。《兵车行》生离死别的哭送,《丽人行》的豪华服饰与进餐的铺张扬厉的描写,《自京赴奉先县咏怀五百字》对骊山行宫奢侈的刻画,《北征》时到家后对儿女幽默而辛酸的叙写,无不展现了安史之乱前后各种不同的画面,还有后之《舞剑器行》以博喻对健武的描摹的生动感人。杜甫把赋体描写的铺张扬厉与赋比兴的"赋"的叙述融为一体,描写之生动,感人之至深,正是杜诗仪态万千的特色。

《丹青引》中间三层精工细致地刻画了画功臣与画马的两次场景,突出了曹霸的绘画才能。对于奉诏重画功臣,以简括劲爽的笔墨刻画了一个人物的画廊:

> 开元之中常引见,承恩数上南薰殿。凌烟功臣少颜色,将军下笔开生面。良相头上进贤冠,猛将腰间大羽箭。褒公鄂公毛发动,英姿飒爽来酣战。

前两句追叙昔日之盛名；三四两句总写，"少颜色"与"开生面"对比生色，光彩焕发；五六两句按将相分类叙写，"进贤冠"之高巍与"大羽箭"之端直相互映衬，气势夺人。末两句抽出褒、鄂二国公专就须眉皆动刻画，好像要英姿飒爽酣战一场，人物生动得呼之欲出，功臣们的描写活灵活现与气势的逼真则由此可见。四层依次而来，布局堂堂，虎虎而有生气，如此响锣重鼓，不过为奉诏画马做了有声有色的铺垫。对于画马将做浓墨重彩的精细刻画：

先帝御马玉花骢，画工如山貌不同。是日牵来赤墀下，迥立阊阖生长风。诏谓将军拂绢素，意匠惨淡经营中。斯须九重真龙出，一洗万古凡马空。

《历代名画记》卷九"韩干"条说："玄宗好大马，御厩至四十万，遂有沛艾大马。……天下一统，西域大宛，岁有来献。诏于北地置群牧，筋骨行步，久而方全。调习之能，逸异并至。骨力追风，毛彩照地，不可名状，号木槽马。"① 初唐江都王李绪以鞍马画擅名，至盛唐以"玄宗好大马"，又好书法，重视绘画，一时画马名家蜂起，除了曹霸，尚有其弟子韩干，韩干弟子孔荣，与韩同时的还有陈闳。韩、陈皆召入供奉。还有韦无忝、韦偃以画马著名，张萱以人物著名，兼长鞍马。另有陆滉、李仲和、李衡、齐旻俱能画蕃马；黄谔画马独善于时，曹元廓、韩伯达、田深画马筋骨气力如真。张遵礼善画斗将鞍马。杜甫此诗所说的"画工如山"，就是对当时画坛的如实反映，"貌不同"是说他们画的御马各有特点，这就为下文突出曹霸画马技艺高超做了总括性铺垫。"是日"两句先写活马，"迥立"犹言挺立，"生长风"言气势欲奔，凛凛风起，摹其精神。挺拔翘举之活马跃然纸上，此为以下画马做了又一铺垫。"诏谓将军"点明奉诏画

---

① 张彦远《历代名画记》，人民美术出版社2005年版，第188—189页。

马,于顺叙中补出,"拂绢素"为画之初始。"意匠惨淡经营中",此为对马写生,熟视活马,端详审视绢素等情节,都从中可想见;若有所思,意有所会也都容纳其中。此句虚中有实,书画家临纸踌躇执笔熟视,宛然可见。而挥笔作画的整个过程只写了一句"斯须九重真龙出",即告结束,而末了的"一洗万古凡马空"却精神焕发,光彩四射。此如《左传》叙写大战,每每详于战前,略于战中厮杀过程。因与战争凡所有关既已交代了然,胜负预先揭示,故对具体过程付之略写。苏轼为画竹名家,从表兄文同画竹最为杰出,他在《筼筜谷偃竹记》里说文同画竹:"故画竹必先得成竹于胸中,执笔熟视,乃见其所欲画者,急起从之,振笔直遂,以追其所见,如兔起鹘落,少纵则逝矣。"此为默记背画。无论对物写生还是背画,都有"惨淡经营"即"执笔熟视"的过程,杜甫在创作论上提出与刘勰"窥意象而运匠"的打腹稿同样的重要性。"一洗万古凡马空"言画之气韵生动,气势不但超越同时"如山"之画工,而且高迈前贤。鞍马画和山水画一样,至盛唐才出现为专一的画科,故此非虚誉。以上仅属粗笔勾勒,尚有待于敷色涂彩,使场景更为出色。

玉花却在御榻上,榻上庭前屹相向。至尊含笑催赐金,圉人太仆皆惆怅。弟子韩干早入室,亦能画马穷殊相。干惟画肉不画骨,忍使骅骝气凋丧。这是观者的震惊,亦即审美的效果。先用诧怪之语出之:"真马"怎么跑到"御榻"之上?然后榻上之画马与庭前之真马,屹然相对而立,——简直分不出真假!至尊与主管养马者的不同表情,既各合身份,又烘托出画马之逼真,"含笑催赐金"与"皆惆怅"散发出喜剧气氛。"弟子"四句又以韩干再做衬托,称美曹霸画技之高妙。对此,张彦远《历代名画记》认为"以杜甫岂知画者,遂有画肉之诮"。韩干早年曾受到王维推奖,"善写貌人物,尤工鞍马。初师曹霸,后自独擅"[1]。朱景玄《唐朝名画录》说他在"明皇天宝

---

[1] 以上两条均见张彦远《历代名画记》,人民美术出版社2005年版,第188页。

中召入供奉。上令师陈闳画马，帝怪其不同，因诘之，奏云：'臣自有师，陛下内厩之马，皆臣之师也。'"① 内厩的木槽马筋骨自圆，形态肥壮，韩干自然"画肉不画骨"。张彦远论画马，不主张"尚翘举之姿"的"画骨"风格，而推崇"安徐"的肥硕之体，所以称赞韩干画马"古今独步"。杜甫尚瘦抑肥，"立而曰'迥'，相向而曰'屹'，马之骨已露于此"。② 与他在书法上"书贵瘦硬方通神"的审美标准一致，讲究风骨气势，这和他的诗风的转变也一道同风，为由盛唐向中唐的转变提出了重要的审美观念，故对画史推崇盛唐画风具有颠覆性的看法。此层由上层马详人略而转入详人略马，经过两次正面铺叙写侧面烘托，把曹霸画马推向高潮，亦为下文突跌入干戈之际的途穷坎壈，形成昔盛今衰的顿挫，做了最充分生动的准备与烘托。今昔不同对比显示出时代的衰败是人物困顿的原因与诗之主旨，从而由写人而转向对社会变迁的思考。

此诗的第三特征是以文为诗，大量运用散文句式和虚词，以发议论，在议论中带出简括的叙事。这种以议代叙的散文化是杜诗最为鲜明的个性风格，这主要见于首层：

> 将军魏武之子孙，于今为庶为清门。英雄割据虽已矣，文采风流今尚存。学书初学卫夫人，但恨无过王右军。丹青不知老将至，富贵于我如浮云。

八句几乎全是散文句式，首尾两句是标准的"之"与"于"字句，次句连用两"为"字，第三句连用三虚词"虽已矣"。末两句连用《论语》而自然得如从己出，前人谓之"有自然不做底语到极致处

---

① 朱景玄《唐朝名画录》，见于安澜编《画品丛书》，上海人民美术出版社1982年版，第78页。

② 王嗣奭《杜臆》，上海古籍出版社1983年版，第200页。

者"（谢无逸语）。这都是杜诗的鲜明特色。在议论中带出人物的出身与弃书工画之经历，以及人品之精神。前人又称赞此诗发端"起的苍茫大家"（申涵光语）。八句又分作两小层，从出身才艺，学书学画两番抑扬顿挫，引起全诗，并为下文作地步。"于今为庶为清门"照应末层"漂泊""途穷""文采风流今尚有"照应中间三层奉诏作画。"学书"两句为陪衬，犹如书法中的侧锋，而"丹青"句则犹如书法中的主笔，亦为最后两句作一绝大陪衬。此诗在结构上采用顺序，森严整暇，节节插入陪衬，如迂回而终至顶峰，又连峰互映，而又跌入深谷，感慨自然淋漓。内容上显示出沉郁厚重，又以顿挫抑扬组织结构，大起大伏，伏中有起，主中有宾，奇中有整。叶燮《原诗》外篇对此有详论，可参看。押韵五层五转，每层韵与意并换，首层声调平稳，第二、三层响亮，第四层轻扬，末层则短促，均各得其所。这些都是在七言歌行上的创格，也是杜诗惨淡经营之处。

　　此诗的顿挫转折，最能见出杜诗精神。叶燮剖析极为精彩："起手'将军魏武之子孙'四句，如天半奇峰，拔地而起。他人于此下便欲接'丹青'等语，用转韵矣。忽接'学书'两句，又接'老至''浮云'两句，却不转韵，诵之殊觉缓而无谓。然一起奇峰高插，使又连一峰，……是遥望中峰地步。接'开元引见'两句，方转入曹将军正面。……盖将军丹青是主，先以学书作宾；转韵画马是主，又先以画功臣作宾。章法经营极奇而正。此下宜急转韵入画马，接'良相''猛士'四句，宾中之宾益觉无谓。不知其层次养局，故纡折其途，以渐升极高极峻处，令人目前忽划然天开也。至此方入画马正面，……忽接'弟子韩干'四句，……盖此处不当更以宾作排场，重复掩主，便失体段。然后咏叹将军画马，包罗收拾，以感慨寄之篇终焉。章法如此，极森严，极整暇。"[1] 此篇多次铺垫、多次转折，走向中心，经过三盘九折，处处顿挫，处处感慨，故能体现杜诗顿挫之大法。

---

[1] 叶燮《原诗》，人民文学出版社1979年版，第72—73页。

十四、乱离时代的历史画卷

——《彭衙行》与《赠卫八处士》的比较

玄宗天宝十四载（755）长达八年的安史之乱爆发，大唐自此一蹶不振，北方陷入万民涂炭的水深火热之中。玄宗逃往成都，李亨即不久的肃宗退驻秦州与凤翔。杜甫与备受灾难的百姓一样，处于乱离之中，留下《自京窜至凤翔喜达行在所》《述怀》《羌村三首》《北征》等纪实性的名作。其中作于至德二载（757）的《彭衙行》记述了全家逃难的一段经历，两年后的乾元三年（760）。由洛阳回华州时与友人相遇作了《赠卫八处士》，表现了乱离的不幸与沧海桑田的变化。这两首都是五古，题材风格也比较接近，堪称乱离时代的历史画卷，一对留存时代缩影的双璧。

安史叛军次年进逼潼关，杜甫把家从奉先（陕西蒲城）转移到北边白水，寄居舅家。六月潼关失守，危及白水，杜甫一家再向北流亡。离开白水六十里，夜经彭衙遇到故人孙宰的款待，后来移家鄜州（陕西富县）。次年杜甫被肃宗疏远回鄜，路经彭衙之西，奔波途中想起友人的高谊，便作了《彭衙行》，记录了一年前的逃难惊怕与对友情的感激。全诗46句，230字，大致可分前后三部分。前者叙述初次逃难的艰苦备尝：

> 忆昔避贼初，北走经险艰。夜深彭衙道，月照白水山。尽室久徒步，逢人多厚颜。参差谷鸟鸣，不见游子还。痴女饥咬我，啼畏虎狼闻。怀中掩其口，反侧声愈嗔。小儿强解事，故索苦李餐。一旬半雷雨，泥泞相牵攀。既无御雨备，径滑衣又寒。有时经契阔，竟日数里间。野果充糇粮，卑枝成屋椽。早行石上水，暮宿天边烟。

因是追忆去年避难，故先以"忆昔"标明以下经历全是回忆，亦即倒叙。由于丧乱奔逃故不分昼夜。"险艰"是前段的总提。"夜深"两句又是倒叙中的倒叙，即先写月夜到达彭衙，"月照白水山"自是一种惨淡凄凉景象，逃难人的心情自可想见，以下再从头叙起。"尽室"两句说全家多日徒步奔走，遇人则赔尽了笑脸，而有"乱离人不如太平犬"的酸楚。"参差"两句以动显静，乱世处处人烟稀少，路无行人，孤独感似在吞噬人心。以上四句为总述一路艰难，以下备叙种种"险艰"。

难民首要问题是吃饭。"怀中"女儿饿得"咬我"，一家人饿到极点自不待言。咬人疗饥是小孩的本能，也是生理的反常行为，真可谓"痴"得让人酸心！咬不能解决饥，哭闹即随之而来。杜甫后来作于在成都草堂《百忧集行》的："痴儿不知父子礼，叫怒索饭啼门东"，那尚属安定年月。而今之啼却"畏虎狼闻"，引发不测，急掩其口，孩子感到不适，更加嗔怒而声大。"反侧"谓翻转挣扎，情急之状可见。这些浸含泪水的语言，真是"曲尽逃乱之态"。小儿不懂事却"强解事"——硬是要吃路旁不能食用的苦李子，表示不会因饥哭闹。这真让人哭笑不得！朴素的语言把小儿女在逃难饥饿的各种情状表现得入耳穿心，使人如临其境，若历其事。清人张上若说："写人所不能写处，真极朴极，亦趣极，惟杜公善用此法。"[①] 杜甫正是用

[①] 张上若语，见杨伦《杜诗镜诠》所引，上海古籍出版社1998年版，第166页。

他真实诚挚话语,打动他的读者。

逃难另一要紧的事就是赶路。从白水到彭衙不过六十里地,却走了十天,因赶上雨季,又是老少步行,泥泞中相互牵拉攀扶,既无雨具,路滑衣寒,饥饿寒冷困乏艰难备至,就是再着急,也不过是"竟日数里间"。饿了以野果充饥,雨猛则躲在树下就权且当作屋檐。早行时山路到处有水,晚宿就在那荒远的雾烟之中。对"暮宿天边烟",王嗣奭《杜臆》说:"逃难之人,望烟而宿,莫定其处,虽在天边,不敢辞远,非实历不能道。"① 这一节颠沛流离的叙写,真是说不尽的艰难,道不完的困苦,也为下文友人热情款待做了铺垫。接着是第二段:

> 小留同家洼,欲出芦子关。故人有孙宰,高义薄层云。延客已曛黑,张灯启重门。暖汤濯我足,剪纸招我魂。从此出妻孥,相视泪阑干。众雏烂熳睡,唤起沾盘飧。"誓将与夫子,永结为弟昆!"遂空所坐堂,安居奉我欢。谁肯艰难际,豁达露心肝!

杜甫擅长铺叙,又善于驱遣各种语言,特别是能把真诚的情感倾入字里行间。自五言诗出现后,乱离中朋友间的感情真切感人如此诗此段者,恐怕只有杜甫了。此段写友情温煦又是另一种热烈文字。首两句为倒置,是说此行本北出芦子关(今延安西北),因同家洼有友人孙宰,故小留数日。唐人尊称县令为宰,这位孙宰过去可能曾为县令。"高义薄层云"是对以下的盛情先总称美一句,是为此段总冒,以下一一叙出。至其家时天已昏黑,不说点灯而言"张灯",不说开门而言启门,洵有热迎欢接大宾气氛。热水汤脚,剪纸招魂,为我们压惊,就像回到自己家,此为款待远来行客的第一程序。看到杜甫一家疲惫辛苦,嘘寒问暖多方安慰则自不待言。接着又特意让全家与我们见面,彼此相见,丧乱中活得多不容易,不由自主都泪流不止。几个

---

① 王嗣奭《杜臆》,上海古籍出版社1983年版,第41页。

儿女累极了，倒头酣睡。联绵词"烂熳"用得极好，累极之状可见。不一会儿饭好唤醒他们吃饭，不说吃饭进餐，而说"沾盘飧"，十天来没碰过一盘菜一碗热饭，用了即今俗语"不沾边"的"沾"，只有受过多日饥饿威胁的人，才会想到这个痛苦而又欢悦的字呀！

  饭桌上问辛问苦的话很多，只记了"誓将与夫子，永结为弟昆"两句，两句实际一句话，又是文绉绉的，与此诗的素朴很不协调，且又是谁说的？王嗣奭《杜臆》说："追思其苦，故愈追思其恩。结之曰：'谁肯艰难际，豁达露心肝'，何等急切！读此语知'誓将……'乃述孙宰语，所谓'露心肝'也。宰本故人，盖述昔交契之厚，非今日才发誓也。且文势亦顺。注云'夫子'指孙宰，误。"① 仇、浦与杨伦三家亦采此说，今人亦多同之。我们觉得这两句应是杜甫本人感谢东道主的话，故出语庄重真诚，以上无微不至的全方位款待，不也正是杜甫所感慨的，在丧乱间谁能如此"豁达露心肝"。露心露肝不一定是指以上两句说的话。于是"遂空所坐堂，安居奉我欢"，把会客的正屋腾出来，让我全家住下来以"奉我欢"，这是从心底里蹦出的热语、感激语，又见出友人多么豁达招待备至。这两句是全诗的第二次议论，与上"高义薄层云"呼应，又是对此段热情款待的总结，亦是发自肺腑的感慨语，同时也最能引起读者的共鸣。

  至于"小留同家洼"与几日后的告别，再不做叙述，也无须再说。要说的只是回想此一段殷勤款待而今心里仍感动不已：

  别来岁月周，胡羯仍构患。何当有翅翎，飞去堕尔前。

时过一年，现又由凤翔因被肃宗疏远而回鄜，又是一路辛苦，有《北征》记其事。路经彭衙之西，念家心切，不能会晤，故追述此段情谊志感，而有不能奋飞于前的遗憾。《诗经·邶舟·邶风》有"静言思

---

① 王嗣奭《杜臆》，上海古籍出版社1983年版，第41页。

之,不能奋飞",是情爱的急语,杜甫则为友情的至切语,把一句变作两句,说得又是多么老实,而又那么真诚。别来两句又与开头两句互为呼应,自成起结。

其次再看《赠卫八处士》,此诗是由洛阳返回华州司功任上的途中所作,与"三吏三别"所作同时。只叙写与友人一次会面,不叙路途经历,故比前诗的一半只多了两句。还有绝大不同的,一上手就先发议论,把叙事又融化其中,形成以议带叙,如行草中牵丝连线,把上下几个字缀在一起:

> 人生不相见,动如参与商。今夕复何夕,共此灯烛光!少壮能几时,鬓发各已苍!访旧半为鬼,惊呼热中肠。焉知二十载,重上君子堂!明日隔山岳,世事两茫茫。

无论老少,无论治乱,这文字融成一片人生"别易会难"的感慨,又贯注着人们多少共有的情感。在杜甫当时固然不易,情动于衷,在读者不能不随之感慨唏嘘!年少读此节就觉得动人心弦,老读更心魄为之摇动。老杜真会发议论,不,会把自己的情感双手掬出来让人掂量。梁启超《情圣杜甫》说:"杜工部被后人上他徽号叫做'诗圣'。……我以为工部最少可以当得起情圣的徽号。因为他情感的内容,是极丰富的,极真实的,极深刻的。他表情的方式又及熟练,能鞭辟到最深处,能将他全部完全反映不走样子,能像电气一般一振一荡的打到别人的心弦上。中国文学界写情圣手,没有人比得上他,所以我叫他做情圣。"① 他这诗向来为人们所爱读,就是因了情感发抒到极至真至动人的地步。前四句欲扬先抑,跌宕出相见不易,不说丧乱相聚不易,而说今日是哪一日之今日,却能"共此灯烛光",把《郑风·绸

---

① 梁启超《情圣杜甫》,见夏晓虹编《梁启超文选》,中国广播电视出版社1992年版,第136页。

缪》的"今夕何夕,见此良人"的意思,说得百感交来,如从己出,犹如上诗最后两句那样,这是感慨,是议论也是言情。以议论发至深之情,这是老杜的绝技,也是人格的诚厚纯真。"少壮"两句变为抑之又抑,与上之抑扬都是顿挫处,也是沉郁处。以上虽尽发感慨,却同时告诉我们:傍晚偶然相见,而且是少壮分手,老大方得一见,此即以议带叙。

"访旧半为鬼,惊呼热中肠",此又在叙述中发出惊叹,发出乱世人的惊悸与感慨。看到后两句方知相隔二十年才"重上君子堂",又怎能没有人生不见动如参商的感慨!昔之少壮而今彼此鬓发花白,又怎能不情动于衷?彼此如此,而其他故友于叙旧中始知半已作古,心中又怎能不为之惊悸?作者时年48岁,而安史之乱已进入第三年,乱世忧苦又怎能不苍老,且死人又那么多,又怎能不"惊呼",不心肠如焚,火烧火燎地阵痛?"焉知"两句本可置于开头两句之后,硬是按在此节末尾,要比顺说更能增加感慨起伏。以下方转入晚餐的叙述:

> 昔别君未婚,儿女忽成行。怡然敬父执,问我"来何方?"问答未及已,驱儿罗酒浆。夜雨剪春韭,新炊间黄粱。主称"会面难",一举累十觞。十觞亦不醉,感子故意长。

这里看似平铺直叙,其中却有许多经营。因为"儿女忽成行"不是谈叙出来的,这从"忽"字可以看出。其中不仅省去如前诗"从此出妻孥"情节,而且从"忽成行"的视觉已暗示出相见而在此两句之前,所以这两句才发如此感慨。不然,以下的"敬父执"就来得太突然。说得更明白一点,"昔别"两句应在下两句之后,也就是看到他的问候,才有"昔别"两句的感慨,这是第一次倒叙。"问答"句简括得一笔带过,"驱儿"应贯下三句,且次序是先剪韭,次炊粱,再置酒。而把"罗酒浆"置前,气氛一下子就上来了。且"驱"是那么急乎，而"罗"又是那么的忙乎，就像上诗"张灯"的"张"字一样。然后再补叙出"夜雨剪韭"也是刚才驱使的，春韭与黄米饭又是多么丰美的晚餐。"间"字指示出还有其他菜肴与主食。当主人殷勤举杯连声说"会面难"——见面不容易，不容易！又把"十觞"顶针连用，殷勤热烈的气氛又一下子荡漾起来，谁能不感到温暖？因而"亦不醉"——这里话中有话——谁又能推辞不饮？因为"感子故意长"，老友的深情热得感人呀！这两句是叙也是议。如同上诗"谁能艰难际，豁达露心肝"一样，结束了晚餐的叙述。丰盛的晚餐与夜话的亲切温馨成为以后美好的记忆，也是战乱中难得一刻。

  末尾的"明日隔山岳，世事两茫茫"，这是对全诗的收束，也是预叙。有对友情眷恋感激，也有世事动荡，将来是否还能见面，甚或还能健在，彼此都会说不准。还包含万方多难的丧乱什么时候才能结束的隐约期盼。杜甫主张"篇终接混茫"，此诗的结尾余意深长，茫茫然沉郁无边，又让人再次感叹唏嘘起来。

  从以上两诗杜甫以自己真实的逃难经历与友相聚不易的感慨，不仅可知杜甫在安史之乱是怎样"苟全性命于乱世"，而且天宝时八千万多人口，至安史之乱后竟仅余二千八百万人，那么多的人都死于丧乱之中，除了像《石壕吏》所说的"二男新战死"，《悲陈陶》的"四万义军同日死"外，在"积尸草木腥，流血川原丹"的岁月里，又有多少人饿死、冻死、贫病而死！杜甫这两诗补充了这些事实。当时的百姓是怎样地活着，又是怎样地死去，也由此可以想见这一姊妹篇拉开了一幅惨淡的历史画卷。杜诗不仅写自己和一家的苦难，也再现了当时社会的灾难。唐诗与唐史都没有留下如此逼真感人的文字，杜诗弥补了历史文献的不足，也正是在直面人生直面社会直面国家命运的重大责任中，杜甫承担了"诗圣"的职责，杜诗也确实以实录的精神记载下"诗史"。

  从艺术看，后者更集中精练，特别是感慨深刻的议论，不仅以之带叙，而且起到了极好的发抒情感的作用。即使叙写笔下无不饱蘸浓厚的感情，"全诗无句不关人情之至，情景逼真，兼极顿挫之妙"①。结构上先发议论后再叙事，议串中叙，叙中有议，交融自为自然。"前曰'人生'，后曰'世事'；前曰'如参商'，后曰'隔山岳'，总见人生聚散不常。别易会难"②。又如："怡然敬父执，问我来何方？若他人说到此，下须数句，此便接云'问答未及已，驱儿罗酒浆'，直有抔土障黄流气象。"③。而在"感子故意长"后，还有夜话、夜宿。次日之别，一切统统省去，紧接"明日隔山岳，世事两茫茫"，便告结束，不觉仓促，只觉感慨苍茫，这都是至其精练的地方，也体现杜诗"篇终结混茫"的特色。

《彭衙行》的逃难与友人款接，一路艰难险阻叙说不尽，忙着叙述，也就无暇顾及抒情与议论，只在忙中偷闲插入两三句，所以达不到赠处士诗那样感人。再加上至友人家的详叙备述，前后两节就有详而无略，自然少了些精练。还有发端平平而起，就更不如后者感慨百端的抒情式议论。然而若无《彭衙行》不厌其详的叙说，而只有赠处士诗，总会缺些什么，少却了不少的逼真，这正是说两诗是姊妹篇，或如一对双璧的原因。总而言之，两诗都写得悲喜交集，感情起伏，前诗更多带有汉魏古诗风格，后诗则富有唐人情味。而且使我们更感受到动乱社会所带来的数说不完的灾难，使我们更热爱今天安定祥和的岁月！

（此文原载《语文学刊》2017年第5期）

---

① 张上若语，见杨伦《杜诗镜诠》，上海古籍出版社1998年版，第208页。
② 周甸语，见仇兆鳌《杜诗详注》，中华书局1979年版，第514页。
③ 《漫叟诗话》语，见仇兆鳌《杜诗详注》，中华书局1979年版，第513页。

十五、杜甫的宋玉情结

——以《咏怀古迹五首》其三为中心

如果说司马迁的《史记》尊仰孔子，但更亲近孟子。那么，杜甫崇敬屈原，而更亲近宋玉。因为屈原主要关心上层社会的举动，而宋玉赋显示了明显的民本思想，因此更能引发杜甫的关注。

杜甫在大历元年（766）暮春来到夔州，寓居三年，作诗432首，占其诗总数的三分之一。特别是做了大量的组诗，其中《诸将五首》《秋兴八首》《咏怀古迹五首》最为有名。后者其三是为感怀宋玉而作，同时寄托了自己的感慨，也反映了自己的文学观念，对此，论者很少留意。其诗云：

> 摇落深知宋玉悲，风流儒雅亦吾师。怅望千秋一洒泪，萧条异代不同时。江山故宅空文藻，云雨荒台岂梦思。最是楚宫俱泯灭，舟人指点到今疑。

此首因宋玉故宅而有感。宋玉故宅有二，一在江陵，一在归州。杜甫在夔州所作《入宅》其三说："宋玉归州宅，云通白帝城。"归州治所在今秭归县，即杜甫所咏故宅。提起宋玉，首先想到他的《九辩》。《九辩》发抒"贫士失职而志不平""羁旅而无友生""君弃远而不察兮，虽愿忠其焉得"的郁闷，这些都和杜甫的处境相近。特别是《九辩》集中描写秋天悲凉萧寂的景况，开创了中国文学"悲秋"的主题。开端所言："悲哉秋之为气也！萧瑟兮，草木摇落而变衰"，往往引人共鸣。杜甫此时的杰作《秋兴八首》，就与宋玉"悲秋"的母题相关。甚至有论者说："余尝谓子美之八首（指《秋兴》）即宋玉之《九辩》，故曰'摇落深知宋玉悲，风流儒雅亦吾师'，惟能深知其悲之何故，而师其风流儒雅，此拟悲秋为'秋兴'，乃所为善学柳下也。若后人动拟杜之八首，纵能抵掌叔敖，未免捧心里妇。"① 此说不无道理。此诗发端首句应为"深知摇落宋玉悲"的倒置，"摇落"置于句首，则是为了突出宋玉《九辩》的"草木摇落而变衰"的关键词。"深知"者，即以宋玉悲秋为同调。

次句看法最为分歧，一说宋玉"总因文藻所留，足以感动后人耳。风流儒雅，真足为师也"（仇注引《杜臆》语）；二是说此句的"'亦'字承庾信来"（杨伦《杜诗镜铨》），上首谓庾信"暮年诗赋动江关"，即可堪为师，故言宋玉"亦吾师"；三是说"亦字，虽无不满之意，却极有分寸"②；四说"宋玉以屈原为师，杜公又以宋玉为师，故曰亦吾师"③，分歧的关键主要集中在"亦"之释义，二、三、四说"视为常义也"，如此则前无所承，故不妥。此"亦"之意当为应也、实也，"亦吾师"即应吾师，实吾师。所以"真是为师矣"的说法还是可取的。旧注说："风流，言其标格。儒雅，言其文学。"④ "风流儒雅"实与《丹青引》"文采风流"相去不远，是指可传世之文藻。首联我与宋玉并提，这是照题目的"咏怀"与"古迹"而来。

---

① 黄生《杜诗说》，见《黄生全集》，安徽大学出版社2009年版，第2册332页。
② 萧涤非《杜甫诗选注》，人民文学出版社1985年版，第264页注5。
③ 仇兆鳌《杜诗详注》，中华书局1979年版，第4册1501页注2。
④ 仇兆鳌《杜诗详注》，中华书局1979年版，第4册1501页注2，引邵注。

颔联为流水对，谓自己萧条之处境、怅然之情怀，与宋玉同可一悲。千秋同调而遗憾的是生不同时，只能异代怅望，悲而洒泪。杜甫对以往的文学家转益多师，上至屈原、贾谊、司马相如、苏武、李陵、扬雄、曹操、曹植、刘桢、潘岳、陆机、陶渊明，近至鲍照、谢灵运、谢朓、陶渊明、沈约、阴铿、何逊、庾信，几乎此前的重要作家，他都称美与提到过。但从身世与才华两层考虑，似乎他与宋玉的共鸣更为强烈。宋玉的《风赋》把大王之雄风与庶民之雌风对比，豪奢与灾难尖锐之对立，这与杜甫则最为亲近。"朱门酒肉臭，路有冻死骨"，固然与孟子"疱有肥肉"与"野有饿莩"的批判精神与民本思想具有直接的联系，而又怎能不引宋玉为同调呢？所以这两句倾注杜甫对宋玉的同情，也包含衷心的礼敬，视为千古知音。如果就此而言，似乎超过以上所有作家。杜甫心中的宋玉情结，未得到前人的重视。又由于鲁迅与郭沫若两大先生对宋玉有"弄臣"与"卑鄙无耻的文人"的微词，所以，在当今学界对此也没有足够的认识。如同杜甫对庾信有"凌云健笔意纵横""暮年诗赋动江关"的反复颂美，然其人却有贰臣之行径。因而对于宋玉这样的下层文人，他的感情之浓厚也就很自然了。在《秋兴八首》其三的"匡衡抗疏功名薄，刘向传经心事违"喻已忠而见斥，谏而放逐，处境与心事又与之如此相同，故以此诗既悲宋玉，又自咏其怀，这样就自然而然地把宋玉和自己融为同调。

颈联就题目"古迹"实写，语势顿挫抑扬。故宅在三峡，故曰"江山故宅"。其宅虽存，斯人已去，然其宅犹传者，只因文藻还保存光影。出句"空"字亦颇费解，当为唯余、只有义。宋玉《高唐赋》说楚怀王梦见巫山神女，"且为朝云，暮为行雨，朝朝暮暮，阳台之下"，本为假设其事，讽谏淫惑以警倾襄王。故对句说"岂梦思"，并非真的做梦，意在规谏。"岂"字反诘有力。两句合起来说：江山空宅，只因宋玉文藻传留至今而名传；《高唐赋》的云雨荒台难道是真的说梦？两句缩中有伸，抑中有扬，回旋往复中包容古今，把许多话凝结成两句，这是杜甫七律最见特色的地方。李商隐《梓州罢吟寄同舍》的"楚雨含情皆有托"，《有感》的"一自高唐赋成后，楚天云雨尽堪疑"，以及"襄王枕上原无梦，莫枉阳台一片云"，均受杜甫此诗的启发。

尾联的"最是"看似明白，但不要轻易放过。我们曾说它是"正是"的意思（参见拙著《全唐诗语词通释》），以此对比突出宋玉，楚宫俱灭而宋玉文藻流传。至今船行此地，舟人依稀指点，不知何处为楚宫，而宋玉故宅却如江山永存，所以用"正是"义作此大判断的决绝前提与强调。李白《江上吟》的"屈平词赋悬日月，楚王台榭空山丘"，与此同义，说得更为明朗。司马迁《报任安书》说："古者富贵而名摩灭，不可胜记，唯俶傥非常之人称焉。"可以说千古同见。杜甫之所以说得不斩绝，意在言外，寄托感慨，促人深长思之。

回味全诗，全然出之议论。其中"云雨荒台""舟人指点""江山故宅"与"怅望"，全都为发感慨而点缀其间，力图让人领会其中一怀心事，满腔感慨，并非提供视觉物象，而是引导人收视返听，思索其情与理。议论多则虚词亦多。所以黄生说："'空'字、'岂'字、'最是'字，是诗中筋节眼目，多少言外之意，皆以数虚字见之。"① 在结构上前四句"咏怀"，后四句就"古迹"发论。以"深知"起，又以"到今疑"结束，前半一往情深，后半吞吐有致，都可见出用心备至、惨淡经营的地方。

杜甫在他的诗里，往往屈原宋玉并提。《秋日荆难述怀三十韵》说："不必伊周地，皆登屈宋才"，《送覃二判官》说："迟迟恋屈宋，渺渺卧荆衡"，还有《赠郑十八贲》的"示我百篇文，诗家一标准。羁离交屈宋，牢落值颜闵"。这些都是入蜀以后以及晚年所言。其间

---

① 黄生《杜诗说》，见《黄生全集》，安徽大学出版社2009年版，第2册333页。

《戏为六绝句》其四说:"不薄今人爱古人,清词丽句必为邻。窃攀屈宋宜方驾,恐与齐梁作后尘。"这是他对取法屈宋最为明显的主张。对于《诗经》《楚辞》的看法,同题其四则说:"别裁伪体亲风雅,转益多师是吾师",这是他的诗学主张。又从对初唐四杰的评介,其一所说的"纵使卢王操翰墨,劣于汉魏近风骚",他曾称美陈子昂"有才继骚雅,斯人尚典型"(《陈拾遗故宅》)。在他眼中,"风雅"与"风骚"并不一定等量齐观,还是具有一定区别的,就他自己来说是近于"风雅"。在夔州所作的《壮游》回忆早年是"气劘屈贾垒,目短曹刘墙",这是理想中的话。后来仅沾微命作一左拾遗,而不久就处于颠沛流离之中。对于屈宋,他还是对宋玉亲近,因屈原原本为重臣,身在要职,可以直接与楚王商讨国事,杜甫一生没有这样的机会。所任拾遗的品位并不高,而且很快又被斥逐疏远了。从政治地位讲和宋玉相近,而和屈原相距甚远。至于作品的民本思想,不可讳言,宋玉要比屈原更为明显,所以宋玉在他心目中的地位更为重要。他在流浪湖湘时,都是屈原的故地,却没有为屈原写下什么,而此诗明显提出宋玉"风流儒雅是吾师",心目中凝结的宋玉情结就不言而喻了。李白取法屈原之辞,杜甫偏重宋玉之赋,李杜之区别,亦可由此分疆划界,见出一端。

还须指出,像杜甫这样以议论为主的七律,已和盛唐高华流美、兴象灿烂的风格拉开了一定的距离。方东树《昭昧詹言》卷一七谓此诗:"一意到底不换,而笔势回旋往复有深韵。七律固以句法坚俊,壮丽高朗为贵,又以机趣凑泊、本色自然天成者为上乘。"[①] 所言贵者正是盛唐七律风格,所谓"机趣""自然"者,当是以议论为主,这对中唐与宋代以后的影响就更深远了。

[①] 方东树《昭昧詹言》,人民文学出版社1984年版,第408页。

十六、"惊风密雨"中的悲歌

——柳宗元柳州登楼诗析艺与解疑

柳宗元21岁中进士，26岁中博学宏词科，授集贤殿正字，后调畿县蓝田尉，31岁调回朝廷任监察御史里行（御史见习官）。在长安政治中心结识了王叔文，仕途顺利，求进之心勃发。当他33岁初度，唐德宗去世，顺宗即位，就踊跃参加了以王叔文、王伾为中心的政治集团的"永贞革新"，大刀阔斧地改革弊政。二王原为微职小官，围绕周围的柳宗元与刘禹锡、韩泰等年轻名士，他们的激进没有得到大多数朝官的支持，反而引起了极大忌恨。又因他们所依赖的顺宗即位前就中风不语，即位半年多，宦官就和猜忌二王的朝官拥立顺宗的长子李纯为皇帝。"二王"集团随之土崩瓦解，全都贬出长安，翌年王叔文被杀，王伾不久病死贬所。刘、柳等八人全都贬到远州做司马，一场对社会与朝廷有利的革新善政，因朝官争权夺利，迅速以失败告终，他们也被视作政敌，均处以重罚。

"永贞革新"为柳宗元之仕途的大转点，自此后半生13年连续遭到贬谪，陷入"罪谤交织，群疑当道"的险恶处境。先贬永州（今湖南零陵县）司马，是为闲职，长达10年。元和十年（815），即43岁时，忽被召进京，似乎终于等到重新起用机会。他在《诏追赴都二月至灞亭上》以异常兴奋的心情写道："十一年前南渡客，四千里外北归人。诏书许逐阳和至，驿路开花处处新。"以为政治上的"阳和"之春到来，将要结束"楚臣""南冠"囚犯式的漫长岁月。然而执政者余怨未消，至京后旋即又被贬为柳州（今属广西）刺史，虽名为州之长官，但比永州更为"荒厉"，在当时可谓天涯海角之"南大荒"了。他在与政友刘禹锡同贬途中分道时说："十年憔悴到秦京，谁料翻为岭外行。"（《衡阳与梦得分路赠别》）时局瞬息遽变，使他感到极度失意。甚至在《再上湘江》中杳茫地说："不知从此去，更遭几时回？"心情未免至于绝望。

柳宗元当年三月离京，大约盛夏至柳州。在当时这是著名的"蛮荒"之地，南望南海，北眺岭树，登楼遥望，沉痛郁闷的心情浇灌了这首著名的《登柳州城楼寄漳汀封连四州》：

> 城上高楼接大荒，海天愁思正茫茫。惊风乱飐芙蓉水，密雨斜侵薜荔墙。岭树重遮千里目，江流曲似九回肠。共来百越文身地，犹自音书滞一乡。

"漳汀封连"指"八司马"中同贬四人：韩泰漳州（今属福建）刺史，韩晔为汀州（今福建长汀）刺史，陈谏为封州（今广东封开）刺史，刘禹锡为连州（今属广东）刺史。"八司马"中的凌准、韦执谊先前已死在贬所，程异在前此 6 年已迁官。其余 5 人全都再贬沿海远州。作者要把乍到柳州"从此忧来非一事"的苦闷郁伤心情倾诉给他的政友们。这首寄赠诗，也就是以诗代柬，以通音问。

作者原本满怀"岂容华发待流年"痛楚忧伤，起调却高唱入云，苍苍茫茫充塞天地之间，似乎高楼、大荒、海天都容纳不下一怀忧愤。登楼远眺易生悲慨，独自登楼更觉凄寂，而在夏木茂密时登楼，而且望远怀念同贬诸人，更是百感交集，悲从衷来！或谓"一起意境阔远，倒摄四州，有神无迹"①，这是从全诗结构上看到起调的囊括；或谓"起势极高，与少陵'花近高楼'两句同一手法"②，这是从起调雄畅气势撼人角度着眼。杜甫《登高》首联为"花近高楼伤客心，万方多难此登临"，声洪势阔，同样涵盖全篇，若不被"诗圣"大名所拘，稍显质直，蕴藉不足。柳诗首句既写景阔远，"登楼"的叙述自涵其中。特别是作为定语的"高"与"大"，以及作为名词的"上"与"荒"，声调洪亮，大有海涵地负之势。不仅既壮眼景大景，而在"现在进行时态"中已包含"过去完成时态"，——已登楼昂首一望。次句言情，忧思弥满，充斥海天，茫茫无尽。有人说海天犹言江天，所谓："江天空阔，愁思无边，三者俱属茫茫。"③ 柳州南滨南海，近则为江围绕，可以连江带海都在其中。"正茫茫"的"正"字，把登高四顾，苍茫百感，顿时迎面扑来，逼人眉宇。

柳宗元在朝不久，连续遭到长期远贬，与屈原经历很有些类似，所以在感情上与之亲近。他曾说过"投迹山水地，放情咏《离骚》"（《游南亭夜还叙志七十韵》）。他也常常以"楚臣""楚客""楚囚""南冠"在诗中自称，他的辞赋即宗法屈辞，为人所称。至于其诗，严羽《沧浪诗话》说："唐人惟柳子厚深得骚学。"④ 清人汪森说："其冲澹处似陶，而苍秀则兼乎谢。至其忧思郁结，纡徐凄婉之致，往往深得楚《骚》之遗。"⑤ 乔亿说："柳州哀怨，骚人之苗裔，幽峭

---

① 纪昀《瀛奎律髓刊误》卷四，方回译，李庆甲集译《瀛奎律髓汇评》，上海古籍出版社1986年版，第185页。

② 查慎行《初白庵诗评》卷下，陈增杰《唐人律诗笺注集评》，浙江古籍出版社2004年版，第740页。

③ 单小青、詹福瑞标点，王尧衢注《古唐诗合解笺注》卷一一，河北大学出版社2000年版，第478页。

④ 郭绍虞《沧浪诗话校释》，人民文学出版社1983年版，第186页。

⑤ 汪森《韩柳诗选》稿本，王国安《柳宗元诗笺释》，上海古籍出版社1998年版，第461页

处亦近是。"① 沈德潜说:"柳州诗长于哀怨,得《骚》之余意。"②又说:"柳子厚哀怨有节,律中骚体。"③ 此诗次联堪称柳诗"律中骚体"的典型。"芙蓉""薜荔"皆为屈骚字面。《离骚》的"揽木根以结茝兮,贯薜荔之落蕊""制芰荷以为衣兮,集芙蓉以为裳",《九歌·湘君》的"采薜荔兮水中,搴芙蓉兮木末",均以香花异草以喻己之志行高洁;还有《山鬼》的"若有人兮山之阿,被薜荔兮带女罗"。柳诗用此亦有喻义。何焯《义门读书记》引吴乔言:"中四局皆寓比兴,'惊风''密雨'喻小人,'芙蓉''薜荔'喻君子,'乱飐''斜侵'则倾倒中伤之状。"④ 纪昀亦认为这两句是"赋中之比,不露痕迹",至于比什么,他没有说。只是说:"旧说谓借寓震撼危疑之意,好不著相。"不同意把喻义说得过于具体。近人俞陛说:"三、四言临水芙蓉,覆墙薜荔,本有天然之态,乃密雨惊风横加侵袭,致嫣红生翠全失其度。以风雨喻谗人之高涨,以薜荔、芙蓉喻贤人之摈斥,犹《楚辞》之以兰蕙喻君子,以雷雨喻摧残。寄慨遥深,不仅写登城所见也。"⑤ 前人与今人绝大多数仅看作实景,实际是忽视了发调"愁思茫茫"的用意。他的诗友刘禹锡性格豪朗,终于熬过两次弃置的23年的贬谪,将返回朝廷时,在《酬乐天扬州初逢席上有赠》的"沉舟侧畔千帆过,病树前头万木春",即以"沉舟""病树"喻己之长期贬谪沉滞,"千帆过""万木春"指朝廷人事不断更新,体现出社会总要向前发展,新陈代谢必然继续,诗写于冬天,此两句则凭空设想。但每句两喻,前后还要偶对,构思则与柳诗一致。如果把柳诗

---

① 乔亿《剑溪说诗》,郭绍虞《清诗话续编》,上海古籍出版社1983年版,第2册1081页。

② 沈德潜《唐诗别裁集》,中华书局1975年版,第61页。

③ 沈德潜《说诗晬语》卷上,人民文学出版社1979年版,第217页。

④ 何焯《义门读书记》,中华书局1987年版,第667页。

⑤ 俞陛云《诗境浅说》丙编,上海书店出版社1984年版,第62页。

这两句单纯看作写实，就有些"缩水"而干瘪了。此处，"惊风乱飐"与"密雨斜侵"为互文见义，见出风雨交加，既属写景，也寓意作者处境之困迫。"乱飐""斜侵"见出纵横而至，也很符合再贬时忧谗畏讥的心理活动。

颈联言思友而不得相见的苦闷。时在6月盛夏，树木茂盛，故有"岭树重遮"之憾。"千里目"言四州刺史远在今之福建、广州，地隔千里，不能相聚晤对。"重遮"简洁，不仅见出夏木扶疏，而且翘首企足之态呼之欲出。对句之"江"指柳江。明人邝露《赤雅》卷中："戕歌（牂牁江）汇龙、融二江，过柳州，环绕如壶。水则北来，还转向北；城则居其腹，所谓'江流曲似九回肠'也。"柳诗即有"牂牁水向郡前流"与"牂牁南下水如汤"。其经过柳州一段称柳江。"九回肠"用司马迁《报任少卿书》的"是以肠一日而九回，居则忽忽若有所亡，出则不知所如往"，极言心情之痛苦不堪。此句"本言肠之九回，而反言江流似之也"（吴昌祺《删定唐诗解》卷二二），出之倒装，不仅与出句对偶，而且醒豁警动。柳诗常见以数字对偶，而且字字涕泪。诸如《同刘十八哭吕衡州……》的"三亩空留悬磬室，九原犹寄若堂封"，《别舍弟宗一》的"一身去国六千里，万死投荒十二年"，《诏追赴都二月至灞亭上》的"十一年前南渡客，四千里外北归人"，还有《衡阳与梦得分路赠别》首尾的"十年憔悴到秦京"与"垂泪千行便濯缨"。他的数字大多用来发抒哀痛，也是柳诗特征之一。此联回应首联对句之"愁思"，借眼前景发抒茫茫不尽的弥天愁思。近观远望俯仰之间，流泻出无限酸楚！

尾联前句回应题目"寄漳汀封连四州""百越地"指少数民族聚集的五岭以南的地区。"文身"犹言"纹身"，用《庄子·逍遥游》的"越人断发文身"。"文身地"犹言蛮荒之地，这对当时的士人来说，是不应身处之所，此为跌进一层，而末句再跌进一层，连用顿挫，层层跌进，"深痛之情，曲曲绘出"（吴闿生语）。"犹自"意谓还要、尚且。末句回应首联次句，大有痛不堪言之凄苦。这两句写来如话，犹如对面相语，忧愤叹息之声，似乎在人耳畔！

这首名作脍炙人口，眼熟口顺，使人不觉还潜伏一个疑问。登楼原本一般多在天朗气清的日子，柳诗何以选择"惊风密雨"纵横交加的时日。或者说，我们很难在中国诗中找到几首冒风冲雨中的登高。而且即使怀人思切，然在疾风骤雨中远望又能看到几何？果真如此，则要在题目中点出，如黄庭坚就有《雨中登岳阳楼望君山》，这是途经其地，时日所迫，故冒雨登览。方回《瀛奎律髓》开卷《登览类》选唐宋五七言律40首，亦无一首。或许还想到岳飞《满江红》，起调"怒发冲冠，凭栏处潇潇雨歇"，那是在阵雨"歇"后，即骤雨乍止，而非在雨中"抬眼望，仰天长啸"。柳永《八声甘州》起调为"对潇潇暮雨洒江天，一番洗清秋"，好像在雨中"登高临远"。然接言："渐霜风凄紧，关河冷落，残照当楼"，同样告诉我们属于雨后登临。柳诗属于怀远登楼，然在"惊风密雨"中是看不到"岭树重遮"与"江曲如肠"的。大雨淋漓中不宜于"抬眼望"，更谈不上"千里目"的作用。因而我们疑心这诗中"惊风密雨"是一种设想，悲歌置之如此环境气候之中，更能增加思念的悲切之情。犹如《诗经·郑风·风雨》，在"风雨如晦，鸡鸣不已"中，"既见君子，云胡不喜"。不过，这是"室内剧"，柳诗则属"露天拍摄"。

柳诗之所以在无雨之时写得风雨纵横，如在目前，一来如晦之风雨可助怀远心情之凄紧，二来作者善写动态中的景观。为人熟知的《永州八记》，其中《钴鉧潭西小丘记》刻画"突怒偃蹇，负土而出"的山石，如牛马之饮溪，若熊罴之登山，这是把石头写成"争为奇状"的动物；《小石潭记》描绘游鱼，"影布石上，怡然不动"，这是动者之不动；动起来则"俶而远逝，往来翕乎，似与游者相乐"，非常自在可爱；特别是《袁家渴记》描摹树摇草动，"每风自四山而下，振动大木，掩苒众草，纷红骇绿，蓊葧香气。冲涛旋濑，退贮溪谷。摇扬葳蕤，与时推移"，真是瞬息万变，动人心目。《石渠记》写其旁奇卉美竹，"风摇其巅，韵动崖谷，视之既静，其听始远"，其视角描写一变为听觉美感。人皆知柳之游记写景出名，写动态景观尤更出色。而柳诗亦复如之，《南涧中题》的"回风一萧瑟，林影久参差"，神与境会，心目亦为之摇动，被称为赋予情感的"骚人语"（刘熙载《艺概》语）。苏轼《东坡题跋》："柳子厚南迁后诗，清劲纡余，大率类此。"《中夜起望西园值月上》的"石泉远愈响，山鸟时一喧"，传递出微妙的夜中声响。传颂千古的《渔翁》的"孤舟绿蓑翁，独钓寒江雪"，在不动的雕塑式刻画中，孤高峻洁的人格却散发出来。《柳州二月榕叶落尽偶题》的"山城过雨百花尽，榕叶满庭莺乱啼"，此诗上言"春半如秋"，故满城满庭花叶飘零，不言远谪愁思，情景自不可堪，用意与"惊风""密雨"一联颇为相近。《雨后晓行独至愚溪北池》的"高树临清池，风惊夜来雨"，高步瀛《唐宋诗举要》：南迁后"诸诗皆神情高远，词皆幽隽，可与永州山水诸记并传"。《夏昼偶作》说午休时"日午独觉无余声，山童隔竹敲茶臼"，清回绝尘，虽近于王维、韦应物，却有自家个性。这是善于捕捉声响的动态，见出心地清净。《闻黄鹂》的"目极千里无山河，麦芒际天摇清波"，麦苗绿浪涌向天际，这种静而动的景象在唐代其他人诗中就很少见。由上可见，动态景观是柳之诗文所擅长。

  这首登楼诗的"惊风""密雨"，写给四位同贬者，若是写实，只能说是登楼时天气不好，这能有多少意味。他要告诉初到贬地异样与忧愤，就把当地物象置于风雨大作之中，而不直说，同贬者自会明白其中的用意。还有一层原因，此前不久，刘禹锡被招还京，作玄都观看花诗，就因"玄都观里桃千树，尽是刘郎去后栽"，视为语涉讥讽，就被贬"西南绝域"的播州（今贵州遵义），柳宗元自请以柳州调换，加上裴度的周旋，才改为连州。他深悉其间利害，在赴柳州途中有《衡阳与梦得分路赠别》，就以"直以慵疏招物议，休将文字占时名",劝诫"谨慎韬晦"（纪昀语）。乍到柳州，既要向同贬者说心里话，又要防备招来物议，所以就用"呼风唤雨"的手法，作了这首惊风密雨中的悲歌。这是如此所作最重要的原因。也是"从此忧来非一事，岂容华发待流年"的曲屈心怀的流露。

  此诗以上六下四为结构，前六句登楼直下，后两句寄人收束；中四句先近景而后远景，一气运转，情景细大远近分明。次句情中有景，颔联景中有情，颈联情景叠加，不停变化。而且对偶精工，情景悲凉。措语精刻，调高骨耸，故成名作。

  柳诗今存 158 首，绝大部分作于两次贬官之时。永州以五言为主，柳州则以七言为主。其中七律 10 首，就有 8 首作于柳州，且多佳制。此首登楼最负盛名。政治上的不幸，诗文创作上却得到补偿，许多有名的游记、寓言都写于贬所。正如韩愈《柳子厚墓志铭》所说："然子厚斥不久，穷不极，虽有出于人，其文学辞章，必不能自力，以致必传于后如今，无疑也。虽使子厚得所愿，为将相于一时，以彼易此，孰得孰失，必有能辨之者。"确实道破了有志者之失必有得的规律，这也是对柳宗元最得体的纪念！

十七、李商隐诗五题

1.《蝉》：牢骚人的诉说

> 本以高难饱，徒劳恨费声。
> 五更疏欲断，一树碧无情。
> 薄宦梗犹泛，故园芜已平。
> 烦君最相警，我亦举家清。

　　李商隐其人及诗，有三点值得言说，一是身处晚唐多事之秋，不得不对时局关注，每付诸诗，感慨沉痛，颇近于杜甫；二是自中唐后期到晚唐，朋党激化，因累年入幕，夹缝难处，又动辄得咎，讥议纷来；三是婚恋每不得意，又属多情种子，往往陷于情感自煎，或如蚕茧自缚，挣脱不得，情海茫茫，亦苦海无边。总上三端，真可谓古之伤心人。方之宋词，就后者而言，当为秦观、姜夔之类不幸者。

　　以上三端，对他亦即三大不幸，此诗即上言其二之不幸。因言处境，涉及身边人事，故出自咏物，最能少却时忌；又因是自家伤心事，故多议论而少描写。诗的议论多，很难见好。然而此诗每被选家物色而看好，其佳处约略有三端。

　　首先是知了在昆虫中最好表现自己，体不大而声巨，飞不远而居高，故古人把它看成高洁之物。它能入诗，也能上画。任伯年的蝉，就能画出它的"巨声"。北周卢思道《听鸣蝉篇》，就被它的"群嘶玉树里，回噪金门侧"，有所震慑！而被它的"长风送晚声"，引发"此听悲无极"的感慨，而牵动"故乡已超忽，空庭正芜没"的思绪。以后写的人就多起来，虞世南《蝉》说："居高声自远，非是藉秋风"，骆宾王《在狱咏蝉》："露重飞难进，风多响易沉"，两种不同处境，两种不同的蝉。所以，清人施补华说，虞诗是"清华人语"，骆诗是"患难人"语，而李商隐的"本以高难饱，徒劳恨费声"，是"牢骚人"语①。这话说得不无道理。然观"五更声欲断，一树碧无情"，又可以说义山此诗是"不幸人语"。蝉虽居高，而露难为之一饱；蝉声虽高响，但无人听其端详。到了黎明五更，虽首夏清和，天亦为凉，蝉声凄凉断续，最为有气无力之时，然则所倚大树，却碧而无情，无动于衷。义山诗长于比兴与暗示，前四句借知了的处境，无论高唱低吟，都无人理会，暗示自己处境的难堪与不幸，故可谓之不幸人语。

其次，此诗的结构上分作前后两截，前半为蝉，后半专从己说。然前半，即物即人，亦物亦人。"高"既言蝉之居高，又暗示人之高洁；"费声"两句上言蝉之不歇气地鸣叫，下言"屡启陈情而不之省也"的意思，前三句写知了的生存方式与状态，第四句则言生活处境。"高难饱"与"费声"，已见人之艰难苦恨之不易，而"疏欲断"更见一切努力皆归凄凉。至于"一树碧无情"，写尽处境的冷凉，是最为不幸语，只有"不幸人"，方有此伤心语。说得至痛至哀，最为刻骨铭心，这也是义山诗的特征。

至于诗的后半，己之"薄宦"，是由蝉之寄身于树而连类而及，言己为人幕僚，漂泊无定，犹如泛梗，没有固定栖身之所，只是聊为宦游而已。又想到故园荒芜，秋声将至，岁云暮矣，该是归去之时。

---

① 施补华《岘佣说诗》，见《清诗话》，上海古籍出版社1982年版，下册第974页。

见机知时的陶潜时就在《归去来兮辞》一张口就呼喊过:"田园将芜胡不归?"何况卢思道的《听鸣蝉篇》听到蝉就发出故乡超忽、空庭芜没的深慨,也曾有过"讵念漂摇嗟木梗"的遗憾与懊恼!义山于此与他们有深切的同感,故直接化用他们的语句。有人把"芜已平",看作"杂草丛生,长得一片平齐",其实"平"非"平齐"义,应是遮被的意思①,也就是卢思道所说的"荒没"的"没",杂草遮蔽了田园,并非言杂草长得一样高。末联的"君"当然指蝉了,蝉之鸣声给我发出了归家的"警告"。"最相警"犹言"最警我""相"为无定指代词,这在《孔雀东南飞》已经用得很多了。这两句说:"知了老兄,劳驾你的悲鸣,谢谢你的提醒!不过,我也是到了举家清贫如洗、一无所有的状况,和你并无两样,有家难归!"这四句前有"君"之挂连,后有"亦"之比并,也是把"我"与蝉合起来写。然平心而论,前后两截,虽有联系,尚未达到浑融无迹,像骆宾王咏蝉那样。但如此突出自我,也未尝不是一种做法。

此诗还有一个特点,就是层层加码、步步深入,就像下地下室一样,越往下越黑,使自己一怀萧索,到了至恨至痛,至为伤心地步!先是"高难饱""高"未尝不好,然而"难饱",这就是"高"得尴尬,不自在了;因为"难饱",故竭力悲鸣,身边却一无知晓,竟无呼应!这就不仅"费声",也太让人感"恨"了、遗憾了;这还是能高声大鸣之时,至于凄凉五更、鸣叫整天之后,也只有沙哑的"疏欲断"了,这该引人同情,至少该是有人注意了,然而却是"一树碧无情"。树是那样的"碧",它完全有力量遮护,甚至呵护,然而就连最为贴近者,居然无动于衷,至于相处甚远者,遑论有所触动。这是诗中最沉痛语,说得刻骨铭心,冷漠得让人发怵!足见诗人心中正有若许伤心语。至此可知,就好像身处幽暗之中,不仅四处无援,而且举足都有深陷之危险,动作不得。此种层层加深写法,全由暗示方式表

---

① "平"的遮蔽义,参见本书第298页《诗词中"平"字辨识》。

达，这在义山本人来说，也是不得已而为之。

2.《落花》：凋落的哀伤

> 高阁客竟去，小园花乱飞。
> 参差连曲陌，迢递送斜晖。
> 肠断未忍扫，眼穿仍欲稀。
> 芳心向春尽，所得是沾衣。

见花流泪，望月伤心，原本为感情细腻的女性情理中的事，如黛玉可以"葬花"，李白虽见月思家，然不至于就流了泪。义山以"落花"为题，似距黛玉不远，恐有雄性雌化之倾向，或者说犹如戏剧中男性扮演坤角的那种不自然。然看他的时代、处境，乃至身世，就不由得对他的如此细腻感情，持以同情之理解，甚至受到感化。此诗写景言情都有自家个性，先言前者。此诗开头来得突兀，既是"高阁"，为何"客竟去"？此"竟"非"终于"义，而是全都的意思。原因在于"花乱飞"，所谓花落人去，人去楼空，留下的只是怅惘与寂寞。此两句为倒装，倒戟而入，先为落花蓄势。"乱飞"的"乱"为狠重字，亦为伤心字。"参差"两句即扣"乱飞"描摹渲染，先用联绵词作偶，"参差"为空间之乱象，"迢递"为时间连续时落花之纷纭；故"曲陌"就空间言，连人迹少至之僻幽处，落花密一阵、疏一阵地吹在园子里的窄道狭路上；而且连续不断，直到日落黄昏，落红仍在斜晖中飞舞。这两句写得花零瓣飞，后来秦观名句"落红万点愁如海"，或许由此生发。义山此种写景，看似出之纯客观式的描写，实际浸涵着浓郁的感伤与惋惜。看写客去的词"竟"，状花飞之"乱"，表"参差"之"连"，特别是"送"，不仅言"迢递"之延续不断地纷纷飞落，且言临空飞舞，追逐夕阳最后一抹余晖遥遥而去。小园里残花乱飞，群红飘舞，惜花，伤春之感，又怎能不油然而起呢？这些副词、动词、形容词都有一双眼睛在注视着，特别是那个"送"字，分明有一伤心人，失魂落魄地望着，不，"送"着那些远飞的落花，久久地伫立在自家的小园里。

其次，此诗的言情也写得穿肠挂肚，伤心到了极点。看他所用的"肠断""眼穿"，都是些重量级的恨词；而且"未忍扫"，不忍让它们消失，此一伤心！那么，希望的是花儿少落些，至少晚些，然而望呀望，仍然是越望越"稀"。此"稀"一作"归"，"稀"是客观的，"归"则带有拟人化的主观幻觉，两字俱佳，而"归"字似更高一筹。这两句写出了失望中的失望，也就是在创伤中撒盐，不痛楚那才是怪事！我们仿佛看见在群花乱飞之中的诗人，步履蹒跚地又向另一团飞花中走去！

值得注意的是，此诗结尾最能见出义山悲天悯人的伤心情怀。"芳心向春尽"，说的是面对暮春之落花。然而以上以女性那细腻之目光、敏锐之情感的表述，此"芳心"当然倾注着自家伤透了的心灵。义山诗缠绵悱恻，义山诗的哀感顽艳，都是很喜欢以女孩子或少妇的感情，或者面孔，出现在自家心里与诗里。他受屈原香草美人比兴的熏染太深，同时也太喜爱南方文化的优柔多感的特征。像他这首诗，应当出于才女薛涛之手，偏不偏关注时局古、律诗都很接近杜甫的义山，却要把自己打扮成女孩，说自己的"芳心"如何，因为这里的"芳心"明显一语双关，花与人两融双谐。而且面对小园落花，"所得是沾衣""沾衣"是指落花，还是伤春之泪，又还是二者兼之？我们看，这用不上追究得过于仔细。义山诗原本喜朦胧的审美境界，喜写朦胧的景观，又长于抒发极为朦胧的情感。他的诗可径直称为"朦胧诗"，他要保持一定的审美距离。他不愿剔透点明的，读者自然可以问个究竟，然亦未可寻思个明白，不清楚的物象并不是不美，如米家山水，王铎草书中的涨墨，二王行书中的省笔、断笔，月光下的景物，未尝不美！不见得画出山树轮廓，钩清渲染的轮廓，添补省去或断了的笔画，就显出美来！对于义山诗不必打破砂锅问到底，也是一种美，属于可望而不可即的美，它本身带有审美的张力！而末尾的"所得"在诗人，前人说是"苦甚"（钟惺语），在读者说是"人、花合结"（屈复语）。不管怎么说，是那么沉甸甸的，因为上面哀肠已断，望眼欲穿，情感上已做了层层的积压。杜诗也好写伤心，也以泪煞尾，然而老杜想的是"戎马关山北"，所以"凭轩涕泗流"；而义山则更多的是："楚天长短黄昏雨，宋玉无愁亦自愁"（《楚吟》），或者是："三年已制思乡泪，更入新年恐不禁"（《写意》）。此亦是义山与杜甫的不同，因为义山所处晚唐毕竟不能和盛唐相比，真可以说是到了"无愁也自愁"的伤心时代了！不仅因此诗出于早年，而单是少年维特之烦恼了！

此诗的虚词，颇值得留意。盛唐诗用得不多，自杜甫方见为多。故前人往往以律诗之虚词多少，作为盛唐诗风之区分标准。虚词长于表达情感的细腻。腹联的"未忍""仍欲"，属于抑而又抑的顿挫。两番跌宕，荡漾出不可挽回之伤心。而且上下两句连成一气，间不容发，用虚词如此，也可算是炉火纯青了。介词"向"是那样具有粘着力，而"所"字又是多么执着与专注。这些虚字就像草丛树叶下的流水，悄然流去，一会儿倾注，一会儿受到阻碍，一会儿停蓄，准备再次冲流，运用从心，表达自如，大有如泣如诉、如怨如慕之感。对于表达这种细腻执着的感情，起着不可忽略而极为重要的作用。

借落花以慨身世，此为常调，但此诗却能结合自家处境，以惜时伤春来写落花，二者融为一体。首联以客去与园花乱飞作衬，刻画出怅望与纷乱之情怀。接以飞红弥漫、夕阳不再而倍伤心怀。再言花之委地、依枝尚见，无限流连。末了把落花与身世合并收束。全诗因五言简洁，故用白描，不加藻饰，不施典故，而伤春之刻意顿出。而这诗本身也荡漾出晚唐时代的哀伤气息！

3.《晚晴》：对"夕阳无限好"的关怀

> 深居俯夹城，春去夏犹清。
> 天意怜幽草，人间重晚晴。
> 并添高阁迥，微注小窗明。
> 越鸟巢干后，归飞体更轻。

春花秋月，诗人乐以摇之笔端，所以旧时的选家有按四季来排比；阴晴雨雪，亦上得诗，因借此可以发抒诸种感慨。杜甫诗集就有许多下雨的诗，其中不少含有大感慨、大道理。李商隐此诗并无什么大理大道，并无他向来以深情至理细密地作诗倾向。

大中元年（847）初夏，李商隐抵桂州入郑亚幕。桂林原本是多雨地区，年降雨量为北方二至三倍，诗人又是北方人，故对多雨特多感受，而对天晴特感稀罕和兴奋，就是此种异样感促使他写下了这首题材平常的诗。然而看似平常的诗，却出自一个感情绵邈的大诗人之手，也就多了些不平常的地方，颇值得我们领略一番。

李商隐与唐代巨星诗人相比，除了感情细腻一面，他的诗还有许多哲理的闪光，当然他并非像宋诗那样好讲大道理。此诗之所以出名，就是因为颔联两句很有名："天意怜幽草，人间重晚晴"，它一方面说，久雨过后，天终放晴，小草在夕阳的清晖沐浴中，更显出蓬勃的生机，好像上天怜爱这些细微的生命，而给予了特别的关照。可以想见，世上的人们终于眼睛明了、心里亮堂了，呼吸到清爽的空气，所以分外珍视雨停云开这充满光明的傍晚，都带着欣悦庆幸的笑容，都能出来走动了，各自忙着要干的事了。它还包含另一层意思，"幽草"非谓"幽僻处的小草"，应指小草，即草民百姓，苍天久雨给草民们脸上挂上浓厚的阴霾，特意放晴，让他们也有松口气的机会。再则诗人于偏僻之郡为人幕僚，未尝不是"幽草"，特别对他这样经不住久雨折腾的北方人，是多么想见见阳光，虽然晚晴是短暂的，却更让人体会到生命存在的需要，且又处于逆境中就更为珍视人生的"晚晴"。然而这两句在如此人生意义之外，似乎不经意地透出了一种社会时代的气息，诗人所处的时代是多么的多雨而阴霾，人们又是多么需要晴亮与光明，对它又是多么珍视无比。诗人在另一名诗《乐游原》不就说得更为明朗："夕阳无限好，只是近黄昏""人间重晚晴"没有说完的话，于此似乎得到补足，所以我们说诗人对晚晴的欣悦，是带有一定的时代烙印的，虽然两诗怅惋与欣喜有一定的偏重与区别。

另外，此诗在描写晚晴天气的放亮，观察细致，感觉敏锐而新鲜。"并添高阁迥""高阁"不仅阐明首句"俯"，且"迥"字表达放晴后视域可见度的遥远清晰，空明澄净，心情之愉悦则不言而喻。而"微注小窗明"又是一番异样明亮，"注"字是那样新鲜敏锐，充满生命的活力！因是黄昏晚晴，故曰窗口透过多日少有的亮光是"微注""光"之可"注"，即生新而恍在目前。它和"迥"是有别的、异样的。这两句一大一小、一疏一密，旷朗鲜亮兼备，都显示首夏清和的明亮，带有油画般的亮度，使人心神为之一爽。

再则，此诗的结尾亦不可小觑。"越鸟"固然用《古诗十九首》的成词，诗人北人南幕，说明行踪，则更恰切。特别是"巢干""体轻"之语，当为登于"高阁"迥望中所见。见到雨后天晴群鸟飞翔的轻疾，而推想到"巢干"；又由"巢干"推想到鸟儿的"翅干"，又联想到"体更轻"。而鸟在雨天则翅湿、体重，飞则迟缓。韦应物《赋得暮雨送李胄》描写雨中飞鸟说："楚江微雨里，建业暮雨时。漠漠帆来重，冥冥鸟去迟。"与此鸟之翅干而体轻，正晴与雨中鸟飞的两种不同形状。"巢干""体轻"就题中"晴"言，"越鸟""归飞"就时空而言，切中题中"晚"。

最后值得一提的是，此诗写雨后晚景，虽从"幽草""阁迥"

"窗明"与鸟之"体轻"而言,然节候之清和,分明是首夏之晚晴,而非春秋冬之三季。究其实,诗人所描写几个视角,包括感觉与推断,并不想要分个子丑寅卯,但由于观察得细致、描写得精确,不知不觉中把握住季节的特征。如韦应物的《滁州西涧》中的"独怜幽草涧边生"的"幽草",它是"春潮带雨晚来急"时的"幽草",同样写出了小草旺盛的生命力,它分明是属于春天的。而李商隐此诗的"幽草",同样分明是叶长葳蕤之状,它是初夏的茂草,虽然诗人并未着意去描写这些,然而完全是可以领会到的。

本来晚晴,鸟则出巢而飞,与晴日间有别。此则言"归飞",则不悦在桂郡亦微微透漏。姚培谦说:"晚晴,比常时晴色更佳。天上人间,若另换一番光景者,在清和时间尤妙。小窗高阁,异样焕发,而归燕亦觉体轻,言外有身世之感。"① 这种"身世之感"具体指什么?屈复则言:"七八自喻,盖归欤之叹也。"(《唐诗成法》),如此看结束的"归飞",还是有一定道理的。

此诗与前诗同一情感,都反映了诗人所处晚唐时代感伤迷离中还不失去的一种希望。

4.《南朝》:时代的忧患

> 地险悠悠天险长,金陵王气应瑶光。
> 休夸此地分天下,只得徐妃半面妆。

人到晚年喜欢回忆,而怀古咏史诗亦即对过去历史的回忆。晚唐犹如人生的晚年,故多回忆性的怀古诗。李义山与杜牧都有许多咏史怀古诗,杜牧咏史好为翻案,往往从反面往更深一层去写。义山则好

---

① 姚培谦《李义山诗集笺注》,见刘学锴、余恕诚《李商隐诗歌集释》,中华书局 1998 年版,第 2 册 627 页。

用对比手法,展现历史的实质与规律。

　　此诗最显著特征就是采用了拼接组合的对比手法,提示出南朝其所以短命的原因。前两句谓六朝建都的金陵有虎踞龙盘之固,且面临长江天堑,南朝统治者自恃天地之险,王气上应天象,可以江山永固,划江而立,长保均分天下之势,这是自嬴秦以来,特别是江东孙吴以降的固有说法。然除了东晋以外,政权存在都不算长,六个朝代像走马灯一样不停更换,这又是什么原因呢?它往往引起史家与诗人深深的思考。义山此诗在六朝亡国的万千头绪是只拈出一端:"休夸此地分天下,只得徐妃半面妆"。然"徐妃半面妆",谓梁元帝与妃子徐昭佩不和。事见《南史·后妃下》:"妃无容质,不见礼,帝三二年一入房。妃以帝眇一目,每知帝将至,必将半面妆以俟,帝见则大怒而出。妃性嗜酒,多洪醉,帝还房,必吐衣中。"徐妃以妒出名,后被元帝逼死,见著史册。此本宫闱异闻,无关乎南朝兴亡之国事。再则梁元帝建都江陵,亦非建康。义山本意以萧梁事概括江左南朝,采用以点代面方式;徐妃以"半面妆"的异样讽刺梁元帝一眼眚瞎,发泄对元帝冷置的不满,原本属于帝妃不和,琴瑟失调,属于后宫争宠琐事,义山诗则大而化之,以偏概全,借徐妃以半面妆接待之事,讥讽梁元帝,包括南朝只拥有半壁江山的可悲。"半面妆"与半壁江山在艺术上采用"明修栈道,暗度陈仓"式的对换,由此大而化之为后者,可谓巧妙智商之至。

　　而且,不仅如此,晚唐藩镇割据气焰日炽,宦官口含天宪的权力愈膨胀,朋党相互倾轧张力绷得更紧,唐政权的力量日渐衰微,直辖区的领域日见削减,甚至于实力尚比不上南朝中分天下的半统局面。所以,义山此诗不仅只在怀古而已,实为现实当局而发,忧国忧民的忧患意识,才是此诗更重要、更深刻的用心所在。正如他在于27岁所作的《行次西郊作一百韵》所说:"国蹙赋更重,人稀役弥繁""国蹙""人稀",在他心中留下多么严惩的创伤与内痛!

结构上前两句先从负面蓄势，第三句的"休夸"为全诗枢纽，逼出下句，而"此地分天下"则承上两句。末句的"只得"的限止，宾语"徐妃半面妆"配合得横岭侧峰，使此句言外有言，语脉摇曳而用意深邃，且匠心独运。

此诗首句"地险悠悠天险长"，句内反复出现两个"险"字，这正是此诗负面的"关键词"，再加上复音词"悠悠"的拖腔拉调，更显露了持险可以固若金汤的批驳讥讽的靶子。义山诗深情绵邈，沉博绝丽，措辞深婉，似乎都与喜用的反复修辞手法相关，特别最爱置于发端，创设了种种特别气氛。诸如"君问归期未有期""相见时难别亦难""天东日出天西下""他生未卜此生休""成由勤俭破由奢""昨夜星辰昨夜风""一夕南风一叶危""山上离宫宫上楼""杜牧司勋字牧之""二月二日江上行""一弦一柱思华年""日日春光斗日光"，均为其例，亦可见其诗风特征之一斑。

清人程梦星说："唐人咏南朝者甚众，大多感叹其兴亡耳。李山甫'总是战争收拾得，却因歌舞破除休'二语最为有识，众论推之。而义山更出其上，以为六代君臣，偏安江左，曾无混一之志，坐视神州陆沉，其兴其亡，盖皆不足道矣。愚谓此诗真可空前绝后，今人徒赏义山艳丽，而不知其识见之高，岂可轻学步哉！"① 义山身处唐代末叶，他不仅在诗法而且在忧国忧民上向杜甫七律取法，自然会有"空前绝后"的称赏。

5.《筹笔驿》：对历史的遗憾

> 猿鸟犹疑畏简书，风云长为护储胥。
> 徒令上将挥神笔，终见降王走传车。

---

① 程梦星《李义山诗集笺注》，见刘学锴、余恕诚《李商隐诗歌集解》，中华书局1998年版，第3册1371页。

管乐有才真不忝,关张无命欲何如!
他年锦里经祠庙,梁父吟成恨有余。

怀古咏史律诗在义山集中为一大宗,以议论为主,多用虚词盘旋转折,是他这类诗显著的两个特征,此首亦复如是。

筹笔驿,即今之广元,是蜀汉的北大门,为川陕要道,诸葛亮北伐必经重镇。大中九年(855)冬,李商隐随梓州刺史柳仲郢还朝,途经此地,触地生感,故有是作。

论者谓此诗把抒情、议论、叙事、写景融为一体,而议论成分更见突出,故谓首联为即景描写,颔联为叙事。其实此诗全出之议论,因为首联的"猿鸟""风云",均出之想象,即令孔明当年暂且驻兵于此,亦不过是半虚半实,何况"犹疑""长为"用在事后,即以今论古的口气,所以这两句充其量可称为描写性的议论;颔联带有叙事性,然两句冠以虚词"徒令""终见",带有明显性议论语气,故此两句属于叙事性的议论句。换句话说,其重点不在于叙述事之原委经过,主要是对过程所得结果的评判。颈联则属于纯粹性的裁断,即纯议论。末尾两句,叙述过去至武侯祠的经历,带有抒情意味,然归结到"恨有余",故可谓之叙述与抒情性结合的议论。由此可见,此诗虽以议论为主体,但议论的方式则是多种多样的。所以前人有谓此诗"直是一篇史论"。

尽管方法存在多样性,然而议论毕竟过多,就难以避免说理的枯燥。所以,此诗特别注意语气意脉,形成语意张弛顿挫,以抑扬起伏加强感情的发抒,从而与议论结合起来,以避免表达的单纯与枯燥。前人就此篇结构顿挫论析至为细密翔实,然忽视此诗首联两句的意脉,只觉得发端突兀,凌空而起,但忽视了两句间次序先后。如果按顺序看,首句的"犹疑",就来得没来由,失去根基。此两句从题目看,是由触地而及人;从逻辑与情感关系看,属于倒装句,由于风云长护，所以猿鸟犹疑。而一旦倒戟而入，就显得更加生气凛凛、威武犹存，故为果前因后的倒装，以加强劲健警耸之势。此为欲扬先扬，或谓之扬而又扬。以下除了第三句扣住"筹笔"，其余均推宕起来，如此局势才能开张。"上将挥神笔"为扬，然前置以"徒令"，则是欲扬而先抑；"终见"为抑，"降王走传车"又一抑。两句总体上先扬后抑，顿挫起伏，这是义山宗法老杜最紧要处；但是出句扬中有抑，对句抑中再抑，如此深婉曲折，则是义山审美独特个性的执意追求，不满足于停留一次性顿挫的层面上，出现了多层次顿挫，或顿或挫，还包含了起伏中还有起伏。而这两句与首两句，又构成了一大顿挫。颈联的出句为扬，"真不忝"与"管乐有才"，扬后又扬；对句"关张无命"一跌。"欲何如"，当然就孔明而言，回天而不能，这又是一跌，此属挫后又挫。而这两句又是一次大的起伏，它与上两句则呈现出顺流直下，绝无挽回之势。尾联上句言过去经过锦官城的武侯祠，就引起过遗憾怅然，曾经作诗（即《武侯庙古柏》），表抒过"玉垒经纶远，金刀历数终""金刀"即刘蜀政权，就有余恨无尽之慨，而今又逢孔明驻营之地，心中的慨然，那就难以言传了。此为虚结，以前衬今，属于虚晃一枪的写法，也就是给读者留下空白，自己去体味、去追索，当然是带有艺术性的结煞！

何焯《义门读书记》曾说此诗："议论固高，尤当观其抑扬顿挫处，使人一唱三叹，转有余味。"① 也就是凭着抑扬顿挫组织句子，以及句与句、上下联之关系，才使议论写得曲折有诗的意味。刘熙载在《艺概·经义概》中，把顿挫分成四种形态：欲扬先抑、欲抑先扬、扬而又扬、抑而又扬。以此观义山这诗，就可知道其间的变化之多了！

另外，此诗的顿挫形式多样化与曲折多层次的特点，主要依赖虚词转接盘折，以及与实词词组的配合上。前六句每句都有虚词，而顿

---

① 何焯《义门读书记》，中华书局1987年版，下册第1250页。

挫也主要体现在这六句。首两句倒装主要依靠置于句腰的"犹疑"与"长为"来逆折,这是凭虚词颠倒句序。次两句冠以句首,先明示一大感慨;而五与六两句的"真不"与"欲如何",则置于句中与句尾,参差交错,又与前四句的虚词位置有变化区别。仅就此变化之一端,足可见义山律诗的精密。

然而虚词一多,运意与感情固然增加了精密与细致,但容易使句子失去坚实挺劲,而义山此诗之所以无此流弊的原因,其中之一,就是他的虚词在表意上似乎格外附加了一层坚实性,好像也具备了实词的功能。这主要是他的虚词都在表意,都带明显的转折的特征,虽虚而意明,故滋生了这种特性。其次,对偶的精工密切,所以虚词也连带显得切实而不虚。如"挥神笔"是如何的指挥有方,而又料敌如神,然而"走传车",又是那样的坍塌之速。其中"挥"与"走"的偶对,就给人多少遗憾与惋惜。而前者又与"管乐有才真不忝"顶接有力,而"关张"又与"管乐"又偶对练达晓明。"真不忝"的"忝",是惭愧意,然似实犹虚,而对偶的又是"欲如何",这样的对偶,真有些神而化之,运用从心,难其所能了。

首联次句的"储胥",用的是扬雄《长杨赋》:"木雍枪累,以为储胥。"颜师古注说:"木拥栅其外,又以竹枪累为外储(胥)。"词很生僻,注家就感到吃力。用在赋中,倒还罢了,而用在诗里,就实不必要了。此仅满足句尾的押韵,就顾不上刺眼了。

十八、苏轼《卜算子》咏雁词的主旨
——兼与陆游同词牌《咏梅》比较

咏物题材是中国诗词一大宗，可以借物言志，发抒心怀，也可以把不便明言或言之有碍的心头话语，借客观物体曲折传出。苏轼与陆游各有一首同词牌的《卜算子》，一借大雁曲传自己处境的困危，一借梅花叙说投闲置散报国无门的苦闷。动植物都成了诗人的化身，物与人融为一体，都写得非常贴己，为人传颂。

1. 苏词《卜算子·黄州定慧院寓居作》的主旨

苏轼因不赞成王安石变法的一些条例，执政者在苏诗里寻衅上纲，说他"指斥乘舆"——反对神宗皇帝，就派人赶到湖州逮捕苏轼，这就是当时震惊朝野的"乌台诗案"。苏轼被关押了130天的期间，连仁宗、曹太后、前任宰相等重臣说情都不管用，多亏已退职的王安石出面，提"岂有圣世而杀才士者乎"，这才"一言而决"，被贬往黄州（今湖北黄冈），这场轰动的"诗案"牵连了许多人，凡是收受苏诗的人也遭到重处，不是贬黜就是罚款。

苏轼于元丰三年（1080）二月至黄州，名义上授团练副使（地方军事助理）的闲职，"本州安置"，无权参与公事，近于流放，等同

"监外执行"，处境险恶，还有人监视。然而如同柳宗元贬永州、柳州一样，散文与诗歌都得到了长足的发展。苏轼在黄州诗文词与书法出现了又一高峰，词有著名的《满江红·赤壁怀古》，书法有驰誉至今的"天下第三行书"《黄州帖》，以及词之名作《卜算子·黄州定慧院寓居作》，还有脍炙人口的散文小品《承天寺夜游》都作于这时。

此词当为二月初到黄州所作，时为春分前后，大雁每年此时飞往北方，苏轼触物有感而作，亦为初到黄州寓居定慧院相合。

此词之主旨说法分歧：（1）前人有为女子思慕，窥窗而作的说法，牵强附会，最不可据；（2）讽刺政局，不免深文穿凿；（3）"兴到之作"，并无具体的命意，说见王国维《人间词话删稿》；（4）借雁"自写在黄州之寂寞"。黄升《蓼园词选》，中国社科院《唐宋词选》，胡云翼《宋词选》亦同。

以上诸说有泛化或淡化之嫌，对苏之此词未免有消解稀释作用。其原因多相信清人王文诰《苏诗总案》的说法，该书卷二一谓作于元丰五年十二月，距出狱已有三年，淡化了刚出狱惊惧的心态。只有刘乃昌《苏轼选集》注意于此，然仍归结到以上第四种说法。其次对其中关键词"幽人""惊起""有恨""寒枝""沙洲冷"未结合处境，不明其中寓意。换句话说，明了这些，词之主旨自然会水落石出。

先说"幽人"，有指人指雁的不同说法。俞平伯《唐宋词选释》："《易·履封》；'幽人贞吉'，其义为幽囚，引申为幽静、幽雅。"[①] 似乎谓幽静的人；《唐宋词选》谓"幽居之人，这里是形容孤雁"[②]，是说指雁而非谓人，胡云翼《宋词选》亦谓指孤鸿。王水照《苏轼选集》亦引《易·履封》："原指幽囚之人，引申为含冤之人或幽居之人。杜甫《行次昭陵》：'幽人拜鼎湖'，即用前一引申义。此处为苏

---

① 俞平伯《唐诗词选释》，人民文学出版社1983年版，第106页注3。
② 中国社会科学院文学研究所选注《唐宋词选》，人民文学出版社1997年版，第142页注4。

轼自指，亦用此义，切合谪宦身份。其《过江夜行武昌山闻黄州鼓角》：'幽人夜度吴王岘'，《吾谪南海，子由雷州，被命即行，了不相知……》：'幽人抚枕自叹息'，亦同。"① 刘乃昌说这两句"是形容幽人深居简出，独来独往，犹如远天若隐若现的孤鸿"。如果指雁则与"独往来"阻隔不通，雁可"独"飞，然非"往来"飞，故王、刘两家同名书所言甚是。苏轼《定慧院寓居月夜偶出》："幽人无事不出门，偶逐东风转良夜。"用语用意亦同。进一步说，把"幽人"看作"含冤之人"，似乎直露而有碍，不妨视作曾囚禁过的人，犹如今之"前科犯"，方符自谦自慎的用意。明乎此，以下寻求确解就方便得多了。

其次看"惊起""有恨"，孤鸿为何"惊起却回头"，这分明是惊弓之鸟，惊魂未定。"惊起"在这里有惊飞之意，深惧暗箭突至，这也是"却回头"的原因，仓皇飞蹿，瞻前顾后，满心忧惧。东坡被捕时，官差如狼似虎，"顷刻之间，拉一太守，如驱犬鸡"，这是目击者孔平仲《孔氏谈苑》卷一"苏轼以吟诗下吏"条，笔带颤抖的记录，至今苏轼之惊恐就不言而喻。出狱后自然惊魂未定，正如他在《黄州安国寺记》所说的"闭门却扫，收招魂魄"；连出远门也不敢，"恐好事君子，便加粉饰，云'擅去安置所，而居于别路'。传闻京师，非细事也"（《与陈季常》），由此可见白色恐怖仍然笼罩周围，所以"深自闭塞""无事不出门"。心头阴影重重，忧恨塞胸，他人怎会深悉理解。这个"恨"绝非"寂寞"云云所能了事。冤未能明，惧无人晓，只能独自咀嚼这种忐忑不安和痛楚。所以，他也只能借"孤鸿""惊起"喻指"乌台诗案"文字上的中伤，这里描绘了刚从台狱出来惊魂未定而且怕再次被中伤的心理。

再次，"拣尽寒枝不肯栖"，这句最为费解。雁本歇止水边苇间，其足为蹼不能栖于树上，为什么还要说"拣尽寒枝"？前人或以为这

---

① 王水照《苏轼选集》，上海古籍出版社1984年版，第274页注3。

句有"语病",或以为有良禽择木之意,或为之辩说;隋代李元操《雁门行》有"夕宿寒枝上,朝飞空井旁",是苏诗所自。王若虚《滹南诗话》卷二:"东坡雁词云'拣尽寒枝不肯栖',以其不栖木,故云尔。盖激诡之致,词人正类其如此。而或者以为诟病,是尚可与言哉!"① 此句不合雁之生活习惯,说了等于没说,似乎还滋生"语病"。这是个肯定与否定的合成句,肯定命题包含否定的前提,否定命题也包含肯定的前提,是说林不能栖都要简选,拣择了却又不敢栖。实际上是说雁不得安居,连平常不居之树林也"拣尽"了,然而其"寒"难以安居。所谓"寒",是担心林中非安全之地,恐亦有罗网暗箭预设其中,因而就"不肯居"。这句不仅是说了等于没说,而且不仅不合常理而反生语病,然却隐伏一种"反合常理"的美学原理,违背雁之生活常规,却符合大雁"惊起"的特殊心理,写尽徘徊彷徨、危险遍地、安全之地难寻的忧苦心情。王若虚所说的"激诡之致",不无道难,只是没有讲得明白。

最后看"沙洲冷",如前所言,雁本居水边苇间,"沙洲"正是理想的居所,然而二月之"沙洲"正"冷",亦非合适的安居之所。苏轼所贬之黄州位于长江边上,"沙洲"正指其地。他觉到周围似乎布满陷阱,所谓"忧患已空犹梦怕",连做梦都是噩梦,真是防不胜防,所以又怎能不感到"冷"呢?但毕竟比起"寒林"少了些惊惧与担心,也就无可奈何地只能处此"寂寞"之地。

综上所言,此词主旨不是以鸿的"傲岸和自甘寂寞",喻指"作者自己的性格和心情"(《唐宋词选》),亦非"表示孤高自赏,不愿与世俗同流的生活态度"(《宋词选》),而是反映了一个刚出狱的"前科犯",处处提心吊胆,担心被人再次构陷,惊魂未安的戒惧心理。当然苏轼性格也有兀傲一面,在《初到黄州》中说就:"逐客不妨员外置,诗人例作水曹郎。"自嘲中就很有些不平。然在《定慧院寓居月夜

---

① 王若虚《滹南诗话》卷二,见《历代诗话续编》,中华书局1983年版,第516页。

偶出》却说："饮中真味老更浓，醉里狂言醒可怕。闭门谢客对妻子，倒冠落佩从嘲骂。"又是何等的小心。《正月二十日往岐亭……》："去年今日关山路，细雨梅花正断魂。"回想去年赴黄州时，仍然不免有些后怕。甚至在黄州三年后，还在《寒食雨二首》其二宣示："也拟哭穷途，死灰吹不起。"说自己打算学阮籍途穷之哭，心如死灰，再也没有复燃之望。以此保护自己，以免再受迫害。这些诗作不仅可了解他在黄州的心理活动，也可以帮助对《卜算子》雁词的主旨有所参照。

至于张惠言《词选》卷一引铜阳居士说："'缺月'，刺明微也。'漏断'，暗时也。'幽人'不得志也。'独往来'，无助也。'惊鸿'，贤人不安也。'回头'，爱君不忘也。'无人省'，君不察也。'拣尽寒枝不肯栖'，不偷安于高位也。'寂寞沙洲冷'，非所安也。"全然不顾作者处境与出狱后的心理活动，把此词当作一般谜语来猜。属于刻舟求剑式深文索隐，既断章取义，又流于泛化。俞陛云《唐五代两宋词选释》说："居士之评如是，此词当有寄托，但寓意何在，览者当能辨之。"这种虚晃一枪的说法，拈花微笑，不落言诠，是论者的高明，但对读者却无所补益。我们对主旨的探索，径直说破，或许有瞎子摸象之弊，但若能引起关注者进一步思索，起到抛砖引玉的作用，则甚幸焉！所以冒昧说破，不持点到为止的高明，则所愿焉！

2. 结构的散缓与精致粘接

苏轼才大气盛，性格旷达不拘，在文学创作上崇尚自然，摆脱束缚，反对雕琢，以自由的创作观发抒复杂的思想感情。主张文字"如行云流水，初无定质，但常行于所当行，常止于所不可不止，文理自然，姿态横生"（《答谢师民书》）。他的诗词赋以及书画均复如此。东坡这首词也体现了这种创作观念。

这首咏雁词就不局限于咏物体句句即物即人，不即不离的要求。特别是上片，前两句，只是写"静夜之境"（唐圭璋语），既无雁亦无自己。第三句只写到"幽人"，直到末尾方才见到"孤鸿"，从咏物体上乘要求，须句句有物有己，这不是飞来得太迟了吗？

结片末句带出下片，而下片全从雁写来，无一笔松懈，而且句句相扣，一句带出一句，一气旋转，一层深似一层。"回头"带出"有恨"；"无人省"带出"拣尽寒枝不肯栖"；那么究竟栖于何处，自然只能是"寂寞"于"冷沙洲"了，确实达到了"行于所当行""止于所不可不止"，不仅"自然"至极，而且把惊惶心理描摹得姿态横生。

下片极为紧凑，而上片却散缓极了，散与紧却焊接在一起，但总体看来，确实"如行云流水，初无定质"。回头看前两句；"疏桐"即早春二月叶之未生只见枯枝，故言其"疏"。同时也把下片"寒枝"与"沙洲"之"冷"，隐隐提动；次句只说到了深夜，万物归休，也为大雁寻求歇止提供了时间的昭示。所以第三句用"谁见"领起，这样说来，这两句也并不显得多么游离于题外。唐圭璋《唐宋词简释》说："'谁见'两句，自为呼应，谓此际无人见幽人独往独来，惟有孤鸿缥缈，亦如人之临夜徘徊耳，此言鸿见人。下片，则言人见鸿，说鸿即以说人，语语双关，高妙已极。山谷云：'似非吃烟火食人语'，良然。"[1] 上下结构是从"鸿见人"与"人见鸿"悄然融贯在一起，其实并没有"焊接"的硬凑之感。

至于"拣尽寒枝不肯栖"，在下片属于"插曲"，显得"姿态横生"。深意与机趣并存。刘熙载《艺概·诗概》说："东坡诗推倒扶起，无施不可，得决只在能透过一层，及善用翻案耳。"又言："东坡诗善于空诸所有，又善于无中生有，机括实自禅悟中来。"[2] 东坡词亦未尝不是如此。"拣尽"句正是"推倒扶起"，从无中生出有来，

---

[1] 唐圭璋《唐宋词简释》，上海古籍出版社1981年版，第94页。
[2] 刘熙载《艺概·诗概》，上海古籍出版社1978年版，第66页。

属于"透过一层",借助"翻案法"但又不全是,因为表面上"推倒"而骨子里又扶了起来,应当从其中"机括"悟出来。至于所谓"良禽择木"的说法,恐怕未看出东坡的机智,而滋生南辕北辙离题甚远之理解。

3. 与陆游同词牌《咏梅》之比较

陆游《卜算子·咏梅》说:

> 驿外断桥边,寂寞开无主。已是黄昏独自愁,更着(一作"著")风和雨。
>
> 无意苦争春,一任群芳妒。零落成泥碾作尘,只有香如故。

陆词就内容看,也是贬谪之作,然陆游仕宦不停起伏,所以此词作年向来难以确指。梅花不像大雁能飞能止,然有花有香,而且不与百花同在春天开,而是冲雪怒放。所以松、竹、梅、菊,多得诗人青睐。陆游梅花词多至百首,但都没有此词有名。

此词没有在梅花颜色外形上着眼,那样传递不出作者的一怀苦闷和洁身自好。而只是在梅之"心理活动"上发抒,就把作者的人格与信念寄托起来。前两句开门见山言梅之生长环境,它生长在荒郊野外的驿站旁的"断桥边",处地荒凉,无人过问,也无人观赏,好像被人遗弃,属于"野梅",自开自落,"亦无人惜从教坠"。所以花开"寂寞",花败则更"寂寞"。如果到了黄昏,就愈加"寂寞"。作者当在贬放途中,黄昏路经驿外断桥,而滋生身世同感。因地处无人,所以说是"独自愁",这是跌进一层的写法,而"更着风和雨"又跌进一层。作者被朝廷遗弃,又加上投降派排挤打击,这就引起了见野梅而独愁,对不堪风雨有同感。

下片全从梅花的"心理活动"生发,一是无意与百花争春,无意在春天争芳斗艳,而是迎冰冲雪开放。也就是不愿与争权夺利的显宦同流合污,而仍旧遭到政要的嫉妒。虽然在风雨飘摇中凋落,被过往车马碾作尘土,但是梅花的清香品质依然如故,不会消失,也不会改变。

《唐宋词简释》谓陆此词:"取神不取貌,梅之高格劲节,皆能显出。"又言:"咏梅即以自喻,与东坡咏鸿同意。东坡放翁,固为忠忱郁勃,念念不忘君国之人也。"① 苏陆两词主旨已如上言,两家都是借物自喻,但主题并不相同,苏词只是涉及在困危之境中的忧惧,属于身家性命范围,与"不忘君国"的"忠忱"并无干系。陆词只是宣示,虽然遭受打击,理念和品格绝不会改变,也含有孤芳自赏的心情,同样与"君国无涉"。

陆词上片是人看梅,下片是梅向人诉说,结构略同苏词。两家之结片,都引发出下片。然陆词开门见山,整体紧凑,没有松缓之句。两家都从物象的"心理刻画"上着笔,陆词以表白式的叙说为主,苏词则借助动作刻画,把复杂的心态描写得更为生动。

---

① 唐圭璋《唐宋词简释》,上海古籍出版社 1981 年版,第 168 页。

十九、陈琳《饮马长城窟行》的作者从属

《饮马长城窟行》是建安诗歌的名篇,亦是陈琳最负盛名的代表作。自徐陵《玉台新咏》卷一收有两首以此为题的同题诗,一是蔡邕"青青河边草,绵绵思远道",一是陈琳"饮马长城窟,水寒伤马骨"。徐公持先生《魏晋文学史》详慎严谨,论及陈琳此诗,认为"作者问题,颇存疑问待考",态度很审慎。又在该节之后有一极长之注做了周详慎审的考证,所得结论:"此歌辞应是乐府古辞",而非陈琳之作。

其依据可撮述如下几点:

一是此诗始见于《玉台新咏》,不见于《宋书·乐志》。而徐选鉴别不精,所收枚乘杂诗、苏武诗等皆甚淆乱。收录蔡作此首,《文选》卷二七署名题作"古辞",《乐府诗集》亦同。也有两可其说,如《乐府解题》曰:"古词,……或云蔡邕之辞。"

二是此诗用语质朴,以及所采用的对话与杂言,皆显示汉乐府古辞与民歌之本色。

三是今存陈琳《游览二首》、《宴会》,包括失题诗及逸句,全为五言之作。且用语典雅,重词采与骈偶,文人化色彩很重,不似此诗浑朴自然,故此诗非出于一手。

四是汉乐府古辞,一般篇首语句与乐曲名相合,几无例外,依此

可作为判断是否乐府古辞之规律,不合者则为后之拟作。据此则"此歌辞应当是乐府古辞"。

五是杨泉《物理论》:"秦筑长城,死者相属,民歌曰'生男慎勿举,生女哺用脯。不见长城下,尸骸相撑拄。'其冤痛如此。"此四句"民歌",亦见于此诗,故此诗确为乐府古辞。杨泉上距陈琳仅二三十年,不应误指陈琳之作为"民歌",这比后此二百余年徐陵之说可靠①。

以上分别从出处,二者之风格,以及乐府古辞曲名与首句相合之规律与民歌之关系,提出问题。问题本身提得极好,使我们对长期以来忽而不察的问题引起注意,特别是对乐府古辞与曹魏拟乐府的区别提到诗论与诗体的关照范畴。

首先,由于东汉末年至唐初,社会动乱四百多年,文献散失极为严重,以致作品作者从属混乱。徐选与《文选》都有旧题苏武诗,后者还有旧题李陵诗。《文选》所收的《古诗十九首》,徐选则题为枚乘。虽然《饮马长城窟行》"青青河畔草"徐选题作蔡邕,而萧选视为"古辞""河畔"作"河边";同题"饮马长城窟"一首,萧选未收,而《乐府诗集》卷三八亦作陈琳。郭茂倩题解说:"一曰《饮马行》。长城,秦所筑以备胡者。其下有泉窟,可以饮马,古辞云'青青河畔草,绵绵思远道',言征戍之客至于长城而饮其马,妇人思念其勤劳,故作是曲也。"所引《水经注》言秦筑长城,"民怨劳苦,故杨泉《物理论》曰:'秦筑长城,死者相属,民歌曰'生男慎勿举,生女哺用脯。不见长城下,尸骸相撑拄。'其冤痛如此。今白道南谷口有长城,自城北出有高坂,傍有土穴出泉,挹之不穷。歌录云:'饮马长城窟',信非虚言也。"又引《乐府题解》曰:"古词,伤良人游荡不归,或云蔡邕之辞。若魏陈琳辞云'饮马长城窟,水寒

---

① 徐公持《魏晋文学史》,人民文学出版社1999年版,第123页、132—133页注5。

伤马骨'，则言秦人苦长城之役也。"① 郭茂倩谓古辞为"妇人思念其勤劳"，则为妇人作或为代言体而出之妇人语气。符合徐选所题蔡邕一首的内容与语气。杨泉《物理论》所引"民歌"，可见当时筑长城之苦者，非止一首。而据此为"民歌"，不能断言此四句即属《饮马长城窟行》中歌辞，亦不能谓陈琳一首即属"民歌"古辞。因为民歌四句全为五言，而陈琳诗此四句的前两句与民歌相同，而后两句改作七言："君独不见长城下，死人骸骨相撑拄。"我们知道建安诗人乐于取法民歌，曹操《短歌行》两次以《诗经》成句六句入诗。曹植《野田黄雀行》即取法民歌与禽鸟寓言以言自家处境。阮瑀《驾出北郭门行》亦为取法汉乐府之著例。所以陈琳很有可能把五言四句"民歌"引之入诗，并改动后两句为七言。吴景旭《历代诗话》卷二〇四言"孔璋乃用其时之谚语也"。陈祚明《采菽堂古诗选》卷七亦言"'生男'四句用古歌辞"。

《乐府诗集》所引《乐府题解》已失传，而北宋初《崇文总目》已载其书，未著撰人姓氏，并言与吴兢《乐府古题要解》所余二卷《乐府古题》颇同。《四库提要》"乐府古题要解"条说："今考郭茂倩《乐府诗集》所引《乐府题解》，自汉铙歌《上之回》篇始，乃明题吴兢之名，则混为一书，已不始于近代。然茂倩所引，其文则与此书全同，不过偶删一两句，或增入乐府本词一两句，不应互相剿袭至此。疑兢书久佚，好事者因《崇文总目》有《乐府题解》与吴兢所撰《乐府》颇同语，因捃拾郭茂倩所引《乐府题解》伪为兢书。"② 由此可知《乐府题解》至晚为北宋前著作，或许与吴兢同时。据郭氏所引该节把《饮马长城窟行》分为两种，一是"古词"，内容为"伤良人游荡不归"，即"青青河畔草"一首，并谓此辞已有两属之说。

---

① 郭茂倩《乐府诗集》卷三八，中华书局1979年版，第2册555页。
②《四库全书总目》，中华书局1983年版，下册第1796页。

"或云蔡邕之辞",可能指徐选而言;二是"饮马长城窟"一首,内容为"言秦人苦长城之役",并谓为陈琳所作。可见由徐选以及《乐府题解》至《乐府诗集》,均认为是陈琳所作,著录有序,而非蔡邕一首已有两属歧说。谢灵运《拟魏太子邺中集·陈琳序》谓"袁本初书记之士,述丧乱事多"。就陈琳诗而言,除了《饮马长城窟行》外,则无"述丧乱"事,明清古诗选本凡入此诗者,均视为陈诗而无异词。张溥《汉魏六朝百三家集题辞·陈记室集题辞》说:"孔璋赋诗,非时所推。……诗则《饮马》《游览》诸篇,稍见寄托,然在建安诸子中篇最寥寂。"① 宋长白《柳亭诗话》卷一四"饮马长城窟"条:"《文选》作古辞,《玉台》谓蔡中郎作。……陈孔璋亦有此题,以长短句引之,遂为鲍照先鞭。思王所谓'鹰扬于河朔,良不诬也。"② 沈德潜《古诗源》卷六:"无问答之痕而神理井然,可与汉乐府竞爽矣。"③ 张玉谷《古诗赏析》卷九说:"此伤秦时役卒筑城,民不聊生之诗,比汉蔡中郎作为切题矣。"又谓"生男"四句"语本汉语,神理恰合"④。以上就其出处与杨泉所引民歌以及与陈诗之关系看,似均为陈琳所作。

其次,就此诗与陈琳其他诗的语言风格看,确实差异很大。其悬殊之大出于两个原因,一是《饮马》叙民不聊生,自然要用语质朴,切合役卒村妇之语;而现存陈琳诗四首,除《饮马》外,则是《游览二首》《宴会》,全为归曹后在建安文学集团中所作公宴游览诗,题材不同,所用语言自然有所不同。如曹植《送应氏》二首,其一言洛阳之荒芜,其二叙写饯别的宴会,语言亦成两样。如以其一与《美女

---

① 张溥《汉魏六朝百三家集题辞·陈记室集题辞》,人民文学出版社1981年版,第75页。

② 宋长白《柳亭诗话》卷一四"饮马长城窟"条,见河北师大中文系古典组《三曹资料汇编》,中华书局1980年版,第304页。

③ 沈德潜《古诗源》,中华书局1963年版,第129页。

④ 张玉谷《古诗赏析》,上海古籍出版社2000年版,第215页。

篇》《名都篇》相较，差别则更大。所以诗人则根据不同场合采用不同语言，原本为情理中事。如杜甫的《丽人行》与"三吏三别"语言华饰与质朴差异就极为悬殊。此亦为相题所宜，题中应有之义。陈诗的高人雅士宴游的雅言与役卒民妇间琐语，二者间的差异，并不诧异。至于采用对话与杂言，则属汉乐府古辞与民歌本色。其实此与语言风格属于同一道理。同属建安七子的阮瑀《驾出北郭门行》语言质朴，同样采用对话，同样与阮瑀其余诗的风格亦有与文士语的差异，然不能据此，就认为《驾出》诗应为汉乐府古辞，而非属阮瑀。再则《饮马》是由五言与七言两种句式组成，整齐中略有变化。若从长短不齐的杂言看，倒应不属于汉乐府。汉乐府杂言诗，一般句式变化较大。如《战城南》《有所思》为三、五、七言，《妇病行》为二、四、五、六、七、八言，《雉子班》《孤儿行》为二、三、四、五、六、七言，《蒿里》为一句五言、三句七言，《薤露》两句三言、两句七言。还有不少名作如《陌上桑》《十五从军征》《上山采蘼芜》《孔雀东南飞》等均为五言诗。像《饮马》这样以五七言交错的长篇，在汉乐府里几乎找不到一首。如果从句式的角度看，五七言交错至28句，变化又极其自然，甚至在对话中省去问答者，而安顿井然剀切，明显取法于汉乐府民歌的对话与杂言，以此结构成篇。此诗当为陈琳在河北袁绍时期，或身临长城，或所闻长城事，有所感触而成篇，写民间事自然取法汉乐府诸种手法。他本是广陵射阳（今江苏任安东南）人，此种体裁对于来自南方的作者本有特别的激发。加上长期飘荡，其中也不无多少有些自家处于乱离的感受。而投曹以后，建安诸子包括曹丕兄弟的公宴游览诗均为五言，所以陈琳另外三首自然也会成为五言。陈琳集，《隋书·经籍志》著录三卷，两《唐书》的《经籍》《艺文》志与《宋史·艺文志》均为十卷，但到了明人张溥所辑《陈记室集》仅余一卷。大约在元代前后亡佚过甚。所以《乐府题解》的作者与南宋的郭茂倩都有机会看到十卷本的陈集，故把《饮马》称为陈琳所作一定是有所根据，不仅是出于徐选的原因。

再次，徐注提出了颇引兴趣的规律："若歌辞内容特别是首句语辞与曲名相合，此歌辞即为古辞；若二者不合，此歌辞即非古辞，而是后人拟作歌辞。"据此徐选"陈琳《饮马长城窟行》"，其曲名正与歌辞内容相合，此歌辞首句正作"饮马长城窟"。所以，非陈琳所作，应当是乐府古辞。这种规律和词的早期词牌与内容相同很有些接近。汉乐府确实有这些规律，但也有例外。如著名的《陌上桑》内容与曲名相合，但开首"日出东南隅，照我秦氏楼"与"陌上桑"曲名并不相合。《白头吟》开头的"皑如山上雪，皎若云间月"，亦属这种情况。《长歌行》开头"青青园中葵，朝露待日晞"，另两首亦与此同，均与题目不合。还有《善哉行》开头为"来日大难，口燥唇干"，《陇西行》开头"天上何所有，历历种白榆"，以及《步出厦门行》《折杨柳行》《上留田行》《雁门太守行》《艳歌何尝行》《艳歌行》《怨歌行》《梁甫吟》《满歌行》《伤歌行》《咄昔歌》等，均属于首句语辞与曲名不相合，然均为古辞。由此可以发现，一般叙事性的诗首句则与曲名相合，而不相合者大多是言情之制，当然，这只是个大概情况，不能视为绝对。如《陌上桑》为叙事诗，首句即与曲名不合。至于拟作也有往往首句与曲名相合，如《战城南》，吴均、张正见、刘驾等作即是如此。若以徐先生所提出规律看，《饮马》古辞"青青河畔草"一首无论首句与内容均与长城无关，倒应是拟作了，而陈琳一首首句与内容全与曲名相合，反倒成了古辞。梁启超《中国之美文及其历史》曾对陈琳此诗说："此一首纯然汉人音节，窃以此为《饮马长城窟》本调。前节所录'青青河畔草'一首，或仅是继起之作。辞沉痛决绝。杜甫《兵车行》不独仿其意境音节，并用其语句。"明人陆时雍也有怀疑，然意见却很相反："轻飘矫捷，似不类建安体裁。剖衷沥血，剜骨锥心，遂作中唐鼻祖。"严羽《沧浪诗话·诗体》有建安体，陈琳此诗与阮瑀《驾出北郭门行》以及王粲《七哀》其一,均可谓非建安体,因为都是作于未归曹魏之前,而有自家的真性情在,尚未受到建安文学集团的影响。陈琳此诗风格就决绝与矫捷看,则与他的檄文颇为接近。

  总之,我们觉得徐先生提出的疑问与考察,很具有学术眼光与价值。问题本身倒不在于结论的正确与否,而在于问题本身所涉及的学术价值。其中必须对汉乐府古辞与拟作各自特点做深入审察,更重要使我们对建安诸子在归曹之前与身列建安文学集团以后的创作有何变化,是我们由原本的平面的静态的观察层面,深入到变化的动态的审视比较角度,真可谓牵一发而动全身。徐先生的态度很谨慎,只在《魏晋文学史》正文提出疑问待考,而考据仅列入注文,所提问题与结论又从以大观小去论证,这些都让人钦佩。至于我们的讨论就所涉及的学术维度,做了进一步的思索。当然结论并不一定正确,换句话说徐先生疑问与结论并不一定错误。因为都是在没有最为直接的《陈琳集》十卷本情况下,作为情理性推测。既是属于推测,其间纡回的空间就大得多了,横岭侧峰,或者视朱为碧,都有可能。

  最后附带一提,徐先生的《魏晋文学史》厚重翔实,对问题的讨论深入而又谨慎。另外,他又是敢讲肺腑之言的长者。他为吴云主编的《建安七子集》所写序言,就觉得真切感人,每读一次都会引起共鸣与感慨。

(此文原载《古籍研究》2016年第1期)

二十、唐诗经典疑案与疑难考释

在唐诗经典名作中，存乎不少聚讼纷纭的问题，以及被人忽略而本身具有矛盾的，如骆宾王《在狱咏蝉》的"玄鬓影"与"白头吟"，李白诗所骑白鹿是指神仙还是隐士，王维《使至塞上》的"出"与"入"，我们认为"玄鬓影"指蝉，"白头"谓囚犯，李白诗骑鹿指隐居，王维诗两动词应倒置处理，《燕歌行》中的"李将军"谓李广。其间涉及不明用典，古籍错讹，以及对全诗主题、整体结构、本句主语等问题的理解。

1. "玄鬓影"与"白头吟"索解

初唐骆宾王《在狱咏蝉》是首咏物名作，在自唐宋至今代表性的70种选本中，被选入27次，它和沈佺期《独不见》、王维《九月九日忆山东兄弟》、李白《将进酒》等名诗，选入数量同等[①]。至今依然频频收入各种大学教材之中，显示出生命之树长青的艺术魅力。其诗云：

[①] 数字来自王兆鹏等《寻找经典——唐代百首名篇的定量分析》，《文学遗产》2008年第2期。

> 西陆蝉声唱，南冠客思深。那堪玄鬓影，来对白头吟。露重飞难进，风多响易沉。无人信高洁，谁为表予心！

对于颔联两句，向来解释歧义纷出，而且未能与诗意缔合无间。问题主要集中在出句"玄鬓影"的"影"字，与对句"白头吟"上。

骆诗前人注本，以清代咸丰年间陈晋熙《骆临海集笺注》最有名，往往是今人注骆诗必须参照的"祖本"。对于颔联，陈注云：

> 沈约《宋书·乐志》："何承天《上陵者篇》：'嗟岁聿暮游不还，志气衰沮玄鬓斑。'"《宋书·乐志》："《白头吟》，与《棹歌》同调，古词。"吴兢《乐府古题》："《白头吟》，右古词（《乐府诗集》卷四十一作"古辞云"）：'皑如山上雪，皎如云间月。'又云：'愿得一心人，白头不相离。'始言良人有两意，故来与之相决绝。次言别于沟水之上，叙其本意，终言男女当重意气，何用于钱刀也。一说司马相如将聘茂陵人女为妾，文君作《白头吟》以自绝，相如乃止。若宋鲍照'直如朱丝绳'，张正见'平生怀直道'，唐虞世南'叶如幽径兰'，皆自伤清直芬馥，而遭铄金点玉之谤。君恩似薄，与古文近焉。"冯舒《诗纪匡谬》曰："《宋书》大曲有《白头吟》，作古辞。《乐府诗集》《太平御览》亦然。《玉台新咏》题作《皑如山上雪》，非但不作文君，并题亦不作《白头吟》也。惟《西京杂记》有文君为《白头吟》以自绝之说，然亦不著其词。或文君自有别篇，不得遽以此诗当之也。宋人不明其故，妄以此诗实之。"①

陈注未释"玄鬓影"的"影"，却把"白头吟"看作与汉乐府和南朝及初唐的拟乐府《白头吟》相关。究其实，则风马牛不相及。至于引

---

① 陈晋熙《骆临海集笺注》，上海古籍出版社1985年版，第159页。

吴兢谓鲍照等拟诗，"皆自伤清直芬馥，而遭铄金点玉之谤"云云，以解骆宾王此诗，看起来有些歪打正着，实则亦方凿圆枘，格格不入。

近人以注疏学而著名的高步瀛先生，出版于20世纪30年代的《唐宋诗举要》，注释此诗对句，亦不出陈注之范围。于出句则云："《古今注》（卷下）曰：'魏文帝宫人莫琼树乃制蝉影，望之飘缈如蝉。'"①

新中国成立以后的新注，大约不出以上两家的范围。马茂元先生《唐诗选》，在上世纪50年代几乎鲜有不知。其注云："上句写见蝉的意态，下句言听蝉的吟声。意谓身在狱中，望蝉影之飘缈，而听蝉声之哀怨。玄鬓影即蝉鬓影，玄谐蝉声，此一不堪也。……来对白头吟，谓秋蝉悲鸣，正唱出自己胸怀皎洁而蒙冤屈之意。此二不堪也。望形听声均不堪，因此可伤。"② 中间我们所删略两处，即采自高、陈两家之意。

20世纪60年代朱东润主编《中国历代文学作品选》说："玄鬓影，指蝉。用'蝉鬓'事，……鬓发梳得薄如蝉翼，看上去像蝉翼的影子，故玄鬓影即指蝉。宾王《秋蝉》诗有'分形妆薄鬓，镂影饰危冠'之句，可以参正。"又言："白头吟，语意双关，意谓秋蝉正对着自己的白头哀吟。又《白头吟》为古乐府曲名，曲调哀怨，诗人用以表示自己清直而遭谗的感情。"先把"吟"从"白头吟"中剥离出来，这途径是正确的。然接着又和"白头"粘结在一起。

"文革"过后，最新且权威的注本，则是中国社会科学院文学研究所所编的《唐诗选》，已经感到以上诸家之说有误，故另觅新途：

"玄鬓"，指蝉。"白头"指作者自己。汉乐府《杂曲歌词·古

---

① 高步瀛《唐宋诗举要》下册，上海古籍出版社1986年版，第411页。
② 马茂元《唐诗选》，上海古籍出版社1999年版，第25页。

歌》:"座中何人,谁不忘忧?令我白头。"作者忧心深重,所以自谓"白头",并不是以老人自居(时作者不足四十岁)。"吟",谓蝉鸣。①

此注可贵处,彻底摆脱了《白头吟》的羁绊,并吸收马注,把"吟"归入"蝉鸣"。

近年所出的几种新的高校文科教材的注释,也大致不出以上范围,并未提出新的见解。这就需要我们进一步去探究。

先说"玄鬓影"。"玄鬓",即黑鬓,指蝉的前额与两鬓,漆黑得发亮,此为蝉形特征之一;"影",指蝉的翅膀。蝉翅薄而透明,此为蝉形的另一特征。东晋孙楚《蝉赋》说"当仲夏而始出,据长条而悲鸣。翼如罗缠,形如枯槁。终日不衔一粒,激哀响之烦扰。"所谓"翼如罗缠",既是形容翅薄如绫罗。所以"影"实际指蝉薄而轻的翅膀。因而,可以说女性的"鬓发梳得薄如蝉翼",如徐陵《玉台新咏序》所言"妆鸣蝉之薄翼"。这里的"玄鬓影",并非谓蝉翼像女性的薄鬓,故与《古今注》所云无涉。而是以蝉之鬓黑而翼薄如影,借代蝉罢了。这与《秋蝉》的"分形妆薄鬓"还是有区别的,因为"薄鬓"与"玄鬓影"毕竟不同,前者以女性的"薄鬓"形容蝉翼之薄,而后者则借用蝉形的两个特点,借代蝉罢了,并无其他的意义。

次言"白头吟"。正如前引今注所言,"吟"者,指"玄鬓影",即就蝉而言,其主语并非指"白头"——作者。问题在于作者时年四十上下,怎么就自称"白头"了?是不是就像汉乐府《古歌》说的那样——"座中何人,谁人不忧?令我白头"?问题恐怕不至于这么简单。汉乐府的"白头",不过是对"怀忧"之深的夸张说法。而骆诗的"白头"恐怕和此诗"南冠"的用意比较相近,就是说并非指因忧愁而"白"了"头",它亦是与题目的"在狱"有休戚相关的联

---

① 中国社科院文学研究所《唐诗选》,人民文学出版社1978年版,第22页注4。

系:"白头"在此指代狱中囚犯。

这话得先从《南齐书·谢超宗传》说起:

谢灵运之孙超宗,好学能文,早年盛得声誉,宋武帝嗟赏:"超宗殊有凤毛,恐灵运复出。"很受萧道成赏识,认为座谈可以"使人不衣自暖"。然"为人才使酒,多所陵忽",逆忤人意。萧道成为帝时语及北方事,超宗即言:"虏动来二十年矣,佛出亦无如何!"大扫人主之兴,因出为南郡王中军司马。因而怨望:"我今日政应为司驴。"被免官禁锢十年。但他并未引以为戒,当道秉轴者如司徒褚渊、仆射王俭曾坠车堕水,则讥笑"落水三公,堕车仆射"。诸如此类的讥讽,布于朝野。等到齐武帝萧赜继位,只让他掌国史领记室,愈不得志。又娶掌握军权的张敬儿之女为子妇,"引上疑之"。永明元年(483)敬儿被诛,他即对丹阳尹李安民言:"往年杀韩信,今年杀彭越,尹欲何计?"结果被告发。好杀成性的萧赜对他的轻慢积怀,使人连连举讦,说他"狂狡之迹,联代所疾""恣嚣毒于京辅之门,扬凶悖于卿守之席"。又说他"构扇异端,讥议时政""罪愈四凶,过穷南竹"。最后诏曰:"超宗衅同大逆,罪不容诛。"于是被"下廷尉,一宿发白皓首"。结果徙越州,中途被"赐自尽"。

谢超宗在廷尉狱中,只经一宿,便"发白皓首",此事极为典型,且本人又是颇有才具的文士,故"白头"便成了文士一旦成为囚徒的代名词。谢超宗始末亦见于李延寿的《南史》本传,这对于时代不远的初唐,在人心目中的影响,也就不言而喻。

东晋谢氏家族,自谢安去世,便渐至衰弱。谢灵运被诬腰斩于刘宋,实则敲响了谢家大族的丧钟。谢超宗桀骜不驯,越代仍重蹈乃祖覆辙,受诬屈死。骆宾王蹲在监狱,除了用著名的"南冠",以俘虏借指囚犯,自然也会想到谢超宗的"皓首白发"了。

关于宾王入狱的原因与时间,《旧唐书·文苑传》极为简略:"高宗末,为长安主簿,坐赃左迁临海丞,怏怏失志,弃官而去。……则天素重其文，遣使求之。有兖州人郗云卿，集成十卷，盛传于世。"郗云卿在唐中宗时受命编辑骆集，且撰《骆宾王文集序》，其中有云："仕至侍御史，后以天后即位，频贡章疏讽谏，因斯得罪，贬授临海丞。"① 郗云卿和骆宾王属同时代人，且奉命编集，故其《序》言因上章讽谏"得罪"，并非"坐赃"。

至于入狱时间，据宾王《畴昔篇》"适离京兆谤，还从御府弹"，以及《宪台出絷寒夜有怀》"自应迷北叟，谁肯问南冠。……空余朝夕鸟，相伴夜啼寒"，知其为长安主簿之后，又曾入侍御史，入狱时在御史任上②。入狱原因有二：明因是"京兆谤"，即所谓"坐赃"；暗因是武则天即位伊始，"频贡章书讽谏"，可能有反对武后秉政之嫌。他被诬谤赃罪下狱，必然会想起同样被诬陷入狱的谢超宗的"发白皓首"了。

再观《骆集》卷四《狱中书情通简知己》说："一命沦骄饵，三缄慎祸胎"，次句用《孔子家语·观周篇》金人三缄其口，其背铭曰：古之慎言人也。此即谓言事致祸。又言："不言劳倚伏，忽此遘迍回。骢马刑章峻，苍鹰狱吏猜。绝缣非易辨，疑璧果难裁。"前四句可作此诗"露重飞难进，风多响易沉"的注脚；后两句亦与"无人信高洁，谁为表予心"为同义语。含冤负辱如此，发自当白，故有囚犯"白首"之慨。

特别值得注意的是，他的《畴昔篇》说："丈夫坎壈多愁疾，契阔迍邅尽今日。慎罚宁凭两造辞，严科直挂三章律。邹衍衔悲系燕狱，李斯抱怨拘秦桎。不应白发顿成丝，直为黄沙暗如漆。"谴责法律如同余物搁置，诬陷仅凭两造之词。故有邹衍含悲、李斯冤狱滋

---

① 郗云卿《骆宾王文集序》，见陈晋熙《骆临海集笺注》附录，第277页。
② 参见张志烈《初唐四杰年谱》"仪凤三年（678）"条，巴蜀书社1993年版，第202页；亦见陶敏、傅璇琮《唐五代文学编年史》初盛唐卷"唐高宗仪凤四年"条，辽海出版社1998年版，第268页。

生，蒙冤者白发成丝，只因为黄沙之狱黑暗如漆。"白发顿成丝"，正用《南齐书》和《南史》谢超宗本传"下廷尉，一宿发白皓首"事，陈晋熙注称为精博，把此句却看作是寻常言语，忽略而过，是为失注。而对此诗"白头"句，又牵扯汉乐府《白头吟》，致使后来注者把"白头"看作"吟"的主语，故滋生许多纠葛，而真意难明。

2. "且放白鹿青崖间，须行即骑访名山"

李白代表作之一《梦游天姥吟留别》，其结尾云："世间行乐亦如此，古来万事东流水。别君去兮何时还？且放白鹿青崖间，须行即骑访名山。安能摧眉折腰事权贵，使我不得开心颜"，对于其中的"白鹿"，古今注本以詹锳等注最为详细：

《楚辞·九章·哀时命》："王子乔，参驾白鹿云中遨。"江淹《游黄蘗山》："猿啸青崖间。"前后两则材料来自王琦注，所录乐府诗见于高步瀛《唐宋诗举要》。对于《哀时命》两句，王琦注只言出于《楚辞》，且仅引"骑白鹿"句。詹注补出篇名与首句。然《哀时命》为严（庄）助所作，并非屈原《九章》之篇目。此两句首有："下垂钓于溪谷兮，上要求于仙者。与赤松而结友兮，比王侨而为耦。使枭杨先导兮，白虎为之前后，浮云雾而入冥兮，骑白鹿而容与。"所以王逸注云："言己于仙人俱出，则山神先道，乘云雾、骑白鹿而游戏也。"① 王子乔，刘向《刘仙传》说他是周灵王太子晋，随道士浮丘公求仙，后乘白鹤一现人间。"白鹿"常是仙人坐骑，可以升天入地。所以今人注李白此诗，大多以为"相传神仙喜骑白鹿"，或是"传说中仙人的坐骑"。然"白鹿"亦是隐士的宠物，所以注家又有新说："别君三句：点题'留别'，将'游天姥'，访道隐居。梁庾肩吾《道馆诗》：'仙人白鹿上，隐士潜溪边。'"但所引庾肩吾诗并未

---

① 洪兴祖《楚辞补注》，中华书局1983版，第256页。

把隐士与"白鹿"联系在一起,仍然是神仙的坐骑。又有注者曰:"古代隐士多以养白鹿、骑白鹿表示清高",但也并未举出依据。

李白以求仙著名,但这诗表达的是对"权贵"上层的愤慨,所谓"万事东流水",既要看轻一切,远离世事,不再追求功名;所谓"白鹿青崖""骑访名山",分明是"一生爱入名山游"的意致,并且从中看不出去做神仙的兴头。之所以如此者,则是不乐意"折腰事权贵",所用陶渊明典,亦是发誓要去隐居,而非去求仙。回头再看:"且放白鹿青崖间,须行即骑访名山",天上有许多传说,然并未有什么"青崖",更没有什么"名山",所以骑"白鹿""访名山",分明说决意去做隐士。而隐士向来是负气带性之人,从来多是不与"权贵"合作者,李白此时的愤然,不正是与之"拂衣可同调"吗?

既然非仙而隐,那么"白鹿"与隐士却又有何联系呢?我们从《晋书·隐逸传》中可以获得答案。其中《陶淡传》说:

> 陶淡字处静,太尉侃之孙也。父夏,以无行被废。淡幼孤,好导养之术,谓神仙可祈。年十五六,便服食绝谷,不婚娶。家累千金,僮客百数,淡终日端拱,曾不营问。颇好读《易》,善卜筮。于长沙临湘山中结庐居之,养一白鹿以自偶。亲故有候之者,移渡涧水,莫得近之。州举秀才,淡闻,遂转逃罗县埤山中,终身不返,莫知所终。

在《陶淡传》后,紧接即是《陶潜传》。这在李白此诗中,既想到陶潜,必然会想到陶家的陶淡,两文比邻,又都是隐士,所以李白于此连用陶家两典,陶潜的自在与陶淡的飘逸合在一起,与李白追求自由的人格一面,有何其相似乃尔!陶淡其人,于今人陌生,于向往魏晋风流之李白,恐怕属于其中应有之人。他"养一白鹿以自偶",便是隐士做派最耀眼的"标志"。

今人注本为什么多倾向于骑"白鹿"为求仙之说？这恐怕和流行甚广的卫叔卿的传说分不开。《神仙传》说：卫叔卿服云母得仙。汉仪凤二年，孝武闲居殿上，忽有一人乘云车驾白鹿从天而下，帝乃惊曰："为谁？"答曰："我乃中山卫叔卿也。"李白诗多言及这位仙人，而且表示过向往。如《古风》其十九就曾说过，他上在"素手把芙蓉"的女仙的邀请下，"飘拂升天行"，登上云台，"高揖卫叔卿""恍恍与云去，驾鸿凌紫冥"。加上明人唐汝询《唐诗解》注解李白此诗，引述《神仙传》，即上文已示的一段话。《唐诗解》流传颇广，对今人的影响亦不言而喻，故今人注多从"求仙"着眼。

3. "征蓬出汉塞，归雁入胡天"的"出"与"入"

王维名诗《使至塞上》云：

> 单车欲问边，属国过居延。征蓬出汉塞，归雁入胡天。大漠孤烟直，长河落日圆。萧关逢候骑，都护在燕然。

大概因为"大漠""长河"两句写景特别出彩，相较颔联两句就显得一般了，而不引人留意。然而细审起来这两句的一"出"一"入"颇为费解，滋生不少蹊跷。"出"与"入"与写景的物候有关，故须先明此诗的写作时间。

熟谙王诗的陈铁民先生在《王维集校注》中说："开元二十五年（737）夏，维出使河西，此时即初至凉州时所作。"在《王维集校注》附录五《王维年谱》又说："就'归雁入胡天'的景象而言，其时令疑是初夏。《旧唐书·玄宗纪》云：'（开元二十五年）三月乙卯，河西节度使崔希逸自凉州南率众入吐蕃界两千余里。己亥，希逸至青海西郎佐素文子嘴，与贼相遇，大破之，斩首两千余级。'王维的奉使问边，似与此次希逸的大破吐蕃有关。希逸破敌在三月，捷书传至京师及维离京出使河西的时间则约在四月，这同'归雁入胡天'的时令特征正好相合。《使至塞上》末两句说'萧关逢候骑，都护在燕然'，谓已在边地遇到候骑，得知主帅破敌后尚在前线未归，由此亦可证维出使河西的时间约在四月。《出塞作》云：'暮云空碛时驱马，秋日平原好射雕。'诗盖本年秋在河西作。《为崔常侍谢赐物表》云：'臣某言：总管关敬之至，奉九月十五日敕，吐蕃赞普公主信物金胡瓶等十一事，伏蒙恩旨，特以赐臣，捧戴惭惶，以抃以跃。臣幸居无事，待罪西门。'崔常侍即崔希逸，'待罪西门'指其任河西节度副大使知节度事；考希逸下年五月已改河南尹，故知'九月十五日'当谓本年九月十五日。玄宗赐物敕作于九月十五日，则此谢表当作于十月。"①

《唐五代编年史》初盛唐卷"开元二十五年"条，把此诗归入其秋所作。所据王维《寄荆州张丞相》："所思竟何在，怅望深荆门。举世无相识，终身思旧恩。方将与农圃，艺植老丘园。目尽南飞雁，何由寄一言。"以为"雁南飞，当是秋日"。又据王维《为崔常侍祭牙门姜将军文》所说的开元二十五年十一月初四致祭姜公，以及王维《出塞》："居延城外猎天骄，白草连天野火烧。暮云空碛时驱马，秋日平原好射雕。"题下注："时为御史监察塞上作"，知王维于秋日赴边。故于该年"秋"后言："王维寄诗张九龄，深致同情；维旋以监察御史为河西节度使崔希逸判官，出塞途中所作，有'大漠孤烟直，长河落日圆'名句。"②

以上两家之说，一说此诗当作于开元二十五年初夏四月，一说作于该年秋天。至于《寄荆州张丞相》'目尽南飞鸟，何由寄一言'，

---

① 陈铁民《王维集校注》第一册，中华书局1997年版，第1341—1342页。
② 参见陶敏、傅璇宗《唐五代文学编年史》第714—715页。见赵殿成《王右丞集笺注》附录四，上海古籍出版社1984年版，第553页。

据陈注本言，首句"飞"，宋蜀本、奇字斋本、凌本作"无"。"鸟"，明十卷本、《全唐诗》等作"雁"。又据开元二十五年四月二十日出张九龄为荆州大都督长史，故把寄张九龄诗系于此年四月以后。《唐五代编年史》"雁南飞，当是秋日"的结论，看来并不十分可靠。那么，《使至塞上》作于"秋"就少了一层依据。然谓此诗作于初夏四月，是否可以呢？

首先的问题，若把"征蓬出汉塞"看作自然景物，则只能是秋天了。《王维诗选》曾有一说："这里用蓬来形容行旅的漂泊，所以叫征蓬。"①《王维集校注》受到启发，则言："征蓬，随风飘扬的蓬草。此处使人用以自喻。"王维虽是"单车问边"，轻车简从，但毕竟是奉使宣慰封疆大员的使臣，又有监察御史的身份，故用"征蓬"自喻，似不恰切。中国社科院《唐诗选》即未作自喻看。节候如是初夏，忽索蓬为喻，亦与时令不合；倘此诗作于秋季，秋季常起西北风，怎么能"征蓬出汉塞"，向西北转去呢？再则秋季的大雁，应当是北雁南飞，又怎能"归雁入胡天"向西北飞去呢？"蓬"字，《文苑英华》作"鸿"，施入出句，则和对句合掌，亦不可取。

总之，"征蓬出汉塞，归雁入胡天"，这一"出"一"入"，无论怎么解释，都矛盾歧出，不得安稳。

反复端详，似乎只有调整两动词的位置，即"征蓬入汉塞，归雁出胡天"，这样就分明是秋天的景象，蓬、雁飞转的方向亦切合季风风向，正好对作者迎面而来，有所感触，即摄取入诗。

在古书的传播过程中，这种上下两句某两字倒置，并非没有先例。如曹植《赠白马王彪》的"存者忽复过，亡没身自衰"，刘履《选诗补注》就以为"存者"和"亡末"位置应该互调，是说死者忽然过世，活者也难久保。王维此诗似亦作如此观，然后方能文通字顺，前后没有阻碍。

---

① 陈贻焮《王维诗选》，人民文学出版社1983年版，第101页。

4. 高适《燕歌行》中的"李将军"究竟是谁

高适《燕歌行》末尾的"李将军"究竟指谁,近来论者有《"至今犹忆李将军"正解》(《文学遗产》2008年第2期),认为只能是李牧而非李广。

至于"李将军"到底是谁,本无关宏旨。但若推敲,鄙意以为谓李广为妥。

其一,借汉指唐,是唐诗惯用手法。如卢照邻《长安古意》即为显例。此诗前言:"梁家画阁天中起,汉帝金茎云外直";后言:"意气由来排灌夫,专权判不容萧相",前后呼应,都是借汉指唐。高适此诗起句即言:"汉家烟尘在东北,汉将辞家破残贼",而结尾的"君不见沙场征战苦,至今犹忆李将军",当然回应开头,以汉事起,以汉人终,不劳旁涉他人。如谓战国时李牧,未免舍近求远,何况有些远水不解近渴之嫌。

其二,此诗和王昌龄《出塞》的主题是一致的。王诗言"但使龙城飞将在",不仅"不教胡马度阴山",而且可解决"万里长征人未还"的问题。高诗主题与王诗无二,其"李将军"当与"龙城飞将"同义,更何况李广以爱护士卒而著称。

其三,李牧带兵击匈奴事,见《史记·廉颇蔺相如列传》:"厚遇战士""边士日得赏赐而不用,皆愿一战,于是乃具选车得千三百乘,选骑得万三千匹,百金之士五万人,彀者十万人,……大破杀匈奴十余万骑,灭襜褴,破东胡,降林胡,单于奔走。其后十余岁,匈奴不敢近赵边城。"这里看到的是养士以战,只表明战斗热情高涨。然《李将军列传》,多次写到士兵对李广的感情。一则借程不识所言:"而其士卒亦佚乐,咸乐为之死",所以"士卒亦多乐从李广而苦程不识";再则说:"广廉,得赏赐辄分其麾下,饮食与士卒共之"。

"广之将兵,乏绝之处,见水,士卒不尽饮,广不近水;士卒不尽食,广不尝食;宽缓不苛,士以此爱乐为用";三则说,每逢恶战,李广即让他的儿子冲在最前边;当卫青击单于未成,诿过李广。李广则言:"诸校尉无罪,乃我自失道。"故李广自杀后,"一军皆哭,百姓闻之,知与不知,无老壮皆为垂涕"。真是一篇之中数见其意!最后的"太史公曰",又极具崇敬感情。而李牧同样被赵国所斩,结果赵王被虏,秦遂灭赵,仅以此来显示这位名将的重要。两厢比较,李广的影响可谓大矣,人们对他的思念可谓深矣!

其四,李广身历汉文、景、武三代,未见大用。连汉文帝也感慨:"惜乎,子不遇时!如令子当高帝时,万户侯岂足道哉!"李广年轻时赶上休养生息时代,英雄无用武之地。等文、景之治39年过后,将军老矣。汉武帝元狩四年,出击匈奴单于,大将军则为宠幸的卫青,"广数自请行,天子以为老,弗许;良久乃许之,以为前将军"。汉武帝又暗诫卫青:"以为李广老。数奇,毋令当单于,恐不得所欲。"卫青出塞后即撤去李广前将军职务,委予刚失侯且救过他的公孙敖。天子和大将军上下其手,各用私己,务得其"所欲",李广怎能不劳而无功呢?汉武帝宠幸的霍去病,率军还朝,"弃粱肉,而士有饥者,其在塞外,卒乏粮,或不能自振,而骠骑尚穿域踏鞠"。高适此诗借汉指唐,"美人帐下犹歌舞"的将军,虽未明指,而唐之主将不恤士卒而歌舞,这不正是"天子非常赐颜色"的霍去病于"卒乏粮"时犹"踏鞠"一样吗?跟着不恤士卒的将军,又怎能不思念爱兵如己的李广呢?

我们还可从高适的其他诗作,看看对两李将军的态度。《塞上》:"惟惜李将军,按节临此都,总戎扫大漠,一战擒单于。常怀感激心,愿效纵横谟"。这和李牧李广事均不符,借史事而有夸张,因此诗有"汉兵犹备胡"句,故刘、孙两注本均以李广实之。又《送浑将军出塞》:"李广从来先战士,卫青未肯学孙吴。"言及李牧者,则有《睢阳酬别畅大判官〉》:"戎狄本无厌,羁縻非一朝,饥附诚足用,饱飞安可招?李牧制儋蓝,遗风岂寂寥!"可见,高适对两名将都很推崇,看不出孰轻孰重。然而《正解》只引"李牧制儋蓝"几句,认为是'君不见沙场征战苦,至今犹忆李将军'的最好注脚",只看到李牧,未看到李广,然而高适对李广的赞崇还多于李牧。

下编

诗词解话

一、"窈窕"的本义与引申义、新义考释

《诗经》首篇《关雎》开头就说:"关关雎鸠,在河之洲。窈窕淑女,君子好逑。"先儒斤斤考辨的"雎鸠",早在语言中消失了。而不太看重的"窈窕",却还"活"着,具有恒久的生命力。然司空见惯了,也就不甚经意。最近在《中国语文》看到刘毓庆先生一文①,对"窈窕"的本义做了很用功的阐释,引人兴趣,故置喙一鸣,且推而广之,就其引申义及词书未载之新义,一并加以考释。

关于"窈窕"的本义,刘文认为:"考'窈窕'二字皆从穴,自当与洞穴有关。"又根据考古学及人类学家研究,从住室史的角度,得出结论:"所谓'窈窕'者,其初当是形容居处洞穴之状。"至于其引申义,刘文又用同法得出:"当先民由山丘移居于平原、构成房屋之后,'窈窕'一词便引申有了形容宫室幽深之意。"又由于"处于'窈窕'深宫的少女,正当豆蔻年华,即所谓之黄花闺女,自然容貌姣好,体态嫩柔,再经过教育,有教养,懂妇道,便多有了端庄闲雅之态,专贞坚淑之德。故此'窈窕'便引申有了言女子美好之意"。

其文末又云:"'窈窕'二字本义是形容洞穴,因穴道多呈深曲状,故'窈窕'亦引申有了婉曲修长之意。……而此一意与少女体态之娇柔美好相融合,便具有了形容女性体态美的意。"但刘文始终并

---

① 刘毓庆《"窈窕"考》,《中国语文》2002年第2期。

未明言形容洞穴的"幽深"和"深曲"二义,何者为本义。综其所论,构成两条连锁性引申线索:

窈窕 { 幽深(的洞穴）——→幽深（的宫室）——→美好（的女子)
         深曲（的洞穴）——→婉曲修长——→女性的体态美

"窈窕"为叠韵联绵词,似无疑义,而联绵词不能拆开分训。《经典释文》卷五引王肃云:"善心曰窈,善容曰窕。"或许据扬雄《方言》卷二:"美状为窕,……美心为窈。"但以此分训"窈窕",则不足为训。《毛传》《郑笺》《孔疏》视为单纯复音词,还有可取之处。

联绵词一般说来,不纠缠于字形,应因声求义。郑廷桢《双砚斋笔记》卷三说:"古双声叠韵之字,随物名之,随事用之。泥于其形则龃龉不安,通乎其声则明辩以晳。"① 比如首鼠、望洋、犹豫、扶疏、参差、栗烈、苗条,即属此类。"窈窕"亦为联绵词,容或本指女性的修长貌,犹今语"苗条"。"苗条"与草苗无关,犹"窈窕"与洞穴无关。1936年所修的《牟平县志》说:"细长曰苗条,……今多借用'窈窕'二字。"朱起凤《辞通》列举《晋书·皇后传注》:"窈窕一作苗条。"又云:窈窕,"或作苗条,皆一音之递衍"。所以"窈窕"当本形容女性的修身长立。修长体态则婀娜多姿,抽象引申则为美好貌,具象引申则为婉曲貌。美好貌引申为借指美女佳人,如此则"窈窕"犹言佳丽;婉曲义则引申出舒卷、婉转等义。其纵向的修长,犹横向的幽深,由形容女性而引申为形容屋室、山谷等。由女性"修长"的优美,再可引申为建筑物和山峰的"高耸""崔嵬"的壮美。其诸义分证如下:

其本义"修长貌",如"窈窕淑女",犹言苗条美女。《毛传》谓

---

① 邓廷桢《双砚斋笔记》,中华书局1987年版,第228页。

"窈窕，幽闲也"。今文经学齐、韩两家谓"贞专貌"或"贞淑"（见刘文所引）则属臆解。《关雎》所言则为陌生异性邂逅，何以有此道德判断？《郑笺》谓"窈窕淑女"为"幽闲处深宫贞专之善女"，既调合今古文两家之说，又楔进"深宫"二字，显属增字解经。但却惹得《孔疏》跟上《郑笺》说："窈窕者，谓淑女所居之宫，形状窈窕然。"这样就把"窈窕淑女"说成宫廷淑女，显然误中出误，错上加错。《史记·李斯列传·谏逐客书》："而随俗雅化佳冶窈窕赵女不立于侧也。"佳冶窈窕，《汉语大词典》释此"窈窕"为"妖冶貌"，则与"佳冶"犯复。此当言艳丽苗条。唐人鲍溶《山居》："窈窕垂涧萝，蒙茸黄葛花。"前句犹言修长垂涧萝。李商隐《西溪》："怅望西溪水，潺湲奈尔何！不惊春物少，只觉夕阳多。色染妖韶柳，光含窈窕萝。"冯皓注引《方言》："美状为窕，美心为窈。"① 很有移花接木、视红成绿之嫌。叶葱奇注为"美好貌"②，失之模糊，且与上句"妖韶"义重复。钱钟书先生谓此句，意为"水仗柳萝之映影而添光彩"③，惜乎失释"窈窕"。李诗此句，与鲍溶诗措语相近，其意当谓夕阳照映下的溪水倒映着细长的女萝。以上"窈窕"用来形容女性，不是前有"佳冶"，就是后有表美好的"淑"字，因此释作"修长"为当。至于鲍溶、李商隐用"窈窕"来描摹女萝，则非"修长"义莫属。此为其本义。《汉语大词典》释"窈窕"为4条义项，而未有"修长"义，殊为遗憾。

"窈窕"的"修长貌"，可引申出"美好"义。以女性身材修长为美，今古同理。在注重体力的《诗经》时代，尤为如此。《淮南子·精神训》的"献公艳骊姬之美"，高诱注云："好色曰美，好体曰艳。""艳"则含有"长"义。《广雅·释诂》："将，美也。""将，长也。"

---

① 冯皓《玉溪诗集笺注》，上海古籍出版社1979年版，第489页。
② 叶葱奇《李商隐诗集疏注》，人民文学出版社1985年版，第105页。
③ 刘学锴、余恕诚《李商隐诗歌集解》，中华书局1998年版，第1186页。

亦可见"长"有"美"义。《诗经·卫风·硕人》的"硕人其颀",《毛传》:"颀,长貌。""其颀"犹言颀颀,即《郑笺》所云"长丽俊好"。如此则"硕人",犹言美人、长人。所以日本学者笠原仲二说:"中国人古来就把'长'与'美'在同一意义上使用。"① 据此判断"窈窕淑女"的"窈窕"为"修长貌",当不会有大错;由此引申出"美好貌",亦为必然之理。

据查检"窈窕"这一形容词,除属纯文学的《诗经》与《楚辞》各一见外,其余先秦文献无见。至汉赋、乐府诗使用其引申义渐广。其"美好"义,《楚辞·九歌·山鬼》:"既含睇兮又宜笑,子慕予兮善窈窕。"王逸注:"窈窕,好貌。"《焦仲卿妻》:"还家十余日,县令遣媒来。云'有第三郎,窈窕世无双。年始十八九,便言多令才。'""窈窕"句谓美貌无双。汉乐府《淮南王篇》:"淮南王,自言尊,百尺高楼与天连。后园凿井银作床,金瓶素绠汲寒浆。汲寒浆,饮少年,少年窈窕何能贤!"末句言徒有其表,而无其实。少年窈窕,犹言少年美貌。此"少年"当指男性。由上两例可见:"窈窕"的"美好貌"不专属于佳人倩女,汉人恢宏不拘,亦可施之男性。辛延年《羽林郎》:"胡姬年十五,春日独当垆。……两鬟何窈窕,一世良所无。"言其发型双鬟高耸多么美好。此义于后之唐诗使用广泛,易于辨识,兹不赘举。《汉语大词典》"窈窕"条第一义为"娴静貌;美好貌"。例证除《关雎》外,汉代有一例,《汉书·王莽传上》:"公女渐渍德化,有窈窕之容,宜承天序,奉祭祀。"较之本文上属各例,均为晚,故补证如上。

其佳丽义,如班固《西都赋》:"后宫之号,十有四位,窈窕繁华,更盛迭贵,处乎斯列者盖以百数。"窈窕繁华,犹佳丽繁华,即美女众多的意思。唐人宗楚客《奉和人日清晖阁宴群臣遇雪应制》:"窈窕神仙阁,参差云汉间。九重中叶启,七日早春还。"窈窕,谓佳

---

① [日]笠原仲二《古代中国人的美意识》,北京大学出版社1987年版,第53页。

丽。释作"美好"似亦通,似不如"佳丽"圆润恰切。张说《道家四首敕撰》其二:"窈窕流精观,深沉紫翠庭。"言佳丽流精观。又《伤妓人董氏四首》其一:"董氏娇娆性,多为窈窕名。"言多起佳丽美名。吴少微《古意》:"洛阳芳树向春开,洛阳女儿平旦来。……可怜窈窕女,不作邯郸娼。"意为可爱佳丽女。沈佺期《宾馆》:"洞壑仙人馆,孤峰玉女台,空濛朝气合,窈窕夕阳开。"言在艳丽的夕阳中,山上的馆阁显得更加明丽。孟浩然《长乐宫》:"秦城旧来称窈窕,汉家更衣应不少。"言长安旧时称佳丽之地,谓壮丽出名。杜甫《喜晴》:"青荧陵陂麦,窈窕桃李花。"言佳丽桃李花。又《古柏行》:"忆昨路绕锦亭东,先主武侯同閟宫。崔嵬枝干郊原古,窈窕丹青户牖空。"赵次公注谓末句云:"下句则感物吊古,诗人之情当然,而其句法言窈窕深邃,所施丹青之户牖徒存而无人也。"①《杜诗详注》以及今流行各注本,均承其说,谓"窈窕"为"深邃貌"或"深远貌"。这两句偶对,如果"崔嵬"修饰"枝干",则"窈窕"必修饰"丹青",当与"户牖"无涉,这才在句法上相配合。此句当言佳丽丹青徒存,而祠庙却无人来。这与《蜀相》"映阶碧草自春草,隔叶黄丽空好音"为同一手法。因不明"窈窕"有佳丽义,故形成积淀千年的误解。柳宗元《戏题阶前芍药》:"凡卉与时谢,妍华丽兹晨。欹红醉浓露,窈窕留余春。"此"窈窕"当指"妍丽"的芍药,故末句当云佳丽留余春。犹如美人可称为"窈窕",鲜花亦可有此同称。又《红蕉》:"晚英值穷节,绿润含珠光。以兹正阳色,窈窕凌清霜。"言佳丽凌清霜。孟郊《和薛先辈送独孤秀才上都赴嘉会得青字》:"秦云攀窈窕,楚桂寒芳馨。"诗写送友赴举折桂,故起句言去长安攀折佳丽之花。陆龟蒙《奉和袭美酬前进士崔潞盛制见寄因赠至一百四十言》:"偶此真籍客,悠扬两情摅。清词忽窈窕,雅韵何虚徐。"言清词忽佳丽。称扬其诗为清词丽句。又《婕妤怨》:"后宫多

---

① 林继中辑校《杜诗赵次公先后解辑校》,上海古籍出版社1994年版,第771页。

窈窕，日日学新声。"言后宫多佳丽，或多美人。吴筠《登庐山东峰观九江合彭蠡湖》："江妃弄明霞，仿佛呈窈窕。"言仿佛呈佳丽。皇甫松《竹枝》："山谷桃花谷底杏，两花窈窕遥相映。"言桃杏佳丽，相映生辉。

"窈窕"的"修长貌"与"美好貌"，主要形容女性，故"窈窕"可借指"美女"，其义词书已具，不胪列。而倩女修身长立，体态摇曳，故可引申为曲折、深曲、婀娜、婉转诸义，均为《汉语大词典》所无。

其"曲折""深曲"义，《辞通》云："窈窕，深曲貌。凡山水深曲亦谓之窈窕。《汉书 司马相如传》：'亙折窈窕以右转兮'。《文选》孙绰《天台山赋》：'邈彼绝域，幽邃窈窕。'又陶潜《归去来兮辞》：'既窈窕以寻壑'。又谢灵运《湖中瞻眺诗》：'侧径既窈窕'。又曹摅诗：'窈窕山水深'。"用来形容山谷、小道，确凿的当。此多取材于杨慎《升庵经说》卷四。《汉语大词典》未加采录，失之于目睫之前。再举数例以坚其说。汉乐府《乌生》："人民安知乌子处，蹊径窈窕安从通？"次句言小道曲折怎能通。辛弃疾《鹧鸪天》[千丈冰溪]："穿窈窕，过崔嵬，东林试问几时栽。"指穿过婉转（或曲折）的山谷。另外，亦可形容宫室的深曲或幽深。王延寿《鲁灵光殿赋》："旋室女便娟以窈窕，洞房穴叫窱而幽邃。"李善注云："旋室，曲房也。女便娟，回曲貌。"如此则"窈窕"为深曲貌义甚明。《晋书·凉武昭王》："崇崖崼岨，重险万寻，玄邃窈窕，磐纡嶔岑。"亦为幽深义。

其婀娜、婉转义，可以付诸视角物象的修饰，亦可施于听觉的歌乐之声的描摹。如刘宋汤惠休《白纻歌》其二："少年窈窕舞君前，容华艳艳将欲然。为君娇凝复迁延，流目送笑不敢言。"首句言婀娜舞君前。刘孝绰《三妇艳》："大妇缝罗裙。中妇料绣文。惟余最小妇，窈窕舞昭君。"言小妇婀娜的舞姿与昭君舞一样。李白《清平乐》:"日晚却理残妆,御前闲舞霓裳。谁道腰肢窈窕,折旋笑得君王。"折旋,犹言旋转。故"腰肢窈窕",犹言舞姿婀娜。杜牧《崇山下作》:"春风最窈窕,日晓柳村西。"言春风最婀娜,或最美好,孙光宪《南歌子》:"艳冶青楼女,风流字楚真。骊珠美玉未为珍,窈窕一枝芳柳入腰身。"意谓腰身如同柳枝般婀娜。以上为"窈窕"的婀娜义。

其形容歌乐的"婉转"义,如嵇康《琴赋》:"若次其曲引所宜,则《广陵》《止息》……,更唱迭奏,声若自然,流楚窈窕,惩躁雪烦。"流楚窈窕,意谓歌声流利婉转。江总《今日乐相乐》:"绮殿文雅遒,玳筵欢趣密。郑态逶迤舞,齐弦窈窕瑟。""窈窕"与"逶迤"对文,义亦相近。"逶迤舞",谓婀娜舞;"窈窕瑟",犹言婉转瑟,即婉转的瑟音。岑参《裴将军宅芦管歌》:"辽东将军长安宅,美人芦管会佳客。弄调啾飕胜洞箫,发声窈窕欺横笛。"言芦管的乐声婉转动听胜过笛子。王建《白纻歌》其一:"月明灯光两相照,后庭歌声更窈窕。"言夜静时的歌声更显得婉转清亮。辛弃疾《水调歌头》[上古八千岁]:"醉淋浪,歌窈窕,舞温柔。从今杖屦南涧,白日为君留。"歌窈窕,意谓唱起婉转的歌。

联绵词以音系连,其形不定,故"窈窕"一作"窈眇""叫嚣""宎窱""杳窱""袅窕"。韩愈《岐山下》其一:"丹穴五色羽,其名为凤凰。昔周有盛德,此鸟鸣高冈。和声随祥风,窈窕相飘扬。"钱仲联先生注云:"廖本、王本作'宎窱'。祝本、魏本作'窈窱',……《举正》杭、蜀本作'宎窈'。《考异》方本作'宎窱'。而《举正》改'窱'为'窈'。按:宎即窈字,既连用之,不应异体,或是宎字一作窈耳。……宎窕亦相近可通,然与窕字相连,宜作'窈窕',以《诗经》为正。"① 所言"正""异",其实联绵词据音系连,本与字形无关,无所谓"正"与"异"。韩诗意谓凤鸣声随风婉转飘扬。"窈眇"

---

① 钱仲联《韩昌黎诗系年集释》,上海古籍出版社1984年版,第21页。

者，如刘峻《辨命论》："观窈眇之奇舞，听云和之琴瑟。"言观婀娜之妙舞。柳宗元《零陵赠李卿元侍御简吴武陵》："尊酒聊可酌，放歌谅徒为。惜无协律者，窈眇弦吾诗。"言婉转奏吾诗。刘禹锡《窦夔州见寄寒食日忆故姬小红吹笙……》："莺声窈眇管参差，清韵初调众乐随。"言笙音如莺声婉转。"叫窱"者，如皮日休《太湖诗·桃花坞》："闲禽啼叫窱，险狖眠碑矶。"言鸟儿悠闲婉转地啼叫。"宵窕"者，如杜甫《客堂》："舍舟复深山，宵窕一林麓。"言一片曲折的山林。"宵窱"者，如郑嵎《津阳门诗》："瑶光楼南皆紫禁，梨园仙宴临花枝。迎娘歌喉玉宵窱，蛮儿舞带金蕤蕤。"言鸟儿悠闲婉转地啼叫。"杳窕"者，如杜甫《白沙渡》："差池上舟楫，杳窕入云汉。"意谓进入了如同云汉般的江中。"裊窕"者，如杜甫《溪陂行》："半陂以南纯浸山，动影裊窕冲融间。"《杜诗详注》云："裊窕，山影摇动。冲融，水波平定。"①据此则"裊窕"为摇荡不停貌的意思。"窈窕"的"婉转""婀娜"含有摇曳、旋转不停义，"摇荡不停貌"当与此相关。方以智《通雅》卷七《释诂·连语》："窈窕，一作宵窱、窅窱、挠挑、杳窕，转为窵窕、窵宵、窵窆。《释文》引《诗》'窈窕'作宵窱。《说文》于窱，训'杳窱也'。于窵，训'宵深也'。于窆，训'窵窆，深也'。皆上声，则窵、宵、窵、窆，皆一声之转耳。《西都赋》：'杳窱而不见阳'。《西京赋》：'望窅窱以径廷'。《庄子》，'挠挑无极'，注：'幽远之义。'……愚曰，古人形容，俱是借字，如状宫室用'潭潭'，赞人曰'渊源'，必曰：此言水也。又当作何字乎？"②方氏谓连绵形容词，"俱是借字"，洵为通达。由此看来，认为"窈窕"必定"与洞穴有关""其初当是形容居处洞穴之状"，或许需要值得再作推敲了。

---

① 仇兆鳌《杜诗详注》，中华书局1979年版，第180页。
② 侯外庐主编《方以智全书》，第一册《通雅》，上海古籍出版社1988年版，第292页。

"窈窕"似还可一作"窈纠":《诗经·陈风·月出》:"月出皎兮,佼人僚兮,舒窈纠兮。"马瑞辰《毛诗传笺通释》卷一三:"窈纠犹窈窕,皆叠韵,与下忧受、夭绍同为形容之词。"① 三词同义,是不错的。但训为"形容美好",与这首一唱三叹的浓烈情味不合拍。"窈纠"既犹言窈窕,则有修长义。"舒窈纠兮",犹近于今语:好苗条呀。这似乎比"好美好啊"味儿浓些,意思更恰当。

尤其值得注意的是,"窈窕"及其同音异形词,还有高耸貌和崔嵬的意思。其本义"修长"即含有高义,属于"苗条"式的优美。属于壮美的"高耸貌",当由此表优美义延展而来。如上官仪《酬薛舍人万年宫晚景寓直怀友》:"奕奕九成台,窈窕绝尘埃。苍苍万年树,玲珑下冥雾。"如释为"幽深""曲折"等,则与"绝尘埃"不吻,当言高耸绝尘。陈子昂《酬晖上人夏日林泉见赠》:"闻道白云居,窈窕青莲宇。岩泉万丈流,树石千年古。"青莲宇,为佛寺的美称。此句释为深邃的佛寺亦可通。但观前句"白云居"和后句"万丈流",似解作崔嵬的佛寺较融洽。马怀素《夜宴安乐公主宅》:"凤楼窈窕凌三袭,翠幌玲珑瞰九衢。"言凤楼高耸,故可超凌三袭。司马逸客《雅琴篇》:"朝野欢娱乐未央,车马骈阗盛彩章。岁岁汾川事箫鼓,朝朝伊水听笙簧。窈窕楼台临上路,妖娆歌舞出平阳。"窈窕楼台,言崔嵬楼台或美好楼台。储光羲《同王十三维〈偶然作〉》:"四邻竞丰屋,我独好卑室。窈窕高台中,时闻抚新瑟。"此写处卑室而听丰屋高台的瑟音,则"窈窕"就非"崔嵬"义莫属了。李白《送王屋山人魏万还王屋》:"鬼谷上窈窕,龙潭下奔潈。东浮汴河水,访我三千里。"注者云:"窈窕,幽静貌。"② 此言魏万上登窈窕之鬼谷,下至奔湍之龙潭,东浮汴河,数千里相仿。首句倘释为鬼谷上幽静,不仅情理不合,语不成句,且与原意相背。此当言攀上

---

① 马瑞辰《毛诗传笺通释》,中华书局1989年版,第417页。
② 安旗主编《李白全集编年注释》,巴蜀书社2000年版,第1035页。

崔嵬的鬼谷山。韦应物《登高望洛城作》："帝宅夹清洛，丹霞捧朝暾。葱茏瑶台树，窈窱双阙门。"注家说："窈窱：同窈窕，幽深貌。"① 诗题既言登高远望，何以见出阙之"幽深貌"呢？"窈窱双阙门"，当言高耸双阙门。《古诗十九首》其三："洛中何郁郁，冠盖自相索。……两宫遥相望，双阙百余尺。"韦诗与此情景相近，"窈窱"即形容百余尺之双阙。杜甫《虎牙行》："秋风炎欠吸吹南国，天地惨惨无颜色。……巫峡阴岑朔漠气，峰峦窈窕溪谷黑。"此言峰峦高耸，故溪谷暗淡。总上所论，"窈窕"当有高耸貌和崔嵬义。唐以前用例，还未见到，而唐诗用例却很普遍，似乎可以下一结论："窈窕"这一新出现之义，是唐人滋生的引申义。

"窈窕"还可形容白云、烟霭的动态，因而还有缭绕、舒卷、飘摇义。如曹植《飞龙篇》："晨游太山，云雾窈窕。"注家说："窈窕，幽深之貌"② 似可通。但把云雾作静态形容，且身入云雾中，动态是明显的，似乎有欠融洽。此当言云雾缭绕。唐人武元衡《八月十五夜与诸公锦楼望月得中字》："玉轮初满空，迥出锦城东。……桂香随窈窕，珠缀隔玲珑。"言桂香随风缭绕，香味飘溢。鲍溶《玉山谣奉送王隐者》："万古分明对眼开，五烟窈窕呈祥近。"五烟窈窕，犹言五彩祥云缭绕。以上为"缭绕"义。

其舒卷义，如崔湜《赠崔少府赴任江南余时还京》："流云春窈窕，去水暮逶迤。""窈窕""逶迤"两联绵词相对，其义当近。前句当言春云舒卷流动。陈子昂《夏日晖上人房别李参军崇嗣》："是非纷妄作，宠辱坐相惊。至人独幽鉴，窈窕随昏明。"注者云："窈窕，此谓思想深邃。"③ 幽鉴，谓深邃的洞察。如把"窈窕"解作"深

---

① 韦应物著、陶敏、王友胜注《韦应物集校注》，上海古籍出版社1998年版，第425页。

② 赵幼文《曹植集校注》，人民文学出版社1984年版，第398页。

③ 彭庆生《陈子昂诗注》，四川人民出版社1981年版，第166页。

邃",则与上句意复。此句当言舒卷随昏明。意即遇"昏"则卷,遇"明"则舒,在变化多故之时应相机而动,舒卷随时,出处能有变化。

"飘摇"义则用例无多:韦应物《答崔主簿倬》:"故欢良已阻,空宇澹无情。窈窕云雁没,苍茫河汉横。""窈窕"句当谓飘摇的浮云遮蔽了大雁。

"窈窕"本义"修长貌",原本形容女性体态苗条的曲线美,转而用来描摹白云之类,犹如诗赋家常用云来形容女性一样,《诗经》时代就有:"出其东门,有女如云"(《郑风·出其东门》)。所以原本属于女性美的"窈窕",滋衍出"缭绕""舒卷""飘摇"的意义来,还有"轻盈"义,也就势在必然。其"轻盈"义,如韦应物《贵游行》:"上有颜如玉,高情世无俦。轻裙含碧烟,窈窕似云浮。"注者云:"窈窕:妖冶貌。"① 观其"似云浮",则浮云却无"妖冶"义。此句当谓轻盈似云浮,或幽闲似云浮。陆龟蒙《奉和袭美公斋四咏次韵·新竹》:"晴月窈窕入,曙烟霏微生。"似言明月轻盈入,即悄然不知不觉地进来。"轻盈"本属女性美,诗人用来形容月光,亦属题中之义。

江蓝生、曹广顺《唐五代语言词典》认为"窈窕"还有"形容漫游、漫行貌"之义,列举一证:《敦煌资料》第一辑《后唐清泰三年(公元九三六)放家童契》:"从今以后,任意随情,窈窕东行,大行南北。"今发现《全唐诗》卷八六三青童《与赵旭叩柱歌》:"白云飘飘星汉斜,独行窈窕浮云车。仙郎独邀青童君,结情罗帐连心花。"其题下注云:"天水赵旭,家广陵,忽见一女子,年可十四五,容范旷代。曰:'吾天上青童,因有世念,帝罚下人间。感配君子,时叩柱作歌。"此从唐人陈邵《通幽记·赵邵》采撷,见于《太平广记》卷六五②。"独行"句,当谓独行漫游浮云车。此诗应早于后唐,

---

① 韦应物著,陶敏、王友胜注《韦应物集校注》,第547页。
② 《太平广记》,上海古籍出版社1990年版,第327页。

似可值得注意。更早者还有盛唐薛据一诗,其《泊震泽口》云:"日落草木阴,舟徒泊江汜。苍茫万象开,合沓闻风水。洄沿值渔翁,窈窕逢樵子。"此"窈窕"看作曲折的山弯亦可通。据题中停泊意,此句似可认为是:漫游逢樵子。或许更恰切些。

"窈窕"属于"奢侈性"的修饰词,在甲骨文、金文中无见,先秦文献只出现两次,汉魏六朝出现渐多,引申义稍广,至唐诗则用量遽增,新生意义亦多。察其始末,而且绝大多数出现于诗赋一类的文学作品中。其数量的趋于增多,是和人们发现美和表现美的视域越来越宽有密切关系。其本义的起源,当亦与此有关,似和其部首带有实用意义的洞穴无涉。就文献用例看,似乎也可说明这一点。

《汉语大词典》在"窈窕"条下,凡列四义:(1)娴静貌;美好貌。(2)妖冶貌。(3)指美女。(4)深远貌;秘奥貌。看来,其实际含义远不至此。故而注疏家据新旧词书释义,往往出现误解错注,这也是本文再三援引诸家注文,以求辩证求是的一个目的。所论是耶非耶,恳望方家指正。

二、"采荼薪樗"注疏质疑

《诗经·七月》："采荼薪樗",毛《传》云："樗,恶木也。"郑《笺》亦云："瓜,瓠之畜,麻实之糁,干荼之菜,恶木之薪,亦所以助男养农夫之具。"孔《疏》申述二家之义："樗,唯堪为薪,故云'恶木'。此经食瓜则断瓠,拾麻亦食之也。荼以为菜,樗以为薪,各从所宜而立文耳。"此后,樗为恶木。便成定论。

毛、郑、孔以樗为恶木,"薪樗"为采恶木之樗为薪,其说不稳。此章以"食"字领起,复以"食"字收束,通章所列举:郁(郁李)、薁(野葡萄)、葵(葵菜)、菽(大豆)、枣、稻、瓜、壶(葫芦)、苴(麻子)、荼(苦菜),均为野生或种植的可食之物。如以樗为柴薪,则掺进炊事所烧之物,溢出"食"外,显得不伦不类。原诗"樗"与"食"顶接,至为明显。按樗即臭椿树,并非"恶木"。论其用途,无论用作家具或房料,均应视为"良木"。

细按此章,历叙各月可获食物,即使秋收季节,也要以瓜菜代粮,因枣稻上等物产要用来酿酒作为贡物,生活艰辛灼然可见。这和第五章写秋气渐凉而居室寒陋,其结构与用意完全吻合。五章之末说"嗟我妇子,曰为改岁,入此室处",和此章之末"采荼薪樗,食我农夫",前后呼应,彼此沉重的语气十分合拍。倘若说他们做饭烧的是臭椿树,于理不顺,于情亦有碍;说吃的是苦菜,烧的却是上等木材!

公刘率周人被迫弃邰迁徙豳地后,修建居室,尚且还要南渡渭水,远至秦岭,以"取材用"(《史记·周本纪》)。木材这般缺乏,农夫们平日价怎能用"樗"木作燃料呢？

"采荼薪樗",是两个动宾词组组合的短语式句子。"薪"为名词而动用。犹言"采荼采樗"。"樗",非指树,而是指樗树叶。《本草图经》云"椿木、樗木形干大抵相类,但椿木实而叶香可啖,樗木疏而气臭,膳夫亦能熬去其气"。可知,臭椿树叶也曾派作古人餐桌上的食物。至于生活在《诗经》时代的农夫,衣则"无衣无褐",居则"塞向瑾户",食则必然要"采荼薪樗"和臭椿树叶便成为他们的家常"便饭"了。

那么毛《传》何以认定樗树就是"恶木"呢？陈奂《诗毛氏传疏》说："此及《我行其野》,《传》皆谓'恶木'。……"《庄子》所谓"吾有大木,人谓之樗,其本雍肿不中绳墨,小枝曲卷不中规矩,立于途,匠者不顾是也"。《庄子》的《逍遥游》和《人间世》《山木》,多次用同样的手法描绘这种"不材之木",时而名之"樗",时而又作"栎"或名为"大木"。这些经过寓言"丑化"的树木,名无一定,纯属子虚乌有,是毋庸赘言的。但一经严肃的训诂经师认真地移植,便从此强派于樗以"恶"名。不可从。

(此文原载《古汉语研究》1998 年第 4 期)

三、也说"江枫"

《唐代文学论丛》1982年第一期卢文辉同志的《"江枫"新解》一说江枫文，认为张继的《枫桥夜泊》中的"江枫渔火对愁眠"中的"江枫"，各家注本解为"江上的枫树""水边的枫树"或"江枫叶落"的意思均为不当。胪列数条理由详加辩证，而谓："'江'指江村桥，非指水；'枫'指枫桥，非指枫树，或枫叶。"卢文虽然新人耳目，读完却也使人"继而疑焉"。

我们知道，绝句是诗中最精练的体裁，要用极有限的字数渲染刻画出感人的意境，所以诗人选词练字非常讲究，力避赘词的出现。张继这首脍炙人口的名篇，当然也不能例外。从内容上讲，"江枫渔火对愁眠"这句在诗中占有重要地位，它把诗的主脑——"愁"揭示出来，成为全诗主眼，其他的模物取象都是围绕着这个"愁"字来安排的。诚如卢文所说"全诗集中表现的是诗人那种孤寂愁苦的心情"，我们只要比较一下新旧解释，何者能自然贴切地表达这种"孤寂愁苦的心情"，孰优孰劣，就不难而辨了。

首句"月落乌啼霜满天"，写残月已落，暗示夜深。夜深故有霜。因月落霜冷，所以寒乌撕肝裂肺地惊啼。这是以动写静，更显出这个幽静的夜晚格外使人孤寂。这一句是通过视觉、听觉描绘出夜泊桥畔的典型环境，"愁"字孕育其中。诗人的身份是"客"，所以对此异常敏感。次句写江边枫叶飒飒，江上舟中渔火闪烁。这个"江枫"不仅是眼中所见，更重要的是耳中所听。犹如上句的"霜满天"，实则由眼中所见"霜遍地"而感到"霜满天"。月落后的江岸枫林，只能看见黑黝黝的一片，因而秋风中枫叶瑟瑟之声更能触动诗人心怀。"江枫"一词的效果与白居易的《琵琶行》的"浔阳江头夜送客，枫叶荻花秋瑟瑟"有些类似。月落夜黑，唯明渔火，和杜甫《春夜喜雨》"江船火独明"有些仿佛。"江枫渔火"是补足上一句，换句话说，伴愁而眠的不仅是惊悸的乌啼声、枫叶的萧瑟声，且还有下文的悠慢的钟鸣声，以及残月、白霜、渔火展示了有声有色的境界，这是一个"悲哉！秋之为气"的季节，而且是一残月乍落的季秋的深夜，再加上孤身做客，那么这种"愁"就何等沉重地压在诗人心头。

如果把"江枫"解为"江村桥和枫桥"，就远远收不到枫叶声响的艺术效果。诗人把这两桥摄入笔下，对要所传出的"愁"能起到多少烘托渲染作用？可以说这对表达深秋的夜晚以及诗人的客愁是缺乏典型意义的，比起枫叶就逊色多了。据卢文说，枫桥本作"封桥"，诗人改"封"为"枫""殆为'封'不如'枫'有诗意欤？"既然如此，为什么读诗的人却偏要把"江枫"解为二桥呢？这岂不是有些煞风景而使诗意损减。所以说新解无助于诗的境界的铸造，而且与题目重复，就更加显得成为赘词余字了。读诗，不妨以地理去考察，但必须着眼于诗理，使地理、诗理、情理和谐统一，才能不失其指。如果要按图索骥，把诗人的作品当作地理学家的考察报告，那就无疑要得出错误的结论了。

另外还有语言表达上的问题，把"江枫"理解为江村桥和枫桥，这是说它是一个地名省称连用。这样的简称用于两个小桥，恐怕为诗家所避忌。再则，它还有和"江上的枫树"之义有混淆之嫌，恐怕读者如此理解也在所难免。退一步说，就是写桥，诗人是泊于枫桥的，要写二桥，省称应是"枫江"，这样也自然避去他人误解，诗人何乐而不为呢？

从修辞上看，前两句属于句内对。"月落"对"乌啼"；"江枫"对"渔火"。如作桥解，那工稳自然的对仗，岂不成为跂足了。

据卢文说，寒山寺有张继诗碑，碑侧陈夔龙识语云："……吴纪闻此诗作江村渔火，宋人旧籍足可依据。"是说宋版唐诗，"江枫"一作"江村"，卢文据此判断宋版的"江村"就是江村桥，所以"江枫"的"江"为江村桥无疑。如此说，题目是《枫桥夜泊》，"对愁眠"的却是"江村桥"，真使人有点面对丈二和尚之感。果真要写桥，为何不写"枫桥渔火"，却写作"江村渔火"？可能是"村""枫"都为木旁而讹误。也因为"江村"乃江边的村子，仍和"渔火"对仗，另外有江村必有渔舟，渔舟傍着村子的岸边而泊也讲得通，故宋人如此刻改。

由上所见，还是以各家旧注为当。

（此文原载《唐代文学论丛（总第五期）》，陕西人民出版社1984年版）

四、诗词中"平"字辨识

"平"字本来平平无奇,在散文中使用频率不大,其义一望即知。但在诗词中不仅频频露脸,而且含义丰富,而诗词注本每多略而不注。如王维《观猎》"回看射雕处,千里暮云平",唐诗和王诗的选本,均缺略无注,似待之常见义。但若用其"平静""平坦"等常义解读,则均不安。暮云虽有"平静"的一面,但和将军猎归的豪情不吻,也谈不上"平坦"和不"平坦"。因而对它给予特别的关照,就很有必要了。

"平"用作单音形容词,用其常义,指平坦、平旷。陆游《初发夷陵》:"山平水远苍茫外,地辟天开指顾中。""平"与"远""开"与"辟"为句内对。"平"指平坦。此类皆容易识辨,例亦甚多,无费赘举。

(1)"平"引申有"满"的意思。"平"的常义"平坦",多用来形容坦荡、广袤的事物,故由"平坦"滋生出"满"的特殊意义。至今关中口语,常用"平"表达"满"的意思,把满一斗、满一升,叫作"平一斗""平一升"。韦应物《秋景诣琅琊精舍》"上陟岩殿息,暮看云壑平""云壑平"犹言云壑满。或者可以说"云壑平"即云平壑,指云满壑。王维的"千里暮云平",即暮云满,指暮云弥漫。如果看作"是风定云平"[1],则增字释义,不可为训。万俟咏《长相

---

[1] 萧涤非等《唐诗鉴赏辞典》,上海辞书出版社1983年版,第160页。

思》"暮云平,暮山横。几叶秋声和雁声,行人不要听""平"亦是弥漫的意思。这类用于诗中双数句末,或词中押韵位置的"平",往往本可用"满",为了协韵,就以"平"代满。白居易《钱塘湖春行》"孤山寺北贾亭西,水面初平云脚低""水面初平",就是水面初满。秦观《画堂春》"落红铺径水平池,弄晴小雨霏霏",两句倒置,"铺径"和"平池"为句内对。意谓一场春雨即将歇止,落红方才满地,绿水方已满池,"平"字"满"义极明。李商隐《七月二十八日夜与王郑二秀才听雨后梦作》"觉来正是平阶雨,独背寒灯枕手眠""平阶雨"即满阶雨,非谓平整的台阶上的雨。王勃《采莲曲》"叶屿花潭极望平",意即"极望屿潭花叶平",犹言极望花叶满。陆游《雪中忽起平戎之兴戏作》"铁马渡河风破肉,云梯攻垒雪平壕""雪平壕"即雪满壕。

"平"之引申义"满",又可引申出布满、充满、涨满、遍布等义。谢朓《和伏武昌登孙权故城》"故林衰木平,荒池秋草遍""平"与"遍"为对文,即遍布、布满的意思。李贺《昌谷诗》"芒麦平百井,闲乘(车)列千肆",王琦注云:"平百井,言其广而盛也。"所言甚是。前句意接近王粲《登楼赋》"华食蔽野,黍稷盈畴""平"指布满。杜甫《奉送郭中丞兼大仆卿充右节度使三十韵》"宸极妖星动,园陵杀气平",郭知达《九家集注杜诗》:"杀气与园陵平也。"意谓杀气和园陵一样高,若如此解,则此句应为"杀气平园陵",看来释义稍为迂回。仇兆鳌注为:"言惊扰陵寝",则非确解。"平"与"动"相对,意谓充斥、弥漫。又《泛江送客》"二月频送客,东津江欲平。烟花山际重,舟楫浪前轻""江欲平",即江水快要涨满。唯其如此,"舟楫浪前轻"才有着落。林逋《长相思》"君泪盈,妾泪盈,罗带同心结未成,江边潮已平",胡云翼《宋词选》:"潮已平,江潮已经涨满了(意味即将离别)。"江潮涨满,亦是"舟楫浪前轻"的行船时候。

"平"之引申义"布满",复又引申出遮蔽、笼罩、埋没等动词意义。贾岛《宿赟上人房》"朱点草书疏,云平麻履踪",又《送陈判官赴绥德》"火烧无断苇,风卷雪平沙",两"平"字分别作遮蔽、覆蔽解。李益《与王楚同登青龙寺上方》"鸟没汉诸陵,草平秦故殿""没"与"平"为对文,"平"犹言没,即埋没的意思。李商隐《蝉》"薄宦梗犹泛,故园芜已平",叶葱奇《李商隐诗疏注》释后句为"故园的荒草丛生",亦近意译,且"平"无"丛生"义。此句追摹隋卢师道"故园已超忽,空庭正芜没"(《听鸟蝉篇》),"平"正模"没"字来。此句当谓故园已被荒草所覆蔽。北宋苏庠《菩萨蛮》"北风振野云平屋,寒溪淅淅流冰谷""云平屋",即乌云笼罩屋子,"平"字"摹状出冬云低压的态势"①。张孝祥《六州歌头》"长淮望断,关塞莽然平",俞平伯先生《唐宋词选释》云:"淮上一带在当时已为边境,本是平原。这里承'关塞'下'平'字,又加'莽然'的形容语,见得边境防备之疏,一片空虚光景。"这是把"平"作"平原"处理,似觉不妥。胡云翼《宋词选》释次句:"草木长得和关塞一样高了。"如作此解,此句应为"关塞平莽然",才有高及草木义。此句没有引进比较对象的介词,似无"和……一样高"的含义,但胡先生未按常义解,则别具眼光。社科院文研所《唐宋词选》说:"这句说战备不修,戍守无人,关塞埋没在一片草木里。"庶几得乎其确解,但仍近于意译。辨察句意,当有被动意味,似应为关塞被茂盛的草木所埋没。

"平"的"满"义横向引申出动词"遮蔽"等义,已如上述。纵向则引申为"高"义,属于形容词。用于句末的为了协韵,用于句中的为了调节平仄。陈子昂《晚次乐山县》"野戍荒烟断,深山古木平",社科院文研所《唐诗选》说:"平,是说不辨高低。"据此,有人以为:"野外戍楼上的缕缕荒烟,这时已在视野中消失;深山上参

---

① 周汝昌等《唐宋词鉴赏辞典》,上海辞书出版社1988年版,第1070页。

差不齐的树木，看上去也模糊一片。……烟非自断，而是被夜色遮断；木非真平，而是被夜色荡平。"① 以上释义甚误，而彭庆云《陈子昂诗注》则不出注。"古木平"犹言古木高，以状其地荒僻。这两句意谓野戍被荒烟遮断，深山被古木覆蔽。与此两句句末字相同的，还有王维《送严秀才还蜀》"山临青塞断，江向白云平""山断"和"江平"为偶，"向白云平"，犹言与白云一样高，"向"即指"与"②。对句谓江水流向天边，与白云相接。司空曙七律《长安晓望寄程补阙》"迢递山河拥帝京，参差宫殿接云平""接云平"犹言接云高。张若虚《春江花月夜》"春江潮水连海平，海上明月共潮生""连海平"意近"接云平"，意谓和海水一样高，因而可以说"春潮高涨，江海不分"③。杜牧《题元处士高亭》"水接西江天外声，小斋松景拂云平""拂云平"和"接云平"同意，即拂天高。这类"A+云平"式的结构，如A改用"与"，其句意就格外显豁，如鲍照《拟古》其八"蜀汉多奇山，仰望与云平"，萧梁虞羲《咏霍将军北征》"长城地势险，万里与云平"，杜甫《公安县怀古》"寒天催日短，风浪与云平"，刘禹锡《太和戊申岁大有年诏赐百僚出城观秋……》"长安铜雀鸣，秋稼与云平"，以上数句的"与云平"，很显然是"与云一样高"的意思。吴文英《八声甘州》"连呼酒，上琴台去，秋与云平""与云平"与鲍照等诗用法无异。此句谓秋气高及白云，即秋气满天的意思。"与云平"也可拓展为"与+A平"：陆游《雉庭草》"露草烟芜与砌平，群蛙得意乱疏更""与砌平"，即与台阶一样高。范成大《晚湖》"底事今年春涨小？去年曾与画桥平"，亦属此类。"与+A平"的格式，还可省去介词"与"，但作为参照系的名词须置于"平"字前边，形成"B平A"的格式。张先《浣溪沙》"花片片

---

① 萧涤非等《唐诗鉴赏辞典》，上海辞书出版社1983年版，第48页。
② 王锳《诗词曲语辞例释》，中华书局1984年版，第124页。
③ 中国社科院文学研究所《唐诗选》，人民文学出版社1978年版，第49页。

飞风弄蝶，柳阴阴下水平桥，日长才过又今宵""水平桥"指水位高至桥。杜甫《汉川王大录事宅作》"宅中平岸水，身外满床书""平岸水"本指水平岸。词序之所以倒置，在于和"满床书"为偶。秦观《满庭芳》"晓色云开，春随人意，骤雨才过还晴。古台芳榭，飞燕蹴红英，舞困榆钱自落，秋千外，绿水平桥""绿水平桥"非谓水上的桥很平坦，而是说水和桥一样高了，暗与起首"骤雨才过"呼应。本应为"绿水平桥"，此为协韵而倒置词序。

"平"作"高"解，如有参照物，表示某物与某物一样高，还比较容易辨识，如果径直言某物"平"，以直接表示"高"义，则不易辨识，造成误解，陈子昂的"深山古木平"索解见难正在于此。崔颢《行经华阴》"河山北枕秦关险，驿树（一作'路'）西连汉畤平""河山险"偶对"驿树平""平"与"险"当为正对，作"高"解。有人视为反对，以为"驿路的平通五畤固然更衬出华山的高峻，同时也暗示长生之道比名利之途来得坦荡"①。此诗尾联"借问路旁名利客，何如此地学长生""此地"指道家求仙圣地华山。其实"驿树平"（或"驿路高"）和"河山险"为两层夹写，正表明利禄之途的艰难。李白《登瓦官阁》"寥廓云海晚，苍茫宫观平"，上海师大《李白诗选》说："平，宁静。这句指前朝宫观矗立于迷茫夜色中，四周一片宁静。"既以"矗立"释"平"，又增释"宁静"，显得徘徊不定，而有首鼠两端之嫌。"宫观平"即"宫观高"。李白这两句，有可能取法王维《游感化寺》"翡翠香烟合，琉璃宝殿（一作'地'）平"，王诗两句总括感化寺的氛围和气势，"宝殿平"即"宝殿高"的意思，若解作宝殿平静，则无甚意味。王维《登辨觉寺》"窗外三楚尽，林上九江平"，江在林木之上，自然就觉得"高"了。柳宗元《衡阳与梦得分路赠别》"伏波故道风烟在，翁仲遗墟草树平"，高文、屈光《柳宗元选集》注为："平，长满。"注意了"平"的特殊

---

① 萧涤非等《唐诗鉴赏辞典》，上海辞书出版社1983年版，第48页。

义，但释为"高"似较为妥帖。杨万里《过百家渡四绝句》其四："远草平中见牛背，新秧疏处有人踪。""平"之释义，则非"高"莫属。若说是在远草平坦处出现牛背，句意则前后龃龉不合。这句化用"风吹草低见牛羊""风吹草低"正暗含草高意。

（2）"平"字在诗词中单用作谓语，有时还包含有两个义项，此为诗语灵活性所致，为散文所阙如。孟浩然《望洞庭湖赠张丞相》"八月湖水平，涵虚混太清""湖水平"，意谓湖水平静而溢满。八月秋水上涨，故湖水溢满，这是起句所含的因果关系；因为湖水平静，所以才能"涵虚混太清"——把朗朗晴空倒映湖中，这是前后两句所包含的因果关系。前举李白"苍茫宫观平"，也可视为宫观宁静地耸立。刘禹锡《雨后池上》"一雨池塘水面平，淡磨明镜照檐盈""池塘水面平"，既谓池面平静，又谓满满一池水。刘禹锡《竹枝词》"杨柳青青江水平，闻郎江上唱歌声""江水平"，还是看作江水饱满而平静为好。杨柳泛青，春江上涨，江面平静，大概正是青年男女对歌欢爱的好时光。

（3）"平"作动词，还有消除、平和义。王令《暑中懒出》"已嫌风少难平暑，更被蝉饥取实肠""平暑"犹言消暑。万俟咏《长相思》"一声声，一更更。窗外芭蕉窗里灯，此时无限情。梦难成，恨难平。不道愁人不喜听，空阶滴到明"。"恨难平"即恨难消除。王维《奉和圣制御春明楼临右相园亭赋东贤诗应制》"将非富民宠，信以平戎故"，赵殿成注引"《左传》：'齐侯使管夷吾平戎于王，使隰朋平戎于晋。'杜预注：'平，和也。'"

（4）"平"和"生""居"组成复音词，作时间副词用，表示过去时段，有往常，向来义。杜甫《北征》"平生所娇儿，颜色白胜雪""平生"犹言平时、往常。又《秋兴八首》其四"鱼龙寂寞秋江冷，故国平居有所思"，韩愈《奉陵行》"设官置卫锁嫔妓，供养朝夕象平居""平居"犹言往常、平时。"平生"也可作一生讲，"平"

则指全部、整个。平的这个意义,当和它的引申义"满"相关。陆游《秋夜将晓出篱门迎凉有感》:"壮志病来消欲尽,出门搔首怆平生""平生",犹言一生。"平"作时间副词,还有刚、才义。李白《赠郭将军》"平明拂剑朝天去,薄暮垂鞭醉酒归",王昌龄《芙蓉楼送辛渐》"寒雨连江夜入吴,平明送客楚山孤",元稹《连昌宫词》"平明大驾发行宫,万人歌舞途路中",以上"平明"均谓天刚明。有的注本解作"早晨""清晨",则不确。新版《辞海》释为"天大亮的时候",亦不妥。

(此文原载《古汉语研究》1998年第1期)

五、唐诗俗语疑难词辨识

本文讨论的内容以现今流行的中华书局《全唐诗》为文本，书证以该书作者次第为序。

1. 烂熳、烂漫

烂熳、烂漫形容词，纵横、纷乱的样子。1982—1984 年，《中国语文》有好几篇文章讨论"烂熳"的词义。后来《汉语大词典》吸取这次讨论，给它作出 16 条义项，比《辞海》的 4 条义项，就显然丰富得多了。本文无意于参加已经过时的讨论，只是想在新的基础上，提出一种新义。自然要触及对有关结论的重新考虑。

杜甫《同豆卢峰知字韵》："梦兰他日应，折桂早年知。烂漫通经术，光芒刷羽仪。"言纵横通经术，即深晓经义。又《彭衙行》："众雏烂熳睡，唤起沾盘餐。"言几个孩子纵横睡倒。仇兆鳌《杜诗详注》416 页注 2，"申涵光曰：烂熳二字，写稚子睡态入神"。属于意解，而非确诂。今人多从此，似不妥。韩愈《南山诗》："峥嵘跻冢顶，倏闪杂鼯鼬。前低划开阔，烂漫堆众皱。"言众峰纵横堆积，俯视犹如衣裳的皱纹。朱熹《韩集考异》："忽至山顶，则豁然见前山之低，虽有高陵深谷，但如皱物微有蹙摺之文耳。此最善形容者，非登高山临旷野，不知此语之为工也。况此句'众皱'为下文诸'或'之纲领，而诸'或'乃'众皱'之条目。"又《新竹》："纵横乍依行，烂熳忽无次。""纵横"与"烂熳"对举，其义最显。以上为纵横义。

其纷乱义，如卢纶《奉陪侍中游石笋溪十二韵》："国泰事留侯，山春纵康乐。间关殊状鸟，烂熳无名药。"言纷乱繁多叫不上名的草药。令狐楚《省中直夜对雪……》："杂花飞烂漫，连蝶舞徘徊。"言杂乱的雪花纷乱地飘飞。李贺《春归昌谷》："思焦面如病，尝胆肠似绞。京国心烂漫，夜梦归家少。"王琦《李贺诗歌集注》228页注7："在京国之中应酬大不易，心事纷扰，无暇念及家事。"韩愈《远游联句》："离思春冰泮，烂漫不可收。"喻思绪散乱难收。姚合《和李补阙曲江看莲花》："绕行香烂熳，折赠意缠绵。"言荷香繁乱。李建勋《蔷薇》："拂檐拖地对前墀，蝶影蜂声烂熳时。"言蜂蝶纷乱之时。《全唐诗》卷七八五无名氏《白雪歌》："寒郊复叠铺柳絮，古碛烂熳吹芦花。"言雪花纷乱得像飘舞的芦花。皎然《送大定上人归楚山》："厌上乌桥送别频，湖光烂熳望行人。"言在纷乱闪烁的湖光中。又《送丘秀才游越》："山情与诗思，烂熳欲何从？"言情思纷乱。

其"纷乱"义先见于汉代以降。司马相如《上林赋》："于是乎玄猿素雌，……牢落陆离，烂熳远迁。"《汉书》本传颜师古注："言其聚散不常，杂乱移徙。"又同题："俳优侏儒，狄鞮之倡，所以娱耳目乐心意者，丽靡烂漫于前，靡曼美色于后。"中华书局《六臣注文选》164页右上栏五臣刘良注云："丽靡烂漫，美音声也。"当谓其演奏奢侈华丽，繁多纷乱。《楚辞》之严忌《哀时命》："生天坠之若过兮，忽烂漫而无成。"王逸注："言已生于天地间，忽若风雨之过，然而消散，恨无成功也。"王褒《洞箫赋》："时奏狡弄（急促的小曲），则彷徨翱翔，或留而不行，或行而不澜漫，亡耦失时。"《六臣注文选》319页右下栏李善注为"分散"，与"散乱"义近。《淮南子·览冥训》："主暗晦而不明，道澜漫而不修。"言纷乱不修。马融《长笛赋》："乃相与集乎其庭，详观夫曲胤之繁会丛杂，何其富也；纷葩烂漫，诚可喜也。"《六臣注文选》328页右上栏吕向注："纷葩烂漫，声乱而多也。"即如纷乱义。刘向《说苑·反质》："衣服轻暖，舆马文饰，所以自奉，丽靡烂熳，不可胜纪。"言纷乱难记。张协《七命》："澜漫狼藉，倾榛倒壑。"纷乱义尤为明显。《魏书·音乐志》："三代之衰，邪音间起，则有澜漫靡靡之乐兴焉。"《周书·宣帝纪》："散乐、杂戏，鱼龙烂漫之伎，常在目前。"言纷乱的杂耍表演。江淹《去故乡赋》："去室宇而远客，遵芦苇以为期。情婵娟而未罢，愁烂漫而方滋。"言愁绪纷乱。谢《听歌赋》："乍连延以烂漫，时顿挫以抑扬。"江总《上毛龟启》："日月精明之状，烟云烂漫之彩。"言纷乱之彩。以上文与赋均为"纷乱"义。

其见于先唐诗者，古乐府："隐机倚不织，寻得烂缦丝。"鲍照《拟古》之二："生事本烂漫，何用独精坚！"谢朓《秋夜讲解》："琴瑟徒烂熳，娇容空满堂。"不过偶尔可见，寥寥无多。至于唐诗，则借鉴于赋，大量见于诗中。用"烂漫"者30例，"烂熳"72例，成为流行习见语词，从而使之通俗起来。

烂熳、烂漫、澜漫、烂缦、烂曼，形异而义同，均为声音相同或相近的联绵词。如《上林赋》，《史记》《汉书》本传作"烂曼远迁"，《文选》则作"烂熳远迁"，其义则同。而左思《娇女诗》："浓朱衍丹唇，黄吻澜漫赤"，亦即烂熳赤。

2. 的的

的的，形容词，犹言点点、滴滴，相当于量词的重叠。宋之问《景龙四年春祠海》："的的波际禽，泛泛岛间树。安期今何在？方丈蔑寻路。"言远望大海,波间海鸟点点。徐铉《陪王庶子游后湖涵虚阁》:"悬圃清虚乍过秋,看山寻水上兹楼。轻鸥的的飞难没,红叶纷纷晚更稠。"言鸥影点点。又《秋日泛舟赋蘋花》:"素艳拥行舟,清香覆碧流。远烟分的的,轻浪泛悠悠。"以上为点点义。

其滴滴义,如张说《遥同蔡起居偃松篇》:"悬池的的停花露,偃盖重重拂瑞云。""悬池"喻雨后偃松意同王维"树杪百重泉"。"的的"犹言滴滴。

3. 点的

点的,形容词。犹言片片、点点。杜牧《寄牛相公》:"汉水横冲蜀浪分,危楼点的拂孤云。"言远望高楼片片。徐铉《赋得秋灯晚照》:"落日照平流,晴空万里秋。轻明动枫叶,点的乱沙鸥。"意谓沙鸥点点。《全唐诗》只此两例,《汉语大词典》仅收后一例,释为白色小点,欠稳洽。

4. 唯应

唯应,唯有、只有的意思。陈子昂《感遇》之三十:"箕山有高节,湘水有清源。唯应白鸥鸟,可为洗心言。"谓唯有白鸥可以为群,若谓只有应该或只应的意思,则句意不通。王维《山中寄诸弟妹》:"山中多法侣,禅诵自为群。城郭遥相望,唯应见白云。"言唯有见白云。刘长卿《和灵一上人新泉》:"梦闲闻细响,虑澹对清漪。动静皆无意,唯应达者知。"谓为只应亦通,但未若"只有"恰切。皇甫冉《临平道赠同舟人》:"远山谁辨江南北,长路空随树浅深。流荡飘飘此何极,唯应行客共知心。"谓唯有同舟行客方知流荡的辛苦。卢纶《哭司农苗主簿》:"原头殡御绕新茔,原下行人望哭声。更想秋山连古木,唯应石上见君名。"言唯有墓碑见君名。权德舆《早发杭州富春江寄陆二十一公佐》:"区区此人世,所向皆樊笼。唯应杯中物,醒醉为穷通。"意谓唯有酒可了此一生。刘禹锡《送深法师游南岳》:"飞锡无定所,宝书留旧房。唯应衔果雁,相送至衡阳。"言唯有雁可同至南岳。白居易《眼暗》:"千药万方治不得,唯应闭目学头陀。"作"只应该"解,则乏无可奈何之意。又《病中对病鹤》:"唯应一事宜为伴,我发君毛俱似霜。"姚合《哭费拾遗徵君》:"空山流水远,故国白云深。日夕谁来哭,唯应猿鸟吟。"杜牧《月》:"三十六宫秋夜深,昭阳歌断信沉沉。唯应独伴陈皇后,照见长门望幸人。"李商隐《寄华岳孙逸人》:"海上呼三岛,斋中戏五禽。唯应逢阮籍,长啸作鸾音。"自比阮籍,喻孙逸人为孙登。言唯有遇到我才倾心相待。

高骈《遣兴》:"把盏非怜酒,持竿不为鱼。唯应嵇叔夜,似我性慵疏。"谓只有嵇康如我。郑谷《赠尚颜上人》:"相寻喜可知,放锡便论诗。酷爱山兼水,唯应我与师。"鱼玄机《酬李学士寄簟》:"珍簟新铺翡翠楼,泓澄玉水记方流。唯应云扇情相似,同向银床恨早秋。"齐己《吊杜工部坟》:"瘴雨无时滴,蛮风有穴吹。唯应李太白,魂魄往来疲。"以上"唯应"均为唯有、只有的意思。《全唐诗》"唯应"出现110次,绝大多数,作如是解。"唯应"也有只应、只应该的意思,但一般须在该句有其他动词或判断词。如卢肇《被谪连州》:"黄绢外孙翻得罪,华颠故老莫相嗤。连州万里无亲戚,旧识唯应有荔枝。"有判断词的如许裳《宿灵山兰若》:"旦夕闻清磬,唯应是钓翁。"以上两类,出现甚少。

5. 簇

簇,量词。片、团、丛的意思。其"片"义,如:《江畔独步寻花七绝句》之五:"黄师塔前江水东,春光懒困倚微风。桃花一簇开无主，可爱深红爱浅红。"刘禹锡《和汴州令狐相公到镇改月偶书所怀》："歌榭白团扇，舞筵金缕衫。旌旗遥一簇，乌履近相搀。"李贺《追赋画江潭苑四首》之四："十骑簇芙蓉，宫衣小队红。练香熏宋鹊，寻箭踏卢龙。"叶葱奇注《李贺诗集》190页解释为：这"四句形容随从宫女的众多，说十骑穿红衣的作一小队，看上去像一簇芙蓉似的。衣衫的香气，连狗身上都给熏染上了。"此谓十骑小队如一片芙蓉。白居易《题卢秘书夏日新栽竹二十韵》："叶剪蓝罗碎，茎抽玉官端。几声清淅沥，一簇绿檀栾。"有几声清响的，那即是一片绿竹。曹邺《碧寻宴上有怀知己》："荻花芦叶满溪流，一簇笙歌在水楼。"李咸用《山中》："一簇烟霞荣辱外，秋山留得傍檐楹。"罗隐《柳》："一簇青烟锁玉楼，半垂阑畔半垂沟。"翁洮《赠方干先生》："城头鼙鼓三声晓，岛外湖山一簇春。"吴融《湖州晚望》："他年若得壶中术，一簇汀洲尽贮将。"韦庄《官庄》："谁氏园林一簇烟，路人遥指尽长叹。"又《题姑苏凌处士庄》："一簇林亭返照间，门当官道不曾关。"贯休《落花》："蝶醉蜂痴一簇香，绣葩红蒂堕残芳。"牛峤《杂曲歌辞·杨柳枝》："吴王宫里色偏深，一簇纤条万缕金。"以上为量词"片"义。

其"团"义如：孟浩然《云门寺西六七里，闻符公兰若最幽，与薛八同住》："云簇兴座隅，天空落阶下。"谓云团从座旁飘起。白居易《花下对酒》："红房烂簇火，素艳纷团雪。"言红花灿烂得像一团火。"簇""团"对文义同。和凝《宫词》："春风金袅万年枝，簇白团红烂熳时。""簇白""团红"句内对，"簇"义则为"团"而甚明。以上为量词"团"义。其"丛"义，如：李端《鲜于少府宅看花》："谢家能植药，万簇相萦倚。"言万丛萦倚。元稹《牡丹》："簇蕊风频坏，裁红雨更新。"李德裕《南梁行》："望秦峰迥过商颜，浪叠云堆万簇山。"徐铉《和贾员外戬见赠玉蕊花栽》："琼瑶一簇带花来，便斫苍苔手自栽。"卷八九九无名氏《后庭宴》："千里故乡，十年华屋，乱魂飞过屏山簇。"

6. 趁

趁，动词，赶，上，到……（地方）去之义。其义犹今语"上班""上街"的"上"；或者如"赶集""赶庙会"的"赶"，意谓"到……（地方）去"。此和"赶赴""奔赴"义有别，词意比较和缓。王建《赠索暨将军》："泪滴先皇阶下去，南衙班里趁朝回。"谓上朝后回来。柳宗元《柳州峒氓》："青箬裹盐归峒客，绿荷苞饭趁虚人。"谓赶集人。刘禹锡《历阳书事七十韵》："平野分风使，恬和趁夜程。"言赶夜路。元稹《仁风李著作园醉后寄李十》："胧明春月照花枝，花下声音是管儿。却笑西京李员外，五更骑马趁朝时。"白居易《李卢二中丞各创山居……》："君若趁归程，请君先到此。"趁归程，犹言回家上路。又《酬卢秘书二十韵》："风霜趁朝去，泥雪拜陵回。"又《自题》："热月无堆案，寒开不趁朝。"张祜《杂曲歌辞·爱妾换马》："侍宴永辞春色里，趁朝休立漏声中。"方干《送王霖赴举》："北阙上书冲雪早，西陵中酒趁潮迟。"谓赶潮迟。又《寄台州孙从事百篇》："昼寝不知山雪集，春游应趁夜潮归。"言赶晚潮归来。吴融《春归次金陵》："春阴漠漠覆江城，南国归桡趁晚程。"言傍晚赶路。颜仁郁《农家》："夜半呼儿趁晓耕，羸牛无力渐艰行。"非谓乘着拂晓，而谓赶在黎明之前。陈季卿《别兄弟》："北风微雪后，晚景有云时。惆怅清江上，区区趁试期。"言辛苦赶试期。"趁"之赶、上义，自中唐始出现。

7. 停灯

（1）停灯，动词，点燃的意思。"停"之点燃义，从中唐开始出现,最早使用此义的当是好用口语入诗的王建。其《织锦曲》:"合衣卧时参没后,停灯起在鸡鸣前。"谓鸡叫前点灯起床,而不能说是停留下来不熄灭的灯。又《惜欢》:"当欢须且欢,过后买应难。岁去停灯守,花开把火看。""停灯""把火"对文义同。谓点灯守夜。又《宫词一百首》其三十七:"每夜停灯熨御衣,银熏笼底火霏霏。"谓每夜点灯,非谓每夜停留灯。张籍《宿江店》:"野店临西浦,门前有橘花。停灯待贾客,卖酒与渔家。"谓上灯待沽,不能说停留灯待客。又《宿广德寺寄从舅》:"古寺客堂空,开帘四面风。移床动栖鹤,停烛聚飞虫。"谓燃烛聚飞虫。

另外,"停灯"还有熄灯的意思。"停"的熄灭义,当与其常义"停止"相关。李中《秋夕病中作》:"煎药惟忧涩,停灯又怕明。临晓清镜里,应有白发生。"谓病身夜不能寐,熄了灯又怕早知天亮,写患病后日夜不宁的心思。唐诗此例甚少。

"停"的点燃义,当与"点"的"点着"义相关。"停""点"声近义同。"停"的点燃义,一般只能用在"灯""烛"之前,这种特殊意义,当为唐人口语。

(2)停灯,动词,犹言留灯不熄。停,停留。"停"之此义亦从中唐出现,最早使用此义的当是最好用口语的白居易。其《岁暮夜长,病中灯下闻卢君夜宴,以诗戏之,且为来日张本也》:"当君秉烛衔杯夜,是我停灯服药时。"谓夜深未熄灯是因为要吃药。"停灯",《全唐诗》一作"停餐",当是不明"停"之停留不熄灭义,而误改。《汉语大词典》谓此例的"停"为"停放"义,似不稳顺。《衰病》:"老去病相仍,华簪发不胜。行多朝散药,睡少夜停灯。"因睡眠少故留灯不熄。又《与僧智如夜话》:"炉向初冬火,笼停半夜灯。"谓夜半还不熄灭灯笼。又《酬别微之(一作"临都驿最后作")》:"醉收杯勺停灯语,寒展衾绸对枕眠。"谓留灯不熄,长夜漫话。朱庆余《近试上张水部(一作"闺意献张水部")》:"洞房昨夜停红烛,待晓堂前拜舅姑。"富寿荪《千首唐人绝句》下册661页："停，点燃，唐人口语。""停"之固有"点燃"义，已见上文。但施于此句，显不出彻夜不熄之意，且与次句"待晓"失去呼应。社科院《唐诗选》下册204页：谓"停"为"停留"义，恰切稳顺。旧时新婚初夜，有红烛长明之习，此俗关中至今犹存。杜牧《行次白沙馆，先寄上河南王侍郎》："夜程何处宿，山叠树层层。孤馆闲秋雨，空堂停曙灯。"谓独宿客馆，留灯不熄以待天亮。刘沧《赠道者》："真趣淡然居物外，忘机多是隐天台。录停灯深夜看仙，拂石高秋坐钓台。"谓留灯深夜。胡曾《咏史诗·玉门关》："西戎不敢过天山，定远功成白马闲。半夜帐中停烛坐，唯思生入玉门关。"谓夜半静坐而不熄灯。方干《赠赵崇侍御（一作"赠赵常六韵"）》："闲话篇章停烛久，醉迷歌舞出花迟。"停烛久，犹言留烛久。

其义见于先唐诗者，如徐陵《和王舍人送各未还闺中有望》："绮烛停不灭，高扉掩朱关。"直到宋代，其义仍存，如文同《织妇词》："不敢辄下机，连宵停火烛。"

（此文原载《西北农林科技大学学报》2001年第2期）

六、唐诗"连"字释义辨识

　　连,常义有二,作动词指"接连",作副词指"连续"。由此两个常见义项,各自延展出两个词义引申系统,这些词意义都带有口语的特殊性,灵活地出现于唐朝诗中,很容易和它的常义混淆。如"连天",其义颇为纷繁。王维《华岳》"连天汉水广,孤客郢城旧",李颀《送陈章甫》"长河浪头连天黑,津口停舟渡不得",刘禹锡《送春曲三首》其二"映叶见残花,连天是青草",均用常义"接连"。"连天"犹言接天。而岑参《寄宇文判官》"西行殊未已,东望何时还?终日风与雪,连天沙复山",徐仁甫《广释词》卷七:"连天犹'连日',时间词,……连天沙复山,谓连日跋涉山川。"韩愈的《咏雪·赠张籍》"著地无由卷,连天不易推",两句形容雪花的遮天蔽地,"连天"即遮天。李贺《荣华乐》"十二门前张大宅,晴春烟起连天碧""连天",则指满天。"连"之词义变化的灵活,于此可见一斑,今爬梳其特殊意义衍变滋生状况,总汇辨释如下:

1. "连"的常义"接连",可引申"和……相连""和……一起""连同……都"等义

　　庾信《咏画屏风诗二十五首》其二十一:"水光连岸动,花风合

树吹",前句谓水动光摇,看上去好似连同岸都在摇动。王勃《出境游山二首》其一"峰斜连鸟翅,磴叠上鱼鳞",前句非径直谓斜峰接连鸟翅,而是说山峰斜上可以和鸟翅相连,后句说石磴排叠而上,好像鱼鳞排列一般。这样两句才匀称相偶。又《江南弄》"江南弄,巫山连楚梦",和上例同理,不是说巫山连接楚梦,而谓巫山和"楚梦"相关连。岑参《初至犍为作》"云雨连山峡,风尘接百蛮",两句说犍为郡(治所在今四川乐山县)和三峡云雨、百蛮风尘相连接。如把"连"按常义"接连"处理,所写犍为(即嘉州)的地理位置则不够明显。杜甫《临邑舍弟书至……》"闻道黄河坼,遥连沧海高",谓听说黄河决口,远看和沧海一样高。又《官庭夕坐戏简颜十少府》"客愁连蟋蟀,亭古带蒹葭",前句谓做客的愁苦和蟋蟀的凄鸣相通连。又《峡口二首》其一"城欹连粉堞,岸断更青山",王嗣奭《杜臆》卷八:"谓城有欹者,连粉蝶并欹"①,即把"连"看作"连同……并(一样)"的意思。如径视为"连接"常义,则此句大失原意。刘禹锡《三月三日与乐天……》"翠幄连云起,香车向道齐",是说绿色帐篷连同白云一样高起至天上,华贵的车子和道路一样绵延不绝。"连"即"连同……一样"义。又《蔷薇花联句》"似锦如霞色,连春接夏开",次句说连同春天直到夏天都能开花,此"连"即"连同……都"义。又《和令狐相公春日寻花有怀白侍郎阁老》"晴宜连夜赏,雨便一年休",意谓天晴应当连同夜晚都来观赏,否则一下雨就一年最好的光景便完了。李贺《秋凉诗寄正字十二兄》"露光泣残蕙,虫响连夜发",王琦注:"虫声夜以继日,达旦不止。"即谓"连"为"连同……都"的意思。

"连"的"连接"也好,"和……相连"也好,都涉及事物的两方,因而可引申出"并""两"义来。杜甫名句"烽火连三月,家书抵万金"(《春望》),"连三月"向来就有两种解说:一说是"连

---

① 徐仁甫《广释词》,四川人民出版社1981年版,第358页。

续"三月,一说是"两逢"三月,即前后一年。后说即视"连"为"两的动词""两逢"。两玉并联称"连璧",两字相连称"连文",两家结亲称"连婚",两人携手称"连袂",两人同在呈文上签字称"连署",两人彼此心连心称"连襟",两骑并行称"连镳",两人并驾齐驱称为"连镳并轸"。"连""并"对文,"连"即有"并""两"义。谢灵运《拟魏太邺中集·魏太子》"澄觞满金,连榻设华茵",刘禹锡《出鄂州界怀表臣二首》其二"梦觉疑连榻,舟行忽千里"。"连榻"犹言对床,并床。王勃《八仙径》"终希脱尘网,连翼下芝田"。"连翼"犹言并翅。卢照邻《长安古意》"复道交窗作合欢,双阙连甍垂凤翼""连甍"即并连屋脊。岑参《酬成少君骆谷行见呈》"携手出华省,连镳赴长途",即谓作者和成少君两人携手,"连镳"并行。"连"也可作连词"和""与"用,这也是从"连"与"和……相连"义缩小偏向引申出来。骆宾王《赋得"白云抱幽石"》"锦色连花静,苔光带叶熏""锦色"指石苔绿叶的颜色,石苔亦称石花,前句谓石苔的叶色,与花俱静。

"连"即"与"义。杜甫《滟滪》"干戈连解缆,行山忆垂堂",《杜臆》卷七:"时蜀有干戈,而公将下江陵,即须解缆。然止则忧兵,行则忧险,不能不踌躇于'垂堂'之戒也。"这是把干戈之变,解缆行船经滟滪之危,视为同等须戒慎的两事,故前句的"连"即作"和"解。杨伦谓此句"言所止之处皆逢寇乱也"。则把"连"看作"接连遇到"的常义,而句意则不如王说完密。"带"作"和""与"解,于古诗不多见,然遇之则较费解。"连"之"和"义,复又引申出"随"义,《礼记·曲礼》"连步以上",郑玄注谓足相随不相过也。孟浩然《题大禹寺义公禅房》"夕阳连雨足,空翠落庭阴""雨足"犹言雨脚,此句谓夕阳随着雨止而即光临。陈贻焮《孟浩然诗选》:"写傍晚雨止初晴景象:雨脚刚住,斜阳光即随之而至。"[①] 很

---

① 杨伦《杜诗镜诠》,上海古籍出版社1998年版,第634页。

得"连"之"随"义,极精确。杜甫《泛江送客》"泪逐劝杯落,愁连吹笛生""逐""连"对文,"连"亦指"遂",此句谓听到笛声,而愁随之而生。高适《和窦侍御登凉州七级浮图之作》"空色在轩户,边声连鼓鼙""连鼓鼙"谓随鼓声而起。范仲淹《渔家傲》"四面边声连角起",胡云翼《宋词选》:"军中号角一吹,四面的边声随之而起。"① 陈与义《别夜》"悬知先入他年话一夜蛙声连雨声",后句谓蛙声随雨声。

"连"之"随"义,又引申出"接近""靠近"义。今关中俗语谓关系密切或距离近在咫尺,常说"一步连近",即一步之近。"连近"同义连文,"连"即"近"义。卢照邻《送幽州陈参军赴任寄呈乡曲父老》"人同黄鹤远,乡共白云连""远""连"反义相偶,次句谓村与云近,村子高而幽僻。说是乡和白云相连,则不成句。杜牧《晚秋与沈十七舍人期游樊川不至》"杜村连潏水,晚步见垂钓""连潏水"犹言靠近潏水。

"连"之"接连"义,可引申出"连通""通往""通向"义。阴铿《渡青草湖》"穴去茅山近,江连巫峡长""连"指通往。王维《登辨觉寺》"竹径连初地,莲峰出化城",初地、化城,皆指佛家之地,"连初地"犹言通佛地。常建名句"竹径通幽处"和此句意近,可参看,作"连接"解虽可通,但不如"通往"义胜。杜甫《渝州候严六侍御不到先下峡》"山带乌蛮阔,江连白帝深",次句谓长江通向深处的白帝城边。杜牧《江上逢友人》"村连三峡暮云起,潮送九江寒雨来""连三峡"指靠近三峡。李商隐《因书》"猿声连月槛,鸟影落天窗""连月槛"谓通往月槛,"连"即传到的意思。

"连"有"及"义,说见《玉篇》。及,即到,为动词,此义当从"连通""通往""通到"义引申出来。岑参《凯歌六首》其六"暮雨旌旗湿未干,胡尘白草日光寒。昨夜将军连晓战,蕃军只见马

---

① 蒋绍愚《唐诗语言研究》,中州古籍出版社1990年版,第402页。

空鞍""连晓战"犹言及晓战,即战斗到天明。此"连"著作"连续"解,是为副词,则其后不能连接名词"晓"。韩愈《宿龙宫滩》描述滩声的抑扬:"如何连晓语,只是说家乡?""连晓"之义亦同上。又《和裴仆射相公假山十一韵》"公乎真爱山,看山且连夕""且连夕"即从早到晚。杜甫《陪郑广文游何将军山林十首》其九"床上书连屋,阶前树拂云""书连屋"和"树拂云"偶对,谓书堆到屋顶天花板,"连屋"非谓屋子连着屋子。又《秦州杂诗二十首》其十九"风连西极动,月过北庭寒""连""过"对举,"连西极"即"到西极"。又《舍弟观赴蓝田取妻子到江陵喜寄三首》其一"鸿雁影来连峡内,鹡鸰飞急到沙头""鸿雁"喻弟,"鹡鸰"自喻。浦起龙《读杜心解》:"'连峡内',弟至江陵,距此甚近也。'到沙头',神往弟处,急欲相依也。"①"影"指消息,即此诗首两句的"汝迎妻子达荆州,消息真传解我忧",所以说"影来连峡内",即弟至江陵的消息传到峡内,浦解"连",似乎还未达一间。苏舜钦《初晴游沧浪亭》"夜雨连明春水生,娇云浓暖弄微晴",前句谓夜雨一直下到天明。"连明"与上举岑参、韩愈的"连晓"意同。

"连"还有"向"义,当从"连"的"通往"义引申出来。杜甫《咏怀古迹五首》其三"一去紫台连朔漠,独留青冢向黄昏""紫台"即"紫宫",为汉宫名。"朔漠"指匈奴之地。关于"连"字,仇注引朱瀚曰:"此诗'连'字,即无极意。"准此,此句意则不通。《杜臆》说:"'连'今作'女连'缔姻也。"如果谓"连"为联姻,句意虽通,但此句即成了叙述句,和对句的描述性质则偶对不切,而且见不出"'连'字写出塞之景"。"连""向"对举,"连"即"向"义,此句亦成为描述句,偶对稳而可见"出塞之景",正如黄白山所云"入宫出塞,只七字,语说尽"。李商隐《行次西郊一百韵》"生分作死别,挥泪连秋月",后句犹言挥泪向秋月,指仰天痛哭。"连"

---

① 仇北鳌《杜诗详注》,上海古籍出版社1979年版,第1503页。

和"带"为同义词,"带"有映照义,①"连"亦有映照义,"连"此义当从"通往"义引申出来。高适《陪窦侍御泛灵云池》"夕阳连积水,边色满秋空",前句犹言夕阳映积水。又《酬河南节度使贺兰大夫兄赠之作》"楚云随去马,淮月尚连营""连营"犹言照营。韩愈《咏红柿子》"晓连星影出,晚带日光景""连""带"互文,都是映照义。"星影"犹言星光。两句说红柿在早晨映带星光而显示出果实的轮廓、光彩,傍晚映带夕阳悬挂树间。李商隐《九成宫》"吴岳晓光连翠山献,甘泉晚景上丹梯",九成宫在今陕西麟游县,吴岳即岍山,在九成宫的西方。"连翠山献"谓映翠峰,这是在九成宫早晨西望中的景色。下句则写傍晚时北望所见。"连"的映照义,于诗中不常见,应仔细分辨。

以上为"连"的习见"接连"义所延展的词义引申系统。

2. "连"的另一常义"连续",亦复延展出另外一个词义引申系统

"连"有频频、连连、接连不断义,这当从"连续"义引申出来。王勃《七夕泛舟二首》其一"连桡渡急响,鸣棹下泛光""连桡"当指频频划动的船桨,方能和"鸣棹"偶对。骆宾王《秋夜送阎五还润州》"断云飘易滞,连雾积难披""连雾"指连绵不断的雾。刘禹锡《壮士行》"阴风振寒郊,猛虎正咆哮。徐行出烧地,连吼入黄茅""连吼"指连连吼叫。又《同乐天和微之深春二十首》其十二"已臂鹰随马,连催妓上车""连催"犹言频催。杜牧《昔事文皇帝三十韵》"接棹隋河溢,连蹄蜀栈刓""连蹄"谓连续不断的马蹄。

"连"和表时间的日、月、年、夜等名词或其他名词连文,组成

---

① 王锳《诗词曲语辞例释》,中华书局1991年版,第55页。

"连+A"，其意义则为 AA，意为日日、月月、年年，此义当从"连连"义引申出来。骆宾王《在江甫赠宋五之问》"别岛笼朝蜃，连洲拥夕涨""连洲"谓相连的洲，即洲洲的意思。又《从军中行路难二首》其二"阴山苦雾埋高垒，交河孤月照连营。连营去去无穷极，拥旆遥遥过绝国""连营"谓营连着营，即营营。又《代女道士王灵妃赠道士李荣》"连苔上砌无穷绿，修竹临坛几处斑""连苔"谓"苔连苔"，犹言苔苔。刘禹锡《百花行》"春风连夜动，微雨凌晓濯""连夜"即夜夜。岑参《早发焉耆怀终老别业》"终日见征战，连年闻鼓鼙"，刘禹锡《浙东元相公书叹……》"稽山自与岐山别，何事连年狱族飞""连年"均谓年年。韩愈《寒食直归遇雨》"风光连日直，阴雨半朝归"，意谓天气日日见晴，寒食日偶逢阴雨，值班上了半朝就下班了。元结《石鱼湖上醉歌》"长风连日作大浪，不能废人运酒舫""连日"均谓日日。杜甫《山川观水涨二十韵》"北上惟土山，连天走穷谷"，杨伦《杜诗镜铨》："连天谓连日"，即指天天。

"连"还有围绕、萦绕义，这当从"连"的"连续"义引申出来。高适《同薛司直诸公秋霁曲江俯见南山作》"连潭万木影，插岸千岩幽"，康骈《剧谈录》："曲江池……花卉环周，烟水明媚"，欧阳詹《曲江池记》亦有"珍木周庇，奇花中缛"的记载。王尧衢《古唐诗合解》卷六："此言曲江山水林岩之秀。江边万木，岸上千岩，幽奇杳蔼。"所以"连潭"谓绕潭，指围绕曲江。岑参《送柳录事赴梁州》"江树连官舍，山云到卧床""连官舍"指萦绕官舍。又《西亭子送李司马》"红花绿柳莺乱啼，千家万井连回溪""连回溪"指萦绕着曲折的溪水。杜甫《太平寺泉眼》"招提凭高冈，疏散连草莽""连草莽"谓萦绕于林木草丛间。刘禹锡《送李中丞赴楚州》"万顷水田连郭秀，四时烟月映淮清""连郭秀"犹言绕城秀。

"连"还有"满""遍"义，王锳《诗词曲辞语例释》已有揭示。除此，还有布满、充满义，这些意义，当均从"连"的"围绕"义引申出来，王维《华岳》"连天凝黛色，百里遥青冥""连天"犹言满天。又《出塞》"居延城外猎天骄，白草连山野火烧""连山"犹言遍山。又《送贺遂员外外甥》"樯带城乌去，江连暮云愁"，后句谓江面笼罩暮云，使人生愁。高适《赴彭州山行之作》"峭壁连崆峒，攒峰叠翠微""连崆峒"指布满崆峒山。岑参《献封大夫破播仙凯歌六章》其五"蕃军遥见汉家营，满谷连山遍哭声"，是说满谷满山。又出自王维《送贺遂员外外甥》《送弘文李校书往汉南拜亲》"梦暗巴山雨，家连汉水云""连云"犹言笼罩云。杜甫《登兖州城楼》"浮云连海岱，平野入青徐""连海岱"谓笼罩东海、泰山两地。又《远游》"尘沙连越巂，风雨暗荆蛮"，亦为"连""暗"对举，"连"亦谓笼罩。

"连"还有整个、全部义，似从"连"的"满""遍"义引申出来。王维《三月三日勤政楼侍宴应制》"彩仗连宵合，琼楼指曙通""连宵"谓通宵，整个夜晚。刘禹锡《酬思黯见示饮四韵》"追呼故旧连宵饮，直到天明兴未阑""连宵"亦谓通宵。宵，整个夜晚。刘禹锡《酬思黯见示饮四韵》"追呼故旧连宵饮，直到天明兴未阑""连宵"亦谓通宵。

七、唐诗经典公案疑点解读

唐代大诗人的名作中，有些疑难语词，往往影响到对诗意的理解，而且歧义纷出，积久间或形成公案。这些小小疑点升级为"老大难"问题，悬而未解，颇为引人注目。今就其中三四著例，试加解读。

1. 杜诗"更"字解读

杜甫《石壕吏》"室中更无人"，向来解读分歧。近来论者提出新说："为了应对吏胥逼问，老妇急不择言地掩饰'室中更无人'，但是明明有婴孩啼声，只好自打圆场：'惟有乳下孙。有孙母未去，出入无完裙。'这种前言不搭后语的情形，透露了极端恐惧与窘迫。"① 所谓"急不择言地掩饰'室中更无人'"，则"室中"句，就成了慌乱的说漏嘴的话。据老妇诉词，她的三个儿子都上了前线，他们是一次被抓，还是分作几次？一次在一家抓三人，似于情理有碍。但这又是非常年月，也存在着可能性。无论怎么说，老妇遇此不堪，恐怕不是一两次。再加上她的"应役备炊"云云，就显得不慌不乱了。所以浦起龙《读

---

① 杨义《李杜诗学》，北京出版社2001年版，第526页。

杜心解》说:"偏云力衰备炊,偏不告哀祈免,其胆智俱不可及。"① 老妇挺身赴军,是否就"胆智"过人,尚且不论,但她至少不是"极端恐惧与窘迫"。再说"惟有乳下孙"三句,情词感人,语气不迫,似无"急不择言"的"窘迫"。更不属于"掩饰"。

老妇哭诉的答词共13句,首句"三男邺城戍"在内容上领起二男战死的四句,回答了"你的儿子干什么去了";"室中更无人"四句,则回答"家里还有人没有";"老妪力虽衰"四句,则是最难对付的问题——"不管怎样,你家得去一人从军"。细味"室中更无人"一句,疑当不是"家里再没有人"的意思,关键的问题,"更"字似不能用常义"再"来作解。这个"更"疑即"岂""难道"的意思,此句似谓"家里难道没有人吗"。其所以用反诘句式,则是为了表达老妇嫌怨的语气:一则三子全都当兵,你们还要抓人;二则家里残余的乳下孙和无完裙的儿媳,能到军队去吗?三则这一句还"独匿过老翁"(杨伦语)。陈贻焮先生《杜甫评传》说老太太"室中"四句话是"语中带刺"。《杜臆》卷三说:"此老妇盖女中丈夫,……'吏夜捉人',老翁走,此妇出门,便见胆略,而胸中已有成算。老翁之逃,妇教之也。吏呼则真,而妇啼一半妆假,前致词未必尽真也。……此妇当仓促之际,而智如镞矢,勇如贲、育,辩似仪、秦,既全其夫,又安其孤幼。"② 王嗣奭的体会颇为深细,所论虽并不尽然,但大致还是入情入理的。这样说来,老妇还算有胆有智,否则她可在家带孙子,儿媳人军比她更管用。而这样一位能锐身赴军的老妇,要把她看成"急不择言",甚或"极端恐惧与窘迫",恐怕有些不妥。再则这番话,是"前致词",是迎上前答话,她的三子都上前线,二男为国战死,作为母亲,到了这个份儿上,她还有什么"恐惧与窘迫"?又有什么敢与不敢的呢!

---

① 浦起龙《读杜心解》,中华书局1981年版,第54页。
② 王嗣奭《杜臆》,上海古籍出版社1983年版,第81—82页。

新近新世纪高校古代文学教材又有新解："室中更无人"一句，当是吏的追问之词，余为答词。教材带有"定案"性质，故有讨论的必要。新解实采房日晰先生《杜诗札记（二则）·（一）〈石壕吏〉答问别解》："'吏呼一何怒，妇啼一何苦！'老妇显然是在吏的怒逼追问之下，小心谨慎战战兢兢地回答问话的，似不能滔滔不绝一气而下的诉说。如果她真的一口气说了13句，那么，本来是被动的回答，反倒成了主动的陈述；本来是层层进逼，反倒成了胸有成竹的回答。如此解说，与诗中描写的典型环境中的人物性格有悖。……窃以为'室中更无人'当是吏的追问之词，更者，再也，吏问：'室中再没有人了吗？'是对老妇前五句答话的质疑。'唯有乳下孙'是老妇人的回答。"①

但这13句都置于"听妇前致词"之后，包括中间"室中更无人"按理均属答词。倘若此为问句，就夹在前后答词中间，显得不伦不类。再则，如上所论，这13句，属于藏问于答，答中含问，如果把"室中更无人"看作问句的意思，而这层意思本在答词中已经包含明显，倘若再把它单独抽出来视为问句，不正是一种词费，或者多余吗？另外，"吏呼"与"妇啼"两句，言呼问者"一何怒"，啼答者又"一何苦"，非仅言问答之始初，而已总括包含以下13句以问寓答的整个过程。而且又用"听妇前致词"一句提醒：以下13句包括老妇啼答之词的所有内容。这标明的是很清楚的。何况从啼词中完全可以看出吏呼的几番大呼小叫的怒问，这正是以问寓答、答中见问。退一步看，如把"室中更无人"视为吏之追问，本为老妇所答的此句，所包含儿子战死前线，官家还再要人，所引起的一腔哀苦，满腹嫌怨，就无由得见。视"室中"句为老妇答词，叙事就显得更简净洗练，更能体现"其事何长，其言何简"（陆时雍语）的特点。

---

① 房日晰《杜诗札记（二则）·（一）〈石壕吏〉答问别解》，《杜甫研究学刊》2002年第2期。

如从口语俗词的角度考释，"更"则有"岂"义，则更无疑义。张相《诗词曲语辞汇释》"更（一）"条："更，犹岂也。杜甫《春日梓州登楼》诗：'战场今始定，移柳更能存！'更一作岂，更与岂相通也。又《三绝句》：'群盗相随剧虎狼，食人更肯留妻子！'更肯，岂肯也。"① "更"之岂义，在诗中出现，至晚见于魏晋时期，徐仁甫《广释词》卷五"更——岂"条，可参阅，此不赘。"更"在诗中时有异文，每作"岂"字，亦可证明"更"有"岂"义。张相先生所举"移柳更能存"便是一例。老杜之前，亦有先例。如萧纲《采菊篇》："东方千骑从骊驹，更不下山逢故夫？"《文苑英华》卷二〇八作"更"，《乐府诗集》卷六四则作"岂"，则"更"，犹言岂也。两句用汉乐府典，此句实即《上山采蘼芜》"下山逢故夫"的翻版，只是把叙述句变为反诘句，意谓下山岂能不逢故夫。若把"更"当作还、再义，则语意不通。

　　如果从杜诗用语习惯看，问题就会更清楚。"更"为"岂"义，除张氏所列杜诗二例，这种用法在杜诗中还存乎不少。它如《新安吏》："借问新安吏，县小更无丁？"《杜臆》说："借问两句，公问词。……'更无丁'，言岂无余丁乎？"《杜诗镜铨》卷五亦曰："更无丁，言岂无余丁可遣乎？"徐仁甫《杜诗注解商榷》卷七对此阐发详明，可参阅。此诗和《石壕吏》作于同时，证其义最为明显。又《九日九首》其四："佳辰对群盗，愁绝更堪论！"言岂堪论，如果把此反诘句变为否定句，则为"不堪论"。倘或看作"还堪论"，则与诗意乖如霄壤。又《春水生》其二："一夜水高二尺强，数日不可更禁当！"浦起龙《读杜心解》卷六之下说："'更禁当'，言若水涨不止，怎当得起？"即释"更"为"怎"，亦即"岂"义。又《玉台观二首》其二："更肯红颜生羽翼，便应黄发老渔樵。"《杜诗注解商榷》说："'红颜生羽翼'，飞黄腾达也；'黄发老渔樵'，贤者避世

---

① 张相《诗词曲语辞汇释》，中华书局1979年版，第38页。

也。两者相反。更肯，怎能也；便应，只当也。两句谓怎能红颜生羽翼，只当黄发老渔樵。"即释"更"为怎。又《览镜呈柏中丞》："起晚堪从事？行迟更学仙？"赵次公注说："腹联两句（即此两句），则伤其衰老。……凡仕有官守者，必早起。起晚矣，可堪从事乎？仙者身轻步疾，老而行迟矣，那更觉为仙乎？……岂因览镜见衰而遂叹其终不可能仙矣乎？"释"更学仙"为"那更觉为仙乎"，则此"更"亦用其特殊义，是"岂""哪"的意思。

由上所见，"更"释为"再"或"岂"，不仅关乎此句是否符合老妇哭诉语气的性情神理，而且决定老妇是"急不择言"，是"极端恐惧与窘迫"，还是有"胆智"，对于人物性格的定位，洵乎有"抗坠之际，轩轾异情，虚字一乖，判于燕越"，甚或"通篇为之梗塞"，刘淇《助字辨略·自序》这几句话，提示我们，杜诗虚词的探究，确实轻乎不得。

2. "县小更无丁"句意分歧解读

《新安吏》还存有一公案，悬而未解。其开头说："客行新安道，喧呼闻点兵。'借问新安吏：县小更无丁？''府帖昨夜下，次选中男行。''中男绝短小，何以守王城？'"对于"借问"两句是作者问句，还是吏答之词，向来存在分歧。

仇注引《杜臆》所云："'借问'两句，公问词。'府帖'两句，吏答词。'中男'两句，公叹词。"《杜诗镜铨》以及今人萧涤非、傅庚生、邓魁英诸家注、译本，皆同此说。施鸿葆《读杜诗说》卷七却说："今按上云：'喧呼闻点兵'，则已知点兵矣，'借问'句，则公问词，下三句，皆吏答词也。《潼关吏》云：'借问潼关吏'，亦问词，只一句，下'修关还备胡'等句，皆吏答也，与此正同。"[①] 山

---

① 施鸿葆《读杜诗说》，上海古籍出版社1983年版，第60页。

东大学中文系古典文学教研室《杜甫诗选》,以及浦江清等《杜甫诗选》就基本同于施说,只是把"借问"句作叙述句处理。最近又有论者赞同此说,怀疑《杜臆》所论,谓"县小更无丁"句应当是寓问于答,探下省略;"昨夜"一句则为寓答于问,蒙上省略。补足寓含的答问,则是:

请问:为什么不选成丁呢?
吏答:县小更无丁。
又问:无丁就算了嘛,为什么征些娃娃兵?
吏答:昨夜府帖下,次选中男行。

两种意见分歧的焦点,集中在"县小更无丁"一句,《杜臆》认为"公问词",施鸿保却认为这是"吏答词"。分歧的焦点中心,又集中在"更"字上:以为"公问词"者,仇注引《杜臆》云:"更无丁,言岂无余丁可遣乎?"不言而喻,以为"吏答词"者,其意当谓"再也没有男丁"。"更"义是"岂"还是"再",决定这句是疑问句或是陈述句,便是两种意见分歧最明显的地方。

要辨清"更"究竟属于何义,则先要理清语境间的脉络。这里问答交错,双声部混杂,构成复合调。《读杜心解》卷一之二说:"起处不叙初选正丁,突提次点中男,见抽丁之极弊。"浦起龙的意思,是说这诗起首便"突提次点中男"——抓娃娃兵。这不仅对开头两句的理解有助,也有助于理清以下的谁问谁答复合混杂的头绪。"客行新安道,喧呼闻点兵",点兵就点兵,为什么有"喧呼"声呢?这种"喧呼"声,恐怕应当包含下文的"泪纵横"的哭声,也应当有"牵衣顿足拦道哭,哭声直上干云霄"那样的哭声。这就必然引起"客行"者的疑惑,要"借问新安吏":点兵选男为什么闹得这么"喧呼"一片呢?次句的"县小更无丁",如果是"吏答词",似应言

"县小已无丁"。而把此句看作：县小再无丁。虽亦通，但语气未免生硬，有些不畅。

所以，还是把这两句看作"公问词"较好。点兵而喧呼声一片，因而就"借问新安吏：县小更无丁？"——新安县虽然小，难道就没有应该当兵的丁男吗？细想：问词中的"县小"来得突然。疑其中已包含了一层问答，公问：点兵为何弄得这么喧呼？吏答：我们新安县小，抓丁不易。就又引起再问："县小更无丁？诗歌不同散文，讲究跳跃。诗法也有藏答于问，或藏问于答，以求笔墨经济。再则这里的问答，非诗的主体，不过是下文的引子，越是简明，下文铺陈就越显天高地阔。

吏答的"府帖昨夜下，次选中男行"，既回答了"更无丁"的问题，也回答了之所以"喧呼"的原因。

这种藏答于问，还可在此诗的下文看到类似的手法。"'中男绝短小，何以守王城？'肥男有母送，瘦男独伶俜。"这里只有问词，而无答词。答词只能是：是这样的，不能守王城。但我们有什么办法，只能依军帖办事。其答案是不言而喻的，故用问词一笔带过，答词自然会含于其中。这同前问一样，都是为了笔墨的省略洁净。

总上所论，"喧呼闻点兵"，不仅"已知点兵"，且有感于"喧呼"，故有点兵为何喧呼的疑问，因而带出"县小"点兵不易的答词；答词又引出"县小更无丁"的再问。总之，这六句问答，当包含了公三问和吏三答，包含三层意思。至于"县小"句为什么为质问口吻，"中男"两句答非所问等问题，似乎都可以迎刃而解。

回头看，"更无丁"的"更"，是问题分歧的关键，也是解决问题的关键。

3. 自在娇莺恰恰啼

杜甫《江畔独步寻花七绝句》之六："黄四娘家花满蹊，千朵万朵压枝低。留连戏蝶时时舞，自在娇莺恰恰啼。"富寿荪等《千首唐人绝句》释为"频频"。山东大学中文系选注《杜甫诗选》176页注2释为"莺啼声"。萧涤非《杜甫诗选注》云：

> 恰恰啼，正好叫唤起来。按"恰恰"，乃唐人口语，通常只用一"恰"字与动词结合，如"恰有""恰似""恰值""恰受"之类，不胜枚举，均为"正好"或"适当"之意。其"恰恰"连文，杜此诗外，个人所见尚有两处：一为王绩《春日》诗："年光洽洽来，满瓮营春酒。"所谓恰恰来，即正好来。春光可贵，不宜错过，故欲多酿酒。有同志解为"不断地"或"紧紧地"来，并援以解释杜此诗，实非。另一为《降魔变文》："便向厩中选壮象，开库纯驼紫磨金。峻岭高岑总安致（置），恰恰遍布不容针。"所谓恰恰遍布，亦即正好遍布之义。此一口语，宋仍沿用。黄山谷《同孙不愚过昆阳》诗："田园处处值春忙，驱马悠悠昆水阳。"此恰恰应解作正好，更无可疑。杜诗此题为"独步寻花"，蝶时时舞，而莺则非时时啼，今独步来时，莺歌适起，有似迎客，故特觉可喜耳。①

《汉语大词典》未采此说，谓为"莺啼声"。《全唐诗》"恰恰"凡四见，王绩《春日》："前日出园林，林华都未有。今朝下堂来，池冰开已久。雪被南轩梅，风催北庭柳。遥呼灶前妾，却报机中妇。年光恰恰来，满瓮营春酒。"马茂元《唐诗选》，"年光两句：意谓韶华

---

① 萧涤非《杜甫诗选注》，人民文学出版社1985年版，第171页。

景物之来，好像有意为人凑兴，应该酿酒满瓮，吟赏春光。恰恰来，犹言着意而来。恰恰，用心的意思。（见《广韵》卷三一入声）"①。详其冰已开、梅如雪、风催柳，以及南轩、北庭，"恰恰来"，似言处处来。白居易《游悟真寺诗》："前对多宝塔，风铎鸣四端。栾栌与户牖，恰恰金碧繁。"《汉语大词典》释此为"融合貌"。此言金碧繁彩，谓"融合貌"，似未融洽。当言栾（柱上曲木）与栌（斗拱），以及门窗，处处金碧繁彩。另外一例为郑损《星精石》："孤岩恰恰容幽构，可爱江南释子园。"则为恰好、正好义。杜诗"恰恰啼"，似为处处啼。此诗"时时舞"，故见蝶之"留连"；处处啼，故见莺之"自在"。上句言时间，下句言空间，时空偶对，两层夹写。萧注所引《降魔变文》："恰恰遍布"之"恰恰"，蒋礼鸿《敦煌变文字义通释》343页"恰恰"条，释为"密集的意思"。黄征、张涌泉《敦煌变文校注》亦认为有"密集""繁复"之义②，"恰恰遍布""遍布"已有密集义，此当谓处处遍布；山谷诗"田园恰恰值春忙"，亦谓处处值春忙。

白居易《吴樱桃》："洽洽举头千万颗，婆娑拂面两三株。""洽洽"同"恰恰"，此亦不能看作"密集"义，否则词序不顺，亦当为：处处举头千万颗。

宋承唐之余绪，宋诗的"恰恰"数量增多，有正好义，有处处义，绝大多数用后者义。曹勋《夏日偶成六首》："且欣久雨得新晴，水面荷香入座清。尽日水塘无一事，夏莺恰恰啭新声。"言处处莺啼。晁补之《谢王立之送蜡梅五首》之五："去年不见蜡梅开，准拟新年恰恰来。芳菲意浅姿容淡，忆得素儿如此梅。"恰恰来，言处处来。陈淳《和丁祖舜二月阴寒之作》："东皇泣事已告半，农村恰恰脂田车。"言处处脂田车。陈宓《约潘瓜山刘学录登》："闻君欲作三山

---

① 马茂元《唐诗选》，上海古籍出版社1999年版，第5页注3。
② 黄征、张涌泉《敦煌变文校注》，中华书局1997年版，第575页注123。

客，且约先衔九日杯。莫道隔年方再会，芙蓉恰恰绕湖开。"言芙蓉处处满湖开。陈造《春寒六首》其五："清明寒食经旬是，笑问风寒更几余。小杏惜香春恰恰，新杨弄影午疏疏。"春恰恰，犹春处处。邓深《月湖山谷劝耕次韵》："皂盖朱幡游近郭，野桃山杏炫红旐。看看新燕衔泥候，恰恰鸣鸠唤雨时。"言处处鸣鸠唤雨时。葛立方《次韵伯父工部见庆尘忝之什》："江夏无双旧姓黄，末科容我出寒乡。人间学子垂垂老，天上丹枝恰恰芳。"言处处芳。韩元吉《剡溪道中五首》其三："平潮恰恰乱蛙鸣，断送江南春雨晴。绿谷细看桑眼破，紫茸还见草心生。"恰恰乱蛙，处处乱蛙。洪咨夔《谨和老人春行》："回头恰恰莺啼处，黄四娘今尚有家。"言处处莺啼时。又《敬和老人盆池》："人立晚风凉似水，荷浮香气胜于花。蛙声恰恰宜飞雨，鸶影依依欠落霞。"言蛙声处处。华岳《池亭即事》："春风恰恰破桃李，池馆无人一径深。鸥刷断翎翻水面，蝶抛残粉出花心。"春风恰恰，春风处处。黄庶《题人移牡丹》："林上春来恰恰忙，安排颜色与春装。栽培欲报应先发，根柢虽移不改芳。"恰恰忙，犹处处忙。李流谦《送王君弼寺丞出守临邛》："人生适意富贵齐，况是求归真得归。江风饱帆不可挽，恰恰春好花浓时。"言处处春好。刘过《开莺》："东风扶日上共枝，恰恰幽禽弄暖时。"言恰恰幽禽。刘师复《题汪水云诗卷十一首》："别港莺娇恰恰啼，苏公堤过赵公堤。水西云北春无赖，细柳新蒲绿未齐。"恰恰啼，处处啼。钱时《岁月庭下》："秋花恰恰到秋中，透顶生香满院风。浪说霓裳天上曲，全家都在广寒宫。"言秋花处处到秋中。

用正好义者，为数极少，略示二例。陈藻《网山先生讳日寄绮伯》："先生一去三十年，蘋藻聊修讳日虔。雌剑忽寻雄剑逝，恰恰岁暮吾无钱。乃知毫发有造化，此礼终与吾毋缘。"程珌《新旧句》："忆昔丙辰还亲旁，恰恰先春社三日。社日侍亲行交源，紫蕨儿拳森玉立。"黄大受《早作》："星光欲没晓光连，霞晕红浮一角天。乾尽小园花上露,日痕恰恰到窗前。"

《汉语大词典》4289 页该条,凡释四义。唐人玄觉《禅宗永嘉集·奢摩他颂》:"恰恰用心时,恰恰无心用。"据玄应《一切经音义》卷二〇:"恰恰,用心也。"释此为"用心",亦与前句其后"用心"犯复。此当言处处用心时,处处无心用。杜甫"自在娇莺恰恰啼"则释为"象声词"。杜诗绝句好用偶句,此言自在娇莺处处啼,与"时时舞"构成时空偶对。

4. 宛转蛾眉马前死

白居易《长恨歌》:"翠华摇摇行复止,西出都门百余里。六军不发无奈何,宛转蛾眉马前死。"一般选本无注。金性尧《唐诗三百首新注》:"宛转,缠绵委屈状,含哀怜意。"① 王汝弼《白居易选集》18 页注 24:"宛转,凄楚貌。"② 或释为"缠绵悱恻的样子",或为"形容蛾眉的细长而弯"。

"宛转",一作"婉转"。《后汉书·马援传》:"援闲至河内,过存伯春,见其奴吉从西方还,说伯春小弟仲舒望见吉,欲问伯春无它否,竟不能言,晓夕号泣,婉转尘中,又说其家悲愁之状,不可言也。"③ 婉转尘中,即翻滚挣扎地上,极言悲痛之状。又 425 页《张玄传》:"中平二年,(张)温以车骑将军出征凉州贼边章等,将行,玄自田庐被褐带索,要说温曰:'……以次剪除中官,解天下之倒县,报海内之怨毒,然后显用隐逸忠正之士,则边章之徒宛转股掌之上矣。'"言挣扎股掌之上。《长恨歌》正用其意,观此诗这几句之下,接以"花钿委地无人收,翠翘金雀玉搔头;君王掩面救不得,回看血

---

① 金性尧《唐诗三百首新注》,上海古籍出版社 1981 年版,第 104 页注 22。
② 王汝弼《白居易选集》,上海古籍出版社 1980 年版,第 18 页注 24。
③ 范晔《后汉书》,中华书局 1982 年版,第 832 页。

泪相和流",正可见出杨贵妃缢死时滚动挣扎之状,玄宗不忍回头看。另外,陈鸿《长恨歌传》:"当时敢言者,请以贵妃塞天下怨。上知不免,而不忍见其死,反袂掩面,使牵之而去。苍黄展转,竟就绝于尺组之下。"① 这里的"展转"则与白诗的"宛转"为同义语。正因为是"缢杀",故而杨贵妃"宛转"或者"展转";亦因为翻滚挣扎,故白歌在此句下有:"花钿委地无人收,翠翘金雀玉搔头",正因翻滚挣扎,首饰才散乱于地。而"君王掩面救不得,回看血泪相和流",亦是目睹缢杀时挣扎惨状的悲痛。陈传言惊恐挣扎翻滚,竟然就死于尺组之下。亦和白诗所言一致,而陈传正是在白诗启导下所作,反过来正好可抵白诗一注。李肇《国史补》卷上:"玄宗幸蜀,至马嵬驿,命高力士缢贵妃于佛堂前梨树下。"《旧唐书·后妃·玄宗杨贵妃传》言"缢死于佛室,时年三十八"②。《安禄山事迹》卷下注语亦同。《通鉴》卷二一八肃宗"至德元载六月丙申"亦言:"上乃命力士引贵妃于佛堂缢杀之",虽死处有佛堂内外之别,而被"缢死"则一致。既然非自缢,其宛转挣扎,自然不免。"宛转蛾眉"为"蛾眉宛转"的倒置,倒置后声调为仄仄平平,与上句"六军不发"的声调仄平仄仄以求协调。此句的意思当为:蛾眉挣扎马前死。

"宛转"有翻转、翻滚、挣扎义,如汉人严忌《哀时命》:"愁脩夜而宛转兮,气涫鬻其若波。"前句言长夜愁闷,翻转不眠。则"宛转"义同展转。《敦煌变文集》附《搜神记》"李纯"条:"后纯妇家饮酒醉,乃在路前野田草木倒卧。其时襄阳太守刘遐出猎,见此地中草木至深,不知李纯在草醉卧,遂遣人放火烧之。然纯犬见火来逼,与(以)口曳纯牵脱,不能得胜。遂于卧处直北相去六十余步,有一水涧,其犬乃入水中,腕(宛)转欲湿其体,来向纯卧处四边草上,

---

① 汪辟疆《唐人小说·长恨歌传》,上海古籍出版社1978年版,第425页。
② 刘昫等《旧唐书》,中华书局1987年版,第140页。

周遍卧合（令）草湿。火至湿草边，遂即灭矣，纯得免难，犬燃死。"① "宛转欲湿"，言翻滚使湿。《北齐书·武成十二王》："后主即夜索蝎一斗，比晓得三二升，置诸浴斛，使人裸卧斛中，号叫宛转。"唐人郭震《子夜四时歌六首·冬歌》："帷横双翡翠，被卷两鸳鸯。婉态不自得，宛转君王床。"此亦展转——即翻转义。徐彦伯《雪》："雪暗穷海云，洒空纷似露。朔风吹故里，宛转玉阶树。"谓树翻动起来。白居易《想东游五十韵》："珠玉传新什，鹓鸾念故俦。悬旌心宛转，束楚意绸缪。""悬旌"句言心里翻转似悬旌。"宛转"的"翻转、翻滚"与"翻滚挣扎"义，二者联系至为明显，呈现词义扩大状态。《汉语大词典》2037页该条仅有第6义"使身体或物翻来覆去，不断转动"，而无"翻滚挣扎"义。

"宛转"的"翻滚挣扎"义，除上涉及《后汉书》等例外，尚有《搜神记》卷三"隋侯"条："见一小蛇，可长三尺，于热河沙中宛转，头上出血。"刘义庆《宣验记》："力士亡魂表胆，人皆仆地，迷闷宛转，怖不能起。"以上两例之"宛转"，均谓翻滚挣扎。"宛转"的"翻滚挣扎"义，见诸唐人诗文亦不少。徐俊《敦煌诗集残卷辑考》无名氏《五言落潮鱼》："有鱼失潮浪，滩际至恓惶。宛转干沙里，恒思斗水汪。"② 言滩边之鱼翻滚挣扎在干沙之上。与杜甫同时的苏涣，其《变律》之二："毒蜂成一窠，高挂恶木枝。行人百步外，目断魂亦飞，长安大道边，挟弹谁家儿。右手持金丸，引满无所疑。一中纷下来，势若风雨随。身如万箭攒，宛转迷所之。徒有疾恶心，奈何不知几。""身如"两句意谓：被毒蜂螫后，全身如中万箭，翻滚挣扎，不知如何是好。张鷟《朝野佥载》卷二："遂收蝎，一宿得五斗，置大浴斛中。令一人脱衣而入，被蝎蜇死，宛转号叫，苦痛不可

---

① 王重民等《敦煌变文集》，上海古籍出版社1952年版，第2180页。
② 徐俊《敦煌诗集残卷辑考》，中华书局2000年版，第878页。

言，食顷而死。"① 刘肃《大唐新语》卷一二："遭其枷者，宛转于地，斯须闷绝。"②《唐五代语言词典》该条释以上二例为"挣扎貌"。朱自清《羊群》："不幸地羊儿宛转钢刀下！羊儿宛转，狼们享乐。"亦用古义。

综上所论，白居易的"宛转蛾眉马前死"，与他的《井底引银瓶》"婵娟两鬓秋蝉翼，宛转双蛾远山色"，以及刘希夷《白头吟》"宛转蛾眉能几时？须臾白发乱为丝"，三诗的"宛转"，前者只是动词翻滚、挣扎义，而后两者才是形容词弯弯的样子。

---

① 张鷟《朝野佥载》，中华书局1997年版，第29页。
② 刘肃《大唐新语》，中华书局1984年版，第182页。

八、唐诗宋词中"向道"释义

自中唐以来,唐诗与宋人诗词不断出现"向道"一词,我们曾拟出四义:一是即道,就说;二是对谁说,给谁说;三是向来说;四是给人说。近有同仁,热心此道,提出质疑,认为所拟第二义属于"增字为训",解释该词所在的柳永词"都很勉强"。该文促使我们发现张九龄代拟的诏书中就出现过此词。后来和尚的偈语也有见用,更为流行的是中晚唐乃至两宋。词态有所变化,由"向道"而有"凭向道""谁向道""凭谁向道""仗谁人向道",均有助于对"向道"义的探索,故撰此文以向质疑者以及同道请益,以求使问题得到清楚解决。

《文学遗产》2010年第三期发表的张诒三先生的大作:《唐诗宋词所见"向道"释义》。读后欣然,觉得学问洵如积薪,问题的解决,往往非一蹴而就,有时要在相互切磋中,会把问题讨论得更加清楚。如今有热心者讨论我们曾关注过的"向道"一词的释义,颇兴有朋自远方来的愉悦。

(一)

我在拙著《唐诗宋词词语考释》三篇论文中,分别就白居易诗、柳永、刘辰翁词中的"向道",凡六例①,发现张相、王锳、江蓝生与曹广顺诸先生的专著与《汉语大词典》,均未收此词。因拙著体例"只求简明,无意于例证丰盈",故旁证只有冯衮、广宣、张先、晏殊等数例。斟酌反复,拟出四义:(1)即道,就说;(2)对谁说,给谁说;(3)向来说;(4)给人说。现在张文关心此道,并在我们原来发现的九条例句外,还搜寻了白居易、欧阳修、晁端礼、钱昭度、释宗杲以及无名氏等六例,看了让人欣喜,对于问题解决,材料越多越好。特别是这些后起的口语俗词,尤其如此。张文凡用十一例,认为"向道"据柳永词看,"都是写抒情主人公独自无外人时的思想、动作",应当是"表示低声说话的'哼道''念叨''嘟哝'义,用于自言自语的场合"。张文拟出之新义,很能开拓我们的思维。任何词的新义,必须达到施之一例则通,施之其他众例无不涣然冰释,方为妥帖。由于张文作为补白,甚为简短,再加上释义与原作出入甚大,故需先就张文所举例证重新辨正。

1. 白居易《听崔七妓人筝》:"花脸云鬟坐玉楼,十三弦里一时愁。凭君向道休弹去,白尽江州司马头。"张文说:"即任凭你'哼道''念叨''休弹去',还是'白尽江州司马头'。"此释恐有四点须再思考:一是观题目可知,这是在崔七宅里听妓弹筝,崔七当然在场,不可能白居易一人独听,故"向道"并非"写主人公独自无外人时的思想、动作"。二是"凭君"的"君"指谁?张文所说的"你",按照张文对"向道"的定义,当然是指"抒情主人公",即自己。然而在诗词古文里,"君"向来为他指,从来未有自指义。此与现代汉语的"你"的用法不同,"你"可以泛指他人,有时实际指我。如他的歌唱得太好了,叫你不由得激动起来。所以"君"与"你"并不能等量齐观。三是如果上句作如此解释,则与下句在意义

---

① 魏耕原《唐宋诗词语词考释》,商务印书馆2006年版,第187页,第223页,第315—316页。

连接上别扭不畅。四是"凭"字，并非是习见的"任凭"义，而应是"请求、烦劳"义，说见张相《诗词曲语辞汇释》卷五该条，例证甚多，只是稍晚，仅以元稹为先。而岑参《逢入京使》："故园东望路漫漫，双袖龙钟泪不干。马上相逢无纸笔，凭君传语报平安。"末句即言请烦你传语报平安。柳宗元《零陵早春》："问春从此去，几日到秦原？凭寄还乡梦，殷勤入故园。""凭寄"犹言请寄、烦托。李群玉《客愁》其二："客愁看柳色，日日逐春长。凭送湘流水，缗缗入帝乡。""凭寄"，犹言请送、烦送。张祜《招徐宗偃画松石》："咫尺云山便出尘，我生长日自因循。凭君画取江南胜，留向东宅伴老身。""凭君"，犹言请您、烦您。韩愈《早春呈水部张十八员外》其二："莫道官忙身老大，即无年少逐春心。凭君先到江东看，柳色如今深未深？""凭君"义同上。"凭"的烦请义，为口语俗词之殊义，最早为口头语言。张鹫《朝野佥载》卷二："周恩州刺史陈承亲，岭南大首领也，专使子弟兵截江。有一县令从安南来，承亲凭买二婢，令有难色。""凭买"即请买义。入诗似以杜甫为早，其《公安送李二十九弟》："凭将百钱卜，飘泊问君平。"（以上两例分见江蓝生、曹广顺《唐五代语言词典》，以及《汉语大词典》）"凭将"犹言请用。杜甫取法口语，白居易则宗法杜诗，且屡见其诗。如《柳絮》："三月尽时头白日，与君老别更依依。凭莺为向杨花道，绊惹春风莫放归。"此为拟人写法，"凭莺"即请莺。又《玩迎春花赠杨郎中》："金英翠萼带春寒，黄色花中有几般？凭君语向游人道，莫作蔓菁花眼看。""凭君"义同上。以上两例的"为向杨花道"与"语向游人道"，正是"向道"的详用。"向"为介词，在介词后可以加上宾语；"道"为说义。如果取掉宾语则为"向道"，如需详说则为"向……道"，如需简说，则为"向道"。这是最为明显不过的。故《听崔七妓人筝》的"凭君向道休弹去"的意思，应是请君向她说不要再弹了。"君"当然为崔七，她则为弹筝妓。此诗实际是对主人夸赞弹筝者的技艺高妙,"白尽江州司马头",不过是夸张手法。张文不明"向道"一词的本源,更不晓得"凭"的特殊用义,故其解说矛盾丛生,且与诗意不吻。现在看来拙著《考释》所说,"向道:对谁说,给谁说;向他或她说。向为介词,若用在动词前,后面可省掉疑问代词'谁'",还是经得起推敲的。是否有"增字为训之嫌",也就不言而喻了。不过,当初揣拟其义,只求简明,不遑他顾。因了张文对拟义的质疑,重新引起再思考的兴趣,既有同道切磋,促使把问题解决得更清楚明白,故有欣快之感。

2. 柳永《满江红》:"尽思量,休又怎生休得。谁恁多情凭向道,纵来相见且相忆。"此四句前尚有四句,可使"向道"义更明了:"鳞鸿阻,无信息。梦魂断,难寻觅。"如果把"向道"释为"表示低声说话的'哼道''念叨''嘟哝'义",那么"凭向道"的"凭"字又作何解?"凭"和"向道"组合又是什么意思?而依张文拟义,"凭向道"即凭哼道、凭念叨、凭嘟哝,这又成何语?拙著曾说:"末两句说谁这样多情,请对谁说,纵然相见也相思。'凭向道',犹页20《昼夜乐》:'一场寂寞凭谁诉'的'凭谁诉'。"① 现在看来,施之词中,文从义顺,并见不出有什么"很勉强"。

3. 柳永《法曲第二》:"心下事千钟,尽凭音耗。以此萦牵,等伊来、自家向道。洎相见,喜欢存问,又还忘了。"张文于此则言:"正是说在'等伊来'的等待中,自家'哼道''洎相见,喜欢存问'时,'又还忘了'。"很明显"等伊来"就是等伊到来后,并非是"'等伊来'的等待中",如此解,就不仅是"增字为训",而是增词组为训。而为什么把如此简单明了的句子做如此别扭奇特的处理,大概为了说明这是"写抒情主人公独自无外人时",好用来说明下句"自家向道"就是"自家'哼道'"的意思,这未免强古人以就我,不免有"六经注我"式的操作。然而"自家'哼道'"又"哼道"什么,这和上下文

---

① 魏耕原《唐宋诗词语词考释》,商务印书馆2006年,第223页。

又有何联系？实际上此句是说：等他来后，自己一定要向他说——"心下事千钟，尽凭音耗。以此萦牵"，即如何地想念他。

4. 冯衮《戏酒妓》："醉眼从伊百度斜，是他家属是他家。低声向道人知也，隔坐刚抛豆蔻花。"张文说："前文'醉眼斜'，后文'隔坐'，看来'我'和'伊'之间有距离，则'低声向道人知也'的'向道'，不可能是'向谁（或他、她）说'，只能理解为'自语''哼道'。"诗中"隔坐"，不能仅仅理解为"'我'和'伊'之间有距离"，而是我和她中间还隔着在坐的一人。然这样理解就非"独自无外人时"，因而"向道"就不能是"哼道"的意思，此其一。其二，此句句前既已冠以"低声"，而"向道"为什么就不是"对她说"的意思？其三，此诗首句"醉眼""百度斜"，即她借着醉意频频向我抛媚眼示意，然而她是名花有主的"他家"人。所以我只好向她低声说：别这样，怕让人知道。她却听若罔闻，又再一次隔着座位却向我抛来一枝花。此诗写侑酒的歌妓在稠人广众之中的调情，故题目为"戏酒妓"。如果把"向道"释作"自语""哼道"，不仅与下句"隔坐刚抛"的"刚"字失去呼应，亦和首句失去联系。正因是"低声"劝阻，她不听劝，却又抛来花，上下句方才畅通。

5. 刘辰翁《南乡子》："归路月相随，儿子门生个个迟。坐久不知无可待，堪疑。向道儿痴真是痴。"此是记游词，写归来时，儿子门生贪游，久待不至。"向道"即向来说，此句言向来说儿呆，今天看来果真很呆，表示怨气无处发泄。如若说是"自语""哼道""嘟哝"，则词意尽失，就没有任何意味了。

（二）

以上就张文所涉及拙著例证言之。以下就其所发现新例，再加讨论。

1. 宋代无名氏《品令》:"有些言语,也待醉折,荷花向道。道与荷花,人比去年总老。"张文说:"词中所说,正是'有些言语'无处诉说,'也待醉折荷花'时'自语''哼道',然后'道与荷花,人比去年总老'。"既然是"自语",也就没有必要"然后'道与荷花'"了。如此解释,未免屈曲,前后阻塞不通。这几句意思当为:有些言语,也只能等到醉折荷花时向它说,说给荷花的话是:人比去年总老。如此文通字顺,可能方切合词意。

2. 欧阳修《千秋岁》:"手把金尊酒,未饮先如醉。但向道,厌厌成病皆因你。"此"向道"若释作"自语""哼道",然何以前加一"但"?恐怕把人物心情没有恰切地表达出来。此似应为,却向谁说:"厌厌成病皆因你。"即表对恋人的思念。此"但向道",即欧阳修同一词牌的"更与何人说"之意。

3. 晁端礼《一落索》:"不言不语只偎人,满眼里,汪汪地。向道不须如此。转吞声饮气。"此词上片还有两句:"道著明朝分袂。早眉头攒翠。"此词写与情人离别时情景,上片说她一听到离别就眼泪汪汪。过片"向道不须如此"的主语是"我",此两句说:我向她说不要这样伤心,她反而抽泣起来。此"向道"决不能作"自语"解,否则去情理甚远。

以上张文所示三例,已如上言。另外,拙著还有数例,张文未曾言及。晏殊《渔家傲》:"风头日脚干催老。待得玉京仙子到,凭向道,红颜只合长年少。""凭向道",即请对谁说。张先《定风波》:"自是有情偏小小。向道。江东谁信更无人。"末两句说,向谁说:江东谁信更无人。柳永《倾杯乐》:"算到头,谁与伸剖。向道我别来,为伊牵系,度岁经年,偷眼觑,也不忍觑花柳。""向道我别来",谓对谁说我自分别以来。此句与上句"谁与伸剖"意稍近,有连续慨叹意味。广宣《禁中法会应制》:"侍读沾恩早,传香驻日迟。在筵还向道,通籍许言诗。""还向道",犹言还向人说,亦非"自语"义。

经过张文的督催,这次又发现了些例证,均可证其义。

1. 李贺《京城》:"驱马出门意,牢落长安心。两事谁向道,自作秋风吟。""谁向道"即向谁道、对谁说的意思,并非是谁在哼道,或向谁自语的意思。叶葱奇疏注:"驱马出门的时候,满怀壮志来到了京师,谁知弄得满腹牢骚,这样的心情可以向谁诉说?只有愁吟自遣而已。"① 此"向谁道",后来填词家即可添一"凭"字,成为四字句"凭谁向道"。那么"凭谁向道",断然不能看作"凭谁自语",或者"请谁哼道"。

2. 晚唐卢肇《竞渡诗》:"鼙鼓动时雷隐隐,兽头凌处雪微微。冲波突出人齐喊,跃浪争先鸟退飞。向道是龙刚不信,果然夺得锦标归。""向道"句说,向人说那条船是龙头第一,他们却不信。此"向道"若作"自语"解,则与下句"果然"脱节。

3. 南宋曹勋《天台书事》:"南窗面日北窗寒,终日南窗体甚安。向道老来惟倦坐,看销一缕篆烟残。"末两句说:向谁说人老了只有困倦无力地坐着,整天看着篆香一缕轻烟飘转以至消失。

4. 杨万里《书黄庐陵伯庸诗卷》:"句法何曾问外人,单传山谷当家春。……汗竹香中翻墨汁,扶桑梢上挂头巾。诗名官职看双美,向道儒冠不误身。"末句言:向谁说儒冠不误身。言外之意说,人们都相信杜甫"儒冠多误身"的话,不会相信我在诗名官职两得其美的体会。

5. 陆游《晚至新塘》:"青鞋随意出柴荆,聊向南塘曳杖行。归鸟已从烟际没,断虹犹在柳梢明。城头层塔凌空立,浦口孤舟并岸横。向道有诗浑不信,为君拥鼻作吴声。"末两句言:向人说新塘有诗意,他们全然不信,我就为你吟诵一下这首诗。此"向道有诗"决然不能作"哼道有诗"解。

6. 晁端礼咏梅词《水龙吟》:"最是关情处,高楼上,一声羌管。

---

① 叶葱奇《李贺诗集》,人民文学出版社1984年版,第308页。

仗谁人向道，何如留取，倚朱栏看。"其中的"仗谁人向道"，即"仗向谁人道"句的倒装。像这样的句子，宋词常用作"凭向道"，如上举柳永《满江红》的"谁恁多情凭向道"，以及上文涉及的晏殊《渔家傲》均是。而"仗谁人向道"，意即请向谁人道。绝不是凭仗谁人自语，或请向谁人哼道，这还是显而易见的。"仗谁人向道"，还可作"凭谁向道""凭""仗"均为请求、烦恳义；中间"人"字可以省去。如晁补之《感皇恩》："终岁忆春回，西园行尽。欢喜梅梢上春信。去年携手，暗约芳时还近。燕来莺又到，人无准。凭谁向道，流光一瞬。""凭谁向道"即与"仗向谁人道"，与"凭向道"之义全然相同，而又有三字、四字、五字之不同，这对填写长短句的词来说，极为方便，可据所在句的长短，选长就短，使用灵活。然而对于读词者来说，不能不是一种留意处。否则，就会弄错其意。

（三）

"向道"本为唐人口语，有时还会出现在代皇帝写的诏书上。《张九龄集》卷一二《敕吐蕃赞普书》："朕与彼国，既是旧亲，近年以来，又加盟约，如此结固，仍有猜嫌。……至于突骑施，蕞尔丑虏，顷年恃我为援，幸至今日，而敢辜恩。朕未即诛之，待其恶积。赞普越界与其婚姻，前日以意向道，即云寻已告绝。朕亦委言，以为必然。今乃定婚如初，党恶可见。"[1] 此诏严词谴责吐蕃与突骑施通婚，密相勾结。"前者"两句说：先前按照自己的意图给人说时，就说不久就要与突骑施断绝外交。此"以意向道"，殊非以意自语义。"向道"一词可施之诏书，可见在盛唐已成为当时的流行语。

张文所说"向道"还有"答道"的意思，同样已见于拙著第187页二三条，拟义为"即道、就说"，证以白居易《送萧炼师步虚词十

---

[1] 熊飞《张九龄集校注》卷一二，中华书局2008年版，第664页。

首……》其一：："欲上瀛州临别时，赠君十首步虚词。天仙若爱应相问，向道江州司马诗。"张文所举南宋后期刘辰翁《西江月》钱昭度佚句与释宗杲《言法华赞》三例，为时过晚。较早除了白居易诗外，还有王安石《和崔公度家风琴》："疏铁檐间挂作琴，清风才到遽成音。伊人欲问无真意，向道从来不博金。"释作"答道"亦通，然稍欠融洽，不若"即道""就说"义长。白玉蟾《郑天谷写神随喜说偈》："大道本无形，安得这般面觜。……这个是第几个身，这个是第几个你？有人更问如何，向道剑去久矣。"此言即道剑去很久。陆游《甲子秋八月偶思出游……》："蒼囊药苃每随身，问病求占日日新。向道不能渠岂信，随宜酬答免违人。"言对各种问病求占者即道不能，他们岂能相信，故随机应变回答，以免违逆于人。方回《送周汉东入都并呈徐学士子方阁学士子静卢学士处道》："曳组定趋金马署，扬鞭初闯玉京尘。徐阁卢老如相问，向道犹余漉酒巾。"言即道我现在还剩余下过滤酒的布，——唯对隐居颇感兴趣。又《寄仇仁近……》："有人北面求宗旨，无事东流送大江。向道紫阳山色好，何为不肯溯溪泷？"言即道紫阳山色佳美，为何不去一游呢？若释作"答道"，则与诗意不吻。

据上可知，"向道"一词，大约在盛唐之初流行于口头语言中，此即张九龄为唐玄宗作敕书时所用的原因。后至中唐，逐渐进入诗中，当以对口语俗词特为看重的白居易诗所用为早。不过，也是偶一为之。李贺与晚唐卢肇以及冯衮，亦属这类情况。至两宋诗使用渐广，特别是宋词，由于长短句的区别，使此词形态更为灵活。柳永时代及以前，还停留在原形态的使用上。而到了北宋后期，苏门四学士中的晁补之以及晁端礼的词，则出现了新的组合。他们把李贺诗的"两事谁向道"的"谁向道"，对"向道"增字以用，进而再变为"凭谁向道"与"仗谁人向道"，把原来省掉的代词"谁""谁人"，以前置的方式补足，使原来的"向谁说"的意思更为显豁。其发展变化的情况大略如上,这也是欣读张文后再思考的结果。

　　这次翻检唐宋别集注本,除了叶葱奇《李贺诗集》把"谁向道"释为"向谁诉说"外,已见于上文。又发现谢思炜《白居易诗集校注》把白居易的"凭君向道休弹去"的"向道",亦释为"对(他)说"①,此"他"当然是指诗题中的崔七了。另有论者把欧阳修《千秋岁》的"向道",释为"与……说。向,介词,相当'与'(参考王锳《诗词语辞例释》)"②。看来诸家所释相同,均与张文拟义相左。

　　不过,有几点我们还不明白。张文一开始就说诸家专著,包括拙著在内,"均未收释'向道'",而又引用拙著的拟义。既然拙著未收此词,而又何必去解释它的意义,这不是前后矛盾吗?其实拙著在《白居易诗口语词考释》的第二十三条,《柳永词疑难俗词考释》第七条,《三刘词口语俗词考释·刘辰翁词考释》第三十一、三十二两条③,凡三章四条拟出"向道"的四义。并在书末的"词目索引"里,列出该词四义,以及所在页码。无论怎样翻检,都可容易找到。然张文所说"均未收释'向道'",除了前后矛盾,还更让人大感不解,不知出于什么缘故!

　　其次,张文所释"向道"为"哼道"意,凡用书证八例,其中五例均见于拙著;所拟"向道"另一义"答道",实际从拙著"即道,就说"所出,所用三例,其中一例,亦出自拙著,然均不言所出。而对于拙著关于"向道"的拟义,指出"很勉强",亦不出原来所证柳永词三例的首例《倾杯乐》。这种操作方式,恐怕有悖于常规的学术原则。

---

　　① 谢思炜《白居易诗集校注》,中华书局2006年版,第三册1240页。
　　② 邱少华《欧阳修词新释辑评》,中国书店2001年版,第260页。
　　③ 魏耕原《唐宋诗词语词考释》,商务印书馆2006年版,第187、223页,第315—316页。

以上两端所含，予人之感觉，"向道"一词由张文首先发现，所用论证均从己出，则与实际事实远相不符。至于张文拟义确切与否，那就不言而喻了。

九、杜诗词疑难语词辩证

——以《杜甫全集校注》为中心

久盼的《杜甫全集校注》(以下简称《杜集注》),终于2014年由人民文学出版社出版。这是从古迄今最为详备的注本,皇皇12巨册,洋洋680万字,为学界一件盛事。撰著者大多为硕学而具专长。是书采取集注,会古今注杜之大成,对前人之说尤为重视。或采前人成说以为确切者,或罗列歧说以供读者选择,或间下判断,总之,下注谨慎,至为不苟。但一部大书,且出于众手,难免容或尚有再需推敲之处。

1. 虚词殊义误解

杜诗虚词较多,加上章法之变化,对口语虚词义的汲取,不少虚词所使用的特殊意义,不宜辨识,难以解释,亦在情理之中。①

(1) 却:还,再。1.167《高都护骢马行》:"青丝络头为君老,何由却出横门道。"《杜集注》:"何由却出,即如何方能出去作战之意。"释"却"为"方"。"却"是否方才义,可能还成问题。要把此

---

① 为了便于翻检,以下所列该书杜诗小数点前为册数,后为页数,讨论如次。

处"却"看成方才,就更成问题。就全诗看似应为"还"或"再"义。此马本出安西,"远自流沙至",而且"交河几蹴曾水裂",临阵无敌,"与人一心成大功"。现在"功成惠养随所致",但"猛气犹思战场利",故"却出"应为还出或为再出,才能与全诗吻合。该书主编萧涤非先生曾对此两句说:"代马说话。是说青丝络头,老死槽枥,不是我的志向。何由却出,即怎样才能出去作战的意思。"① 后来杜诗选本多从此说。撰注者可能依此而误。然浦江清先生等则言:"这儿说马还愿望到战场上去。"② 可惜未被注者注意。"却"之还,再义,见于杜诗者,如《羌村三首》其二:"娇儿不离膝,畏我复却去。"言又还离去。4.2476《得广州张判官叔卿书,使还,以诗代意》:"却寄双愁眼,相思泪点悬。"却寄:即以诗还寄。5.3050《收京》:"复道收京邑,兼闻杀犬戎。衣冠却扈从,车驾已还宫。"《杜集注》有言:"王嗣奭曰:'衣冠自然扈从,而"却"字是不满诸臣之意;平日谄谀依阿,有变则奔亡坐视,及收京则扈从而回,何益于成败之数耶?'顾宸曰:'昔车驾在狼狈中,群臣不知安在,至此却又来扈从,而车驾已还宫矣。观一"却"字,堪令群臣愧死无地。'张溍曰:'"已"字、"却"字应。此时正无所用其扈从也。俟恢复后群臣始集,正讥其前此无急公恋主之诚。'"诸家把"却"看作转折副词,显得率意直露。此两句似为倒置句,"却"视为"还"义,或"仍"义,讽刺意味更饶有意味。这两句是说:当车驾还宫以后,衣冠还来扈从。李白《玉阶怨》:"玉阶生白露,夜久侵罗袜。却下水晶帘,玲珑望秋月。"言还下水晶帘③。

(2) 浑:几乎,简直,差不多。2.779《春望》:"白头搔更短,浑欲不胜簪。"《杜集注》:"短,少也。浑,全也。""浑"有全、满

---

① 萧涤非《杜甫诗选注》,人民文学出版社1979年版,第20页。
② 冯至编选、浦江清等《杜甫诗选》,人民文学出版社1956年版,第11页。
③ 张相《诗词曲语词汇释》,中华书局1979年版,第20页。

义,但施之此处却不安。浦江清等注释为"简直",亦即几乎义。萧涤非先生《杜甫诗选注》也说:"差不多连发簪也戴不住了。"均甚是,可惜《杜集注》失之于眉睫。再则"短"亦非"少"义,发短则稀少,但此说的是"短""少"自含在内,然"短"亦不是"少"之义。至于"浑"之"全"义,见于杜诗者,如4.2258《少年行》其二"巢燕养雏浑去尽,江花结子已无多"。浑去尽,言全都飞去。4.2165《江上止水如海势,聊短述》:"老去诗篇浑漫兴,春来花鸟莫深愁。"浑漫兴,谓全都随意而作。5.2534《屏迹三首》其三"百年浑得醉,一月不梳头",言百年全都酒醉。8.4438《即事》:"暮春三月巫峡长,……雷声忽送千峰雨,花气浑如百和香。"浑如,犹全如。《杜集注》却未释此"浑"。"浑"之几乎与全义,当是唐人口语,由杜甫率先用于诗中,且全见于近体诗中,亦可见出杜甫对盛唐近体的高华在语言将欲以革新。

(3)一昨:自从前些日子。3.1498《寄赞上人》:"一昨陪锡杖,卜邻南山幽。"《杜集注》:"一昨,日前也。……此联盖言日前与赞公携手同行,于西枝村寻置草堂地也。"杜甫流寓秦州,在近郊寻置居地,有《西枝村寻置草堂地,夜宿赞公土室二首》。杨伦说:"此后更寄之作。玩诗意似是前此卜居未遂,今闻西谷有可居处,复寄诗与高权耳。"《汉语大词典》释"一昨"为"前些日子",凡证四例。《淳化阁帖·晋王羲之帖》:"多日不知君闻,得一昨书,知君安善为慰。"《北史·循吏转·孟业》:"卿识河间王郎中不?一昨见其国司文案,似是好人。"颜真卿《与蔡明远帖》:"一昨缘受替归北,中止金陵,阖门百口,几至糊口。"元好问《出京》:"一昨随牒来,六月阻归省。"以上四例的"一昨",均为自前些日子义,"一"为介词自或从义,"昨"非指先一天,而是前不久的日子。《法书要录·右军书记》:"七月二十一日羲之白,昨十七日告为慰。"如果"昨"指前一天,那么应是七月二十日而非十七日。换句话说时至七月二十一日，把十七日的来信称为"昨"，只能是前些日子。又："十二月六日，羲之报，一昨因暨主簿不悉，昨得去月十五日、二十三日书为慰。"① 此札"一昨"与"昨"并见。"一昨"当谓自前些日子，"昨得"非谓前天得到，而是前些日子先后得到。杜诗"一昨"亦应谓自前些日子，并非"日前"或"昨日"义。此不仅对"昨"以今释古，且不明"一"的介词义。至于"一"的介词的"自"或"自从"义，如张九龄《戏题春意》："一作江南守，江林三四春。"言自从出任江南守。骆宾王《同辛簿简仰思玄上人林泉四首》其一："一谢沧浪水，安知有其人！"言自辞沧浪水。卢照邻《咏史四首》其三"公业负奇志，交结尽才雄。……一为侍御史，慷慨说何公"。言东汉郑太自从任御史后②。7.3854《咏怀古迹五首》其四："蜀主窥吴幸三峡，崩年亦在永安宫。"《杜集注》说："日本津阪孝绰曰：'"亦"字多少感慨！盖远涉险讨吴，反为所败，以致崩殂，未及归成都，崩亦于此地，遗恨何如哉！'"很显然，认为"亦"为也义。似乎可通，然失去了"多少感慨"意味。此"亦"应为却义，有出乎意料的遗憾，亦即杜甫《八阵图》所说的"遗恨失吞吴"之意。5.2913《送窦九归成都》："文章亦不尽，窦子才纵横。"《杜集注》："王嗣奭曰：'句法老而意该。'李长祥、杨大鲲曰：'凭空说来，全无着落，其着落处正可想见。'"首句"亦"没有前题，乍看确实"凭空说来，全无着落"。实则这两句为倒置句，是说窦子才学纵横，文章却不能尽其才。这样看就落在实处，而有了着落，此盖所谓"句法老而意该"。因代其人抱憾，故先言其文才却不能尽。

（4）独：犹，还也。10.5942《追酬故高蜀州人日见寄》："东西南北更堪论，白首扁舟病独存。"《杜集注》说："赵次公曰：'以答高君所谓"愧尔东西南北人"之句，且言其扁舟在潭也。'杜甫尝自

---
① 张彦远《法书要录》，上海书画出版社1986年版，第276、266页。
② 魏耕原《全唐诗语词通释》，中国社会科学院出版社2001年版，第309—310页。

谓'甫也南北人'(《谒文公上方》)。高适赠诗以孔子语喻杜甫之处境,今追酬之诗亦以之作答。谢省曰:'但老病寄于一舟而独存耳。'"这是把"病独存"的"独"待之常义,此当言病犹存,或病还存。"更堪"犹言怎能,"独"字还义与之呼应亦为密切。1.204《赠翰林张四学士》:"此生任春草,垂老独漂萍。"《杜集注》说:"周甸曰:'春草贱物,漂萍无定踪,言贱固委之命矣。'"又引邵宝与赵次公两家,但均释句意,未及"独"义。"垂老"句言将老还如漂萍般飘荡。2.670《自京赴奉先县咏怀五百字》:"抚迹犹酸辛,平人固骚屑。""犹"一作"独",亦见"独"有犹义。2.1006《奉答岑参补阙见赠》:"故人得佳句,独赠白头翁。"《杜集注》所引王嗣奭、张潛、赵汸、庄咏之说,均把"独"视为单独义,此当为还赠我。"独"一作"犹",亦与"犹"同义。5.2785《上牛头寺》:"何处莺啼切,移时独未休。"《杜集注》:"石闾居士曰'不知是何处之啼莺其声最切,虽移时而独未休歇。'仇注曰'花竹之下,寺静池幽,反觉莺啼太切,……'"把"独"一视为常义,一看作反而。此当为移时还未休。

(5)校:通较,更,甚也。10.5852《湖南送敬十使君适广陵》:"形容吾较老,胆力尔谁过。"《杜集注》说:"王嗣奭曰:'……今虽各白头,但我形容觉更老,而汝之胆力犹过人。'校,交也。"王氏谓"校"为"更"也,本为确诂。但注者却以"交"为解,那么"形容吾校老"则成为形容吾交老,却不成语,显属画蛇添足。校,通较。屡见于唐诗。白居易《病中逢秋,招客夜酌》:"夜来身校健,小饮复何如?"言身较健。又《江楼夕望招客》:"能就江楼消暑否,比君茅舍校清凉。"言更清凉。杜牧《怅诗》:"自是寻春去校迟,不须惆怅怨芳时。"言去较迟。江蓝生等已抉发甚义,但例证中晚唐诗较晚①,

---

① 江蓝生、曹广顺《唐五代语言词典》,上海教育出版社1997年版。又可参见魏耕原《唐宋诗词语言考释》。

可见杜甫率先使口语词殊义最早用之入诗。"校"通较时，还有差、少义。6.3396《狂歌行赠四兄》："于兄行年校一岁，贤者是兄愚者弟。"《杜集注》："校读较，比较。""校一岁"非比较一岁，应为少一岁，或差一岁。曹松《拜访陆处士》："性灵比鹤争多少，气力登山较几分？"争多少、较几分均谓差多少，少几分。

（6）展：实在，确实也。7.3670《催宗文树鸡栅》："吾衰怯行迈，旅次展崩迫。"《杜集注》："旅次，旅途中暂住之处。《易·旅》：'旅即次。'王弼注：'次者，可以安行旅之地也。'展，舒展。崩迫，言迫促匆遽之心情。任昉《上萧太傅固辞夺礼启》：'锡类所及，匪徒教义，不任崩迫之情，谨奉启事陈闻。'按：两句言畜鸡之故。因身体衰弱，怯于行路，今得途中暂住之处，才使迫促不安之心情得以舒展。起下从容养鸡之事。""展"当为实在、确实义。《诗经·小雅·车攻》："允矣君子，展也大成。"郑玄笺："展，诚也。"孔颖达疏："诚，实也。"陈奂《诗毛氏侍疏》："言信矣君子，诚能成其大功也。""展崩迫"言确实迫促辛苦。7.3658《毒热寄简崔评事十六弟》："老夫转不乐，旅次兼百忧。"言旅中暂居之不乐，且百忧丛集。次句正与"旅次展崩迫"同义。仇兆鳌注："展崩迫，言迫促少休。"《杜集注》把虚词"展"误视作实词。

2. 实词殊义误释

实词相对含义较为固定，训释亦非过难，然须据句意，或涉及整首诗的语境，应该通盘考虑，确定词义；另外实词的引申义较多，也必须反复斟酌考虑。

（1）次：旁也。径：小道。7.3868《宿江边阁》："瞑色延山径，高斋次水门。"《杜集注》："高斋，即西阁。次，停留，住留。水门，即水闸。……'高斋'句言西阁恰当于水门，贴'江边阁'也。"先释"次"为"停留,住留",又谓"适当"即面对义,前后抵牾。"次"当为旁也,即近旁义。此为句内倒装,顺言则高斋水门次,谓高斋位于水门的旁边也。《杜集注》又言:"山径,即山坡。径同陉。《广雅·释丘》:'陉,阪也。'陂,即山坡。《孟子·尽心下》:'山径之蹊间,介然用之而成路。'按'瞑色'句意谓夜色沿山坡由低到高渐次扩展。""径"与"陉",非异体字或古今字,亦非通假字,谓"径"同"陉",无据。山径,即山间小道,此句当言夜色漫延于山道。

（2）离立：并立。6.3152《四松》："四松初移时,大抵三尺强。别来忽三岁,离立如人长。"《杜集注》："《礼记·曲礼》:'离坐离立。'郑玄注:'两相丽之为离。''离,两也。'邵宝:'离立,谓四松两两相对。'"所谓"离坐离立",即并坐并立。"离立"犹言并立,不含相对义。此句言并立如人长。

（3）隔手：形容相距很近。3.1225《湖城东遇孟云卿……》："疾风吹尘暗河县,行子隔手不相见。湖城城东一开眼,驻马偶识云卿面。"《杜集注》："杨（伦）注:'隔手,谓以手遮目。'"此四句言在大风尘中偶见友人。《汉语大词典》释此隔手为"形容相距很近",甚是。此句言在大风尘中,行人在极短距离中也看不见。释作"以手遮目",句意阻塞不畅。

（4）跋马：骑马驰逐。5.2672附严武《巴岭答杜二见忆》："跋马望君非一度,冷猿秋雁不胜悲。"《杜集注》："跋马,谓摇駷马衔,偏促一辔或以两足摇鼓马腹,使之回走。"这两句写遥望生悲。跋马有两义,一是勒马使回转,一是骑马驰逐。《汉语大词典》以后义释严诗此词,似可取。如谓勒马使回转,则不明"望君（指杜甫）"何以要回马而看。此句似言奔驰间常停下来遥望,以答杜甫《九日奉寄严大夫》的"遥知簇鞍马,回首白云间",似乎把杜甫的话也包含其间。

(5)恰恰：犹处处。4.2227《江畔独步寻花七绝句》其六："黄四娘家花满蹊，千朵万朵压枝低。留连戏蝶时时舞，自在娇莺恰恰啼。"《杜集注》谓后两句："以蝶舞莺啼写春天美妙景象，富有生机。对仗极为精工而又自然。……恰恰，犹时时，频频，与'时时'互文。"对于"恰恰"，杜诗注本有释恰好，或释密布，或释鸟鸣声，或释着意。《杜集注》则别出新义。"时时"为时间，"恰恰"犹言处处，此为时空对偶，为杜诗一大法门。此诗"时时舞"，故见蝶之"留连"；处处啼，故见莺之"自在"。时空偶对，两层夹写。"恰恰"的时时义，其来有自。王绩《春日》："前日出园游，林华都未有。今朝下堂来，池冰开已久。雪被南轩梅，风催北庭柳。遥呼灶前妾，却报机中妇。年光恰恰来，满瓮迎春酒。"详其冰开、梅放、柳绿，所谓"年光恰恰来"，即春光处处来。白居易《裴长侍以蔷薇架十八韵见示……》："恰恰濡晨露，玲珑漏夕阳。"言蔷薇叶处处晨露湿。又《吴樱桃》："洽洽举头千万颗，婆娑拂面两三株。"言处处举头。"洽洽"义同"恰恰"。又《游悟真寺》："前对多宝塔，风铎鸣四端。栾栌与户牖，洽洽金碧繁。"言处处镶金镀银。"恰恰"一作"狎恰"，或谓为"正还"义①，证以杨万里诗："银烛不烧渠不睡，梢头恰恰挂冰轮。"实则亦应视为处处挂冰轮。韩愈《华山女》："街东街西讲佛经，撞钟吹螺闹宫庭。广张罪福资诱胁，听众狎恰排浮萍。"言听众处处排列如浮萍。《敦煌变文集》卷四《降魔变文》："便向厩中选壮象，开库纯驮紫磨金。峻岭高岑总安致，恰恰遍布不容针。"言处处遍布不容针。黄庭坚《同孙不愚过昆阳》："田园恰恰值春忙，驱马悠悠昆水阳。"言田园处处逢春忙。"恰恰"当为唐人口语，杜甫首先使用于绝句中，此亦是对盛唐绝句风华流美的变革。

(6)伤多：过多。2.1046《曲江二首》其一："一片花飞减却春，风飘万点正愁人。且看欲尽花经眼，莫厌伤多酒入唇。"《杜集注》说：

---

① 徐仁甫《杜诗注解商榷》，中华书局2014年版，第47页。

"张笃行曰：'不可因花欲尽，而不可看也；不可因酒伤多，而不饮也。'仇注：'伤多，伤于酒也。'"仇注不明俗词之殊义，故误解。萧涤非先生曾说："伤多酒，过多之酒，即超过饮量的酒。齐己《野鸭》诗：'长生缘甚瘦，近死为伤肥。'伤肥亦即过肥。前人有的解为'伤心之事多于酒'，误。此两句为上五下两句法，当在花字，酒字读断。"① 此条注言有所据，可惜未被注者采纳。李高隐《排谐》："柳讶眉伤浅，桃猜粉太轻。""伤"与"太"对文义同，犹如齐己诗"甚"与"伤"对文，均为过甚之词。《汉语大词典》还举一例，司马光《与王乐道书》："饮食不惟禁止生冷，亦不可伤饱。……衣服不可过薄，亦不可过厚。""伤"之过义，至为明显。惜乎也不被注者汲取。

（7）冥搜：深思苦想，指作诗。2.862《送韦十六评事充同谷郡防御判官》："论兵还壑净，亦可纵冥搜。题诗得秀句，札翰时相投。"《杜集注》说："卢元昌曰：'可纵冥搜，以资吟咏，……'吴见思：'论兵定计，而使远境清宁，亦可冥搜佳句。'"似把"冥搜"看作遐思冥想。若进一步看，则为深思苦想地作诗。这两句称美韦评事论兵可以决策于千里之外，也可以放手作诗。"冥搜"原指探幽寻访神仙之境，孙绰《游天台山赋序》："夫非远寄冥搜，笃信通神者，何肯遥想而存之？"萧涤非先生曾对杜甫《同诸公登慈恩寺塔》的"足可追冥搜"，认为"冥搜"是指作诗："唐人作诗，用心甚苦，故多以'冥搜'指作诗，如高适诗：'连喝波澜阔，冥搜物象开。'又徐夤诗：'十载公卿早言屈，何须课夏更冥搜。'皆其证。"② 以之释"足可追冥搜"，似乎过于求深，但认为高、徐诗的"冥搜"是指作诗，却是正确的。

（8）怀新：植物欣欣向荣的样子。要：要眇。1.456《渼陂西南台》："高台面苍坡，六月风日冷。蒹葭离披去，天水相与永。怀新目

---

① 萧涤非《杜甫诗选注》，人民文学出版社1979年版，第98页。
② 萧涤非《杜甫诗选注》，人民文学出版社1979年版，第39页。

似击,接要心已领。"《杜集注》说:"谢灵运《登江中孤屿》诗:'怀新道转迥。'新,指景物之新。要,谓山水之新。两句谓登此台而目击景物之？新,心领自然之妙,亦孔子所谓'夫人者而目击而道存矣'(《庄子·田子方》)。汪颢曰:'取其新,择其要,方得山水真精神。'""怀新",本出自陶诗《癸卯岁始春怀古田舍二首》其二的"平畴交远风,良苗亦怀新",指植物欣欣向荣的样子。大谢的"怀新"用其字面,另取新义:抱着探寻新的胜境的心情。杜用陶之义,"怀新"是就"蒹葭离披"而言,"接要"者亦指天水相接的远景而言,两句似说看到景物的蓬勃与浩渺,心里已有领会。王嗣奭谓"前四句已尽其胜,所云'接要'者此也"。"怀新"句,顺说则是"目击似怀新",一经倒装,则可与下句以求偶俪。

3. 众说歧义之选择

杜诗旧注往往在疑难之处解释分歧,《杜集注》每逢此处常常胪列诸说,不加按断,意在提供选择而已,今就其可解处试加推敲。

(1)病:癖好,嗜好。8.4194《偶题》:"文章千古事,得失寸心知。……法自儒家有,心从弱岁疲。永怀江左逸,多病邺中奇。"《杜集注》对后两句:"谓仰慕江左诗人之飘逸,自愧不如建安诗人之魂奇。……病,一作'谢',逊谢,自愧不及。……浦注:'……"永怀""多谢",景仰自谦之词。'""谢"字好解,而"病"字难释。仇注:"病,即尧舜犹病之病,心以为歉也。若作谢,是逊谢之意。……沈约表:'远愧南董,近谢迁固。'"又言:"每永怀江左之逸,却负病于邺中之奇。"此两句全从正面表示景仰之词,次句谓常常癖好邺中之奇,与王维《别綦毋潜》的"盛得江左风,弥工建安体"意近。

(2)常年:往年。2.995《腊日》:"腊日常年暖尚遥,今年腊日冻全消。"《杜集注》说:"汪灏曰:'寒日春来较往年特早,因此志喜。'吴见思曰:'同一腊日也,去年而暖常遥,今年而冻全消者,以扈从还朝,春光先被也。'"常年,一释为"往年",一释为"去年"。应以前者为确且义长。此以"往年"的惯例突出对比"今年"的特别,打破了节候的惯常。崔液《上元夜》:"今年春色胜常年,此夜风景最可怜。"韩愈《酬兰田崔承立之咏雪见寄》:"京城数尺雪,寒气倍常年。"元稹《使东川·清明日》:"常年寒食好风轻,触处相随取次行。今日清明汉江上,一身骑马县官迎。"徐铉《寒食成判官垂访因赠》:"常年寒食在京华,今岁清明在海涯。"以上"常年"均非指去年①,而应为往年义。

(3) 却回:返回。2.824《喜达行在所三首》其一:"西忆岐阳信,无人遂却回。"《杜集注》:"仇注:'……却回,即退回之人。'顾宸曰:'言从肃宗而往者,无人回京,故不得岐阳消息也。遂却者,写其难回之状,"遂"是欲归;"却"是不得归。且前且却,光景具见。'浦注:'遂却',犹言即便。'"顾、浦以"遂却"为词,仇以"却回"为词,读法有上四下一与上二下三之别。顾说屈曲,浦说无据,仇注把此句看成一个主语,错解句意。萧涤非先生说:"'无人遂却回',无人二字读断,是说天天盼有人来,能得到一点消息,但竟没有人来。遂却回,是说于是决意逃回来。却回二字连读。却过、却出、却入、却到、却望、却去、却寄等,皆唐人习惯语。却字有加重语气的作用。"② 这条注下得异常精彩,不仅"却回"解释得有神采、有依据,而且把此句梳理得非常精确。一般杜诗注本谓此句为"竟无人自凤翔逃回长安者",或为"但竟无人从凤翔回"③,受到仇氏的影

---

① 参见魏耕原《全唐诗语词通释》,中国社会科学出版社2001年版,第25页。
② 萧涤非《杜甫诗选注》,人民文学出版社1979年版,第77—78页。
③ 分别见聂石樵、郑魁英《杜甫选集》,上海古籍出版社1983年版,第88页注2;山东大学中文系古典文学教研室《杜甫诗选》,人民文学出版社1980年版,第35页注1。

响，都把这句的主语，看作"退回之人"。实际这两句构成所谓"十字句"，即"西忆歧阳信无人，遂却回"。也就是说"遂却回"的主语是杜甫本人，而非"无人"之"人"。"却回"是指从沦陷的长安返回到在岐山之南的凤翔。也就是说"无人"句属杂糅句，"无人"指从凤翔来到长安者无人。当时凤翔为行在之所在，从那里来到长安，怎能说是"逃回""逃回"应当是从敌占区逃回到凤翔。仇兆鳌就把"却回"看作"退回之人"，属于误解。"遂却回"是说杜甫于是决意离开长安逃回行在凤翔。"却"用在动词之前，意义落在动词之施动者本人，故"却"字有加重语气之作用。这如唐诗常见的"却忆"即回忆，"却顾"即回看，"却回"即回溯，"却算"即回算①。5.2747《闻官军收河南河北》的"却看妻子愁何在"，《杜集注》释"却看"为"回看"，就很正确。8.4608《舍弟观归蓝田迎新妇……》："汝去迎妻子，高秋念却回。"亦为返回义。

（4）款：交好。1.558《赠田九判官》："崆峒使节上青霄，河陇降王款圣朝。"《杜集注》说："《汉书·宣帝纪》：'百蛮乡风，款塞来享。'应劭注：'款，叩也，皆叩塞门来服从也。'如淳注：'款，宽也。请除守塞者，自保不为寇害也。'仇注：'使节西往，而降王入朝，见翰能威名服远也。'"此"款"即非"叩"亦非"宽"义，而应是交好义。萧梁徐陵《答李顺之书》："忘年之款，昔有张裴；邻国之交，非无婴札。"正是"款"与"交"对文，"款"即交好义。初唐王熊《奉别张岳州说》其二："不期交淡水，暂得款忘年。""款"与"交"亦对文，义亦同上。杜诗"降王款圣朝"，即交好圣朝。

（5）偏称坐：最宜坐。2.606《陪李金吾花下饮》："胜地初相引，徐行得自娱。……细草称偏坐，香醪懒再沽。"《杜集注》："称，谓称意也。偏，偏宜也。顾宸曰：'言遇细草之处，则称意而偏坐。偏，即乱坐意，谓随地而坐也。此见徐行自娱。'"其"校记"又

---

① 详见张相《诗词曲语词汇释》"却（五）"条，中华书局1979年版，第45页。

谓:"'称偏',三蔡本作'偏称'。"作"偏称"为是。"偏称坐"犹言最宜坐。正见徐行自娱之光景。仇、浦注本即作"偏称坐",仇氏并言:"一作称偏坐,非。"又注曰:"赵注:偏称:言偏宜。公诗常用'偏'字,如偏劝、偏醒、偏秣。"赵次公注本则作"称偏坐",并曰:"称字去声,如公尝使'偏劝腹腴愧年少''渔父忌偏醒''忌病思偏秣'之义。此饮酒阑珊而歇于细草之上,惟其偏可于此坐,则不思起矣,虽酒尽亦懒再沽也。"又曰:"朱鹤龄《辑注杜工部诗集》引赵曰:偏坐,言偏宜于此坐也。"① 若按"称偏坐"看,"称"为"称意""偏"为"偏宜",词义重复,不如"偏称坐"的最宜坐义,词顺而义长。

(6) 结构:建筑物构造的式样。5.2817《惠义寺送王少尹赴成都》:"苒苒谷中寺,娟娟林表峰。阑干上处远,结构坐来重。"《杜集注》说:"王嗣奭曰:'杨炯有《惠义寺铭》:"长平山兮建重阁,上穹窿兮下磅礴。"可知寺之高,路之远。故寺前栏杆可望而见,而上处绕道甚远,虽中途亭馆结构,可以停足者,屡坐而后到也。'顾宸曰:'山在寺之上,可知此寺之结构在重峦叠嶂间,坐而观之,盖益觉其重耳。'按顾解得之。结构,即指惠义寺建筑物。"后两句为句内倒装,顺说则为:上处栏杆远,坐来结构重。意谓登上时栏杆伸向远方,坐息时觉得构造式样重重叠叠。"处"与"来"都有"时"义。顾氏谓寺建在重峦叠嶂间,坐观仰望而有重叠之感,而未释"结构",注者释为寺之建筑物,无据。王延寿《鲁灵光殿赋》:"于是详其栋宇,观其结构。"姚合《题凤翔西郊新亭》:"结构方殊绝,高低更合宜。"均指建筑物结构的式样。

(7) 端忧:深忧。10.5522《遣闷》:"余力浮于海,端忧问彼苍。百年从万事,故国耿难忘。"《杜集注》说:"《文选·谢庄〈月赋〉》:'陈王初丧应、刘,端居多暇。'李周翰注:'端然忧愁,以

---

① 林继忠《杜诗赵次公先后解辑校》,上海古籍出版社1994年版,第155页。

多闲暇。'刘肇虞：'端居而忧。'"李释"端忧"无当，刘亦失之。这两句似说：今愿远浮沧海，以人生深忧上问苍天，即《离骚》"跪敷衽以陈词兮"意。

（8）行李：行旅。8.4758《赠苏四徯》："异县昔同游，各云厌转蓬。别离已五年，尚在行李中。"《杜集注》说："蔡梦弼曰：'行李，使者也。李通作"理"，字异而义同。'《左传·僖公三十年》：'晋秦围郑，烛之武夜见秦伯曰：若舍郑以为东道主，行李之往来，共其乏困。'杜预注：'行李，使人。'"此与"使者"义无关，且施于句中亦不通，此句当言尚在行旅中。李白《江夏行》："东家西舍同时发，北去南来不逾月。未知行李游何方，作个音书能断绝？"即谓行旅为"行李"，唐人用之甚多①，然其义起源甚早。旧题蔡琰《胡笳十八拍》："追思往日兮行李难，六拍悲来兮欲罢弹。"鲍照《代门有车马客行》："嘶声盈我口，谈言在君耳。手迹可传心，愿尔笃行李。"均为其义。8.4772《巫峡弊庐奉赠侍御四舅……》："江城秋日落，山鬼闭门中。行李淹吾舅，诛茅问老翁。"《杜集注》："行李，使者。"又引《左传》："行李之往来"及杜预注。此"行李"当与今之义相同，即行装。此句言行装当停留在舅父家。

---

① 见魏耕原《全唐诗语词通释》，中国社会科学院出版社2001年版，第292页。

十、杜诗疑难词殊义商兑

——读《杜甫全集校注》札记

《杜甫全集校注》于2014年由人民文学出版社出版，是书历时35年，凡12巨册，680万字，集古今注杜之大成，为迄今最为详备的杜甫全集注本，用力之至，可谓该备。且萧涤非先生为主编，出于学有专长的名家之手，厥功之伟，可谓大矣。其《凡例》言"对词句作出确切诠释，避免释事忘义，务使词语明而诗义彰"，是书亦用力于此目标。但杜诗习见语词含义丰富，注者或者以为常义而不察其所用之殊义，或者棘手难以诠释而无注，或者采择古今之发明，而按之未安，或者博取众说而取择有误，或罗列异说不加按断，或者释义不到位，尚隔一间。今试加商讨，以求确义。①

1. 习见词殊义的误解

（1）初：……时也。1.8《登兖州城楼》："东郡趋庭日，南楼纵目初。"《杜集注》："初，始也。言今日始得登楼纵观。"这是采用了萧涤非先生《杜甫诗选注》的说法，认为"初，初次"。其他注本也

---

① 为了便于翻检，以下所列该书杜诗小数点前为册数，后为页数，讨论如次。

说,"纵目初:第一次登临眺望"。实际是以常见惯用义待之。"纵目初"犹言纵目时,以下则为放眼远望时所见。不用"时"而用"初"者,以便与下"徐""余""蹢"协韵。2.925《彭衙行》:"忆昔避贼初,北走经险艰。""避贼初"即避安史之乱时。2.869《得家书》:"北阙妖氛满,西郊白露初。"言白露降临之时。2.945《北征》:"忆昨狼狈初,事与古先别。""狼狈初"谓言仓皇逃跑时。9.4941《解闷十二首》其一:"草阁柴扉星散居,浪翻江里雨飞初。"言雨飞时。9.5421《将别巫峡,赠南卿兄瀼西果园四十亩》:"正月喧莺未,兹辰放鹢初。"《杜集注》:"喧莺未,即喧莺未喧。未,一作'末'。仇注:'喧莺末,谓喧莺正月之末。末字,属月,不属莺。'何焯曰:'未,无也。'何说较仇为长。放鹢,放船也。古画鹢于船头,故亦称船为鹢。""喧莺未"其所以倒装,在于与下句"放鹢初"偶对。"初"字无释,"放鹢初"即言放船时。10.5518《寄李十四员外布十二韵》:"试待盘涡歇,方期解缆初。"言才能期待可以放船之时。10.5557《秋日荆南送石首薛明府……》:"南征为客久,西候别君初。"《杜集注》说:"赵次公曰:'西候,属西之时,乃秋日也。'""初"字亦无释,此句当言秋天别君时。以上未出注者,均不能视作常见义。

"初"之"……时"义,见于唐人诗者,如陈子昂《春夜别友人》其二:"紫塞白云断,青春明月初。"言青春明月时。王勃《晚留凤州》:"宝鸡辞旧役,仙凤历遗墟。去此近城阙,青山明月初。"言离开了接近京城的宝鸡,正在青山明月之时。王昌龄佚句:"驾幸温泉日,严霜子月初。"言在严霜十一月时。张说《东都酺宴》其一:"政成天子孝,俗返上皇初。"言风俗返回到太上皇时。又《扈从幸韦嗣立山庄应制》:"地幽天赏洽,酒乐御筵初。"言御筵时。孟浩然《宿武阳即事》:"川暗夕阳尽,孤舟泊岸初。"言靠岸停泊时。又《西山寻辛谔》:"款言忘景夕,清兴属凉初。"言适逢清凉时。岑参

《观楚国寺璋上人……》："鸣钟竹阴晚，汲水桐华初。"言桐华开放时。又《虢州卧疾喜刘判官过水亭》："观棋不觉暝，月出水亭初。"言月出水亭时。又《夜过盘石……》："盈盈一水隔，寂寂二更初。"言二更时。

"初"的"……时"之义，就我们现在发现，最早见于刘宋谢灵运《北亭与吏民别》："刀笔愧张杜，弃繻惭终军。贵史寄子长，爱赋托子云。昔值休明初，以此预人群。"末两句言当初赶上政治美好开明时，我凭借文才入仕"初"之此义。至齐梁时普遍运用。萧纲《雁门太守行三首》其三："三月杨花合，四月麦秋初。"即言麦秋时。又《怨歌行》："十五颇有余，日照杏梁初。"谓日照杏梁时。又《听早蝉》："草歇䳺鸣初，蝉思花落后。""䳺鸣初"即䳺鸣时。萧梁庾肩吾《咏风》："宋地鹍飞初，湘川雁起余。""余"字犹言后，"鹍飞初"犹言鹍飞时，均表时态，与上诗偶对相近。上官婉儿《彩书怨》："叶下洞庭初，思君万里余。"①首句言洞庭叶落时。北齐萧悫《秋思》："清波收潦日，华林鸣籁初。芙蓉露下落，杨柳月中疏。""鸣籁初"即鸣籁时。邢邵《齐韦道逊晚春宴》："日斜宾馆晚，风轻麦候初。"言风轻麦候时。庾信《奉和永丰殿下言志十首》其六："兴云榆荚晚，烧薙杏花初。"即杏花开放时。

从上可见，齐梁与北魏、北周运用"初"之殊义，已经较为普遍。尤其是萧悫名诗《秋思》首两句以"日"与"初"偶对，"日"有时义，"初"亦当同。杜甫《登兖州城楼》为早期之作，亦用"日"与"初"偶对，杜诗当受此影响。初之"时"义，在唐诗用的频率更高，惜乎被《杜集注》均视为习见义。《汉语大词典》"初"字条亦未收此义。

（2）破：尽，遍。1.277《奉赠韦左丞丈二十二韵》："读书破万

---

① 逯钦立依据明人谢榛《四溟诗话》卷四，误收入《先秦汉魏南北朝诗》，误作萧梁沈满愿。《全唐诗》卷五为上官昭容诗，又见《唐诗纪事》卷三与敦煌诗。

卷，下笔如有神。"《杜集注》说："'破'有三解：《分门集注》引师曰：'破万卷，谓识破其理。'张远亦曰：'识破万卷之理。'仇注：'胸罗万卷，故左右逢源而下笔有神。'书破，犹'韦编三绝'之意，盖读熟则卷亦磨也。'江浩然则曰：'破，犹过也。盖言读书过万卷耳。'（《北田集·北田丛小语》）按三说中，固以师说较胜，然仇说亦颇有理，即杜诗所谓'群书万卷常暗诵'（《可叹》）也。"释"破"为识破、磨损、超过；今人或释作"吃透"，或"烂熟透彻"，或"满、超出"，或"见其精勤"。张相释为"犹尽也；遍也；煞也"，谓"破万卷犹云尽万卷或遍万卷也"①。这些说法都讲得通，问题是"识破其理""吃透""烂熟于心"的说法缺乏依据，破损、磨损则情理不通。张相的说法比较义长。8.4272《白帝楼》："腊破思端绮，春归持一金。"言腊月已尽，须做新衣。又8.4337《见王监兵马使说，近山有黑白二鹰，罗者久取，竟未能得……》："云飞玉立尽清秋，不惜奇毛恣远游。在野只教心力破，千人何事网罗求？"《杜集注》说："黄光升曰：'"只教心力破"，言此鹰在野令人费尽心力，必不可得，故云"千人何事网罗求。"'浦注：'……"心力破"，犹言徒然费尽心机，正抉出王监未得而恐神情。'"所言是，正见出"破"有尽义。4.2238《绝句漫兴九首》其四："二月已破三月来，渐老逢春能几回？莫思身外无穷事，且尽生前有限杯。"《杜集注》说："邵宝曰：'破，犹尽也。'浦注'破，残也。'黄生曰：'破乃"破除"之破，分明换却"过"字，然亦必俗语如此。'赵次公曰：'"破"字不得奇。沈佺期《度安海入龙编》诗云："别离频破月，容鬓骤催年。"亦此"破"之义。'"前两家说"二月已破"犹言二月已尽，或已残；赵次公所证沈诗"频破月"，当言频过月，谓亦过了

---

① 张相《诗词曲语辞汇释》"破（二）"条，中华书局1979年版，第361页。《汉语大词典》以及江蓝生、曹广顺《唐五代语言词典》亦采用了这种说法。

数月①。则谓"二月已破"为二月已过，二者皆可通。李商隐《和友人戏赠》的"新正未破剪刀闲"，犹言新的一年正月未尽或未完，妇女还不忙着做衣服。宋诗用"破"之尽义，张相《诗词典语词汇释》"破"（二）条例证甚丰。

2. 习见联绵词殊义之误解

杜诗喜用联绵词，偶对时常以之互为相对。有些联绵词由于一词多义，引申义繁复，颇为费解，或者视为习见义而忽而不察。

（1）苍茫，仓促，匆忙。2.944《北征》："皇帝二载秋，闰八月初吉。杜子将北征，苍茫问家室。"《杜集注》："苍茫，此作迷茫，杜诗多用之，如'独立苍茫自咏诗''苍茫不晓神灵意'等。"似乎把此句看作问苍茫之家室的倒装句。杜甫因疏救房琯事，被肃宗视作房党，亦即父党中的人。几乎下狱，不仅被视为多余的人，而且到了不受欢迎的程度，只好请假探家。再加上战乱，存亡的挂念，故此句应为匆忙问家室。仇注亦言："苍茫，急遽。""茫"字一作忙，亦可见非迷茫义。5.2964《王命》："汉北豺狼满，巴西道路难。血埋诸将甲，骨断使臣鞍。牢落新烧栈，苍茫旧筑台。"《杜集注》谓后两句："朝鲜李植曰：'命将之事不复如旧，故云"苍茫"。'按李说得之。苍茫，渺茫，遥远。下句意为，昔时汉高祖筑台拜韩信而命将之事，已是渺茫的过去。邵宝谓'苍茫，急遽也'，谓仓促命将，无据。"据《通鉴》"代宗广德元年"载："吐蕃入大震关，……数年间，西北数十州相继沦没。……寇奉天、武功，京师震骇。诏郭子仪为副元帅，出镇咸阳御之。"子仪闲废日久，至此危急，方命将拜帅，子仪招募

---

① 陶敏《沈佺期宋之问集校注》说，"频破月：谓已数度月圆而缺"。中华书局2001年版，第93页注7。把"月"看作月亮，则不明"破"有过之殊义。

仅得二十骑而行，其仓促匆忙之情况可见。如果释为渺茫、遥远，不仅词不达意，且与当时紧急的状况不合，所以邵宝的说法还是可取的。至于说"苍茫"的"仓促"义无据，也是靠不住的。"苍茫"一作苍忙，《敦煌变文集》卷四《降魔变文》："苍忙寻逐，不知所去之踪；遍问街衢，莫委游行之处。"前句即谓匆忙寻逐。2.853《送从弟亚赴河西判官》："令弟草中来，苍然请论事。"仇注本谓"然"一作茫，"苍茫请论事"即匆忙请论事。5.2713《奉赠射洪李四丈》："南京初乱定，所向色枯槁。游子无根株，茅斋付秋草。东征下月峡，挂席穷海岛。万里须十金，妻孥未相保。苍茫风尘际，蹭蹬骐驎老。"杜甫在代宗宝应元年（762）七月因徐知道作乱，从成都草堂避之梓州，七月归成都迎家迁梓州，十一月尝经射洪。此诗求援，希望得到李丈的接济。观"游子无根株"，此"苍茫"当为匆忙意。此句言：匆忙奔走于战乱风尘之际。10.5965《奉赠萧二十使君》："磊落衣冠地，苍茫土木身。"此"苍茫"颇费解，待之常义而绝不通，《杜集注》亦无释。此诗作于大历五年奔波于湖湘潭州，亦为求助诗，上句称对方，下句言己奔波之辛苦，故言匆忙土木身。

总体来看，"苍茫"确有匆忙义，而且屡见于杜诗。

（2）峥嵘：艰难。1.311《敬赠郑谏议十韵》："筑居仙缥缈，旅食岁峥嵘。"《杜集注》："峥嵘，《文选·鲍照〈舞鹤赋〉》：'岁峥嵘而愁暮。'李善注：'《广雅》曰：峥嵘，高貌。岁之将尽，犹物之高。'秦观《阮郎归》：'梦乡断，旅魂孤，峥嵘岁又除。'比喻不寻常，不平凡。夏力恕曰：'岁峥嵘，谚所谓日子难得过也。'（《杜诗增注》卷一）王嗣奭曰：'"旅食"句，似不可解，而食不充口光景可想，故"峥嵘"字奇。"残杯冷炙，到处悲辛"，不能敌此二字。'张溍曰：'旅食艰难，若"峥嵘"字新警。'"释作"不寻常，不平凡"，过于笼统而不达其义，张溍之说甚可取。《汉语大词典》释此为"形容岁月逝去"，似未安。

"峥嵘"的本义为高峻，常用来形容山势突兀。又用来形容酷寒凛冽，或指高远空旷，或形容乌云密布，或谓晚霞亮丽耀眼。前者如2.874《自京赴奉光县咏怀五百字》："岁暮百草零，疾风高冈裂。天衢阴峥嵘，客子中夜发。"《杜集注》说："仇注：'公诗常用"峥嵘"，"旅食岁峥嵘"，年高也；"峥嵘赤云西"，云高也；"天衢阴峥嵘"，阴盛也。'"仇氏拘其本义之"高""年高""云高"均不妥。"阴峥嵘"，言阴冷凛冽。罗隐《雪霁》："南山雪乍晴，寒气转峥嵘。"亦用其义。2.934《羌村三首》其一："峥嵘赤云西，日脚下平地。"《杜集注》："谢朓《冬日晚郡事隙》诗：'苍翠望寒山，峥嵘瞰平陆。'峥嵘，高峻貌。蔡梦弼曰：'谓返照云汉皆赤也。'徐增曰：'日雨时，上有云气，则光反射成赤色。'"（《而庵说唐诗》卷一）所引三条，均与杜诗风马牛不相及。"赤云西"谓西方烧红的晚霞，"峥嵘"言其亮丽耀眼。5.2847《喜雨》："沧江夜来雨，真宰罪一雪。谷根小苏息，沴气终不灭。何由见宁岁，解我忧思结。峥嵘群山云，交会未断绝。安得鞭雷公，滂沱洗吴越。"《杜集注》："峥嵘，高峻貌。扬雄《甘泉赋》：'似紫宫之峥嵘。'此处形容云峰。"峥嵘，密布貌。此言群山之云密布，聚集不断。但却未有雨意，故有鞭雷公之奢想。2.1118《画鹘行》："长翮如刀剑，人寰可超越。乾坤空峥嵘，粉墨且萧瑟。"《杜集注》说："赵次公曰：'乾坤空自高大，而粉墨之物不能超越之，但含萧瑟之义。'张溍曰：'画鹘非真超群，故乾坤空觉峥嵘，粉墨萧瑟，谓纸上有肃杀之气也。'峥嵘，高旷貌。"仇注："峥嵘，高旷也。"《汉语大词典》亦采取仇氏所说。萧瑟，当为稀疏貌。此两句言天空只觉高旷，故画面着墨无多，前后呼应。4.2377《枯楠》："楩楠枯峥嵘，乡党皆莫记。不知几百岁，惨惨无生意。"《杜集注》："峥嵘，高峻貌。吴瞻泰曰：'……"枯峥嵘"三字连用妙。虽枯而势犹峥嵘，楠之材之遇皆已包举。'""枯峥嵘"，是枯得峥嵘，还是枯且峥嵘，颇费解。若属后者，意则为枯而高峻；若为前者，则枯而消瘦。观其后"不知几百岁"则是言其年久而高大，而"惨惨无生意"则言其枯槁瘦削。但从三字连文看，则是枯得瘦削，而非枯得高大。接下又言："上枝摩皇天，下根蟠厚地。巨围雷霆坼，万孔虫蚁萃。"则是高与枯并言，故以上二解皆可通，然终觉瘦削义长。苏轼《侄安节远来夜坐》其二："心衰面改槁瘦削，相见惟应识旧声。"似用杜意。7.4047《八哀诗·故右仆射相公张九龄》："上君白玉堂，倚君金华省。碣石岁峥嵘，天地日蛙黾。"《杜集注》："碣石，山名，在今河北昌黎西北。在唐属范阳，为安禄山盘踞之地。峥嵘，高大貌。……天池，喻指朝廷。……何焯曰：'碣石，指禄山。'仇注：'碣石峥嵘，禄山势涨大也。天池蛙黾，林甫恣谗也。'"对于"碣石岁峥嵘"，如释"峥嵘"为"高大貌"，那么前边的"岁"做何解释？而不能说作碣石岁高大，或禄山岁高大。"岁"与"日"偶对，"日"有一天比一天义，那么"岁"则有一年比一年义。此句当言碣石一年比一年险恶，意谓禄山一年比一年势涨。5.2925《南池》："峥嵘巴阆间，所向尽山谷。"《杜集注》："巴阆，即指阆州。阆州秦汉时属巴郡，故云。""峥嵘"无释，此当指险恶。6.3544《引水》："月峡瞿塘云作顶，乱石峥嵘石无井。"此为高峻之本义，至为明显。

　　综上可见，"峥嵘"，由高峻之本义，可引申为高旷、险恶、艰难，亦有凛冽、密布聚集、耀眼等义，均带极甚之义味。

十一、杜诗疑难语词注释考辨

1. 亦

《丹青引》:"将军善画盖有神,必逢佳士亦写真。"次句的"亦"解作"也",就和"必"的语气不接榫。《诗词曲语辞汇释》卷二"必"字条云:"必,假拟之词,犹倘也;若也;如也;或也。与决定之义异。"又谓此诗"必逢",犹云倘逢。两虚词语气阻隔的矛盾解决了,但把宫廷画师的矜持却减少了。所以萧涤非《杜甫诗选》未采其说:"必字见得不随便",故而又说:"亦字对画马说。"如此则谓"写真"为"画马",此句就成为必遇到佳士,也为之画马,意谓既画御马,也画佳士之马。语气未免勉强。"写真"义即写生,杜甫《天育骠图歌》"故独写真传世人",即指画马。但"必逢佳士亦写真",怎见得是"画马"而非画人呢?因而注者又有解作"画像",而且说:"'亦'字又见得并不只是应诏作画。"(山东大学中文系《杜甫诗选》)但"必"和"亦"的意脉还是前后不贯通。"必逢",浦本作"偶逢"。"偶"下注云"一作必"。大概也发现因与人物身份不合,妄改以与"亦"字前后连通。裴学海《古书虚字集释》卷二云:"'亦'犹'乃'也。'亦'训'乃',犹'以'训'乃'也。"乃,才也。《诗·周颂·丰年》:"丰年多黍多稌;亦有高廪,万亿及秫。"谓乃有高廪，才有高廪。郑《笺》训"亦"为"大"，孔《疏》不从而释为"复"。释为"复"则语气不贯，此云丰年多收糜和稻，才建有高大的粮仓。杜诗《赠李白》："李侯金闺彦，脱身事幽讨。亦有梁宋游，方期拾瑶草。"谓李白"脱身"朝廷以后，才有采药访道和梁宋漫游的机会。又《渼陂行》："船舷暝戛云际寺，水面月出蓝田关。此时骊龙亦吐珠，冯夷击鼓群龙趋。"谓只有到了夜降月出之时，才有骊龙吐珠、冯夷击鼓等异观。又《雨过苏端》："鸡鸣风雨交，久旱雨亦好。"谓久旱之后的雨才好。《苏端、薛复筵简薛华醉歌》："酒酣日落西风来，愿吹野水添金杯。如渑之酒常快意，亦知穷愁安在哉！"谓只有痛饮才能解愁。《写怀二首》其一："无贵贱不悲，无富贫亦足。"谓没有富贵，贫贱才有足余。《鸥》："江浦寒鸥戏，无他亦自宽。"言没有忧愁烦恼，心里才能欣然自宽。《咏怀古迹五首》其四："蜀主窥吴幸三峡，崩年亦在永年宫。"谓刘备攻吴失利，这才赍志殁于道中。以上"亦"均犹"乃"也，才也。

"必逢佳士亦写真"，谓必须遇到佳士才为之画像写真。

2. 省

《咏怀古迹五首》其三："画图省识春风面，环佩空归月夜魂。"赵次公注云："上句则后人多画昭君于图，公自言其在图画中得见昭君之美态，如春风之面。"《杜臆》从其说，亦谓"至今画图可识者乃其面耳"。傅庚生《杜诗析疑》亦从之。仇注引朱瀚云："省，乃'省约'之省，言但于画图中略识其面也。"浦注云："'省识'，正谓不省。"杨伦引朱鹤龄注云："画图之面，本非真容，不曰不识，而曰'省识'，盖婉词。"张相《诗词曲语辞汇释》卷五"省"字条云："此'省识'字，解者多从省之本义而作'略识'解，然上句云省识，下句云空归，句法开合相应，故此'省识'字以作'曾经'解为对劲。且证之周邦彦《拜星月慢》：'画图中旧识春风面，谁知道自到瑶台畔。'周词脱胎于杜诗，旧识正曾识义也。"蒋礼鸿《杜诗释词》从之，并以为李郢"谁省春风见玉颜"与杜诗字面正同。①

徐仁甫《杜诗注解商榷》卷一七力驳诸家之说："'省识'与'空归'对文，'空归'有'枉归'之意，则'省识'亦'未识'也。……察'省'有'减'的意思，《礼记·月令》：'省囹圄'，《国策·秦策》：'省攻伐之心'，《荀子·富国》：'省商贾之数'，注皆云：省，减也。所以'画图省识春风面'，是说画图上的春风面减了色，使人'未识'或'误识'。言'省识'，不过是委婉其词罢了。此句，正有谴责画工毛延寿的意思。"

今按，《西京杂记》云："元帝后宫既多，不得常见，乃使画工图形，按图召幸。宫人皆赂画工，昭君自持容貌，独不肯与，工人乃丑图之，遂不得见。后匈奴入朝，求美人，上案图以昭君行。及去，召见，貌为后宫第一，帝悔之，而重信于外国，故不复更人。"故"省识"若解作"略识"，确实存有问题："画工既恶图昭君之面，从画图上看，又怎能识其春风面呢？"（徐仁甫语）朱鹤龄的"婉词"说，亦无力解救计丑当美之万一。赵次公的后人所图美态云云，不仅与昭君故事不符，亦非杜诗本意；若从张相"曾识"之解，亦有同样问题，难圆其说。周邦彦词变化杜诗而用之，作为依据未允。李郢诗非用昭君事，且少"画图"字，只仅用部分字面，亦难以成说；若以"省"为"减"义，则与"省约"无多区别。亦即"画图"上的丑女无论怎样"减色"，也"减"不出昭君的"春风面"来。

省，当通假"眚"，过也，错也。《尚书·洪范》："曰王省惟岁"，蔡沈《书集传》云："王者之失得，其徵以岁。"《史记》正以"省"作"眚"。又《秦始皇本纪》："饰省宣义。"《正义》云："省，过也。"《小尔雅·广诂》亦云："省，过也。"说见《说文通训定

---

① 蒋礼鸿《怀任斋文集》，上海古籍出版社1986年版，第79—80页。

声》。故"省识",犹言谬识、错识。此句意谓汉元帝把经过丑化的"画图之面"误认为昭君之真面——也就是后来"召见,貌为后宫第一"的"春风面"。后来才发现的真容,经过艺术上的"错位处理":把前后两个情节"剪接"在一起,把画图丑貌与昭君本人"春风面"拼接焊在一起,加大了讽刺的效果,其谴责的对象不是"画工毛延寿",而是汉武帝本人。这正见出杜诗凝练的特色。唯其如此,两句意脉才能"开合相应"。

(此文原载《兰州大学学报》2001年第3期)

十二、唐诗注释应注意口语俗词

自从半个世纪以前，张相先生《诗词曲语词汇释》问世，唐诗的口语俗词研究，拉开正式的序幕。这部里程碑式的名著，标志一个新的学术领域开端和展现。嗣后，续作者有王锳《诗词曲语辞汇释》，林昭德《诗词曲词语杂释》，加上敦煌俗文学研究推进，四十年前蒋礼鸿先生《敦煌变文字义通释》，研究对象诗文辞赋以及传奇交汇，雅俗语科共现，更拓展和丰富了唐诗俗语词的研究。张永言、郭在贻、蒋绍愚等先生的有关论文，使这一断代语料，显出葱青的活力。

但是，这种活力只在语言学界涌动，而出自文学研究者之手的唐诗注本，虽然有所触动，但基本上还是无动于衷。对于颇难琢磨的唐诗口语俗词，表现得很冷漠，旧时笺注的惯性，在学术性的注释中还占有绝大的市场，只着眼典故出处，大不了涉及雅词训诂，对于新鲜的带有原创性活力的口语俗词，却置若罔闻，这在大量唐诗注本成为普遍现象，包括宋词注本亦不例外。像陈铁民先生的《王维集校注》和《岑参集校注》，充分吸纳张相《汇释》等成果，并有所发现，真成了凤毛麟角，寥若晨星。这在世称古籍整理最有成效的、数量众多的唐诗注本中，不能不是一个憾然的缺陷。

怀着这种歉然，也带着一种希望，详读了三秦出版社新近出版的《元稹集编年笺注》，苏州科技大学杨军教授，在这部洋洋八十多万字的大著中，做了一定的努力。比如《答友封见赠》："扶床小女君先识，应为些些似外孙。"406页注3说："些些，有点。"如果没有这三四个字注释，不仅一般读者会感到茫然，就是讲授唐诗的大学教授先生，也不一定都得要领。《江陵三梦》其一写梦见前妻回家处理衣物，抚慰儿女，梦醒后则"月影半床黑，虫声幽草移。心魂生次第，觉梦久自疑"。"次第"虽为习见词，但此处用意却颇费斟酌。《汉语大词典》列其意十二项，含义甚丰，注者选择了第11项："次第，顷刻、转眼。白居易《观幻》：'次第花生眼，须臾烛遇风。'"简择甚当。《春六十韵》："撩摘芳情遍，搜求好处终。九霄浑可可，万姓尚忡忡。"586页注10注云："可可：模糊貌，隐约貌。"《古社》："古社基址在，人散社不神。惟有空心树，妖狐藏魅人。……主人议芟斫，怪见不敢前。那言空山烧，夜随风马奔。"234页注7说："那言：岂料，岂知。"《清明日》："常年寒食好风轻，触处相随取次行。"144页注7说："触处：到处，随处，极言其多。"《南史循吏传序》："凡百户之乡，有市之邑，歌谣舞蹈，触处成群，盖宋氏之极盛也。"

它如："上番"为初次、头回义，"隔是"为已经义，"亚"为低拂义，"抬举"为关照爱护义，"回灯"为重新张灯义，"不分"为不料义，"一种"为一样义，"斗"为猝然义，"生狞"则形容举止粗鲁，"镇"为常义，"判"通"拼"，为甘愿义，"遮渠"为任随他义，"丫头"指头上结发如丫之男童，"剩"为多余义，均释义精确。这些词看似易解，实则不然，有些百思不得其解，总是莫名其妙。把这些唐人常见于口头词给予解释，用字不多，却有意外的收获，实在很有必要。可惜这部一千多页的大书，收诗800多首，释此类口语难词，不过二十多条，和元稹诗口语俗词存在的实际情况，未免落差过大。而且经过笔者核对，著者释义主要依据一部《汉语大词典》，比如上文列举的"些些""可可""那言"，《大词典》正列举元稹诗例；

"次第"佐证白居易诗,"触处"所用《南史》例,均来源于同书。该书虽收词多,立义较全,但并不能包罗万象。如遇到未收词,未立义,则未免捉襟见肘。而且注者尚未对此充分利用,漏注、失注、口语词过多、误注、错注亦复存在。

先言漏注和失注。如《阴山道》:"年年买马阴山道,马死阴山帛空耗。……臣闻平时七十万余匹马,关中不省闻嘶鸣。""不省"在元稹诗中出现8次,均无注。《汇释》谓"省,犹曾也"。又言:"或未省,均即不曾或未曾也。"列举中有元稹诗三首,其一即此。《得乐天书》:"远信入门先有泪,妻惊女哭问何如。寻常不省曾如此,应是江州司马书。"《汇释》说:"凡此省成,皆重言而同义也。"《大词典》不省条未列其义。但于"省"字条第11义说:"副词,尝,曾经。唐岑参《函谷关歌送刘评事使关西》:'野花不省见行人,山鸟何曾识关吏。'"正是采用了《汇释》的释义和例证。注者未细检《大词典》,亦未翻检《汇释》,使这个用率较多的词失注,未免遗憾。至于《感梦》的"不省别时语,但省涕淋漓",两"省"均为"记"义,"不省"犹言"不记",亦失注。再如《离思五首》其四:"曾经沧海难为水,除却巫山不是云。取次花丛懒回顾,半缘修道半缘君。"《汇释》谓"取次,犹云随便或草草也"。又谓元稹此诗则为"草草"义。而《清明日》"常(以为'当'字之讹)年寒食好风轻,处处相随取次行。今日清明汉江上,一身骑马县官迎"。取次行,犹言随便行或者是随意行。还有《莺莺诗》的"殷红浅碧旧衣裳,取次梳头暗淡妆",则言草草梳头。以上三诗均漏而未注,就是对唐诗素有研究的人,对这种具有特殊义的词也不一定能一眼便可审谛其义。

又如"乍可"在元诗中用率亦较多,亦均失注。如《古决绝词三首》其一:"乍可为天上牵牛织女星,不言为庭前红槿枝。"言宁可为牵牛织女星。《任醉》:"殷勤满酌从听醉,乍可欲醒还一杯。"

言宁可再饮。《梦游春七十韵》："宁可陈为香,不能浮作瓠。"言宁可沉为香,为人所重,不甘浮而为瓠,如瓠落之无所容。《浮尘子》其三:"乍可巢蚊睫,胡为附蟒鳞。"上句言其小,应作只可解。以上释义均见于《汇释》,《大词典》亦均采择,注者均失之于眉睫。而《春游》:"不能辜春色,乍可怯春寒。"以上二义释之,语意则不顺,此当言岂可怯于春寒而有负于春色。又如"恼",唐诗常用作撩拨、引逗义,《汇释》已有发明,其义犹言"惹",或者"吸引"。如《生春》其十:"何处生春早,春生梅援中。……年年最相恼,援未有诸丛。""诸丛",指未开放的其他花。"最相恼"则言梅花最撩拨人或最惹人。《赠刘采春》:"言辞雅错风流足,举止低回秀媚多,更有恼人肠断处,选词能唱《望夫歌》。"其人为歌手,此言更有惹人之处,或更有吸引人的地方。《早归》:"娇莺似相恼,含啭傍人飞。"言娇莺惹人、吸引人。以上"恼"字均不能待以常义"烦恼",其殊义则一般读者难以明晓,似应给予解释。与之相类似的有"生憎""死恨",《古决绝词》其三:"生憎野鹊性迟回,死恨天鸡识时节。""生憎""死恨",对文同义,犹言最憎最恨,即憎恨得死去活来。

一如上言,含有殊义的口语俗词,前人已有发明,《大词典》亦有采纳,而读者又难分晓的,应注而未注者,则于是书存乎者多,不见得少。它如《亚枝红》:"平阳池上亚枝红,怅望山邮是事同。"言事事相同。"是事",《唐诗纪事》《全唐诗》正作"事事",亦见出"是事",犹言事事。《答姨兄》:"忆昔凤翔城,龄年是事荣。"言幼时事事光华,受到宠爱。又"向前"则为先前,与今义大别。《山琵琶花》(拟题)其二:"向前已说深红木,更有轻红说向君。"此前作者已有此类诗,故此"向前"则谓先前。"其如",犹言岂如、怎奈。《寄隐客》:"我年三十二,鬓有八九丝。非无官次第,其如身早衰。"言怎奈身衰过早。"都大"犹言总是。《和乐天题王家亭子》:"都大资人无暇日,泛池全少买池多。"言总是忙着资助人购置园池,而自已没空心观赏。《酬乐天得微之诗知通州事》:"平地才应一顷余,阁栏都大似巢居。"其自注云:"巴人多在山坡架木为居,自号阁栏头也。"则此谓巴人的住居家家户户总是像巢居。《有所教》:"莫画长眉画短眉,斜红伤竖莫伤垂。人人总解争时势,都大须看各自宜。"意谓总是觉得自家的画眉时新。《汇释》释此三例为"原来"义,《大词典》从之,其"原来"或"本自"义,不如"总是"义长。"分张",犹言分施、分送,而非分别张罗。《江陵三梦》写梦亡妻归来:"不道间生死,但言将别离。分张碎针线,褶叠故屏帏。抚稚再三嘱,泪珠千万垂。"言分施零碎针线。《哭女樊四十韵》:"愠怒偏憎数,分张雅爱平。""分施"义同上。意谓分施爱心很平等。"一向"非言向来,而谓"一阵",《放言》其二:"竹枝待凤千茎直,柳树迎风一向斜。""立地",不是说立在地上,犹如"立马"非谓立在马上,而谓立即、马上。"地"为词缀,无义。《李娃行》:"鬓鬟峨峨高一尺,门前立地看春风。"意谓打扮一好,便立即来到门前抖风。同时诗人王建的《霓裳词》:"自直梨园得出稀,更番上曲不教归。一时跪拜霓裳彻,立地阶前赐紫衣。"即谓立即赐衣。今日关中口语其义犹存。"分头"非指分别去干什么,而犹言分手。《别李十一》其三:"万里尚能来远道,一程那忍便分头。"意谓不忍分别,唐人谓分别亦称"分手",如元稹《酬乐天重寄别》:"武牢关外虽分手,不似如今衰白时。"其所以此诗用作"分头",则为了易字以协韵。

"转"和"偏",以及"坐"为唐诗习用词,其殊义亦较纷披,元稹诗亦复如此。《生春》其十八:"何处生春草?春生老病中。……又添新一岁,衰白转成丛。"此则言白发渐多。《大嘴乌》:"巫言此乌至,财产日丰宜。主人一心惑,诱引不知疲。转见乌来集,自言家转孳。"言渐见乌鸦来多,自认为家资会更滋增。两"转"字,一为"渐"义,一为"更"义。《夜间》:"感极都无梦,魂销转易惊。"此为悼亡之作,言伤感时神魂愈加惊动。《赠双文》:"艳极翻含愁,怜多转自娇。""翻"犹言反,反而的意思,与之对文的"转"则亦同义。《感事》其三:"富贵年皆长,风尘旧转稀。"两句对照,则次句言患难旧识反而存世渐少。"转"之愈、益、更、越;反,却,反而等义,王锳《例释》已有发明,可采之入注。"转"在元诗中至少出现有10次左右,殊义亦较多,倘不作注,会带来不少的障碍。

"偏"之殊义较多,《例释》发明甚多,它随语境变动不居,尤须审慎辨析。《春余遣兴》:"春去日渐迟,庭空草偏长。"言草正长。《开元观闲居》:"松笠新偏翠,山峰远更尖。"松笠,因松叶如笠,故以之称松树。此言春松华茂显得更加清脆。"更"与"偏"对文义同。《会真诗》:"眉黛羞偏聚,朱唇暖更融。"言眉多皱或眉频皱。《菊花》:"不是花中偏爱菊,此花开尽更无花。"言不是独爱菊。《酬哥舒翰》:"前年科第偏年少,未解知羞最爱狂。"元稹15岁及第,故此言及第最年少。"偏"与"最"亦对文同义。《大嘴乌》:"主人偏养者,啸聚最奔驰。"言偏要养或偏偏养。《忆醉》:"今朝偏遇醒别时,泪落风前忆醉时。"言正好遇到酒醒。《酬乐天八月十五夜》:"一年秋半月偏深,况就烟霞极赏心。"言一年到了秋半则过去的时光甚多。以上"偏"之诸义《汇释》均有揭示。《离思》其五:"寻常百种花齐放,偏摘梨花与白人。"言在花中只折梨花送玉人。《有鸟》其十二:"田中攫肉吞不足,偏入诸巢探众雏。"言还入诸巢。《寄昙嵩寂三上人》:"长学对治死苦处,偏将死苦教人间。"意谓还把佛法传给人。

至于"坐",其殊义尤繁,变化更大。《汇释》一连布列九条,十几个义项。《江陵三梦》:"此怀何由极,此梦何由追。坐见天欲曙,江风吟树枝。""坐"有立即、将要义,"坐见"犹言眼看着。《遭风二十韵》:"俄顷四面云屏合,坐见千峰雪浪堆。""眼看"义同上。《寺院新竹》:"谁令植幽壤,复此依闲冗。居然霄汉姿,坐受藩篱壅。言遂受篱笆的拥阻。"《遣春》其四:"江流复浩荡,相为坐纡郁。"

言为何徒然烦恼。《月三十韵》:"坐爱规将合,行看望已几。"言特爱月将圆。《酬乐天赴江州》:"一日不相见,愁肠坐氤氲。"言一日不见,心绪即为缭乱。《种竹》:"孤凤竟不至,坐伤时节阑。"言因伤时光虚掷而岁月已晚。以上这些"坐"字,注释如果缺注,殊难明晓。

元诗中还有《大词典》未收词,或收而却未立相应之义,这就更须费一番琢磨,能求确义而作注,对读者便是一种功德。前者如"自言""手自""批掩""殊未""何言""当情""旧是""死恨"等,后者如"行看"的眼看着义,"转"之逐渐义,"偏"的还义,"认"之寻找义和记得义,"一向"之一阵义等,限于篇幅,则另拟文再论。

有些词旧时熟见,今则生僻;或其义本身就很少见,或约略可知,其确义难猜,似应一并注明。如"常年"的往年义,"暂"之突然义,"掉"之摇义,"处"之时候义,"其那"和"其如"的怎奈义,"谓言"的认为义,"自隐"的自思义,"斗"的拼合义,"情知"的深知义,"带"的映照义。"认得"的记得义,"等头"的轻易义,"疑"与"凝"的好像义,"分头"的离别义,"过"的递送义,"就中"的之间义,诸如此类,在元稹诗中不胜枚举。

中唐诗在传奇和变文的影响下,口语俗词和旧词滋生新义,昭示近代语言伊始的生机和张力。元稹诗俗语词彰明了这种活力。李肇《唐国史补》论诗以为"元和之风尚怪"的微词,正反见出元稹、白居易这些通俗诗人的语言特性。故注元稹诗,不仅征引典故出处,更应于此处用力,才能"很到位"地"真正达到时代应有的学术水平"(《后记》语)。试想,即使很有档次的读者,拿着一个注本,再不厌其烦地翻阅部头庞大的辞书,费力地寻找相应的词义,那将是一番什么滋味?

最后商略一下错注和误注。《清都夜境》:"夜久连观静,斜月何晶荧。寥天如碧玉,历历缀华星。楼榭自阴映,云牖深冥冥。"25页

注4云,阴映:阴影掩映。晋孙焯《游天台山赋》:"朱阁玲珑于林间,玉堂阴映于高隅。"《大词典》释为两义,一为深邃貌,证以孙焯此赋;一为树荫掩映。这显然不宜施之元稹诗,故另觅新解。但"阴影"可以掩蔽,怎么能"掩映"呢?何况"斜月晶荧",而且"寥天如碧",其义疑为明暗义。"楼榭自阴映",似指斜月映照下,楼榭已明暗可见,即有明有暗,约略可见。孙焯赋亦当如是观。《桐花》:"丹凤巢阿阁,文鱼游碧浔。"241页注33说,"阿阁:四面有檐之楼阁。古诗《西北有高楼》:'交疏结绮窗,阿阁三重阶。'"阿阁似指高楼;"三重阶"非指三个台阶,当谓三重阶梯,则"三重阶"犹言三层楼。然则阁有三层,故此诗起首即言"西北有高楼",且"上与浮云齐",均极言其高,而李善注当误。《遣春》其四:"江流复浩荡,相为坐纡郁。"548页注2云:"纡郁,曲深貌。汉王延寿《鲁灵光殿赋》:'屹山峙以纡郁。'"《大词典》释其义两项,此采用第二项,另一项则为"抑郁,郁积"义。注者可能把这两句都视作写景,次句实则言情"遣春",意谓为何徒然心绪抑郁烦闷起来。这两句存乎谢朓"大江流日夜,客心悲未央"的影子,同样都是前景后情。《代九九》:"每常同坐卧,不省暂参差。"352页注1说:"参差:差池、差错。"《大词典》即以此义证以元稹此诗。以"暂"限定"差错"似欠妥,而且与上句语意不衔接。其义似为"分离,阻隔",次句应谓不曾暂分离,两句正反相对,一意直下,这才文通字顺。

另外有"硬伤"性的错注,附带一言。《归田》:"陶君三十七,挂绶出都门。"629页注2说:"陶君指陶渊明,其去彭泽令归园田居时三十七岁。"陶归田只是"解印绶去职"(《宋书》本传语,《南史》《晋书》本传亦无异辞),并未"挂授",彭泽县门称作都门也不妥。《宋书》谓其享年63岁,则归田年为42岁。显然此陶君非指陶渊明。陶弘景在永明十年,即37岁时上表解职,脱朝服挂都门,公卿祖饯,车马填咽,朝野荣之。事具《南史》《梁书》本传。元稹此诗题下注

"时三十七"，元稹这时想到的自然是风光的陶弘景，而非陶渊明。《寄刘颇》其一："唯爱刘君一片胆，近来还敢似人无。"207页注2："似：疑为'示'字之讹。"而《连昌宫词》的"指似傍人因动哭"，其794页注27却说："指似同指示。"未免前矛后盾，龃龉不合。唐诗中的元与原、政与正、谩与慢、校与较、格是与隔是，往往通用，无须绳以字义。"似"之同"示"，亦如此。如窦巩《赠阿史那都尉》："年来马上浑无力，望见飞鸿指似人。"罗邺《宫中》："今朝别有承恩处。鹦鹉飞来说似人。""似"，均同示。元稹二诗应亦同。

元稹诗向无全注，筚路蓝缕的创举，不免艰苦异常。加之学者各有所长，术有专攻，而著书却似需"百科全书"式的全才，故古已有"不易"之叹。本书注者的努力严谨，自不待言，至于"臻于上乘"，似乎尚需补苴罅漏，张皇幽眇。

十三、李白诗"日边"释义判词及由来

李白诗多次用到"日边",如《送王孝廉觐省》:"彭蠡将天合,姑苏在日边。宁亲候海色,欲动孝廉船。"王琦注引杨齐贤曰:"姑苏,苏州吴郡。以其近东海日出之地,故云日边。"又如《秋登巴陵望洞庭》:"清晨登巴陵,周览无不极。来帆出江中,去鸟向日边。风清长沙浦,山空云梦田。"诗言晨眺,远去之鸟所去的"日边",则是晨旭升起的方向。以上两诗都描写自然景观,向无异议。

"边"是表处所的方位词,有中、上、下、底下、前、前面等义,"有时浑指某处,而未指明具体方位,义则同'处'"①。"边",还有作指示代词,义则为那里,那儿、那边。如李白《捣衣篇》:"君边云拥青丝骑,妾处苔生红粉楼""君边"偶对"妾处",义即您那儿、我这里。王湾《次北固山下》:"乡书何处达,归雁洛阳边。""洛阳边"犹洛阳那里。李白诗以上两"日边",均指太阳升起的地方。除此,还用于有寓意处。如《永王东巡歌十一首》其末首云:"试借君王玉马鞭,指挥戎虏坐琼筵。南风一扫胡尘静,西入长安到日边。"王琦注曰:"日边,杨、萧二注皆引晋明帝'不闻人从日边来'之语,以为后人称帝都为日边因此。琦按:《晋书·陆云传》已有'云间陆士龙,日下荀鸣鹤'之对,似不始于东晋。盖日为君象,故邦畿之地

---

① 王锳《诗词曲语词例释》,中华书局 2005 年版,第 11—13 页。

有'日边''日下'之名耳。"① 今人注李白诗，即采用了杨、萧、王三家之注的说法，如郁贤皓《李白选集》对此诗的日边亦云："日边：日为君象，故京城、京畿之地称日边、日下，即皇帝身边。"看来古今注家意见一致，亦无异词。

由此可见，"日边"有两义，一是太阳那边，犹言天边。指极远的地方，是就实景而言；二是比喻京华长安那里，或者皇帝身边。

唯独李白名诗《望天门山》的"日边"用义，让人迟疑，取舍不定。其诗云："天门中断楚江开，碧水东流至此回。两岸青山相对出，孤帆一片日边来。"此诗"日边"若作长安或皇帝身边解，它的作年，即可系定。

明人唐汝洵谓此诗说："上三句写天门之景，落句言己之来游，时盖初去京华而适楚，故有'日边'之语。"② 这大概是最早以"日边"指京华的说法，然引起后来不同意见。吴昌祺《删订唐诗解》谓："日边，或东或西皆可，不必指京师。"③ 清人奚禄诒据"孤帆一片日边来"一语，谓诗是感去国而作。詹锳《李白诗文系年》认为"失之凿"。《李诗直解》则言："凝望缥缈之际，孤帆一片从日边而来。"④ 俞陛云《诗境浅说续编》："遥见一白帆痕，远在夕阳明处。"如此，则"孤帆一片"非自指，而是远望所见。

今人注李白诗者，多以为"日边"指实景。中国社科院文学研究所《唐诗选》说："末句意思说早晨日出东方，孤舟从水天相接处驶来，宛如来自太阳出处。"⑤ 似谓孤帆逆流而上，船自东来。郁贤皓先生说："此乃乘舟过天门的纪行诗。四句无一'望'字，实乃句句

---

① 王琦《李太白全集》，中华书局2005年版，第434页。
② 唐汝洵《唐诗解》，河北大学出版社2001年版，第636页。
③ 吴昌祺《删订唐诗解》卷一三，清康熙陈咸和刻本。
④ 佚名《李诗直解》，清刻本。
⑤ 中国社科院文学研究所《唐诗选》，人民文学出版社1978年版，第184页。

写'望'。首句从上游远望天门山全景，山水合写；次句舟近天门上，望水流在石壁下回旋的近景，单写江水；三句舟至两山中间，望左右两岸移步换形层出不穷之山景，单写山；末句舟过天门山后江面辽阔，遥望日边来的漂帆，拓开境界。全诗朝气蓬勃，当是开元十三年（725）初次过天门山时的所作。"① 详其意，当指乘舟顺流东往经其地。而刘拜山早于此说而言："此写天门上游东望之境。前半写近望，后半写远望。从两山夹峙中遥见日边孤帆，又是'开'字神理。"②

安旗等则带有总结性地说："此诗末句诸解纷纭，或谓'日边'指落日，或谓指长安。非。细玩诗意，既云'两岸青山相对出'，显系作者在江上舟中所见，且舟行甚速，则顺流而下可知。若系逆流而上，舟行甚缓，恐无此种景象。首两句是初经其地人语，如屡经其地，则江水折向北流已不足为奇。似此，则此诗自应系于本年（指开元十三年）初下江东之时。末句之'日边'，当指旭日。孤帆，舟中所见自下游而来之船只，非自谓，更无寓意。"③ 所释至为详明，似乎可为此一公案定谳。然詹锳主编《李白全集校注汇释集评》收罗古今评论甚多，包括安注在内，而最后总结说"按以上诸说俱无佐证"。似乎此一问题还值得继续思考。

稍早于李白的张说诗有关"日边"的描写，可以作为李诗之"佐证"。其《和尹从事懋泛洞庭》：

平湖一望上连天，林景千寻下洞泉。
忽惊水上光华满，疑是乘舟到日边。

李白《行路难》的"闲来垂钓碧溪上，忽复乘舟梦日边"次句，则

---

① 郁贤皓《李白诗选》，上海古籍出版社1990年版，第17页。
② 富寿荪、刘拜山《千首唐人绝句》，上海古籍出版社1985年版，第179页。
③ 安旗等《李白全集编年注释》，巴蜀书社2000年版，第50页。

与张诗末句"疑是乘舟到日边"极为相似，两句的后五字，只有"梦"与"到"之区别，区别的原因一是实写，一是想象。这是偶然的巧合，还是李白诗句从张诗化出？

张说在玄宗为太子时，曾为太子侍读，甚受亲敬。景云二年（711）拜同中书门下平章事，开元元年（713）首谋除太平公主等，为中书令。因谏阻姚崇入相，贬相州刺史、河北道按察使。开元三年（715）再贬岳州刺史。开元五年迁荆州大都督府长史，次年为河北节度使，八年移镇并州，守兵部尚书，同中书门下三品，十三年为尚书右丞相兼中书令，十四年被迫致仕，十七年复为右丞相，仍知集贤院，迁左丞相。十八年（730）加开府仪同三司，年底病逝。张说三登丞相，三作中书令，三次总戎临边，内秉大政，外膺疆寄，为玄宗前期重臣。存诗五卷，文更著名，世称"大手笔"。并撰作小说，是为全才。亦是开元前期"当朝师表，一代词宗"（《唐大诏令》语），而且"上之好文，自说始也"（韦述《集贤注记》语）。他又特别重视奖掖文学新人，诸如杨炯、崔融、贺知章、徐坚、韦述、赵冬曦、徐浩、尹知章、吕向、张九龄、孙逊、王翰、房琯、李沁、刘晏等，都有交游或扶植。至于把王湾的"海日生残夜，江春入旧年"书于政事堂，以为天下楷式，这在当时无疑具有"轰动效应"。而小诗人暴得大名的"王湾现象"，对年轻的李白来说不能不发生诱惑与影响。李白自述曾说"五岁诵六甲，十岁观百家。轩辕以来，颇得闻矣。常横经籍书，制作不倦"，对于当朝"一代词宗"张说的诗，不能没有读过。何况张说奖掖后进诗人不遗余力，这对李白就更有吸引力了。张说逝世之年，李白正是30岁，所以我们有理由作出以上的推断。时下论者谓李白首次入京为开元十八年，果真如此，李白就有可能以诗谒见。李白入长安约在开元末期，即张九龄罢相以后的三四年间，李白自然赶不上求见张说的机会。

回头再看看张说的游洞庭湖诗，后两句"忽惊水上光华满，疑是乘舟到日边",这应当即是实景,亦有寓意。张说贬岳州后,"诗益凄婉,人谓得江山之助"(计有功《唐诗纪事》语)。这首绝句因属和诗,风格高华朗丽,可能为了与原诗接近。然同时所作的《送梁六自洞庭山作》就有些"凄婉":"巴陵一望洞庭秋,日见孤峰水上浮。闻道神仙不可接,心随湖水共悠悠。"如此可望而不可即的感觉,就不由自主地挟带着一种失意,这当然与被贬的处境有关。所以"忽惊""疑是"两句,就不仅仅是写景了。它的潜台词就有了好像乘舟到长安或者乘舟在长安的意思了。其次,张说在岳州作诗甚多,常流露思京之念:

意随北雁云飞去,直待南州蕙草残。(《同赵侍御巴陵早春》)
窃羡能言鸟,衔恩向九重。(《广州萧都督入朝过岳州宴饯……》)
梦见长安陌,朝宗实盛哉。(《岳州别梁六入朝》)
远人梦归路,瘦马嘶去家。正有江潭月,徘徊恋九华。(《岳州作》)
离魂似征帆,恒往帝乡飞。(《岳州别赵国公王十一琚入朝》)

特别是他的游洞庭湖诗,也有思归京华的恋念。如另首《岳州作》开篇即言:"夜梦云阙间,从容簪履列。朝游洞庭上,缅望京华绝。"说他夜梦朝阙站在朝臣行列。所以晨游洞庭,不由得怀京望眼欲穿。就是后来非贬之巡边,亦有同样心情。如《幽州新岁作》:"去岁荆南梅似雪,今年蓟北雪如梅。共知人事何常定,且喜年华去复来。边镇戍歌连夜动,京城燎火彻明开。遥望西向长安日,愿上南山寿一杯。"后四句就把边地与京城连成一片。张说很得玄宗信任,又多次为相为中书令,故贬岳州每多思京"凄婉"之词。所以说"忽惊水上光华满,疑是乘舟到日边",看到满湖光华怎能不想到京华帝乡,因而滋生"疑是乘舟到日边"的想法与幻觉。

张说五卷诗中有大量的应制诗。其中《三月三日定昆池奉和萧令得潭字韵》一首，颇值得留意："暮春三月日重三，春水桃花满禊潭。广乐逶迤天上下，仙舟摇衍镜中酣。"后两句写湖池上舟船酣游，与"忽惊""疑是"两句所写景象相近，不过一在京华，一在洞庭，由洞庭联想到京华之仙舟酣游，这对张说是自然不过的事。

既然张说的"忽惊水上光华满，疑是乘舟到日边"，寓意着就像在京城乘舟一样，那么李白的"孤帆一片日边来"，追踪张说诗，当亦有寓意。此"孤帆"不是李白在舟上或岸上看到的别人的船，这从"两岸青山相对出"的"出"可以看出来，人在舟上顺流急下，不觉舟移，反而感到"两岸青山"向人迎了过来，越逼越近，故有"出"的强烈感。王安石《书湖阴先生壁》"茅檐长扫净无苔，花木成畦手自栽。一水护田将绿绕，两山排闼送青来"，末句即从"两岸青山相对出"中化出，写出特殊感受。

李白的"孤帆一片"未免有些同样的"凄婉"，然而"日边来"，即沐浴着夕阳的余晖而"来"。此既有雕塑的凝固美，亦有流动的动态美。若把"日边"看作"旭日"，则和"来"错迕不合。夕阳在西边，犹如长安在西方，则自然叠合。那么，此句当言：虽然"孤舟"一片，未免有些孤独寂寞，然而毕竟是从长安帝乡之"日边"来的人，岂能不以非同凡响视之。至于把"孤帆"看作"舟中所见自下游而来之船只，非自谓，更无寓意"，那么"显系作者在江上舟中所见"，则在诗中全无着落。而且此诗四句全为客观之景观，而与作者全无交涉，亦不属李白绝句重主观情感之风格。诗中连李白自己也没有，若果看作披着夕阳的光彩，心里虽有几分孤寂，然精神气度却是那样的飞扬，甚或眉宇间洋溢着从京华中过来的人的那种自豪感，二者相较，即成了两种不同境界。何况以"日边"代京华长安，又见于他的"西入长安到日边"的名句里。所以此诗并非作于开元十三年，最起码不能早于天宝三载（744）。李白出翰林虽属于政治上的失败，但出入翰林却使他声名飞扬，各地官吏视如仙人，"如鸟归凤"，无不乐于奉迎。甚至"王公趋风，列岳接轨"（李阳冰语），待如上宾。这也是李白之所以有"日边来"的自豪感的原因之一。

关于"日边"寓指长安，说是出于《世说新语·夙慧》，其中隐伏着一定的曲解。先看此则故事：

> 晋明帝数岁，坐元帝膝上。有人从长安来，元帝问洛下消息，潸然流涕。明帝问何以致泣，具以东渡意告之。因问明帝："汝意谓长安何如日远？"答曰："日远。不闻人从日边来，居然可知。"元帝异之。明日，集群臣宴会，告以此意，更重问之。乃答曰："日近。"元帝失色，曰："尔何故异昨日之言邪？"答曰："举目见日，不见长安。"

晋元帝东渡借江南金陵为都，心怀流亡寄外之伤感。"有人从长安来"，实指从洛阳来。"长安"是为洛阳的代词，故元帝问故都"洛下"消息，而非关注长安。因思念洛阳故问明帝"长安何如日远"，即指洛阳与日哪里远。明帝所答"日远"，其依据是"不闻人从日边来"。隐含长安近，因为"有人从长安来"。这是用洛阳近来安慰伤心的父亲。翌日"日近"之回答，即抬眼即见父皇，却望不见洛阳。显然是针对听众群臣而言，而具有安定人心的"鼓动"作用。这里显然把"日边"与"长安"分为两处，并非叠合使二者相等。这种区别与不等同，实际本源于日边与洛阳的区别。"日边"是指太阳那里，犹言天边，借指遥远的地方。《汉语大词典》即把此例归入此义。

到了初唐，因为长安是汉唐京都，日又为君象，所以把晋元帝父子所说的日与长安分开的命题，合二为一。如张九龄《奉和圣制次琼岳韵》就有"咸京天上近，清渭日边临"，次句即言渭水临近京都长安。此即以"日边"借代长安。王勃《白下驿饯唐少府》："浦楼低晚照，乡路隔风烟。去去如何道，长安在日边。"末句就把"长安"

与"日边"等同在同一方位、同一地方上。初盛唐之际与苏晋齐名的贾曾《奉和春日出苑瞩目应令》:"臣在东周独留滞,忻逢睿藻日边来",两句说臣还在洛阳滞留,欣逢皇帝的诗从长安送过来。刘长卿《安州道中经浐水有怀》:"征途逢浐水,忽似到秦川。借问朝天处,犹看落日边。"此言朝拜皇帝京都的长安,尚在遥远的落日那儿。杜甫《十二月一日三首》其一:"明光起草人所羡,肺病几时朝日边。""朝日边",即朝长安。又《览镜呈柏中丞》:"渭水流关内,终南在日边。"对句言终南山在长安那里,此意即与王维《终南山》的"太乙近天都"意同。以上的"日边",都用来借指长安。尤其是王勃的"长安在日边"说得最为明显。李白《登金陵凤凰台》结末言:"总为浮云能蔽日,长安不见使人愁",寓目山河,别有怀抱,即把日与长安合而言之。此诗前六句为山河之景,末二介入主观情感,与《望天门山》结构颇为相近,只是意兴苦乐有别。

  西晋经过短暂的统一,最后分裂成偏居江左的东晋。东晋群臣新亭"相视流泪"的"正自有山河之异"流亡伤感,与晋元帝的"潸然流涕"出于同一自卑的亡国的哀痛,故特意把"日边"与长安所代表的洛阳分开言之,属于一种"心理避讳"。到了再度统一的唐代,唐人气魄大得多了,初唐诗人无不自负而欣然地把二者统一起来,每见于诗。晋元帝把原本合在一起的分开来,初唐人又重新合在一起,从用典上看,是正打歪着的一种捏合。天才英丽的李白,长安翰林中人的优越感处处在诗中宣扬,成为一种"夸耀的模式"①。所以,在《望天门山》"孤帆一片日边来"中,自然而不由自主地隐伏长安中人的自负与昂扬来,是说虽然扁舟一叶,然却是从日边长安来的人到了这里。从"日边来"可见作年非作于第一次入长安,因那次并没有介入长安上层社会,并无什么夸耀的资本。所以,最早只能作于天宝三载离开长安,由翰林侍招而赐金还山之后。虽然被玄宗打发掉了,

---

① 魏耕原《李白心系长安论》,《陕西师范大学学报》2013 年第 1 期。

但对李白来说毕竟是有了"天子近臣"的一段光辉历程。因而这诗不无自负地说"孤帆一片日边来"！而《汉语大词典》把李白此诗"日边"归入"太阳的旁边，犹言天边。指极远的地方"，就受了今人某些注本的影响，而不是那么妥帖的。

后　记

　　这是一本关于诗学的综合性散论，内容包括理论上的思考与探索、诗人个案的讨论、诗学公案的考证以及疑难与习见俗语词的考释。主体以唐诗为中心，也涉及《诗经》与宋词，唐诗则以杜甫与晚唐诗人为重点。文章长短大小有别，切入的角度与方法也不欲要求统一。诗学与训诂原本有别，然诗之习见语词确解，却与诗意息息相关，如杜诗《石壕吏》"室中更无人"的"更"字，实在是牵一发而动全身。王维诗"千里暮云平"，与孟浩然诗的"八月湖水平"，两"平"字词义，既不能囫囵吞枣，且彼此有别，如果释之常义，则失之毫厘而谬之千里。所以，训诂也应是诗学的重要一面，然而这些常常被人忽略，故将此类文章一并收入。笔者的《唐宋诗词语词考释》（商务印书馆，2006），还有《全唐诗语词通释》（中国社会科学出版社，2001），也可以相互参看。另有《诗学发微》（陕西师范大学出版社，2020），与此可谓"姊妹篇"，亦可彼此映发。

　　总体上"卑之无甚高论"，而与时下流行的放言高论区别甚大，可谓"贤者识其大，不贤者识其小"。其中显示了对诗学各个方面的观照，容或也有些微的启发之处。然而其中所论只能是一孔所见，"是所谓诘匠氏之不以杙为楹，而訾医师以昌阳引年，欲进其豨苓也"。

大病支离之时，是张萍副教授助我大力，将每篇体例整齐划一，补打已刊发未有电子稿的文章，细心谨慎。桑盛荣副教授把发在各刊文章收拢在一起，个别文章还是设法"追踪"回来的。两位之劳，并非感谢之类的话能表达得了的。稿子收集好后，我又校对、间或修改，电脑上的工作都由陶长军博士助我，这工作很细致，值得感谢！还须强调的是，拙稿由陕西人民出版社责任编辑姜一慧审校，精审细心，改正了不少错误，这更是值得致谢的！

从陕西师范大学退休之后，供职于西安培华学院，这本小书得到了西安培华学院学术著作的出版资助，即以此作为在该校学术活动的一种体现。

谨为记。

魏耕原

二〇二三年三月于西安